Angela E. Hunt

Tag des Erwachens

Roman

Für Sherri

Gott redet doch! Er tut es immer wieder, mal sanft, mal hart –
man achtet nur nicht drauf!
Zur Nachtzeit, wenn die Menschen ruhig schlafen,
in tiefem Schlummer auf den Betten liegen,
dann redet Gott durch Träume und Visionen.
Er öffnet ihre Ohren, dass sie hören;
mit Nachdruck warnt er sie vor ihrem Tun.
Hiob 33,14–16

Über die Autorin

Angela Elwell Hunt, Jahrgang 1957, hat bereits über 100 Bücher verfasst, die sich allesamt durch ihre hohe schriftstellerische Qualität und ihre unerwarteten Wendungen auszeichnen. Seit ihre beiden Kinder aus dem Haus sind, lebt sie mit ihrem Mann, ein Baptistenpastor, in Florida.

Angela E. Hunt

Tag des Erwachens

ROMAN

Aus dem Amerikanischen übersetzt
von Jokim Schnöbbe

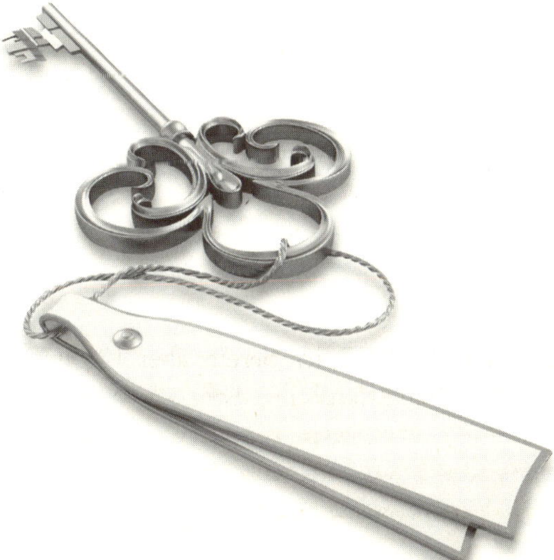

GerthMedien

FSC
www.fsc.org
MIX
Papier aus verantwortungsvollen Quellen
FSC® C014496

Verlagsgruppe Random House FSC-DEU-0100
Das für dieses Buch verwendete FSC®-zertifizierte Papier
Holmen Book Cream liefert Holmen Paper, Hallstavik, Schweden.

Die amerikanische Originalausgabe erschien im Verlag
Thomas Nelson Inc., Nashville, Tennessee
unter dem Titel „The Awakening“

1. Taschenbuch-Sonderauflage 2012
Bestell-Nr. 816 679
ISBN 978-3-86591-679-2

Umschlaggestaltung: Immanuel Grapentin
Umschlagfoto: Shutterstock
Satz: Marcellini Media GmbH, Wetzlar
Druck und Verarbeitung: GGP Media GmbH, Pößneck
Printed in Germany

Kapitel 1

Westbury Arms, Wohnung 15a

Meine Mutter ist tot und irgendwie bin ich überhaupt nicht traurig darüber.

Ich bin nicht zum Gedenkgottesdienst gegangen. Als ich Tante Clara erzählte, dass ich nicht kommen würde, seufzte sie tief, doch sie machte keine Einwände.

„Ist schon in Ordnung", sagte sie, wobei sie an dem Schleier über ihren weißen Haaren zupfte. „Du hast ihr ja durchaus Achtung entgegengebracht, als sie noch lebte."

Nun tummeln sich in meiner Wohnung eine Reihe von Fremden, an die ich mich nur schwach erinnern kann. Ich will all diese Leute nicht bei mir zu Hause haben, aber was kann ich schon tun? Mutter würde entgegenkommendes Verhalten von mir erwarten

Unsere Gäste murmeln in behutsam gedämpftem Tonfall, schlendern durchs Wohnzimmer, bedienen sich am überladenen Büfett im Esszimmer und kreisen dann die Bar ein, die mit Claras neuester Flamme bemannt ist. Ich lehne mich gegen die Wand und versuche, mich an den Namen des Mannes zu erinnern. Arthur Soundso, ein Banker von der *Wall Street*. Der neueste in einer Reihe von betagten, würdevollen Begleitern, die Clara für Wohltätigkeitsveranstaltungen und Beerdigungen parat hat.

Ich schüttele den Kopf und bin dankbar, dass Clara – die durch die Umstände, nicht durch Blut an mich gebunden ist – ein fester Bestandteil meines Lebens geblieben ist.

Sie hat sich um all die grauenhaften Einzelheiten gekümmert. Von dem Zeitpunkt an, als ich am Montagnachmittag gegen ihre Tür hämmerte, hat sie das Steuer komplett übernommen. Sie kam und hat den leblosen Körper meiner Mutter untersucht; sie hat den Notarzt angerufen; sie hat sich mit einem Geistlichen in Verbindung gesetzt, um den Gedenkgottesdienst zu organisieren. Sie hat es sogar geschafft, den Briefumschlag mit den letzten Wünschen meiner Mutter in den vollgestopften Schubladen des antiken Sekretärs aufzustöbern.

„Deine Mutter hat nichts dem Zufall überlassen", sagte sie und hielt den Umschlag samt Brief hoch. „Sie will eingeäschert und an ihrem Plätzchen beim Kolumbarium beerdigt werden ... und natürlich ist alles schon bezahlt. Pastor Jennings von der St.-Johannes-Kirche hat den Gottesdienst zu leiten, der kurz und bündig sein soll, ohne Lobreden. Sie möchte, dass *Giorgio's* die Besucher mit Speisen und Getränken beliefert, weil *Giorgio's* den besten Service bietet, und später soll ich ihren gesamten Papierkram durchgehen und alles wegschmeißen, was du nicht behalten willst. All ihr Hab und Gut gehört jetzt dir, eine Abschrift ihres Testaments liegt bei den Unterlagen ihres Anwalts ... Du siehst, meine Liebe, sie hat an alles gedacht."

In diesem Augenblick spürte ich, wie die Last der Verantwortung von meinen Schultern fiel. In den letzten zehn Jahren war ich immer nur bestrebt gewesen, Mutter das Leben leichter zu machen, und ich wusste nicht, wie ich ihr im Tod dienen sollte. Die Krankenschwester im Hospiz hatte bestimmte Vorgehensweisen zu erklären versucht, aber ich hatte gar nicht zugehört, so überzeugt war ich gewesen, dass Mutter noch viele Jahre leben würde. Mutter muss gewusst haben, dass ich sie nicht loslassen wollte.

Clara ist heute Morgen vorbeigekommen, um die Vorbereitungen für die Trauerfeier zu überwachen.

„Du weißt, warum ich nicht zur Beerdigung kommen kann, oder?“, fragte ich sie.

„Natürlich, Liebes.“ Sie nahm meine Hand und führte mich aus der Küche heraus, wo die Leute vom Partyservice gerade ihre Kühlboxen auspackten. „Mary Elisabeth würde das auch verstehen. Und glaub mir – als sie sich ihrer Krankheit bewusst wurde, beschloss sie, dass andere sie so in Erinnerung behalten sollten, wie sie war, bevor die Krankheit ihren Verstand zerstörte. Ich habe mit dem Pastor gesprochen, und er war einverstanden, dass der Gottesdienst schlicht bleibt und eher einfach eine Geste ist.“

Ich nickte erleichtert. Mary Elisabeth Wentworth Norquest hätte gewollt, dass ihre Beerdigung genauso sachlich abgehandelt werden würde, wie sie ihre geschäftlichen Angelegenheiten geregelt hatte ... und in diesem Moment war ich innerlich zu betäubt, um wirklich zu schätzen zu wissen, wie viel Arbeit sie mir erspart hatte.

Ein geschwächtes Herz hatte meine Mutter zwei Wochen nach ihrem 70. Geburtstag abberufen, doch die Demenz hatte schon Jahre zuvor begonnen, ihre Persönlichkeit zu verändern. Die detaillierten Anweisungen für die Beerdigung, die Clara gefunden hatte, mussten 1994 oder 1995 geschrieben worden sein ... als Mutter noch wusste, wer und wo sie war.

Damals wusste sie auch noch, wer ich war – ihre Tochter, nicht ihre Feindin.

Ich schließe die Augen und erlebe für einen kurzen Augenblick den Schmerz der letzten Jahre noch einmal. Dann wende ich mich von Arthur, dem Banker und Barkeeper, ab und schlendere zu den Fenstern auf der Südseite des Esszimmers. Durch das sonnige Glasgewölbe sehe ich um mich herum die Hochhäuser von Manhattan emporragen. Die schwarzen Dächer der Nachbarhäuser vermischen sich mit grünen Flecken von Terrassengärten und der metallenen Spiegelung eines majestätischen Kupferdaches. Weit unten, an der Straße, die ich über den steinernen First meines Fensterbretts hinweg nicht sehen kann, stehen zwei Zwillingstürme einer Kirche, die einst die Stadtbewohner durch ihre Architektur zu beeindrucken hoffte.

Doch die Dinge ändern sich mit der Zeit. Die Kirche, die sich einmal über fast alle anderen Gebäude in diesem Viertel von Manhattan erhob, kauert nun zwischen weitaus imponierenderen Bauten wie eine arme Verwandte, die auf Almosen hofft.

Eine Frau berührt meinen Arm und flüstert mir etwas zu. Ihre Stimme kommt gegen Arthurs geselliges Geschwätz nicht an. Ich lächle trotzdem, als hätte ich jedes Wort verstanden.

„Mary Elisabeth war eine starke Frau." Die Fremde spricht lauter und packt meinen Arm, als wolle sie mich festhalten, bis sie ihre Mitleidsfracht abgeladen hat. „Wir werden sie vermissen."

Ich widerstehe dem Drang, schallend loszulachen. Meine Mutter ist seit Jahren nicht aus dieser Wohnung herausgekommen; nur Clara und ich werden sie vermissen.

Schon spüre ich ihre Abwesenheit. Ständig überschlagen sich meine Gedanken, um die Leere zu füllen, und aus dem Augenwinkel heraus glaube ich immer wieder einen flüchtigen Blick auf Mutter zu erhaschen – ich sehe, wie sie am Küchentresen sitzt, ihr Blick teilnahmslos. Ihre Hände suchen ziellos nach irgendeinem Gegenstand, den sie nicht benennen kann. Gestern Abend war mir, als hätte ich sie durch ihre Schlafzimmertür wanken sehen, doch als ich mich umdrehte, bewegten sich lediglich die Vorhänge an ihrem Fenster ein wenig.

Ich schenke der sich entfernenden Fremden noch ein Lächeln und wende mich dann wieder dem Ausblick zu. Widerwillig öffne ich mich den Schuldgefühlen, die mich wie ein Schatten begleiten. So herzlos es auch scheint: Ich glaube nicht, dass ich meine Mutter vermissen werde, wenn die Beerdigung vorüber ist und ich mich daran gewöhnt habe, allein zu leben. Vermisst eine von Migräne geplagte Frau den Schmerz, wenn er verschwindet? Das vergangene Jahrzehnt meines Lebens bestand aus einer schier endlosen Folge von Hafergrütze und Suppe, Haufen schmutziger Wäsche, Kartons voller Erwachsenenwindeln. Abgesehen von Clara und meiner invaliden Mutter waren meine einzigen Begleiter nur Mutters Beschimpfungen, ihre ständigen Tadel und eine drückende Müdigkeit.

Tiefe Verzweiflung lebte bei uns in dieser Wohnung, und ich hoffe inständig, dass sie zusammen mit meiner Mutter gestorben ist.

Als eine andere Frau ein Getränk von Arthur entgegennimmt und sich in meine Richtung dreht, entferne ich mich vom Fenster. Solange ich irgendetwas vorzuhaben scheine, überlegen es sich die Leute vielleicht zweimal, bevor sie mich ansprechen. Nach der Einsamkeit der letzten Jahre fühle ich mich unter Fremden gehemmt und unwohl. Ich bin noch nie eine gewandte Gesellschafterin gewesen, aber ich glaube, heute bekäme ich noch nicht einmal eine harmlose Unterhaltung über das Wetter hin.

Meine Mutter dagegen hat die Fähigkeit besessen, mit jedem über alles reden zu können. Wenn sie noch hier wäre, stünde sie jetzt an der Bar, würde mich mustern und leicht den Kopf schütteln. „Komm, reiß dich zusammen, Aurora“, würde sie sagen, ein Hauch von Gereiztheit in ihrer Stimme. „Du bist jedem in diesem Raum hier gewachsen – oder überlegen."

Ich schlendere zur Bar, lehne mich an den Tresen und versuche, Arthurs Aufmerksamkeit zu erregen. „Weißwein." Ich senke meinen Blick vor dem breiten Lächeln des Bankers. „Bitte."

Arthur Soundso sagt freundlicherweise nichts, wahrscheinlich, weil er mein Unbehagen mit aufrichtiger Trauer verwechselt. Er schiebt mir ein Glas zu. Ich nehme es und danke ihm mit einem Nicken, bevor ich den Raum durchquere und so tue, als müsste ich dringend etwas erledigen.

Beim Wohnzimmereingang angekommen, lehne ich mich gegen den Türrahmen und nippe an meinem Wein, wobei ich die Augen nach unten gerichtet halte, um nicht den Blick eines anderen auf mich zu ziehen.

Vor ihrer Erkrankung hat meine Mutter meine Unbeholfenheit beim Small Talk nie geduldet. Mary Elisabeth trug ihre Stärke wie eine Krone. Sie konnte in einen Raum voller fremder Menschen schreiten, vom Butler bis zum Gastgeber alle mit dem passenden Witz begrüßen und die sofortige Hochachtung jedes Anwesenden gewinnen.

Als ich alt genug war, um aufzubleiben und bei Mutters Partys vorgestellt zu werden, saß ich meist auf der Polsterbank im Wohnzimmer und sah zu, wie sie über eine Zusammenkunft der vornehmsten Familien New Yorks herrschte. Der Bürgermeister und seine Frau saßen oft zu ihrer Linken, während der Vorsitzende des Kunstkomitees rechts von ihr stand und zu allem nickte, was Mutter sagte. Sie stellte mich vor, sonnte sich einen Moment lang in den Kommentaren, was für ein liebes Kind ich doch sei, bestand darauf, dass ich ein paar freundliche Worte von mir gab, und schickte mich dann ins Bett.

Fast immer schlich ich mich wieder den langen Flur zurück, um aus dem Schatten heraus zuzusehen.

Obwohl sie unverheiratet war, regierte Mary Elisabeth ihr Reich mit Eleganz und Würde. Im Nachhinein hat sich bei mir die Einsicht gefestigt, dass sie über die Menschen herrschen konnte, weil sie zum Geldadel gehörte und Prestige besaß, aber in meinen jungen Jahren dachte ich, ihre Macht entspringe allein ihrer Schönheit, ihrem sicheren Auftreten und ihrem Charme. Gut aussehende Männer umschwärmten sie bei jeder Gelegenheit, und die Neureichen sehnten sich nach dem Prädikat, das eine Einladung von Mary Elisabeth Wentworth Norquest bedeutete.

Ich vermute, diese Auszeichnung hatte begonnen, ihren Glanz zu verlieren, als ich für kurze Zeit zum lebenden Inventar bei Mutters erlauchten Partys wurde, weil sie nicht länger leugnen konnte, dass sie ein Kind hatte ... den Spross eines begnadeten Romanschriftstellers und schrecklichen Menschen.

Ich habe meinen Vater nie kennengelernt, dennoch haben mich meine zahlreichen Lauschaktionen darüber informiert, dass er von einer europäischen Schönheit in den Bann gezogen worden und in Ungnade gefallen war. Er hatte sich die Engländerin als Geliebte halten können. Als meine Mutter ihm aber mitteilte, dass sie in anderen Umständen war, ließ er sie einfach sitzen. Zum Zeitpunkt meiner Geburt hatten die Scheidungsanwälte ihren harten Kampf bereits ausgetragen.

Als ich eines Abends unter einem Louis-XVI-Stuhl versteckt lag, hörte ich mit an, dass mein Vater im Monat meiner Taufe nach Amerika zurückgekommen war, um die Scheidung zu vollenden. Theodor Norquest sorgte bei Mutters Freunden für Entrüstung, indem er sich gerade lang genug in Manhattan aufhielt, um die nötigen Papiere zu unterschreiben, um dann sofort den nächsten Flug zurück nach London zu nehmen.

„Sie sind bestimmt Mary Elisabeths Tochter." Eine heisere Stimme holt mich aus meinen Erinnerungen. Ich drehe mich um und sehe einen hageren Mann mit kahlem Schädel. Seine mit Altersflecken bedeckte Haut hängt schlaff von seinem Kiefer herab.

„Ja, das bin ich."

„Mein herzlichstes Beileid. Ihre Mutter war eine unglaublich reizende Frau." Der Mann drückt meine Hand überraschend kräftig und macht sich dann schnell davon, ohne sich vorzustellen.

Seine Berührung fühlt sich auf meiner Haut trocken und gespenstisch an, wie von einem Toten. Ich muss an ein Buch über die alten Römer denken, das ich einmal gelesen habe. Eine ihrer Foltermethoden bestand darin, den Verbrecher an einen Leichnam zu binden. Der Verwesungsprozess, der bei der Leiche einsetzte, griff nach und nach auch auf den Lebenden über.

Ich wische mir meine Hand an meinem Rock ab und erschauere bei dem Gedanken an unzählige Bakterien und Viren. Die Wohnung schwirrt von unvertrauten Geräuschen und geflüsterten Unterhaltungen wie das Summen aufgestachelter Bienen.

Ich will, dass diese Leute verschwinden. Ich brauche Zeit für mich.

Fahrig wische ich mir die Haare aus meiner feuchten Stirn, stelle mein halb leeres Glas auf den Tisch und eile durch das Foyer zum WC im Flur. Als ich es leer vorfinde, schlüpfe ich hinein, ziehe die Tür zu und schließe sie mit zitternden Fingern ab. Ich setze mich auf die Toilette und starre auf die mit Mutters Initialen bestickten Handtücher, die auf dem Ständer hängen.

M. E. N.: *Mary Elisabeth Norquest.*

Ich atme tief durch und versuche, der aufkommenden

Niedergeschlagenheit entgegenzuwirken. Dieses Ritual muss eben ertragen werden; die Trauerfeier ist der letzte Abschied. Wenn sie vorbei ist und diese Leute weg sind, dann werden mit ihnen zweifellos auch die letzten Spuren der Verzweiflung verschwinden.

Diese Wohnung hat so viel Unglück erlebt. Als ich noch jünger war, muss meine Mutter ihren Stand als Geschiedene gehasst haben. Scheidungen waren in den frühen 1970ern zwar durchaus keine Seltenheit mehr, jedoch nicht bei Frauen von Mutters Rang und Namen. Clara hat mir erzählt, dass Mutter sich in den ersten ein, zwei Jahren meines Lebens vollkommen aus ihrem Gesellschaftskreis zurückzog und erst wieder auftauchte, als Claras Mann Charley anbot, sie unter seinen Mantel der Ehrbarkeit zu nehmen.

Clara möchte nicht über diese Jahre reden, aber die vergilbten Fotos in den Alben meiner Mutter sprechen Bände. In diesen Sammlungen habe ich Mutter, Clara und Charley in konservierten Momenten gesehen: auf Empfängen, am Strand, bei Bällen und Museumseröffnungen. Anscheinend fungierte Charles Bellingham für beide Frauen als Begleiter, bis ihn 1982 ein Herzinfarkt dahinraffte.

Ich kannte Charley als einen lieben Onkel. Er starb im Winter, als ich 13 wurde, und ich erinnere mich noch daran, wie schockiert ich war, dass der Nachruf in der *Times* Mutter und mich nicht zu den Hinterbliebenen zählte. Blut mag dicker sein als Wasser, aber in den Kreisen meiner Mutter verband geteilter Champagner stärker als Blut. Ich werde Clara und Charley ewig dankbar sein, weil sie mit einer Freundin Mitleid hatten und meiner Mutter ermöglichten, ihr Leben fortzusetzen.

Ich habe die Fotoalben oft durchforstet, doch nie habe ich ein Bild meines Vaters gefunden.

Ich hebe meinen Kopf, als jemand an die WC-Tür klopft.

„Aurora?“

„Ja?“

„Alles in Ordnung, Liebes?“ Es ist Clara.

Mit einem tiefen Seufzer fahre ich mit meinen Fingern durch mein Haar. „Ja, mir geht's gut.“

„Würde es dir etwas ausmachen, die Tür aufzumachen? Einige Leute würden dir gern ihre Aufwartung machen.“

Irgendwie gelingt es mir, aufzustehen und den Schlüssel umzudrehen, dann öffne ich die Tür. Clara steht im Flur, eine Hand streichelt unbewusst ihren Trauerkragen, die andere liegt fest am Türknopf. „Danke, Liebes. Ich weiß, wie schwer das für dich ist, aber es wird schon nicht so lange dauern.“

„Es sind bloß … so viele Leute. Ich kenne überhaupt niemanden davon.“

Claras mit Juwelen bedeckte Hand tätschelt meinen Arm. „Das sind die Freunde deiner Mutter.“

„Aber wir haben sie schon seit Jahren nicht gesehen.“

„Wie konnten sie auch deine Mutter besuchen kommen – in ihrem Zustand? Sei dankbar, dass sie heute gekommen sind. Mary Elisabeth, Gott schenke ihr Frieden, hat so einen Abschied verdient.“

Sie hat recht – und ich weiß, dass es auch für sie nicht einfach sein kann. Ich lächle nachgiebig, verschränke meine Arme und begutachte die engste Freundin meiner Mutter. Einige Schönheitsoperationen haben die Haut um Claras Stirn und Mund gestrafft; dennoch hat sich eine tiefe Sorgenfalte in das weiche Fleisch zwischen ihren Augenbrauen gestohlen.

„Mutter wäre froh zu wissen, dass so viele ihrer alten Freunde gekommen sind.“

„In der Tat – also komm raus und misch dich ein bisschen unters Volk, ja?“ Sie dreht sich leicht zur Seite, um die Menschenmenge im Wohnzimmer am Ende des Flurs mustern zu können. Dann stellt sie sich auf die Zehenspitzen, als ein

Fremder das Foyer betritt. „Entschuldige mich, Liebes, das muss der Journalist von der *Times* sein. Ich habe versprochen, ihm einige Details zu nennen – aber meine Güte, hätte er doch nur ein etwas passenderes Jackett gewählt. Tweed bei einer Beerdigung ..."

Kopfschüttelnd gleitet sie davon, um den jungen Mann mit der Brille und dem zerknitterten Sportsakko abzufangen. Ich hole einmal tief Luft, dann erspähe ich einen leeren Sitzplatz auf der Bank im Foyer. Wenn ich es unbemerkt durch den Flur schaffe ...

Ich presse meine Lippen aufeinander und schreite den langen Flur entlang, dann lasse ich mich auf meinen Lieblingsplatz sinken. Da sich mir niemand nähert, wende ich mich der Betrachtung der Gäste im Wohnzimmer zu. Einige der Gesichter kenne ich – der Dirigent der *New York Symphony* ist hier und hat eine neue Frau am Arm. (Ich habe die Dame nie getroffen, aber vergangenen Monat las ich in der *Sunday Times* von ihrer Hochzeit.) Dr. Helgrin, der Hausarzt meiner Mutter, ist gekommen, begleitet von zwei Männern, denen mehr daran zu liegen scheint, ihre Büfett-Teller zu leeren, als ins Gespräch zu kommen.

Als mich Dr. Helgrins Blick streift, stehe ich auf und eile davon. Die Küche ist voller Mitarbeiter des Partyservices; aus dem WC wurde ich verbannt; die Abstellkammer ist ein heilloses Durcheinander. Ich gehe zur nächstgelegenen offenen Tür, die zur Bibliothek führt. Ein Trio älterer Frauen steht in diesem Zimmer, die Köpfe zusammengesteckt, während sie an ihren Teetassen nippen. Eine vierte Frau steht abseits von den anderen und fährt mit ihren Fingerspitzen gedankenverloren über eine Fruchtbarkeitsstatue der Inka, einen der Lieblingsschätze meiner Mutter.

Ich wende mich den Bücherregalen zu, als suchte ich dringend nach etwas. Während ich mit dem Finger über die

Rücken der Ledereinbände streiche, durchströmt mich eine Welle des Grolls. Meine Nerven liegen blank.

„Mary Elisabeths guter Geschmack ist überall zu sehen", sagt eine der drei. „Sie war wirklich etwas Besonderes."

„Ja, nicht wahr? So viel Leidenschaft und Anmut."

„Und Köpfchen – keiner konnte ihr das Wasser reichen. Glaubt mir, auf Mary Elisabeths schwarzer Liste wollte man lieber nicht stehen. Sie hatte ein Gedächtnis wie ein Elefant."

„Was du nicht sagst. Weißt du noch, ihr Ex? Ich hab immer gesagt, wenn je ein Mann verdient hat, dass ihm vergeben wird, dann Theodor Norquest. Er sah nicht nur gut aus, er ist auch millionenschwer, habe ich gehört."

Aus dem Augenwinkel heraus sehe ich, wie sich die größte der Frauen den Hals reibt und lacht. „Milliarden, meine Liebe. Er ist reicher als die Königin von England. Fast so reich wie diese britische Frau, die Harry Potter erfunden hat."

„Und trotzdem hat er keinen Cent für Mary Elisabeth oder das Mädchen herausgerückt?"

Die große Frau sieht sich im Zimmer um und trifft meinen neugierigen Blick. Bestimmt wird sie gleich rot anlaufen und sich stotternd entschuldigen, doch sie schaut lediglich ihre Freundinnen an und senkt die Stimme. „Mary Elisabeth meinte, sie würde von so einem Mistkerl kein Geld annehmen. Hatte sie auch gar nicht nötig – das Wentworth-Vermögen war mehr als ausreichend für sie und ihre Tochter."

Nach einem Moment der Verblüffung begreife ich, dass diese Frauen nicht wissen, wer ich bin. Ich bin eine Fremde in einem schwarzen Kleid, ein Gesicht, das sie bei der Beerdigung nicht gesehen haben. Wahrscheinlich halten sie mich sogar für ein Hausmädchen!

„Ich finde es erstaunlich, dass sie seinen Namen beibehalten hat", fügt eine andere Frau hinzu. „Sie konnte ihn doch nicht ausstehen."

„Sie hat ihn verachtet, ja, aber sie musste auch an das Kind denken. Und ich glaube, die Verbindung mit seinem Ruhm hat ihr gar nicht so schlecht zugesagt."

„Sie hatte einen beachtlichen Stolz", sagt die dritte Frau, wobei ihr Blick über mich hinwegschweift, als sei ich ein Teil des Mobiliars. „Viel zu wenige Frauen haben das heutzutage."

Ein unbeabsichtigtes Lächeln huscht mir übers Gesicht, während ich bei den Bücherregalen stehen bleibe. Obwohl das Manhattan meiner Mutter auf den Modeseiten der *Times* verblasst ist, wussten diese älteren Damen noch, wer und was sie gewesen war. Sie sind nicht nur gekommen, um meine Mutter zu betrauern, sondern um einem verloren gegangenen Lebensstil zu huldigen. Sie sind gekommen, um ihre Füße auf Mutters Plüschteppiche zu setzen, den Duft ihrer Bücher einzuatmen und das feine Wentworth-Porzellan zu berühren. Später, wenn sie zu Hause am Esstisch sitzen, werden sie ihr Abendessen von billigem Geschirr zu sich nehmen und versuchen, den Lärm des Fernsehers zu übertönen. Sie werden ihren Ehemännern oder anderen Angehörigen erzählen, dass sie heute bei der Beerdigung einer der letzten wahren Königinnen New Yorks gewesen sind. Sie werden sagen, dass mit Mary Elisabeth Wentworth Norquest eine Ära zu Ende gegangen sei.

Ich bin am Ende des Bücherregals angelangt und beschließe, eine weitere Runde durch die Wohnung zu drehen. Als ich auf den Flur komme, bemerke ich, dass sich niemand in Mutters Krankenzimmer hineingetraut hat. Die Tür steht zwar halb offen, aber unsere Gäste gehen der Tür genauso sorgfältig aus dem Weg, wie sie ihr selbst in ihren letzten Jahren aus dem Weg gegangen sind.

Eine kleine Frau mit silbernen Haaren und hellblauen Augen hält mich an, ihr Gesicht strahlt, als sie mich erkennt. „Leonora? Bist du das etwa?"

„Aurora." Ich zwinge mich zu lächeln. „Ja, ich bin's."

„Du meine Güte, wie du dich verändert hast, Kind. Wo hast du dich denn die ganze Zeit versteckt? Ich erinnere mich, gehört zu haben, dass du verlobt warst. Dann bist du bestimmt inzwischen irgendwo hingezogen und ziehst eine Familie groß."

Ich schüttele den Kopf. „Aus der Verlobung ist nichts geworden. Also bin ich hiergeblieben und habe mich um Mutter gekümmert."

„Oh, du bist ja ein richtiger Engel." Ihre Augen haben Knitterfältchen an den Seiten, als sie meine Wange berührt. „Du hast deiner Mutter bestimmt viel Freude gemacht. Ich weiß, wie sehr sie dich geliebt hat."

Dann verschwindet sie in den Abstellraum, wo die Frauen Pelzmäntel und hübsche Handtäschchen abgelegt haben. Ich blicke ihr nach, dann schlängele ich mich durch die überfüllte Küche und das Wohnzimmer, lächele dabei Tante Clara, Arthur, dem Banker, und zwei mir völlig unbekannten älteren Damen zu, die so dünn sind wie Fäden.

Clara sagte, die Leute wollen mir ihre Aufwartung machen, doch niemand spricht mich an. Nachdem ich die „öffentlichen" Zimmer einmal komplett durchquert habe, kehre ich in den Flur zurück und durchschreite ihn zügig, bis ich das Eckzimmer erreicht habe, das meine Mutter benutzt hat – das einzige Zimmer, in das niemand gekommen ist.

Ich schließe die Tür und lehne mich daran, die Handflächen gegen das lackierte Holz gedrückt. Diese Tür ist seit Jahren nicht geschlossen worden, denn sonst hätte ich eventuell verpasst, wenn etwas nicht in Ordnung gewesen wäre. Doch auch mit offener Tür und einem Babyfon an Mutters Bett habe ich an dem Nachmittag, als ein Herzanfall sie ohne Vorwarnung tötete, nichts gehört.

Ich senke meine Stirn gegen die Tür. Ich sollte weinen, ich

sollte den Verlust irgendwie spüren, doch ich fühle … nichts. Sind meine Gefühle erstarrt, weil die Krankheit mir meine Mutter lange vor dem Herzinfarkt geraubt hat, oder bin ich zu erschöpft, um etwas zu spüren? Vielleicht erlebe ich die seelische Variante eines körperlichen Schocks.

Ich wende mich von der Tür ab und drehe mich um. Dabei erhasche ich im Spiegel über dem antiken Ankleidetisch einen flüchtigen Blick auf mich selbst. Die braunen Augen, die meinen Blick erwidern, müssen die meines Vaters sein, denn sie haben nichts mit den eisblauen Augen meiner Mutter gemeinsam. Volle dunkle Haare winden sich in wirren Locken nach unten über meine Schultern; die Naturfarbe meiner Mutter war Honigblond. In ihren reiferen Jahren hat sie die Haare silbergrau werden lassen und in einem glänzenden Chignonknoten getragen. Selbst auf dem Krankenbett habe ich dafür gesorgt, dass ihr Haar immer ordentlich lag. Ich konnte doch nicht riskieren, dass sie auf einen öffentlichen Flur wanderte und dabei geringer aussah als Mary Elisabeth Wentworth Norquest.

Ein gequältes Lächeln zupft an meinen Lippen. Mutter und ich waren uns ungefähr so ähnlich wie Senf und Vanillesoße. Da überrascht es nicht, dass nur wenige der Gäste mich erkennen. Hätte ich eine weiße Schürze über meinem einfachen schwarzen Kleid getragen, hätte mich niemand auch nur eines Blickes gewürdigt.

Ich hebe den Kopf, als jemand vor der Tür hustet.

„Aurora? Liebes, alles in Ordnung?"

Ich blicke zurück in den Spiegel. Der Frau dort scheint es definitiv gut zu gehen. Ihre Augen sind klar, ihre Wangen trocken und ihr Mund trägt immer noch einen leichten Hauch von Lippenstift.

In einem verborgenen Vorrat an Willenskraft finde ich meine Stimme. „Mir geht es gut, Clara. Werde ich gebraucht?"

Sie öffnet die Tür und schaut mich durchdringend an, dann lässt der Anflug eines Lächelns ihren Mund traurig nach unten sinken. „Ich kann dich nicht ständig aus deinen Verstecken scheuchen, Liebes. Überfordert dich das hier wirklich so?"

„Es tut mir leid. Es ist einfach ... unangenehm für mich, unter all den Leuten zu sein."

Sie lächelt. Dabei versinken ihre blassblauen Augen in einem Netz feiner Fältchen. „Ist doch in Ordnung. Wenn du Zeit für dich allein brauchst, dann solltest du dir sie auch nehmen. Ich frage mich nur, ob ... nun, es ist mir etwas peinlich."

Ich lasse mich auf die Kante des Krankenhausbettes nieder. „Was denn?"

Sie runzelt die Stirn, während sie das Zimmer betritt. „Ich möchte dich damit nicht belasten, aber du und ich, wir wissen doch, wie viel deine Mutter gehortet hat. Da so viele ihrer besten Freundinnen hier sind, habe ich mich gefragt ... würde es dich sehr stören, wenn ich ein paar Kleinigkeiten weggebe? Ich denke, Esther würde das französische Porzellankästchen auf dem Kamin im Esszimmer förmlich anhimmeln und Gloria würde liebend gern den Briefbeschwerer aus Kristall vom Schreibtisch haben. Sie waren Freundinnen deiner Mutter, und ich bin mir sicher, dass sie gern ein kleines Andenken von ihr hätten."

Etwas rührt sich in meiner Seele – eine schwache Erinnerung, wie Mutters Hand sich beim Abarbeiten eines Haufens persönlicher Korrespondenz um den Briefbeschwerer legt. Einen Moment lang habe ich das Bedürfnis, daran festzuhalten, dann fällt mir ein, dass ich überhaupt keine Briefe schreibe.

„Wenn Gloria den Briefbeschwerer haben möchte" – ich schaue Clara in die Augen –, „dann soll Gloria ihn auch haben."

„Das ist lieb von dir, mein Schatz." Claras krallenartige Hand drückt mein Handgelenk. „Bist du jetzt völlig am Ende?"

„Ich brauche einfach ein paar Minuten, um meine Gedanken zu sammeln."

„Lass dir so viel Zeit, wie du brauchst. Ich bleibe, bis der letzte Gast gegangen ist, falls du dich ausruhen willst."

Ich nicke und schließe die Augen, doch ein plötzlicher Gedanke lässt mich aufschrecken. „Wie lange bleiben die Leute vom Partyservice hier?"

Clara schaut den Flur hinunter und zuckt die Achseln. „Weiß ich nicht, Liebes. Vielleicht eine Stunde, nachdem die Gäste gegangen sind. Das sind gute Leute, die bringen alles wieder in Ordnung ..."

„Kannst du sie bitten, zusammen mit den Gästen zu gehen? Ich räume selbst auf."

Sie kneift die Augen zusammen, bis diese fast verschwinden. „Das musst du nicht. Sauber machen gehört zu ihrem Job."

„Ich will allein sein, Clara."

Clara starrt mich an, als hätte ich den Verstand verloren. Dann nickt sie und schließt die Tür. Ich könnte vor Müdigkeit umfallen, aber ich würde nie auf diesem Krankenhausbett schlafen. Also mache ich es mir auf dem Lehnstuhl am Fenster gemütlich. Dieser Stuhl kennt mich; mit den Jahren hat er sich an die Form meines Körpers angepasst.

In der vertrauten Umarmung des Lehnstuhls verlangsamt sich mein Puls, meine Nerven beruhigen sich. Ich ziehe die schweren Gardinen zurück und betrachte gedankenverloren die vertraute Stadtsilhouette. Auf dem Dachgarten auf der anderen Straßenseite hat der Ahorn fast all seine Blätter verloren. Der Herbst ist vorgerückt. Er kündigt seine unerbittliche Ankunft mit kürzeren Tagen, kahlen Bäumen und stahlgrauen Wolken an, die die Dächer von Manhattan verschleiern.

Ich hebe meine Augen zur Decke, wo sich ein Wasserfleck gebildet hat. Ich werde George, den Hausmeister, anrufen müssen, damit er nach einem Leck sucht ... wenn ich die Kraft dafür aufbringen kann.

Eine Welle des Selbstmitleids droht mich zu überwältigen, doch ich stemme mich dagegen. Mir geht es gut. Meine Mutter ist tot; aber das eigentliche Ich von Mary Elisabeth Wentworth Norquest ist schon vor Jahren gestorben. Ich habe zehn Jahre meines Lebens darauf verwendet, mich um sie zu kümmern. Wobei sie viel mehr geopfert hat, damit sie sich um das Kind eines erfolgreichen Romanautors und verachtenswerten Mannes kümmern konnte.

Wir sind quitt. Alle Schulden sind beglichen. Morgen kann mein Leben beginnen.

Ich lehne mich zurück und stelle den Stuhl in die Liegeposition. Als die Sohlen meiner schwarzen Halbschuhe die gepolsterte Fußstütze berühren, verziehe ich unbewusst das Gesicht. Selbst im Nebel der Geisteskrankheit hat Mutter beim Anblick von Schuhen auf Möbeln ein Donnerwetter losgelassen.

Doch sie ist nicht mehr da und dieser Stuhl ist für den nächsten Sperrmüll bestimmt.

Und ich bin zehn Jahre müde.

Kapitel 2

Westbury Arms, Wohnung 15a

Ich träume. Ich weiß, dass ich träume, denn wenn ich in den Spiegel schaue, sehe ich eine 20-Jährige mit einem frischen Gesicht, nicht die mir wohlbekannte 35-Jährige. Ich trage nicht mehr mein schwarzes Kleid, sondern Jeans und einen Pulli vom College.

Abgesehen davon ist alles im Zimmer gleich geblieben. Hinter der verschlossenen Schlafzimmertür kann ich immer noch das entfernte Klirren von Silber und Porzellan vernehmen. Die Beerdigungsfeier muss noch im Gang sein.

Ich klettere aus dem Lehnstuhl – ich habe auch noch meine schwarzen Schuhe an – und durchquere das Zimmer, dann drehe ich den Türknauf. Im Flur ist keine Bewegung zu sehen, doch vom Wohnzimmer her erklingen Stimmen, ab und zu mit einem Lachen durchmischt. Ich betrete die Diele, drücke den Rücken gegen die Wand und schiebe mich daran entlang, husche an den Türen zur Bibliothek, der Abstellkammer und der Küche vorbei. Jeder Schritt führt mich näher an die laute Versammlung heran.

„Also wirklich, Mary Elisabeth, wie kannst du nur so etwas denken?" Ich erkenne Claras Stimme, auch wenn sie wärmer und kraftvoller klingt als gewöhnlich. „Theodor Norquest gehört höchstwahrscheinlich zu den größten Romanschriftstellern unserer Zeit; wie kannst du nur seinen Ruf infrage stellen?"

Als meine Mutter lacht, bekomme ich Gänsehaut auf den Unterarmen. „Weil ich die Wahrheit kenne: Er ist ein Schwein."

Mehrere Personen unterstreichen diese Bemerkung, indem sie verzückt nach Luft schnappen, und niemand ist überraschter als ich, einen zusammenhängenden Satz von Mutters Lippen zu hören. Ich lege einen Schritt zu, bewege mich vorsichtig durchs Foyer, hinein ins Wohnzimmer. Von der Doppeltür aus kann ich ins Esszimmer spähen, ohne selbst gesehen zu werden.

Der kristallene Kronleuchter wirft ein goldenes Licht über die Festgesellschaft. Meine Mutter, die, passend zu ihren Augen, in ein blaues Abendkleid aus Seide gekleidet ist, sitzt an der Kopfseite des Tisches, der Marmorkamin ragt hinter ihr auf. Eine Schulter ist nackt, die andere wird von einer übergroßen Seidenrose geschmückt. Ihr honigfarbenes Haar ist nach oben gesteckt und betont dadurch ihre hohe Stirn; nur eine einzige goldene Strähne windet sich über ihren Nacken.

Sie sieht atemberaubend schön aus.

Clara sitzt zu Mutters Linken, ein älterer Herr in einem Smoking rechts von ihr. Er schaut auf und sieht mich an der Balkontür stehen. Merkwürdigerweise sagt er nichts.

Vielleicht bin ich in dieser Traumwelt genauso unsichtbar wie in der Realität.

„Theodor Norquest ist ein Schwein", wiederholt meine Mutter. „Das weiß ich, weil ich fünfzehn Jahre mit diesem Mann zusammengelebt habe. Ich finde, diese Erfahrung gibt mir das Recht, meine Meinung zu äußern, oder etwa nicht?"

Der Mann im Smoking schwenkt eine bernsteinfarbene Flüssigkeit in seinem Glas herum. „In Literaturkreisen findet seine Arbeit große Anerkennung, was erstaunlich ist, denn immerhin hat er ja auch kommerziellen Erfolg. Einige sagen, seine Menschenkenntnis sei die eines Genies."

Meine Mutter wedelt die Bemerkung beiseite, als sei sie ein schlechter Geruch. „Die öffentliche Meinung ist eine Sache, die Realität etwas ganz anderes. Sagen Sie mir, Mr Johnson – wer würde eine Frau sitzen lassen, die gerade herausgefunden hat, dass sie sein Kind erwartet? Genau das hat Theodor Norquest getan. Er hat mich nicht nur im Stich gelassen, als ich ihn am meisten brauchte, er ist auch noch ins Ausland geflüchtet, um bei seiner Mätresse in Europa zu leben. Ich habe seine Tochter allein auf die Welt gebracht, nur Clara war da."

Clara nickt zustimmend. „Zunächst mochten Charley und ich Theodor, aber Mary Elisabeth hat vollkommen recht. Frag sie doch, wie oft dieser Mann gekommen ist, um sein Kind zu besuchen."

Mr Johnson zeigt sich höflich schockiert und gehorcht: „Wie oft?"

„Kein einziges Mal", entgegnet Mutter knapp. „Kein einziger Besuch, kein einziger Anruf für das Kind. Aber im Scheidungsverfahren besaß er dann die Frechheit, seine unsterbliche Liebe zu dem Kind zu erklären."

Der Mann am Tisch dreht den Kopf zu mir. „Ist das das Mädchen?"

Als unsere Blicke sich treffen, gefriert das Blut in meinen Adern. Die Augen meiner Mutter folgen seinen. „Ja." Sie betrachtet mich mit der Art von neutralem Interesse, mit dem sie ein Kunstwerk anschauen würde. „Das ist Aurora. Sie ist ein liebes Mädchen, aber ich sehe wenig von mir selbst in ihr."

Plötzlich mustert mich ein ganzer Raum voller Fremder mit kalten Blicken. Meine Knie zittern und mein Herz hämmert unter meinem Collegepulli, während ich zu meinem

Zimmer renne. Ein Schritt noch, dann müsste ich in Sicherheit sein. Doch der Flur scheint sich beim Laufen auszudehnen, mit jedem Schritt wird er länger und dunkler …

„Aurora!“, ruft meine Mutter. Ihre Stimme dröhnt in meinem Trommelfell.

„Auroraaaaa?“

Ihre Stimme verändert sich. Sie ist nicht mehr das kräftige, melodische Instrument, mit dem sie unzählige Abendveranstaltungen beherrscht hat, sondern das gebrochene Krächzen einer Frau, die nicht mehr weiß, ob es Freitag oder Montag, 2000 oder 1979 ist.

Ich schnappe nach Luft und setze mich im Lehnstuhl auf, während die Welt sich vor meinen Augen dreht. Mein Herz schlägt wie eine Pauke, meine Handflächen sind feucht und die altbekannte Panik ist wieder in meiner Brust aufgeblüht.

Dann schaue ich nach unten und sehe mein schwarzes Kleid. Ich habe keinen Collegepulli an. Ich bin nicht 20 Jahre alt. Ich bin 35 und meine Mutter hält nicht mehr Hof im Esszimmer. Stattdessen befinden sich ihre Überreste in einer Urne auf dem Friedhof der St.-Johannis-Kirche.

Nur ein Traum. Und Träume können mir nichts anhaben.

Oder?

❖

Nachdem ich mehrmals tief durchgeatmet habe, lasse ich meine zitternden Beine zu Boden gleiten. Draußen hat sich der Lärm erheblich gelegt.

Ich gehe hinüber zur Arbeitsecke und sehe auf die Uhr – es ist fast 16:00 Uhr, also ist mehr als eine Stunde vergangen, seit ich die Zusammenkunft verlassen habe.

Inzwischen müssten alle weg sein. Wenn ich mit düsteren Augen und bleichem Gesicht erscheine, werden sich vielleicht auch noch mögliche Bummler verziehen und mir gestatten, mit meinem Leben fortzufahren.

Eine bleierne Stille liegt auf der Wohnung, als ich durch die Tür und über den langen fensterlosen Flur schleiche. Die Küche ist leer und das Esszimmer verlassen, der Tisch mit den Resten der Trauerfeier übersät. Die Hälfte der Nippsachen, die zuvor die Theke geschmückt hatten, ist weg; kleine Kreise zeichnen sich im Staub ab, wo sie noch vor einer Stunde gestanden hatten.

Ich ziehe eine Augenbraue hoch, mehr wegen des Staubes als wegen fehlender Dinge. Am Montag hatte ich unserer Haushälterin Mildred gesagt, sie solle erst einmal nicht ohne meine ausdrückliche Bitte kommen, und danach ist es mir überhaupt nicht in den Sinn gekommen, dass wir vielleicht noch Staub wischen sollten. Ich hoffe, dass niemand dieses Zeichen meiner Unfähigkeit bemerkt hat, auch wenn den scharfsichtigen Freunden meiner Mutter grundsätzlich nichts entgeht.

Das Wohnzimmer ist ebenfalls leer, doch jemand hat eine Notiz an den Silberkorb geklebt, der gewöhnlich auf Mutters Schreibtisch stand:

Gönn dir etwas Schlaf, Liebes. Ich habe die Leute vom Partyservice weggeschickt: Du kannst ja Mildred zum Saubermachen holen. Solltest du beim Sortieren der Papiere deiner Mutter Hilfe brauchen, klopf auf jeden Fall an. Ich bin mir sicher, dass du einige Sachen für deinen Neuanfang ausräumen möchtest.

Clara

Ich unterdrücke ein Lachen, während ich die Karte in den Korb fallen lasse. Die Sachen meiner Mutter ausräumen? Wenn ich all ihr Hab und Gut loswerden würde, hätte ich nichts mehr übrig. Alles in dieser Wohnung spiegelt meine

Mutter wider, angefangen von den Gemälden an den Wänden bis hin zum Mobiliar jedes Zimmers. Sie hat die Vorhänge ausgewählt, das Küchengeschirr, die Teppiche, selbst die Wandfarbe in meinem kleinen Zimmer. Als ich vom College zurückkam, war ich zu sehr mit meiner anstehenden Hochzeit beschäftigt, um irgendwelche Änderungen vorzunehmen; und nachdem Mutter dann nicht mehr allein leben konnte, hatte ich einfach nicht die Zeit oder Kraft dazu.

Und Mildred werde ich nie wieder rufen. Als Mutter krank war, habe ich ihre Hilfe geschätzt, doch nun habe ich das unbändige Verlangen, hier selbst aufzuräumen.

Während ich durch die Wohnung gehe, schnuppere ich. Die Räume riechen immer noch nach Parfüm und Zigarren, die Düfte gut betuchter Aasfresser. Die Glasplatten von der Etagere im Wohnzimmer sehen so leer aus wie nach einem Räumungsverkauf, und Entrüstung macht sich in mir breit, als ich merke, wie viele von Mutters Schätzen verschwunden sind.

Ich schließe die Augen. Mir graut davor, Clara wegen ihrer etwas vermessenen Großzügigkeit zur Rede zu stellen. Aber warum bin ich überhaupt so aus der Fassung? Ich habe mich doch nie um Mutters teuren Schnickschnack geschert; ich sollte dankbar sein, weniger Sachen abstauben zu müssen. Außerdem könnte ich niemals auf Clara wütend sein. Als Mutter krank wurde, gab mir Clara die nötige Unterstützung. Sie erwies sich als wahre Freundin, genauso wie sie Mutters Freundin gewesen ist, und dafür werde ich ihr immer dankbar sein.

Ich kann ein Lächeln nicht unterdrücken. Vergangenes Jahr habe ich irgendwann einmal eine Sendung über Auslandsadoptionen gesehen. Die Fernsehcrew begleitete eine Gruppe potenzieller Eltern bei der ganzen Prozedur, bei allen Vorbereitungen, den Gängen zur Einwanderungsbehörde und schließlich zum Flughafen, wo die Paare ihre neuen Kinder trafen. Ohne Ausnahme haben diese Eltern, nachdem sie die Neuankömmlinge umarmt haben, zuallererst die Babys aus ihren alten Kleidern gezerrt, ihre kleinen Körper mit Feuchttüchern abgeschrubbt und sie in neue Sachen gehüllt.

Vielleicht muss ich das auch tun. Clara hat mir bereits geholfen, diesen Ort von einigen alten Sachen zu befreien. Jetzt werde ich mich ans Putzen machen und vielleicht werden sich diese Wände dann wie *mein* Zuhause anzufühlen beginnen …

❖

Ich schnappe mir einen Müllsack aus dem Küchenschrank und mache mich ans Esszimmer. Nachdem ich gefüllte Eier, die ausgelaufen sind, angetrocknete Cocktailhäppchen und abgekaute Hähnchenknochen in den Mülleimer geworfen habe, knote ich den Müllsack zu und schleife ihn ins Foyer. Gut zwei Dutzend Porzellantassen und eine Handvoll Silbergeschirr müssen per Hand gespült werden, aber die können warten.

Organischer Müll dagegen nicht. Ich erinnere mich daran, wie wenig Mutter Gestank und Abfall ertragen konnte, also halte ich inne, um mir den Schlüssel vom Tisch im Foyer zu nehmen und ihn in meine Tasche zu stecken. Mutter hat seit 1952 in diesem Haus gewohnt, aber bis vor drei Jahren hatte ich nicht den Mut gehabt, zwei zusätzliche Schließriegel einbauen zu lassen.

Mit dem Schlüssel in der Tasche trete ich aus der Tür und schleife den Müllsack auf den abgetragenen Teppich des Korridors. In unserem Apartmenthaus, dem *Westbury Arms*, das ein riesiges Quadrat mit einem aus der Mitte geschnittenen Hof ist, gibt es auf jedem Stockwerk drei Wohnungen.

Claras Zuhause liegt an der Südostecke des Gebäudes; meines nimmt die gesamte Westseite ein. Die dritte Wohnung liegt am hintersten Ende des öffentlichen Korridors und befindet sich an der nordöstlichen Ecke. Diese dritte Wohnung, die kleinste von allen, grenzt westlich an meine Wohnung, südlich an Claras.

Ich blicke auf und sehe einen Mann vor dieser kleinen Wohnung stehen. Eine Welle der Neugier regt sich in meinem melancholischen Gefühlsmeer. Es handelt sich bei dem Mann nicht um Mr Williams, der dort in den vergangenen 20 Jahren gewohnt hat. Auch sieht er nicht wie Mr Williams' zahlreiche Verwandte aus, die alle genauso kurz und rund sind, wie dieser Mann groß und schlank ist.

Als ich mich bücke, um den vollen Müllsack aufzuheben, sehe ich im Augenwinkel, wie sich der Fremde umdreht.

„Kann ich Ihnen behilflich sein?", ruft er.

Ich halte den Müll wie einen Schutzschild vor mich und spähe über den Sack. Der junge Mann an der Tür hat ein blasses Gesicht und ist blond. Eine runde schwarze Brille umrahmt seine Augen. Irgendwie erinnert mich der Anblick an eine Sendung über Waschbären, die ich kürzlich gesehen habe.

Ich schüttle den Kopf und schaue weg. Wäre der Müllschlucker doch nur näher an der Südseite des Gebäudes! Leider befindet er sich etwas jenseits der Treppe am Nordende, nur ein paar Meter von Mr Williams' Tür entfernt.

Der Mann sagt nichts, aber ich höre das Klirren von Schlüsseln. Gut. Gleich wird er drin sein, dann kann ich jetzt den Flur hinuntergehen und davon ausgehen, dass er weg ist, wenn ich den Müllschlucker erreicht habe.

Ich schrecke zusammen, als er sich erneut umdreht und sagt: „Ich möchte Ihnen wirklich nicht auf die Nerven gehen, aber der Hausmeister hat mir diesen Schlüsselbund hier gegeben, und keiner davon passt zu einem dieser Schlösser.

Gibt es da irgendeinen Trick? Oder stelle ich mich einfach zu dumm an?“

Ich werfe einen Blick über meine Schulter in der Hoffnung, Clara würde erscheinen und mich retten, aber außer uns ist sonst kein Mensch auf dem Korridor.

Ich halte unentschlossen inne, den Müllsack immer noch umklammert. Fast will ich ihm vorschlagen, er solle Mr Williams rufen, da fällt mein Blick auf die Schlüssel. Sie sind alt und dunkel; es sind die langen, dünnen Schlüssel der ursprünglichen Schlösser, die die Wohnung früher hatte. Das jetzige Schloss in Mr Williams' Tür ist aus poliertem Messing.

„Er hat das Schloss ausgewechselt.“ Ohne auch nur einen Zentimeter in die Richtung des Fremden zu gehen, deute ich auf die Tür. „Ungefähr vor zwei Jahren, glaube ich. George muss irgendwo noch einen Schlüsselbund haben. Wir sind verpflichtet, eine Ausführung bei ihm zu lassen.“

„Macht Sinn.“ Das Gesicht des Mannes hellt sich auf, dann kommt er zu mir herüber, die freie Hand ausgestreckt. „Ich bin Philip Cannon. Falls du dort lebst“ – er zeigt auf meine Wohnung –, „dann bin ich dein neuer Nachbar.“

Unwillkürlich versteife ich mich. Wann ist das passiert? Meine Welt ist zwar nicht groß, aber ich dachte, ich wüsste fast alles über meine Nachbarn. Irgendwie schaffe ich es, die Sprache wiederzufinden. „Was ist mit Mr Williams passiert?“

„Hat sich in Florida niedergelassen, glaube ich. Fort Lauderdale, hat der Hausmeister gesagt.“

Ich beschließe, Clara zu fragen, wann sich Mr Williams entschlossen hat umzuziehen. Sie wird darüber informiert sein; vielleicht weiß sie sogar etwas über den jungen Mann. Manchmal denke ich, sie weiß alles über jeden im *Westbury Arms*. Sie hat hier genauso lange gelebt wie meine Mutter; wie Adler hatten sich die beiden hier im obersten Stockwerk eingenistet.

Der junge Mann räuspert sich. Sein Blick ist auf mich gerichtet, sein Arm immer noch ausgestreckt, und plötzlich fällt mir auf, dass ich meine Hälfte dieses sozialen Austausches nicht beitrage.

Ich zwinge mich dazu, seine Hand zu schütteln. „Verzeihung. Ich bin Aurora Norquest."

„Freut mich, dich kennenzulernen, Aurora." Trotz seiner blassen Hautfarbe ist sein Griff fest und warm. Er nickt in Richtung meiner Wohnung. „Lebst du schon lange hier?"

Er ist zu nahe an mich herangetreten; unwillkürlich bewege ich mich einen halben Schritt zurück. „Meine Mutter hat hier bis letzten Montag gelebt. Ich habe sie heute beerdigt."

Sein Lächeln verschwindet. „Das tut mir leid. Ich hatte ja keine Ahnung."

„Wie hättest du das auch wissen sollen?" Da er mich geduzt hat, kann ich ihn schlecht siezen, obwohl ich das gern getan hätte. „Entschuldige mich bitte. Ich muss mich wieder ans Aufräumen machen. Es sieht furchtbar aus."

„Es tut mir wirklich leid", wiederholt er. Er steckt die nutzlosen Schlüssel in die Tasche und zeigt dann auf den Fahrstuhl. „Brauchst du irgendetwas vom Hausmeister? Falls du Kartons oder Säcke brauchst, könnte ich dir welche mitbringen."

Ich starre ihn an, unfähig, sein Angebot einzuordnen. Dann dämmert es mir: Genau wie die wenigen Menschen bei der Trauerfeier, die mich wiedererkannten, denkt auch er, ich sei hier nur zu Besuch und würde irgendwo anders leben.

Ich deute auf die Wohnungstür. „Ich wohne hier – ich meine, ich habe bei meiner Mutter gelebt. Sie war lange Zeit krank und ich hab sie gepflegt. Ich lebe da also, ich meine *hier* ... ich lebe hier. Das heißt, wir sind Nachbarn, ja."

Ich schaue in seine Augen und fürchte, ich würde darin einen Hinweis entdecken, dass er mich für verrückt oder dumm hält, aber seine Augen strahlen Wärme aus und auch so etwas wie Mitleid.

Ich möchte kein Mitleid.

„Sorry." Er steckt die Hände in die Taschen. „Ich steh hier und mache oberflächliche Konversation und dabei steckst du mitten in einer Riesenkrise." Er bewegt sich rückwärts zum Fahrstuhl. „Ich werde dich nicht belästigen, aber bitte scheu dich nicht anzuklopfen, falls du irgendwas brauchst. Nachbarn sollten sich gegenseitig helfen, findest du nicht auch?"

Ich widerstehe dem Drang zu lachen und nicke nur. Während Philip Cannon auf den Fahrstuhl wartet, wuchte ich den Müll hinauf zum Müllschlucker und kämpfe damit, den sperrigen Sack in die rechteckige Öffnung zu zwingen. Endlich klappt der Metalldeckel schallend über der Röhre zu. Beim Umdrehen blicke ich hinter mich und störe mich ein wenig daran, dass der Neuankömmling immer noch auf den Fahrstuhl wartet. Obwohl der Mann nicht bedrohlich wirkt, ist er doch ein Fremder auf diesem Stockwerk.

Aus irgendeiner Ecke meines Gehirns rügt mich die Stimme meiner Mutter: *Er ist ein neuer Nachbar; er ist ein netter junger Mann; du solltest ihn auf eine Tasse Kaffee einladen.* Aber Mutter ist tot und meine mageren Gastfreundschaftsreserven sind bereits mehr als aufgebraucht.

Ich gehe in meine Wohnung zurück, die Gegenwart des Mannes auf dem Korridor spüre ich aber weiterhin. An der Tür halte ich inne und tue so, als fummele ich mit meinem Schlüssel herum. Irgendwie bin ich überzeugt, dass er durch die Türöffnung zu weit in meine Privatsphäre eindringen würde. Er könnte einen Blick vom Inneren erhaschen; er könnte meine Möbel sehen. Ein weiterer Fremder würde in mein Heim treten und dessen Sicherheit aushöhlen.

Endlich erklingt der Signalton des Fahrstuhls, und ich höre, wie die Türen aufgehen. Als sie sich wieder schließen, sinken meine Schultern in sich zusammen. Erst jetzt bemerke ich, wie sehr die Begegnung meine Nerven angespannt hat.

Ein Neuankömmling auf unserem Stockwerk – was wird Clara wohl davon halten? Ich schließe die Tür auf, dann trete ich in die frühabendliche Dunkelheit der Wohnung meiner Mutter – nunmehr *meiner* Wohnung. Ich werde mich umgewöhnen müssen. Eventuell werde ich George rufen müssen, damit er mit dem nötigen Papierkram hochkommt, um den Mietvertrag zu ändern. Seit Jahren schon hat sich unser Buchhalter um die Nebenkostenabrechnungen und Instandhaltungsgebühren gekümmert, aber alles im Namen meiner Mutter. Ich werde ihn anrufen und entsprechende Änderungen vornehmen.

Dieser Ort gehört nun mir. Mir allein.

Ich schalte die Lampe auf dem Foyertisch an und starre ins Wohnzimmer, das im Dunkeln daliegt. Die Luft fühlt sich verbraucht an, als sei sie zu häufig ein- und ausgeatmet worden.

Ich schiebe mich durch die Dämmerung, dann sinke ich aufs Sofa und starre die leere Etagere an. Die Wohnung ist ruhig, stiller, als sie seit Monaten gewesen ist, und irgendwie habe ich das Gefühl, dass ich es sein sollte, die auf dem Friedhof liegt, während meine Mutter hier in diesem Zimmer sitzen sollte, den Verlust so vieler geliebter *objets d'art* beklagend.

Je mehr ich den Gedanken zu ignorieren versuche, desto hartnäckiger bleibt er da.

Kapitel 3

Westbury Arms, Wohnung 15b

Meine neue Wohnung wäre erheblich ansprechender, wenn sie nicht wie eine Mischung aus nassem Hund und Leberwurst riechen würde.

Da die Wohnung dringend gelüftet werden muss, gehe ich zum Wohnzimmerfenster hinüber und zerre am unteren Fensterrahmen. Das alte Glas klappert im Rahmen, aber das Fenster gibt nicht nach.

Ich beuge mich hinunter, um mir die Sache genauer anzusehen. Es ist genau, wie ich vermutet habe: Der Fensterrahmen ist zugestrichen worden. Ich könnte ihn mit Schraubenzieher und Hammer losmachen, aber ich habe keine Ahnung, wo meine Werkzeuge sind; ich habe sie irgendwo in einem Karton verstaut, entweder in meiner alten Wohnung, im Flur oder unten in der Eingangshalle.

Ich atme tief durch und sehe auf die Uhr. Der Portier, ein junger Typ namens Thomas, hat versprochen, meine Kartons im Auge zu behalten, doch wie viel Zeit können 20 Dollar Trinkgeld kaufen?

Ich streiche mir mit der Hand durchs Haar und mache mich daran, meine neue Wohnung auszukundschaften. Ich hatte mich einverstanden erklärt, sie möbliert zu kaufen, nur hatte ich den Möbeln kaum Beachtung geschenkt, als der

Immobilienmakler mich hier durchgeführt hat. Ich war viel zu sehr von dem riesigen Raum beeindruckt gewesen, der als Wohnzimmer, Küche und Essbereich dient, eingerahmt von einer Wand aus fast drei Meter hohen Fenstern, die mir einen wunderbaren Ausblick auf den *Central Park* bieten. Die drei anderen Zimmer sind klein, wie das in älteren Wohnungen üblich ist, und die beiden gekachelten Badezimmer wirken richtiggehend spartanisch.

Das Gebäude befindet sich an der *Upper West Side*, die New Yorker Uni ist nicht weit entfernt. Die Lage, kombiniert mit dem offenen Wohnbereich und diesen herrlichen Fenstern, hatte mich derart begeistert, dass ich den Kaufpreis fast annahm, ohne groß zu handeln.

Doch bevor ich die Wohnung kaufen konnte, musste ich bei der Eigentümerversammlung des *Westbury Arms* einen Mitgliedsantrag einreichen sowie persönliche und berufliche Leumundszeugnisse, eine Bestätigung meines Angestelltenverhältnisses, Nachweise meiner Solvenz und meiner Sicherheiten, die Steuerbescheide der vergangenen beiden Jahre und eine Kopie meiner Hypothekengenehmigung. Nachdem ich den Papierkram erledigt hatte, musste ich zu einem Gespräch erscheinen, bei dem ich geradeheraus gefragt wurde, warum man mich im *Westbury Arms* wohnen lassen sollte.

„Weil ich ruhig bin“, entgegnete ich, wobei ich mir ein wenig wie ein Verbrecher beim Verhör vorkam. „Ich denke, ich werde ein guter Nachbar sein. Und neueste Studien haben gezeigt, dass ruhige Nachbarn eher in sicheren Nachbarschaften leben, und sichere Nachbarschaften tendieren dahin, den Immobilienwert zu steigern.“

Nachdem sie sich zu einer geheimen Abstimmung zurückgezogen hatten, traten die vier Vorstandsmitglieder vor und hießen mich im *Westbury Arms* willkommen.

Nun wünschte ich mir, ich hätte einen Putztrupp vorgeschickt. Ich starre auf hässliche Vinyl- und Chromleder-Garnituren, fleckige Wände und Teppiche, die nach Zigarren, Kochfett und Hund riechen. Wahrscheinlich sollte ich nicht überrascht sein, dass die Wohnung eine Schönheitsoperation benötigt, aber irgendwie erschien sie mir erheblich ansprechender, als ich den Kaufvertrag unterschrieb und einen Scheck für die Instandhaltungsgebühr des ersten Jahres aushändigte.

Ich strecke meine Hand nach einem Schalter aus und lege ihn in der Hoffnung um, er würde den Deckenventilator betätigen. Stattdessen glüht ein Licht auf dem langen Flur auf, der zum Foyer führt.

Immerhin funktioniert das Licht.

Mit einem Seufzer ziehe ich einen Sechserpack Cola aus einem Karton auf der Kücheninsel, dann gehe ich zu dem avocadofarbenen Kühlschrank und öffne die Tür. Fünf Dosen kommen in den Kühlschrank, die sechste mache ich mit einem Zischen auf. Ich würde aus der Dose trinken, nur kann ich warme Cola nicht ausstehen, also durchsuche ich mehrere Schränke nach einem Glas. Schlussendlich finde ich in einer vergessenen Ecke eine Tasse der *New York Yankees.* Der Boden der Tasse ist mit kleinen schwarzen Dingern bedeckt – Kakerlakenkot oder Schmutz? –, also wasche ich ihn unter heißem, fließendem Wasser aus.

Ich lasse die Tasse auf der Ablage abtropfen und öffne das Gefrierfach, wo ich einen Eiswürfelbereiter zu finden hoffe. Doch so viel Glück bleibt mir verwehrt. Immerhin hat mir der vorherige Bewohner ein Eiswürfeltablett hinterlassen – silbern, wie es meine Eltern zu haben pflegten.

Beim Knacken und Knirschen des brechenden Eises zucke ich zusammen, dann lasse ich ein paar der trüben Würfel in die Tasse fallen. Nachdem ich den Rest des Eises weggeworfen habe, fülle ich neues Wasser ein und stelle es zurück in das Gefrierfach.

Ich rutsche auf einen Barhocker, während ich aus der Tasse schlürfe. Dies ist nicht gerade der ruhmreichste Augenblick meines Lebens, denkwürdig ist er aber trotzdem. Der vom Abschlussjahrgang der *Lindbergh*-Highschool als „Computerfreak auf Lebenszeit" bezeichnete Phil Cannon hat seine erste häusliche Aktivität im altehrwürdigen *Westbury Arms* vollbracht, ohne dabei etwas kaputt zu machen oder abzufackeln. Wenn ich die anderen Kartons nach oben schaffen kann, ohne dabei den Fahrstuhl lahmzulegen oder einem anderen Bewohner auf die Füße zu treten, dann werden meine Nachbarn und ich sicher gut miteinander auskommen …

Als ich es klopfen höre, stelle ich meine Tasse auf die Theke. Der Portier? Der Hausmeister? Für den Bruchteil einer Sekunde frage ich mich, ob ich Aurora Norquest vor der Tür antreffen werde. Ich würde mich gerne noch mal bei ihr entschuldigen, dass ich mich ihr gegenüber wie ein Trampel verhalten habe.

Doch die Frau, die ich durch das Guckloch erspähe, ist eine mir vage bekannt vorkommende Dame mit silbernem Haar, die in einen schwarzen Anzug mit Pelzkragen gekleidet ist. Als ich die Tür öffne, wedelt die zierliche Frau mit einer weißen Bäckereitüte und lächelt.

„Willkommen im *Westbury Arms*", sagt sie und dämpft ihre Stimme in der Stille des mit Teppich belegten Korridors. „Es freut mich, dass Sie es geschafft haben, Mr Cannon."

Ich kann ihr Gesicht nicht sofort einordnen, dann erinnere ich mich: Diese Frau war eines der vier Vorstandsmitglieder, die meinen Mitgliedsantrag geprüft haben. Eine der ernst zu nehmenden Hüter des *Westbury Arms*.

Ich mache die Tür weiter auf. „Vielen Dank, Mrs … Tut mir leid, Namen kann ich mir nicht gut merken."

Ihr schmaler Mund zuckt amüsiert. „Ich bin Clara Bellingham, und ich habe nicht erwartet, dass Sie meinen Namen noch wissen. Sicherlich haben Sie in diesen Tagen genug um die Ohren gehabt.“ Sie reckt sich leicht, um über meine Schulter zu gucken. „Ich hoffe, Sie haben nichts dagegen, dass ich Ihnen ein paar Backwaren geholt habe, um Sie im 15. Stock willkommen zu heißen.“

„Danke schön.“ Ich verstehe den Wink und trete zur Seite. „Kommen Sie doch rein. Tut mir leid, dass es hier so unordentlich aussieht, aber ich fange gerade erst an, mich einzurichten. Die meisten Kartons stehen noch in der Eingangshalle ...“

„Sie müssen mir nichts erklären. Ich weiß, dass Horace Williams absolut keinen Geschmack hatte. Aber Sie werden schon sehen, es ist trotzdem eine schöne Wohnung. Sie hat ein gutes Grundgerüst; sie muss nur ein bisschen herausgeputzt werden.“ Sie geht voran, ihr Blick wandert von Wand zu Wand und vom Boden zur Decke. Vor der ersten Tür auf dem Hauptflur hält sie an. „Wie viele Zimmer haben Sie, Mr Cannon?“

Bestimmt weiß sie die Antwort selbst, aber ich tue ihr den Gefallen: „Drei.“ Ich lehne mich gegen die Wand und verschränke die Arme. „Dieses Zimmer hier wird mein Schlafzimmer sein. Das Zimmer beim Foyer würde sich gut als Gästezimmer machen, finde ich.“

Sie presst die Lippen zusammen. „Eine vorzügliche Idee. Genauso haben es die McConnels gehandhabt, glaube ich. Sie haben hier vor Horace Williams gelebt.“

Ich würdige diese Information mit einem freundlichen Lächeln. „Das andere Zimmer – das neben dem Wohnzimmer – habe ich als mein Büro vorgesehen. Die dortigen Schränke sind geräumig und ich habe viele Aktenordner unterzubringen.“

„Das wird ein gutes Plätzchen – und es ist gleich bei der Küche. Was halten Sie übrigens von der Aussicht aus Ihrem Wohnzimmer?“

„Wirklich großartig. Es waren die Fenster, die mich von dieser Wohnung überzeugt haben.“

Nickend geht sie den Flur entlang, bis er in den offenen Bereich mündet, der als Hauptwohnfläche dient. Dann dreht sie sich um. „Ich bin überrascht, dass die Wohneinheit hier nicht noch viel schlechter aussieht. Horace hat sich nie groß um sein Zuhause gekümmert. Es wird interessant sein zu sehen, was Sie daraus machen.“

„Ich habe schon vor, die Dinge hier auf Vordermann zu bringen – wenn ich nicht arbeiten muss.“

„Beim *Westbury* bringen wir Sachen immer auf Vordermann. Ich vermute nicht, dass Sie mit der Geschichte des Gebäudes vertraut sind?“

„Nicht wirklich. Ist hier viel los gewesen?“

Ihr Lächeln steigert sich zu einem Lachen. „Nicht so viel wie im *Dakota* an der 72. Straße. Da haben sie den Film *Rosemary's Baby* gedreht, wissen Sie, und John Lennon wurde auf dem Gehsteig genau vor dem Gebäude umgebracht. Das *Westbury* wurde 1885 gebaut, ein Jahr nach dem *Dakota*, und der Architekt wollte wohl unbedingt seine Rivalen in den Schatten stellen. Deswegen haben wir 15 Stockwerke; die anderen neun. Wir haben 45 Wohnungen; die ursprünglichen Pläne des *Dakota* hatten nur 36 vorgesehen. Inzwischen sind es natürlich mehr – die *Dakota*-Leute zerstückeln die prächtigen alten Wohnungen in immer kleinere Einheiten. Auch wenn unsere Wohnungen natürlich immer wieder renoviert worden sind, so haben wir es doch nicht zugelassen, sie zu teilen.“

Das Konkurrenzdenken amüsiert mich, doch ich tue mein Möglichstes, um ein Schmunzeln zu unterdrücken. „Wie lange leben Sie denn schon hier, Mrs Bellingham?“

Gedankenversunken verengen sich ihre Augen und ihre Mundwinkel ziehen sich zusammen. „Lange, Mr Cannon. Vielleicht schon zu lange." Sie seufzt, dann sieht sie mich mit einem verkrampften Lächeln an. „Es ist schön, einen weiteren jungen Menschen auf dem 15. Stock zu haben."

Ich lache. „Eine meiner Nichten findet 37 schon uralt."

„Kinder – was wissen die schon?" Mrs Bellingham hält mir die Tüte mit den Backwaren hin und schaut zu den Kartons auf der Kücheninsel. „Ich sollte mich davonmachen und Ihnen die Möglichkeit geben, sich ans Auspacken zu machen. Ich möchte Sie nicht stören."

Ich nehme ihr die Tüte ab. „Vielen Dank, und Sie stören wirklich nicht. Ich habe einige Kartons unten gelassen, aber solange der Portier nichts dagegen hat, sie im Auge zu behalten ..."

„Thomas wird schon nichts dagegen haben. Er ist ein netter junger Mann."

„Dann ... möchten Sie sich setzen?"

„Danke, gern."

Während sie zu dem grässlichen Vinylsofa geht, stelle ich die weiße Tüte auf dem Tresen ab und schaffe es nur mit Mühe, das Gesicht nicht zu verziehen. Anscheinend reichte es nicht, meine sämtlichen Finanzunterlagen und Zeugnisse zu lesen. Die Frau möchte anscheinend auch noch wissen, ob mein Bauchnabel nach innen oder nach außen gekehrt ist.

„Möchten Sie etwas zu trinken, Mrs Bellingham? Ich könnte Ihnen eine Cola oder Wasser anbieten ..."

„Danke, nicht nötig." Als sie sich hinsetzt und ihre Beine übereinanderschlägt, bemerke ich, dass sie Schuhe mit Absätzen und elegante Strümpfe anhat, selbst bei einem derart legeren Besuch. „Erzählen Sie mir Ihre Geschichte, Mr Cannon. Neue Nachbarn sind ein seltenes Vergnügen auf diesem Stockwerk."

Ich setze mich in einen knarrenden Sessel, der schon bessere Zeiten erlebt hat. „Bitte nennen Sie mich Phil."

„Sie sehen mehr nach einem Philip aus." Sie neigt ihren Kopf und aus diesem Blickwinkel kann ich ein diskretes Hörgerät sehen. „Sind Sie gebürtiger New Yorker?"

„Nein, Madam. Ich bin in St. Louis, Missouri, geboren und aufgewachsen. Aber nach dem College habe ich ein paar Aufsätze geschrieben, und bevor ich wusste, wie mir geschah, hat mir die New Yorker Uni eine Teilzeitstelle an einer ihrer Fakultäten angeboten. Inzwischen unterrichte ich dort. Und wenn ich nicht unterrichte, arbeite ich als Berater."

Sie hebt eine Braue. „Sie scheinen gut zu verdienen."

„Ich habe ein anständiges Auskommen. Nichts Umwerfendes, aber genug, um weiterhin mit Computern und Videospielen herumwursteln zu können."

Das Lächeln, mit dem sie reagiert, ist eher mechanische Höflichkeit als ein Ausdruck freudiger Zustimmung. Ich schätze, dass sie meine Begeisterung für Technik nicht teilt. „Dann leben Sie schon eine Zeit lang in New York?"

„Bevor ich hierherzog, hatte ich eine Wohnung in Brooklyn. Aber ich mochte das ständige Hin- und Herfahren nicht, also habe ich mich nach einem Plätzchen in Manhattan umgesehen, sobald ich mir eins leisten konnte. Mein Immobilienmakler freute sich riesig, als er diese Wohnung fand." *Vor allem über die Provision,* will ich hinzufügen, doch ich halte den Mund.

Mrs Bellingham führt ihre Fingerspitzen in einer vornehmen Bewegung zusammen. „Es ist kaum zu glauben, dass ein derart verheißungsvoller junger Mann noch unverheiratet ist."

Sie ist diplomatisch, das muss ich zugeben. „Ich war mal mit einem Mädchen verlobt. Aber sie wollte nicht aus St. Louis fort und ich habe mich selbst immer für einen Stadtmenschen gehalten. Also haben wir es abgeblasen."

Mrs Bellingham schnalzt leise mit der Zunge. „Äußerst schade, dass Sie keinen Kompromiss haben finden können."

Ich zucke die Achseln. „Ich bin zu dem Schluss gekommen, dass manche Männer einfach nicht fürs Heiraten bestimmt sind."

„Aber Sie sind nicht ... Sie wissen schon ..."

Sie nickt mir vielsagend zu, und als ich verstehe, was sie meint, wird mir heiß. „Nein, ich bin nicht schwul."

Sie drückt eine Hand an ihre magere Brust und bringt ein ersticktes Glucksen heraus. „Heutzutage weiß man ja nie, besonders nicht in dieser Stadt. Jeden Sonntag nehme ich die *Times* in die Hand und lese von ‚gleichgeschlechtlichen Bindungszeremonien' – nun, bestimmt wissen Sie selbst, dass man sich auf nichts mehr verlassen kann, besonders, wenn man jemanden kennenlernt, der in Ihrem Alter noch ledig ist."

„Ich bin kein Single, weil ich schwul bin", antworte ich, wobei ich mich bemühe, möglichst locker zu klingen. „Ich bin Single, weil ich Volkswirtschaftler bin. Ich lerne Frauen kennen; sie fragen mich nach meinem Beruf; ich sag's ihnen. Die meisten rennen dann innerhalb von 60 Sekunden davon."

Mrs Bellingham kichert. „Das kann ich kaum glauben. Sie sind doch so ein charmanter junger Mann. Ich liebe Selbstironie."

„Wirklich!" Erstaunt darüber, wie leicht sie zu amüsieren ist, beschließe ich, es mit einer meiner besten Nummern zu versuchen. „Ich nehme an, Sie kennen die Definition eines Volkswirtschaftlers."

Sie schaut mich stirnrunzelnd an und schenkt mir ein halbes Lächeln. „Warum klären Sie mich nicht einfach auf?"

„Na schön – ein Volkswirtschaftler ist jemand, der etwas findet, das in der Praxis funktioniert ... und sich dann fragt, ob es auch in der Theorie funktionieren würde."

Von zehn Frauen, die diesen Witz hören, starren mich neun daraufhin nur verständnislos an, doch Mrs Bellingham lacht leise. „Es ist entzückend, Sie hier bei uns auf dem 15. Stock zu haben, Philip. Besonders jetzt, wo Mary Elisabeth nicht mehr unter uns ist."

„War sie Mr Williams' Frau?"

„Oh, nein. Mary Elisabeth war Auroras Mutter."

Ich nicke. Namen und Orte bekommen langsam einen Zusammenhang. „Aurora ist die junge Frau von nebenan, richtig? Ich bin ihr vorhin über den Weg gelaufen, aber ich glaube, ich habe sie zur falschen Zeit erwischt."

„Das stimmt wohl." Ihre Stirn wölbt sich. „Hat sie ihre Mutter erwähnt?"

„Sie meinte, sie hätte ihre Mutter heute beerdigt."

„Der Trauergottesdienst fand am Vormittag statt." Eine schwache Falte bildet sich zwischen den feinen Augenbrauen der alten Dame. „Mary Elisabeth war meine beste Freundin und Aurora liebe ich wie eine Tochter. Deswegen mache ich mir wahrscheinlich auch solche Sorgen um sie."

Da ich mir nicht sicher bin, ob ich Tratsch über meine Nachbarn hören möchte, strecke ich meinen Arm auf der Rückenlehne meines Stuhls aus und suche nach einem Fluchtvorwand. Ich würde Mrs Bellinghams Fragestunde gern beenden, damit ich nach unten gehen und meine Kartons holen kann, doch es wäre unhöflich, nichts auf ihre Aussage zu erwidern. „Also, es schien Aurora gar nicht so schlecht zu gehen", antworte ich. „Vielleicht ein bisschen niedergeschlagen, aber das ist in ihrer Lage ja auch normal."

„Niedergeschlagen? Du meine Güte, was für eine Untertreibung." Sie schüttelt den Kopf mit der Hilflosigkeit, die ich schon öfter bei Frauen beobachtet habe, wenn sie über Sorgenkinder sprechen. „Aurora ist ein Juwel, aber nicht wirklich fähig, in der realen Welt zurechtzukommen."

Trotz meiner guten Vorsätze kann ich dem Köder nicht widerstehen. „Da komme ich nicht ganz mit."

„Sie haben sich nicht lange mit ihr unterhalten, habe ich recht?"

„Nur ganz kurz."

„Nun" – Mrs Bellingham lehnt sich vor –, „haben Sie jemals Menschen kennengelernt, die zu gehemmt und zerbrechlich sind, um mit dem Leben klarzukommen? Aurora ist so jemand. Selbst als Kind hat sie immer nur in Büchern und Fantasiewelten gelebt. Als Teenager hat sie lieber gelesen, als mit Jungs auszugehen, und ich glaube nicht, dass sie in ihrer gesamten Jugend auch nur einen einzigen Freund gehabt hat. Ich hatte nicht erwartet, dass sie den Mumm aufbringen würde, aufs College zu gehen, aber überraschenderweise hat sie sich bei einer kleinen Mädchenschule in Virginia eingeschrieben – *Sweet Briar*, glaube ich. Doch nach dem Abschluss kam sie zurück und hat sich wieder hier eingenistet. Damals arbeitete sie in einer Buchhandlung.

Und dann hat sie uns alle überrascht, indem sie sich in einen jungen Mann verliebt hat, der sie tatsächlich heiraten wollte – doch da ging es mit Mary Elisabeth bereits bergab. Tja, und das war es dann."

„Das verstehe ich nicht. Was war was dann?"

„Na, die Verlobung natürlich! Auroras junger Mann wollte sie auf der Stelle heiraten und Aurora wollte ihre Mutter keinesfalls in eine *Einrichtung* schicken. Der junge Mann – mir ist sein Name entfallen – wollte nichts von der Möglichkeit wissen, eventuell zu Mary Elisabeth und Aurora in die Wohnung zu ziehen. Da hatten sie eine heftige Auseinandersetzung und wir haben ihn nie wiedergesehen." Mrs Bellingham schnippt in einer abwertenden Geste mit ihren Fingern. „Im Nachhinein habe ich Aurora natürlich gesagt, dass sie ohne ihn viel besser dran ist. Er schien ihre Mutter nicht zu mögen, und jeder weiß, dass man sich nie zwischen ein Mädchen und seine Mutter stellen kann."

„Dann standen Aurora und ihre Mutter sich wohl sehr nah?"

„Absolut. Mary Elisabeth war 35, als sie Aurora bekam. Das machte sie zu einer reifen und äußerst hingebungsvollen Mutter. Als Mary Elisabeths Verstand dann nachzulassen begann, hat Aurora ihren Job aufgegeben und ist zu Hause geblieben, um sie zu pflegen. Ich schätze, man könnte sagen, dass sie ihr Dasein in den letzten zehn Jahren im Schatten ihrer Mutter gefristet hat. Hätte Mary Elisabeths Herz nicht versagt, würde sie ihre Mutter wahrscheinlich noch weitere zehn Jahre pflegen. Jetzt sitzt Aurora dort in der Riesenwohnung ganz alleine herum. Ich bin ihretwegen sehr besorgt."

Da ich nicht weiß, was ich sagen soll, stütze ich mein Kinn auf die Hand und betrachte meinen Gast mit einem – so hoffe ich – anteilnehmenden Blick. Mrs Bellingham scheint es aufrichtig zu meinen, doch bestimmt übertreibt sie. Die Frau, der ich auf dem Korridor begegnet bin, wirkte nicht wie ein hilfloses, verschüchtertes Mädchen. Den sperrigen Müllsack hat sie zumindest mit einer beträchtlichen Portion Beharrlichkeit in den Müllschlucker gestopft.

„Nun ... ich finde es bewundernswert, dass sie sich um ihre Mutter gekümmert hat. Sie wird schon einen Weg finden, sich ein neues Leben aufzubauen. Vielleicht nimmt sie ja sogar wieder Kontakt mit ihrem früheren Freund auf."

Mrs Bellingham richtet sich auf und hält mich in einem stetigen Blick fest. „Ich fürchte, das ist ziemlich unmöglich."

„Warum? Es sind schon merkwürdigere Dinge passiert."

„Aurora würde nie wieder ein Wort mit diesem jungen Mann wechseln. Und all die Jahre des Alleinseins hier oben ... tja, ich befürchte, sie haben ihren Geist gebrochen."

„Ich habe gehört, dass Krankenpflege sehr aufreibend ist ..."

„Sicher, aber das meine ich nicht. Aber bevor ich ihr Problem erklären kann, müssen Sie erst einmal verstehen, wo sie herkommt." Mrs Bellingham senkt ihre Stimme zu einem verschwörerischen Ton. „Ist der Groschen noch nicht gefallen? Aurora *Norquest*? Aus Manhattan?"

Ich fahre mir frustriert durchs Haar, weil ich bei einem Quiz bei Inhalten durchfalle, von denen ich nicht wusste, dass sie drankommen würden. Ich gehöre nicht zum alten Geldadel von Manhattan, ich habe keine Ahnung, welche Familien auf dem Gesellschaftsregister stehen oder ob es so etwas überhaupt noch gibt, und es ist mir völlig schnuppe, dass das *Westbury Arms* sechs Stockwerke höher ist als das *Dakota*.

Aus einem See sich drehender Gedanken springt mir eine mögliche Antwort entgegen. „Der einzige Norquest, den ich kenne, ist der Horrorautor."

Mrs Bellingham applaudiert mir, wobei ihr Gesicht einen Ausdruck angenehmer Überraschung annimmt. „Sie haben tatsächlich Grips, junger Mann."

Meine Kinnlade fällt herunter. „Nein! Theodor Norquest lebt *hier*?"

„*Lebte* hier – bis er seine schwangere Frau im Stich ließ und sich nach Europa davonmachte, um mit seiner Geliebten zu leben. Aurora ist seine Tochter."

Ich weiß nichts über das Liebesleben des Schriftstellers, aber ungefähr drei Viertel der zivilisierten Welt haben von Theodor Norquests erfolgreichen Horrorromanen gehört. Mehrere seiner Bücher wurden mit hochkarätigen Schauspielern verfilmt.

Ich lasse meinen Kopf auf das rissige Vinyl zurückfallen und grinse den reglosen Deckenventilator an. „Theodor Norquests Tochter lebt nebenan. Das ist ja völlig verrückt!"

„Verschiedene Berühmtheiten haben im Laufe der Zeit in diesem Gebäude gelebt."

Ich hebe meinen Kopf. „Wohnt momentan irgendjemand Berühmtes hier?“

Ihr Lächeln wird etwas schwächer. „Zurzeit nicht, nein.“

Meine Gedanken wandern zu meiner Erstausgaben-Sammlung von Norquest-Romanen. Signiert würde jeder davon schier unendlich an Wert zunehmen. „Kommt Norquest manchmal zu Besuch?“

„Bedauerlicherweise nicht. Mary Elisabeth und ihr Mann haben sich *nicht* freundschaftlich getrennt und nach der Trennung konnte sie seinen Namen nie ohne Bitterkeit aussprechen. Ted lebt in Europa und seine Tochter hat er nie kennengelernt. Ich bezweifle, dass er je an sie denkt.“

Ich bin zu überrascht, um mit mehr als einem Nicken zu antworten. Es tut mir schrecklich leid für Aurora. Ich kann mir nicht vorstellen, keinen Kontakt zu meinen Eltern zu haben. Auch wenn ich schon seit Jahren nicht mehr zu Hause wohne, so bleibt die Verbindung doch bestehen. Aber ich möchte jetzt nicht über meine Familie reden und Mrs Bellingham will allem Anschein nach liebend gern weiter die meiner Nachbarin erörtern.

„Norquest muss inzwischen doch uralt sein“, denke ich laut. „Ich weiß noch, wie ich seine Bücher als Teenager gelesen habe.“

Mrs Bellingham kichert. „Vorsicht, junger Mann – Ted Norquest ist in meinem Alter. Als wir jünger waren, sind Mary Elisabeth und Ted immer mit mir und meinem Mann Charley ausgegangen. Für gewöhnlich sind wir an drei bis vier Abenden die Woche zum Essen oder Tanzen aus gewesen. Als die Norquest-Ehe auseinanderbrach, ist Ted nach London gezogen. Kurz darauf wurde Aurora geboren. Mein Charley – Gott schenke seiner Seele Frieden – war die einzige Vaterfigur, die Aurora je haben sollte. Als er starb, weinte sie tagelang.“

Ich schaue zum langen Flur. „Hat Norquest nicht mal *versucht*, seine Tochter zu sehen?“

„Soweit ich weiß, nicht, und ich weiß wohl so ziemlich alles im Leben dieses Mädchens. Für sie bin ich ‚Tante Clara‘, und jetzt, wo ihre Mutter nicht mehr da ist, bin ich wahrscheinlich der einzige Mensch auf der Welt, der sie liebt.“ Der geschminkte Mund der Frau verzieht sich zu einem melancholischen Lächeln. „Traurig, nicht wahr?“

„Das kann man wohl sagen.“

„Sie sehen also, warum ich so froh bin, dass Sie hierhergezogen sind. Aurora braucht die Gesellschaft eines Gleichaltrigen. Sie hat viel zu wenige Freunde.“

Oh-oh. Ein kalter Knoten bildet sich in meinem Magen, als ich aufblicke und die Entschlossenheit in ihren Augen sehe. Eine Kupplerin ist das Letzte, was ich brauche.

Ich hüstele. „Ich befürchte, dass ich auf dem Gebiet kaum Hilfe leisten kann, Mrs Bellingham. Für Verabredungen dieser Art bin ich nachweislich unfähig.“

Ihr Lachen schallt durch die Luft. „Das ist es ja gerade, Philip – denn Aurora geht es genauso.“

„Wie bitte?“

„Sie hat keine Freunde, geschweige denn Verabredungen. Sie ist noch nicht mal zur Beerdigung ihrer Mutter gegangen!“

Ich rutsche auf meinem Stuhl herum, während sich meine Gedanken überschlagen. Wieder habe ich das Gefühl, dass sie mich Stoff abfragt, in den sie mir nur einen flüchtigen Blick gewährt hat.

„All diese Jahre der Krankenpflege haben sie quasi zur Einsiedlerin gemacht“, sagt Mrs Bellingham, ein Anflug von Trauer in ihren Augen. „Sie hat kein Interesse an irgendetwas außerhalb der Wohnung. Gut, sie liest und sieht fern, und sie hat wirklich einen klugen Kopf. Aber sie aus dem Haus zu bekommen – unmöglich.“

„Sie geht *überhaupt* nicht raus?"

Mrs Bellingham schüttelt den Kopf. „Nicht mehr. Es ist wirklich eine Tragödie. Sie ist noch nie eine sehr gesellige Person gewesen, und nachdem sie ihren Job beim Buchladen aufgegeben hatte, hat sie sich total zurückgezogen. Anfangs ging sie noch raus – ich habe dann bei Mary Elisabeth gesessen, damit Aurora zur Apotheke oder zum Supermarkt gehen konnte. Doch wenn sie weg war, hat sie sich ständig Sorgen um ihre Mutter gemacht. Zu guter Letzt fand sie, dass es einfacher sei, zu Hause zu bleiben und die Sachen liefern zu lassen. Früher kamen manchmal einige ihrer Freunde vorbei, um zu sehen, was mit ihr los ist, aber irgendwann kamen sie dann nicht mehr. Ich fürchte, dass ich jetzt ihre einzige Freundin bin."

Da ich unsicher bin, was sie von mir hören möchte, betrachte ich den rissigen Anstrich eines der Beistelltische.

„Bitte denken Sie nicht, dass ich etwas zwischen Ihnen beiden zu arrangieren versuche", fährt sie fort. „Ich will Sie nicht dazu anhalten, Aurora zu *heiraten*. Sie kann sich durchaus um sich selbst kümmern, das hat sie ja bewiesen. Aber sie könnte einen Freund gebrauchen."

Vom wehmütigen Ton in der Stimme der Frau getroffen, schaue ich auf.

„Himmel, wie spät es ist!" Mrs Bellingham pocht auf ihre Uhr. „Ich muss noch zur Bibliothek, um einige Bücher für Aurora abzuholen, und dann habe ich eine Verabredung zum Abendessen. Aber der Besuch bei Ihnen war sehr erfrischend."

Ich will aufstehen, um sie zur Tür zu begleiten, doch als ich mich endlich aus dem ungemütlichen Sessel herausgewunden habe, hat Mrs Bellingham bereits den halben Flur durchquert. Sie lächelt, als ich mich anschicke, die Tür für sie zu öffnen. „Ich hoffe, Sie werden sich hier wohlfühlen, Philip Cannon. Scheuen Sie sich nicht anzuklopfen, falls Sie irgendetwas brauchen." Sie winkt verspielt mit ihren gepflegten Fingern, dann segelt sie von dannen, wobei sie sich mit erstaunlicher Geschwindigkeit den Korridor entlangbewegt.

Ich bleibe auf dem Korridor, bis sie sicher drinnen ist, dann blicke ich flüchtig zur Norquest-Wohnung hinüber. Unter der geschlossenen Tür dringt kein Licht hervor; kein Anzeichen, dass jemand dort lebt. Unglaublich, dass ich neben der Tochter eines der weltweit erfolgreichsten Autoren lebe … und noch unglaublicher, dass mich meine betagte Nachbarin mit einer Einsiedlerin verkuppeln möchte.

Fürs Erste habe ich jedoch an alltäglichere Dinge zu denken. Ich muss auspacken, meinen Computer anschließen und mich entscheiden, welche von Mr Williams' abscheulichen Möbeln bleiben dürfen und welche ersetzt werden müssen. Wenn meine Wohnung hergerichtet ist, muss ich die Informationen zu meinem aktuellen Beratungsprojekt analysieren und einen Stapel Arbeiten meiner Studenten korrigieren.

Jetzt aber warten in der Eingangshalle Kartons auf mich. Ich tätschle meine Taschen, um sicherzugehen, dass ich meinen Schlüssel dabeihabe, dann ziehe ich die Tür hinter mir ins Schloss. Draußen drücke ich den Fahrstuhlknopf und trete zurück, um mir die Anordnung des Korridors näher anzusehen. Auf diesem Stockwerk gibt es zwei Fahrstühle: einer neben meiner Tür, ein weiterer am Ende des Korridors neben Mrs Bellinghams Wohnung und gegenüber der von Aurora Norquest. Drei große Fenster lassen Licht in den öffentlichen Bereich strömen und bieten einen zauberhaften Ausblick auf den Zentralhof des Gebäudes. Den Fenstern gegenüber führt eine Holztreppe hinauf zu einer einzelnen grauen Tür, auf der „Für Unbefugte verboten" steht.

Die Treppe zum Dach, wie es scheint. Wenn ich mich einigermaßen eingerichtet habe, sollte ich da mal hinaufgehen. Die Aussicht muss fantastisch sein.

Kapitel 4

Westbury Arms, Wohnung 15a

Ich glätte eine Falte aus dem besten Leinentischtuch meiner Mutter, wechsle die Kerze in dem silbernen Kandelaber und die Blumensträuße aus, dann trete ich einen Schritt zurück, um das Ergebnis meiner Mühen zu begutachten. Endlich. Zumindest dieses Zimmer würde Mutters Zustimmung verdienen.

Ich halte meine Haare nach oben, fächele mir den Nacken und eile dann in die Küche, die der nächste Raum auf meiner gedanklichen Liste ist. Die Leute vom Partyservice haben das Essen in langen Aluschalen gebracht, die jetzt bei der Spüle übereinandergestapelt darauf warten, entsorgt zu werden. Ich könnte sie in Müllsäcke stecken und zum Müllschlucker tragen, doch der Gedanke, ich könne wieder Philip Cannon begegnen, lässt mich innehalten. Da der Mann gerade beim Einziehen ist, wird er Tag und Nacht den Korridor durchqueren.

Ich möchte mich nicht noch einmal mit ihm unterhalten.

Nicht heute.

Ich lasse das Wasser in der Spüle so lange laufen, bis es mir die Finger verbrennt, dann stecke ich den Gummistöpsel rein. Nachdem ich einen Spritzer Spülmittel hinzugefügt habe, lege ich die echten Silberbestecke meiner Mutter in das

Waschbecken. Soll ich die Stücke zählen? Einige von Mutters Freunden könnten sich ein paar Gabeln und Löffel als Andenken an die frohen Dinnerabende an ihrem Tisch mitgenommen haben … aber mir ist das egal. Was soll ich schon mit zwölf Gabeln anfangen?

Während ich das Besteck einweichen lasse, schnappe ich mir ein Geschirrtuch und wische die Theke ab, dann bringe ich die Pfeffer- und Salzstreuer zurück an ihren Platz über dem Herd, von wo sie weggewandert waren. Die Küche ist klein, aber praktisch, und ich bin hier zu Hause. Ich komme voran, schaffe es, Dinge zu erledigen.

Ich öffne die Vorratskammer, um einen Karton mit Plastikfolie zurückzustellen. Dann bleibe ich stehen. Mein Blick wandert über die Suppendosen, Haferflockenpackungen und Apfelmusgläser – all die leicht zu schluckenden Nahrungsmittel, die Mutter brauchte. Ein Gedanke dringt langsam zu mir durch: Mutter war die Schwache in unserer Beziehung gewesen, doch ich hatte ihre Begrenzungen für mich übernommen. Aber jetzt kann ich Pizza kommen lassen, wenn ich möchte. Ich kann ohne Schuldgefühle Steak essen. Ich kann mich kaum daran erinnern, wie beides schmeckt; bald werde ich wieder in den Genuss kommen.

Als ich die Tür zur Vorratskammer schließe, spüre ich eine Welle freudiger Erregung in mir aufsteigen.

Ein Stapel Papiere liegt an einem Ende der Theke verstreut, ein Stapel, der heute Morgen noch nicht da war. Ich nehme den Haufen auf und blättere ihn durch: Karten mit Beileidswünschen, das Programmheft der Beerdigung, eine Kopie der Rechnung vom Partyservice, ein dicker brauner Briefumschlag. Clara muss das für mich zusammengesammelt haben.

Ich lasse mich auf einen Barhocker gleiten und lese die Karten. Einige davon sind von Menschen, an deren Gesichter ich mich von der Trauerfeier erinnern kann. Das Beerdigungsprogramm ist so, wie Mutter es haben wollte – kurz und einfach –, und die Rechnung vom Partyservice ist nichts weiter als eine Formalität. Das Original wird an meinen Buchhalter geschickt, der alles bezahlt, ohne mich groß zu fragen.

Der dicke Briefumschlag lässt mich innehalten. Er ist mit dem Logo des Bestattungsinstituts versehen und im Inneren finde ich ein weißes Buch vor. Der Einband ist mit goldenen Lettern bedruckt: *Zu Ehren Ihres Angehörigen, vom Whitman-Bestattungsinstitut.*

Es ist eine Ausgabe der Heiligen Schrift. Ich halte sie in der Hand, ein wenig amüsiert, so etwas hier zu haben. Clara holt mir jede Woche ein halbes Dutzend Bücher aus der Bibliothek, aber sie hat mir noch nie eine Bibel mitgebracht – es sei denn, man zählt mit, als sie mir *Die komplette Bibel der Altenpflege: Mit schwierigen alten Eltern leben lernen* mitbrachte.

Neugierig schlage ich den Ledereinband auf und schaue mir das Gedruckte darin genauer an. Die Seiten sind dünn, fast wie Seidenpapier, und die Schrift ist eng und winzig. Der Text ist auf jeder Seite in zwei Spalten aufgeteilt und auf einigen Seiten sind bestimmte Stellen in Rot gedruckt – was immer das soll. Nachdem ich den Text einige Minuten lang überfliege, weiß ich warum: Das Rotgedruckte sind die Worte von Jesus.

„Warum sind sie nicht gelb markiert?", frage ich in den leeren Raum hinein. „Schwarz auf Gelb könnte man besser lesen."

Der Klang meiner Stimme bringt Leben ins Zimmer; ich fühle mich nicht ganz so allein. Wenn Clara hören würde, dass ich Selbstgespräche führe, würde sie mich für verrückt halten, doch schon vor Monaten habe ich gemerkt, dass Mutter leichter zur Ruhe kam, wenn Stimmen in der Wohnung zu hören waren. Also habe ich mir angewöhnt, laut zu denken. Wenn mir nicht nach Reden zumute war, habe ich das Radio oder den Fernseher angemacht, um die Wohnung mit Lebensgeräuschen zu füllen.

Es wird schwierig sein, das wieder abzulegen, wo ich jetzt diese Geräuschkulisse gewohnt bin. Und ich habe so lange als meiner Mutter Hüterin fungiert, dass ich mir eine andere Rolle fast gar nicht mehr vorstellen kann.

Ich klemme mir die Bibel unter den Arm und gehe ins Wohnzimmer. Die Karten werfe ich auf die Tischplatte, und plötzlich wünschte ich mir, ich hätte Mutters Glasbriefbeschwerer behalten. Ich habe mit niemandem regelmäßigen Briefverkehr, doch diese Woche werde ich einen besonderen Brief an Tante Clara schreiben sowie eine Nachricht für den Pastor, der den Gottesdienst geleitet hat, und Dankeskarten für die Leute, die Blumen geschickt haben. Zu gerne hätte ich das glatte Glas in meiner Hand gehalten, während ich auf Mutters edlem Leinenbriefpapier schreibe.

Ich lasse mich auf den Schreibtischstuhl sinken und starre trübsinnig auf den Haufen Beileidskarten. Nach einem Todesfall gibt es so viele lose Enden zu verbinden. Mutter hat sich lange vorab um die meisten Details gekümmert, aber sie konnte nicht alles machen. Auf die erdrückende Leere oder die Schuldgefühle, die in meinem Hinterkopf lauern, hat sie mich nicht vorbereiten können.

Ich setze mich auf den Schreibtischstuhl und fühle mich zwischen dem Gewicht der Einsamkeit und der überwältigenden Freiheit wie eingequetscht.

Meine Mutter ist fort. Ich habe sie geliebt; ich habe mich um sie gekümmert; ich habe mit ihr gelitten. Ich war keine perfekte Tochter, aber meine Schwäche hat mich an sie gebunden. Sie hat mir vergeben, dass ich die Tochter eines Mannes bin, dessen Name sie kaum aussprechen mochte; jeden Tag habe ich ihr ihre zahllosen spitzen und verletzenden

Bemerkungen vergeben, die sie in ihrer Krankheit von sich gegeben hat.

Jetzt … bin ich frei. Ich kann essen, was ich möchte; ich kann diese Wohnung aufräumen; ich kann nachts meine Tür schließen und durchschlafen. Mein Leben gehört mir … doch was soll ich damit anfangen?

Niemand hat diese Frage gestellt, aber ich spüre sie wie das Schwert des Damokles über meinem Kopf hängen. Clara wird die Sache zwar behutsam angehen, aber irgendwann wird sie mich fragen, was ich jetzt vorhabe. Mein Buchhalter wird dasselbe fragen. Mutters Anwalt wird es fragen, wenn er anruft, um über das Vermögen zu sprechen. Wenn einer der Portiers ein Paket an meiner Tür abliefert, wird er beiläufig fragen: *Und was werden Sie nun machen, Miss Norquest?*

Die Frage ist ein endloser Korridor mit Dutzenden dunklen Türen und jede führt zu unbekannten Schrecken. Ich habe keine Ahnung, was ich jetzt machen werde … weil ich keine Ahnung habe, wo ich außerhalb dieser vier Wände in die Welt hineinpasse.

Wenn ich denselben Weg noch einmal zurückgehen könnte, würde ich vielleicht Halt finden.

Als ich das College abschloss, dachte ich, dass ich vielleicht Schriftstellerin oder Englischlehrerin werden könnte. Die einzige konstante Leidenschaft in meinem Leben ist meine Liebe zur Literatur. Während ich durch die Krankheit meiner Mutter und meine eigenen Ängste eingesperrt gewesen bin, hat mir das Alleinsein nie etwas ausgemacht. Auf den Seiten von Büchern bin ich durch die Welt gereist und habe Leute kennengelernt, die noch unerschrockener und unverfrorener waren als Mutters Freunde. Ich bin Gedanken gefolgt und habe mich mit Philosophien auseinandergesetzt, die weit über die Grenzen meiner beschränkten Existenz hinausreichten.

Ich würde liebend gern unterrichten ... aber dann müsste ich Pädagogik studieren und zu meinen Schülern *hingehen*. Der Haken dabei ist, dass ich nirgendwo hingehen kann.

Selbst die Erinnerung an meinen letzten Streifzug macht mich nervös. Am zweiten Weihnachtstag 1998 klopfte Nadine Casper, meine Zimmergenossin vom College, an meine Tür und bat mich inständig, mit ihr einen Einkaufsbummel zu machen. Was konnte ich schon tun? Ich habe versucht, ihr zu erklären, dass meine Mutter krank ist, aber Clara erklärte sich bereit, den ganzen Tag bei Mutter zu bleiben. Und Nadine war extra mit dem Zug von Washington gekommen, um mich zu überraschen und ein paar nachweihnachtliche Schnäppchen zu ergattern ...

Da ich nicht eine der wenigen Freundinnen enttäuschen wollte, mit denen ich noch in Kontakt stand, schluckte ich meine Bedenken hinunter, streifte mir meine Jacke über und hinterließ Clara eine Liste mit Anweisungen. Ich wusste, dass ich mir keine Sorgen machen sollte – Clara liebte Mutter von Herzen und würde sich gut um sie kümmern –, doch kaum hatten Nadine und ich den Fahrstuhl erreicht, da wurde mein Kopf bereits von einem hässlichen Schwarm beängstigender Gedanken benebelt. Ich konnte meine Nervosität nicht verbergen; meine Hände zitterten und meine Zähne klapperten, doch Nadine schien nichts davon zu bemerken, als wir in den Fahrstuhl stiegen.

Ich hätte auf der Stelle kehrtmachen sollen, was ich auch unbedingt tun *wollte*, aber weiterzugehen schien einfacher, als halbherzige Erklärungsversuche abzugeben, die selbst für mich keinen Sinn ergeben hätten. Also wandte ich mich der Fahrstuhltür zu und schloss die Augen. Nadine plapperte ununterbrochen über ihre Weihnachtsgeschenke und wo sie überall hinwollte, dabei konnte ich sie über das Hämmern meines Herzens und das rasselnde Geräusch meines eigenen

Atems hinweg kaum hören. Als der Fahrstuhl nach unten fuhr, wurde das Hämmern lauter und schneller; mein Atmen beschleunigte sich. Als die Tür endlich aufging und eine kleine Gruppe winterlich angezogener Nachbarn offenbarte, da … bin ich ausgeflippt.

Selbst jetzt noch treibt mir die Erinnerung Hitze auf die Wangen. Von diesen Augenblicken sind mir nicht viele klare Eindrücke haften geblieben – ich weiß, dass ich geschrien habe, zurück in den Fahrstuhl gerannt bin und mich auf den Boden gekauert habe, während Booker, der Portier, sich neben mich kniete und meine behandschuhte Hand in seine nahm. „Holt einen Arzt", rief jemand, und jemand anders sagte: „Bringt sie nach oben", und selbst inmitten meiner Tränen und Schreie wusste ich: Ja, ja, nach *Hause, das* war die Lösung.

Irgendwie schafften sie mich zurück in die Wohnung und brachten mich zu Bett, und den Rest des Tages machte Clara viel Wirbel um mich. Sie meinte, ich hätte mir irgendeinen Virus eingefangen. Nadine kam in mein Zimmer und entschuldigte sich, dass sie mich so bedrängt hatte auszugehen, wo mir doch offensichtlich nicht gut sei. Bevor sie sich auf den Weg machte, versprach sie, dass sie wiederkommen würde, wenn es mir besser ging.

Sie kam nie mehr. Ich kann es ihr nicht verübeln. Sie ist sehr beschäftigt. Falls sie überhaupt an mich denkt, hat sie wahrscheinlich Schuldgefühle; aber ich mache ihr keine Vorwürfe.

Und ich habe mich nie davon erholt – davon, aus der Wohnung zu gehen, meine ich. Ich weiß jetzt, dass ich wie eine Schnecke bin: in meiner Schale geborgen, aber draußen völlig ungeschützt. Clara scheint das ebenfalls zu wissen, denn von dem Tag an hat sie nicht mehr dauernd davon geredet, dass ich ein gesellschaftliches Leben brauche.

Also kann ich nicht Lehrerin werden. Ich könnte Schriftstellerin sein, doch worüber soll ich schreiben? Dichter und Romanschreiber ziehen ihren Stoff aus ihren Lebenserfahrungen, und ich erlebe nichts, das mitteilenswert wäre.

Vielleicht könnte ich es Tante Clara gleichtun. Sie arbeitet nicht; genau wie mir mangelt es ihr nicht an Zeit und Geld. Sie sitzt in mehreren Vorständen, einschließlich dem des *Westbury Arms* und des *Metropolitan Museum*. Ich könnte ihrem Beispiel folgen und mich ehrenamtlich engagieren. Aber das würde erfordern, dass ich die Wohnung verlasse und mich in einer Welt bewege, in der ich schon seit Jahren nicht mehr gewesen bin.

Ein eisiges Frösteln zieht sich an meinem Nacken hoch. Ich kann das nicht. Nicht jetzt, nicht diesen Monat. Ich bin von dieser Wohnung zu sehr eingehüllt – in dem einzigen Zuhause, das ich kenne.

Meine Gedanken formen sich zu einem Wort, das ich noch nie laut ausgesprochen habe, selbst Clara gegenüber nicht: *Agoraphobie*, ein Zustand, der häufig zu Panikattacken führt, wenn der Betroffene sich außer Haus wagt. Mir gefällt der Gedanke nicht, ich könnte eine Geistesstörung entwickelt haben, aber stundenlanges Lesen über das Thema haben mich überzeugt, dass geistig gesunde Menschen nicht in Tränen und Zittern ausbrechen, wenn sie in einen Fahrstuhl steigen, der sie vom 15. Stock auf die Straße bringen soll.

Mir ist die Vorstellung angenehmer, dass ich mich hier, in dem Heim, das meine Mutter geschaffen hat, einfach am wohlsten fühle. Ich habe schon seit Jahren keine Panikattacke mehr gehabt, obwohl ich mich unwohl fühle, wenn das Wetter schlecht ist. Ähnlich wie eine Essgestörte, die stressige Situationen zu vermeiden lernt, die eine Fressattacke auslösen würden, meide ich den Fahrstuhl. Ich bleibe zu Hause. Ich komme gut zurecht.

Doch wenn ich mein Leben ändern möchte, muss ich mich eventuell nach draußen wagen.

Das kann ich nicht.

Na ja, vielleicht schon.

Vielleicht in ganz kleinen Schritten.

Trotz allem muss ich einfach grinsen, als ein Bild des Schauspielers Bill Murray vor mein geistiges Auge huscht. Einer unserer lokalen Fernsehsender zeigt mindestens einmal im Monat den Film *Was ist mit Bob?*, und doch kann ich mich nie daran sattsehen, wie sich Bob/Bill Murray zwanghaft an seinen Psychiater hängt, ein egozentrischer Typ, der eine Therapie erfindet, die er „kleine Schritte" nennt.

Wenn Bob durch „kleine Schritte" geheilt werden kann, dann geht das bei mir vielleicht auch. Ich kann nicht leugnen, dass in meinem Herzen ein Hunger nach Veränderung nagt.

Mein Blick schweift über die Wohnzimmermöbel: über das von meiner Mutter so geliebte Sofa, die Ohrensessel mit den hohen Rückenlehnen, die schimmernden Eichentische. Ein moderner Designer würde die Wohnung wahrscheinlich für ein wunderbares Beispiel traditioneller Inneneinrichtung halten, ich aber sehne mich nach etwas Frischem. Und jetzt, wo Mutter nicht mehr die Geborgenheit einer vertrauten Umgebung braucht …

Ich werde renovieren, ein Zimmer nach dem anderen, anhand eines sorgfältigen Zeitplans. Ich werde hier anfangen und mich langsam durch die Wohnung arbeiten. Die schreckliche Falkentapete wird aus dem Foyer verschwinden und durch etwas Weiches und Beruhigendes ersetzt werden. Ich jage Mutters dumpfe Erdfarben zum Teufel und halte mich an etwas Helleres – Gelb vielleicht? –, aber ich werde Vorsicht walten lassen. Ich werde mir einige dieser Renovierungssendungen ansehen und mir ein Bild davon machen, was momentan in Sachen Einrichtung angesagt ist.

Das wird mir Spaß machen.

Ich schließe die Augen. Fast habe ich Angst, ich könnte vor plötzlicher Freude platzen. Wie die Adoptiveltern, die ihre Kleinen mit neuen Kleidern versehen, werde ich *meine* Wohnung renovieren. Ich werde mir Aufgaben vornehmen, die ich ohne große Schwierigkeiten bewältigen kann. Bestimmt kann ich lernen, wie man malt, Tapeten anbringt und Vorhänge und Kissenbezüge näht. Wenn ich langsam arbeite, höchstens ein Zimmer pro Monat in Angriff nehme, dann wird mein Renovierungsprojekt die Tage und Nächte – ich halte kurz inne, um die Räume an meinen Fingern zu zählen – mindestens neun Monate lang füllen. Fast ein Jahr.

Einem plötzlichen Energieschub Folge leistend, schiebe ich den Stapel Beileidskarten an die Tischkante, doch in meinem Elan bringe ich zu viel Schwung in die Bewegung. Die Bibel fällt herunter und landet, verkehrt herum aufgeschlagen, mitten zwischen einem Haufen Karten auf dem Teppich.

Ich schaue zur Decke auf und hoffe, dass der Gott des Rotgedruckten meinen unglücklichen Schubser nicht als eine Art Lästerung betrachtet. Als kein Blitz auf mich herabfährt, hebe ich die Bibel auf und drehe sie um. Auf der zerknitterten Seite springt mir eine Art Gedicht ins Auge:

Denkt nicht an das Frühere,
und auf das Vergangene achtet nicht!
Siehe, ich wirke Neues!
Jetzt sprosst es auf.
Erkennt ihr es nicht?

Ich bin angenehm überrascht. Ich habe noch nie in der Bibel gelesen, und die wenigen Brocken, die ich in Zitaten gehört habe, wimmelten nur so von veralteten Formulierungen und unheilvollen Drohungen.

Das hier dagegen mag ich. *Neues?* Nie hat mir eine Zeile so spontan zugesagt.

Ich schließe die Bibel und halte sie an meine Brust, dankbar, dass Clara sie mir hiergelassen hat. Ich bin bereit für *Neues*. Ich bin bereit, mich auf ein Abenteuer einzulassen, und mir gefällt das aufregende Gefühl der Unabhängigkeit, das durch meine Adern strömt. Ich mag fast allein in der Welt sein, aber ich kann kleine Schritte wagen.

Eines Tages werde ich den Mut finden, das *Westbury Arms* zu verlassen. Doch erst einmal nehme ich die Wände dieser Wohnung in Angriff. Jahrelang haben sie meine Mutter beschützt, viel zu lange aber habe auch ich mich von ihnen in Gefangenschaft halten lassen.

❖

Ich habe mich in die Bibliothek verkrochen. Die Füße untergeschlagen, sitze ich auf dem Sofa aus Samt, ein Überwurf aus Chenille ist um meine Schultern gelegt. Auf dem Tisch brennt nur ein kleines Licht, es wirft einen goldenen Schimmer über das Bücherregal, das mit Reihen von in Leder gebundenen Klassikern gefüllt ist. Unser größter Fernseher (mit der Wahnsinnsbreite von 45 cm) ist zwischen den Büchern in einem Regal eingebaut. Da Mutter es immer als Gipfel schlechten Geschmacks erachtet hat, einen Fernseher ins Wohnzimmer zu stellen, wurde unser Gerät in diese ehemalige Bedienstetenkammer verbannt, was mir durchaus passt. Die Bibliothek ist gemütlicher als das Wohnzimmer und ich habe mich zwischen Büchern immer schon zu Hause gefühlt.

Ich drücke die Taste auf der Fernbedienung, dann runzle ich die Stirn, als sich der Bildschirm mit dem Anblick von O. J. Simpson füllt, wie er mit einem Mann im Anzug an einem Tisch sitzt. Ich *kenne* diese Szene, hat doch fast jeder in

Amerika Ausschnitte aus Simpsons Mordprozess gesehen. Ich blinzle den Fernseher an, versuche mich zu erinnern, wer als Simpsons Anwalt fungiert hatte. In dem Moment, als mir sein Name einfällt – Johnnie Cochran –, kommt meine Mutter ins Zimmer.

Mein Magen sinkt ein Stockwerk tiefer. Der Platz in der Mitte füllt sich mit einer schrecklichen Leere, während Mutter den Fernseher anstarrt. Mit einer Hand zupft sie an ihrem kurzen Nachthemd, mit der anderen zeigt sie zitternd auf die Mattscheibe. „Den Mann kenne ich", sagt sie, ihre Augen auf den Fernseher gerichtet. „Letztes Jahr ist er zu einer unserer Dinnerpartys gekommen."

Meine Hände sind feucht vor Schweiß, mein Verstand dagegen ist kühl und scharf darauf konzentriert, was in diesem Moment *nicht* vor sich gehen kann. Meine Mutter ist tot; ich glaube nicht an Geister, also *muss* das hier ein Traum sein.

Aber es fühlt sich real an.

„Nein, Mutter." Ich antworte mit einer flachen, hohen Stimme, von Angst gewürgt. „Das ist Johnnie Cochran. Er ist noch nie bei uns zu Hause gewesen."

„Doch, da bin ich mir sicher." Die Stimme, die einst Manhattans feinste Gesellschaft dominierte, ist samtweich und doch schneidend wie Stahl. „Du kannst dich nicht daran erinnern, Aurora, weil deine Nase immer in einem Buch steckt."

Zitternd nehme ich die Fernbedienung zur Hand und drücke den Aus-Knopf. Jahrelanges Zusammenleben mit einer geistesgestörten Patientin hat mich gelehrt, mich nicht auf einen Streit einzulassen. Als der Bildschirm dunkel wird, schaut sie mich an. „Ich muss mit dir reden."

Mag es ein Traum sein oder nicht; ich kann mich ihrer beherrschenden Persönlichkeit nicht widersetzen. Unter dem Druck ihres brennenden Blickes nehme ich meine Füße vom Sofa. „Ist irgendetwas nicht in Ordnung?"

„Du hast meine Brille weggeworfen."

„Ich weiß gar nicht, wo deine Brille ist, Mutter."

„Immer wirfst du sie weg. Ich lasse sie immer auf dem Schreibtisch im Wohnzimmer liegen, aber da ist sie nicht."

„Ich würde nie etwas von dir wegwerfen. Du musst sie verlegt haben."

„Ich bin nicht blöd." Sie hebt eine Augenbraue, wodurch sie in mütterlicher Kurzschrift andeutet, dass ich eine grobe Sünde begangen habe. „Ich schlage vor, du erhebst dich von meinem Sofa und machst dich daran, meine Brille wiederzufinden."

„Ich werde mich erheben, Mutter", sage ich und stehe auf, „und ich werde dir dabei helfen, deine Brille zu finden."

Die dünne Linie ihres Mundes zieht sich noch mehr zusammen, dann laufen kleine Wellen über die weiche Haut an ihrem Hals, als sie schluckt. „Du hasst mich." Tränen quellen aus ihren Augen hervor. „Du möchtest am liebsten, dass ich sterbe."

„Nein, Mutter, das möchte ich nicht."

„Du liebst deinen Schweine-Vater mehr als mich!"

„Mutter ..."

„Du versuchst mich umzubringen!"

„Das reicht jetzt aber, Mutter."

Ich nehme sie beim Arm, erstaunt, wie kräftig sie sich unter meinem Griff anfühlt. Inzwischen kann ich entschlossen mit ihr umgehen, nicht wie in der Anfangszeit, als ich die falsche Vorstellung hatte, ich könne ihr weiterhin die Führung überlassen. „Komm, Mutter, ich bringe dich zurück auf dein Zimmer."

„Nein!" Ihr Gesichtsausdruck verzerrt sich, die würdevolle Tünche blättert ab und offenbart vernunftloses Entsetzen. Ich halte sie immer noch am Arm, deswegen wirbelt sie herum, schlägt mir gegen die Schultern, den Kopf, die Wangen ...

„Mutter!“

Mittlerweile schreit sie und flucht so fachkundig wie ein Footballtrainer. Eine Hand reiße ich nach oben, um mein Gesicht abzuschirmen, mit der anderen zerre ich an ihr, doch sie wehrt sich, schlägt auf mich ein und speit Beschimpfungen aus, während sie sich in die entgegengesetzte Richtung lehnt. Ich ziehe sie mit mir, aber ihre nackten Füße lassen sich nicht über den Holzfußboden schleifen. Sie verliert das Gleichgewicht, ein angstvoller Schrei entflieht ihren Lippen, bevor sie stürzt und sich den Kopf an der Tischkante im Flur aufschlägt …

Die Kraft ihres Falls reißt ihren Arm mit einem Ruck aus meinem Griff. Ich drehe mich noch rechtzeitig um, um zu sehen, wie sich ihre Augen schließen, ihr Mund schlaff wird und ihre Füße unter ihr wegrutschen.

„Mutter?“

Sie sagt nichts, liegt am Boden, ein Arm zu mir ausgestreckt, der andere unter ihrer Wange. Ich knie mich neben ihr hin. Angst kriecht mir den Rücken hinab, als ich meine Hand an ihren Kopf lege. „Mutter?“

Ihre Augen bewegen sich unter ihren Lidern, die dünn sind wie Pergament, dann werden sie ruhig, während ein schwacher Atemzug ihren Lippen entflieht. Als ich meine Hand wegziehe, ist meine Handfläche rot beschmiert.

Angst und Ärger haben sich in mir miteinander verknotet. „Mama?“

Ihre Augenlider öffnen sich; sie schaut mich mit einem triumphierenden Blick an. Ihre Hand, mager und knochig, greift nach oben und schnappt um mein Handgelenk wie eine Handschelle. Während ich mich aus ihrem Griff zu lösen versuche, wird ihr Körper runzelig und schrumpelt in sich zusammen. Ihr Gesicht, das selbst während ihrer langen Krankheit noch eine gewisse Anmut bewahrt hat, nimmt die Farbe grauer Gewitterwolken an, während ihr glänzendes Haar in die Beschaffenheit von Stroh erstarrt. Dabei bleiben ihre Augen, heiß und hell, auf mich fixiert, bis sie schlussendlich leer und trübe werden – und wie Schalen aus Kristall aufplatzen.

Atemlos trete ich zurück, meine Hände über meinem Mund, während ihr Körper zerfällt und eine Stimme in meinem Kopf wiederholt: *Das ist ein Traum, keine Realität, nur ein Traum.* Dabei hatte ich sie doch berührt, habe sie gehört, sie war *hier* ...

Ich schließe die Augen, um dem Grauen zu entfliehen, und als ich sie wieder aufmache, bin ich allein in der Bibliothek, eine alte Folge von *Friends* läuft im Fernsehen, und das tröstliche Zischeln der Heizung unter dem Fenster erinnert mich daran, dass es Herbst ist, nicht Sommer. Ich atme tief ein, und während die Luft in meine Lungen strömt, kann ich den Herbst und die Wolle und das Möbelpflegespray riechen, mit dem ich vor ein paar Stunden das Regal abgestaubt habe.

Ich schwinge meine Füße zu Boden, lehne mich nach vorn und verharre kurz so. Ich habe geträumt, mehr nicht. Mein Unterbewusstsein ist mit Gefühlen und Erinnerungen vollgestopft, sodass sie im Schlaf einfach herausbrechen müssen.

Ich stehe auf und schaue in den kleinen Wandspiegel über dem Tisch. Meine Augen sind blutunterlaufen, mein Haar verwuschelt. Ich sollte zu Bett gehen. Der Morgen, wie Clara zu sagen pflegt, wird sich um sich selbst kümmern.

Ich schalte die Lampe aus, dann schließe ich die Tür hinter mir. Ich weiß nicht, warum ich ständig die Türen schließe – wahrscheinlich, weil Mutter immer so auf Ordnung pochte. Im Flur fällt mir auf, dass Mutters geschätztes Gemälde von Jonathan Green verrutscht ist. Ich strecke meine Hand aus und berühre die Kante, dann runzle ich die Stirn, als meine Finger über den Flurtisch fahren und etwas Feuchtes spüren.

Ich halte meine Hand in den Lichtkegel des Flurkronleuchters und die Muskeln in meiner Kehle ziehen sich in einem krampfartigen Schlucken zusammen.

Meine Fingerspitzen sind nass von Blut.

Kapitel 5
Westbury Arms, Wohnung 15b

Ein unerwartetes Geräusch reißt mich aus meinem Traum. Ich hatte darin Unterricht gegeben und etwas an eine Tafel geschrieben, als mich das Plärren von Musik ruckartig aus der einen Welt reißt und mich in eine andere wirft.

Ich setze mich auf, versuche, mich zu orientieren, und mir fällt ein, dass ich nicht mehr in Brooklyn bin. Ich bin in meiner neuen Wohnung, schlafe im durchgelegenen Bett des vorherigen Bewohners und die *Bangles* singen durch die Wand: „*Walk like an Egyptian* ..."

Was in aller Welt soll das denn?

Ich schmeiße die Decke von mir und eile zur Tür, dann schreie ich auf, als mein großer Zeh gegen ein unnachgiebiges Objekt rammt. Meinen verletzten Fuß umfassend, hüpfe ich zum Nachttisch und sehe auf den Wecker.

Drei Uhr morgens. Für zivilisierte Erwachsene eine völlig unangebrachte Zeit, um Oldies zu hören.

Ich blicke zur Decke hinauf und erwarte fast, dass der dort hängende Ventilator im Takt zur Musik vibriert, doch er dreht sich weiterhin mit einem gleichmäßigen Quietschen. Außerdem ist das hier das oberste Stockwerk des Gebäudes, da glaube ich nicht, dass sich eine Rockband das Dach für ihre Proben ausgesucht hat.

Ich zische leise, als ich durch die geschlossenen Zähne einatme und meinen pochenden Zeh massiere. Der Krach muss aus Aurora Norquests Wohnung kommen. Ich hätte nie erwartet, dass eine schüchterne Einsiedlerin eine unangenehme Nachbarin sein könnte, aber bei manchen Leuten kann man das nicht so genau wissen, bis man eine Zeit lang neben ihnen gewohnt hat.

Stöhnend lasse ich mich zurück aufs Bett fallen und schließe die Augen. Vielleicht kann ich trotz der Musik schlafen … nein, doch nicht. Sie ist zu laut, zu rhythmisch und mir zu bekannt. Ein Teil meines Gehirns – der Teil, der für Jugenderinnerungen zuständig ist – möchte mitsingen, aber ich würde meinen Erwachsenenträumen gern ohne einen Gastauftritt der *Bangles* nachhängen.

Ich setze mich auf, schnappe mir meinen Bademantel vom Stuhl und manövriere meine Schultern hinein. Humpelnd bewege ich mich zur Tür, dann wende ich mich der Wand zu, die meine und Aurora Norquests Wohnung voneinander trennt, und starre sie an.

Was soll ich tun? Wenn wir befreundet wären, wäre die Sache einfach: Ich könnte an ihrer Tür klopfen, ein verschmitztes Lächeln aufsetzen und so etwas sagen wie: „Hey, Aurora, würde es dir was ausmachen, die Musik ein bisschen runterzudrehen? Ich habe morgen viel zu tun."

Wären wir befreundet, dann würde sie sich entschuldigen und die Musik leiser machen.

Doch wir sind nicht befreundet, noch nicht mal wirklich miteinander bekannt. Mit Mrs Bellingham stehe ich auf besserem Fuß als mit Aurora. Vielleicht könnte sie ja etwas sagen.

Nein. Die betagte Dame trägt ein Hörgerät, lebt auf der anderen Seite des Gebäudes und weiß wahrscheinlich gar nicht, dass Aurora in den frühen Morgenstunden gern so richtig abrockt. Wahrscheinlich schläft sie wie ein Baby, während

Aurora ihre Session durchzieht und dieses alte Video der *Bangles* hinter meinen Augenlidern abspielt.

Ich könnte in Auroras Wohnung anrufen ... wenn ich ihre Nummer hätte. Es ist eher unwahrscheinlich, dass ich sie im Telefonbuch finden werde, und Fremde kann ich zu dieser Stunde wohl kaum aufwecken. Ich könnte unten anrufen und den Portier bitten, bei Aurora durchzuklingeln, aber sie könnte es mir verübeln, von einem Dritten zurechtgewiesen zu werden. Trotz meines Ärgers möchte ich keinen schlechten Eindruck auf meine neue Nachbarin machen ... besonders nicht gleich in meiner ersten Nacht in diesem Gebäude.

Außerdem ist sie die Tochter von Theodor Norquest.

Ich gehe zum Bett zurück und drücke meine Fingerspitzen gegen die Wand hinter dem Kopfbrett. Der Mörtel pocht leicht mit dem Rhythmus der Musik, dann verstummt sie.

Stille.

Ich ziehe meine Hand zurück. Fast erwarte ich, dass die Musik von Neuem beginnt, aber die schwere Stille der Nacht legt sich aufs Zimmer. Einen Moment später sinke ich auf mein Bett und durchdenke meine Möglichkeiten.

Ich habe keine Ahnung, wie die Wohnung nebenan angelegt ist. Der Raum hinter dieser Wand könnte Auroras Schlafzimmer, eine Bibliothek oder ein Fitnessraum sein. Und falls mein Schlafzimmer nun gerade neben Aurora Norquests Stereoanlage liegt, dann muss ich mir in Sachen Schlafplatz etwas anderes ausdenken.

Ich spitze die Ohren, höre aber nichts weiter als das Summen der Heizung und den Klang meines eigenen Atems. Vielleicht war es ein Versehen: ein unbeaufsichtigter CD-Spieler mit Weckfunktion, der aus Versehen auf die falsche Zeit gestellt war. Ja, es muss Zufall gewesen sein. Nichts sonst ergibt Sinn.

Ich schalte die Lampe aus und gleite unter die Decke. Im

Dunkeln starre ich die schattenhafte Decke an und höre gebannt hin, doch die nächtliche Stille wird nicht von weiteren Geräuschen unterbrochen.

Nach einer ganzen Weile fange ich an zu lachen, der Klang wird von meinem Kissen gedämpft, als ich mich zur Seite drehe. „*Walk like an Egyptian?*", frage ich in die Dunkelheit hinein. „Die *Bangles*? Also wirklich!"

Würde mein Zeh nicht so wehtun, könnte ich fast glauben, dass ich die ganze Szene nur geträumt habe. Und vielleicht hatte Aurora Norquest damit auch gar nichts zu tun – irgendein Kerl vom 5. Stock hat vielleicht sein Radio neben einem Luftschacht stehen, der sich durch die Wand hinter meinem Bett hin zum Dach windet. Alte Gebäude sind launenhaft, hat der Immobilienmakler gesagt, und sie können einem Streiche spielen.

Trotzdem sollte ich vielleicht wirklich einmal bei Aurora Norquest vorbeischauen. Wenn sie wirklich so eine Einsiedlerin ist, wie Clara Bellingham behauptet, dann mag sie meinen Besuch zwar nicht willkommen heißen, aber ich habe gemerkt, dass selbst hier in New York die Leute ganz nett sein können. Wenn ich mein Interesse an der Architektur dieses alten Gebäudes bekunde, wird sie mir vielleicht eine kleine Besichtigungstour durch ihre Wohnung gewähren.

Wenn sie das tut und ich ihre Stereoanlage hinter dieser Wand entdecke, werde ich meine Sachen wohl ins Gästezimmer verfrachten müssen.

Kapitel 6

Westbury Arms, Wohnung 15a

Mein einziges Schlafzimmerfenster zeigt nach Norden, doch als ich am Morgen nach Mutters Beerdigung aufwache, sind die Wände mit sonnigen Lichtflecken übersät. Ich schlüpfe mit meinen kalten Füßen in die Pantoffeln, dann nehme ich meinen Bademantel vom Haken an der Hinterseite der Tür und streife ihn über.

Seitdem ich schlafen gegangen bin, hat sich nur eine Sache geändert; eine kleine Änderung, die ich nicht übersehen kann, als ich meinen Nachttisch anschaue. Der CD-Spieler mit Weckfunktion ist aufgeklappt; die CD mit meinen Lieblings-80er-Hits wartet darauf, erneut abgespielt zu werden. Nachdem ich gestern Nacht von Blut und meiner Mutter geträumt hatte, war ich mit einer solchen Panik aufgewacht, dass ich das Licht anmachte und die Musik aufdrehte und mich für die Dauer meines Lieblingslieds unter der Decke verkroch. Als der letzte Ägypter über den Wüstensand gelaufen war, hatte mich die reale Welt wieder.

Die *Bangles*-Melodie summend, öffne ich die Tür und mache mich auf den Rest der Wohnung gefasst.

Der lange Flur ist dunkel, da die Reihe verschlossener Türen die Sonne aussperrt. Ich hungere nach Helligkeit. Also eile ich durch den Flur, reiße die Türen auf und lasse den

Glanz der Vormittagssonne über die Teppiche strömen und die Wände erwärmen. Vor der Bibliothek mache ich halt, um den Flurtisch und das Gemälde von Jonathan Green zu inspizieren. Alles ist so, wie es sein sollte. Keine Bilder hängen schief, keine halb verwesten Leichen liegen auf dem Teppich, die Tischkante ist nicht mit Blut beschmiert. Selbst meine Fingerspitzen sind sauber.

Ich habe geträumt ... alles nur geträumt.

Ich schnalze mit der Zunge und tadele mich selbst für meine Verschrobenheit. Ich habe letzte Woche viel durchmachen müssen – das kann man nicht verleugnen –, also ist ein verrückter Traum-im-Traum vielleicht gar nicht so verrückt.

Ein gut verschnürter Müllsack liegt neben der Eingangstür. Der rostfreie Stahldeckel über dem Müllschlucker, der genau gegenüber von Philip Cannons Wohnung liegt, schließt immer mit einem lauten Knall, sodass ich ihn um 1:00 Uhr morgens nicht mehr benutzen wollte.

Inzwischen ist mein neuer Nachbar sicher auf den Beinen.

Ich gehe durchs Foyer, dann schiebe ich die drei Riegel auf. Nachdem ich meinen Bademantel enger um meine Taille geschnürt und meine albernen Hundepantoffeln angezogen habe, hebe ich den Müllsack auf, öffne die Tür und trete hinaus auf den Korridor. Clara und Philip Cannon stehen zwischen mir und meinem Zielort, so als wären sie Sicherheitsbeamte, die nichts weiter zu tun haben. Clara, scheinbar gerade auf dem Sprung, trägt einen weißen Anzug, unser neuer Nachbar hat Jeans, ein Flanellshirt und ... Socken an.

Ich starre auf seine Füße und schließe daraus, dass er nicht auf dem Weg nach draußen ist.

Ich zögere. Vielleicht kann ich unbemerkt zurück nach drinnen huschen? Doch Clara kennt den Klang meiner Tür. „Guten Morgen, Aurora“, ruft sie, wobei sie ihr Kinn senkt, um durch die obere Hälfte ihrer Zweistärkenbrille zu mir herüberzuspähen. „Du hast heute aber richtig ausgeschlafen."

Ich zucke mit den Schultern, um meine Verlegenheit zu verbergen. „Entschuldigt mich, ich muss kurz noch mal rein. Hab was vergessen."

Auf einmal bin ich für den tarnenden Wust meiner Haare dankbar. Ich drehe mich zu meiner Tür um und zucke zusammen, als sich unser neuer Nachbar ebenfalls zu Wort meldet.

„Warte doch, Aurora. Ist das Müll? Komm, ich mach das für dich."

Meine Wangen erröten in der kalten Luft des Korridors. Ich bin versucht, zurück in meine Wohnung zu stürmen, aber das würde wohl etwas merkwürdig aussehen.

Ich drehe mich ihnen wieder zu. „Ist schon in Ordnung. Ich schaff das allein", rufe ich etwas zu laut, wodurch ich mir Philip Cannon vom Leib zu halten hoffe. „Wie du siehst, bin ich nicht gerade vorzeigbar. Ich habe noch keine Zeit zum Duschen oder … alles andere gehabt." Mit gesenktem Kopf, um Blickkontakt zu vermeiden, umfasse ich die Öffnung des Müllsacks mit beiden Händen und watschle zum Müllschlucker.

Der Pfadfinderknabe lässt sich nicht so leicht abschütteln. „Keine Sorge, ich habe schon mehr Frauen in Bademänteln gesehen." Seine Stimme sprudelt vor Humor, als er sich anschickt, mir den Weg abzuschneiden. „Zu Hause holt meine Mutter jeden Morgen im Schlafanzug die Zeitung rein und gießt dann noch gleich so den Garten."

Trotz meines Unbehagens kann ich nicht widerstehen, einen Blick auf Clara zu werfen, die uns mit einem amüsierten Lächeln zuschaut.

Philip kommt näher; ich überreiche ihm den Müll und fliehe dann hinter Claras zierliche Figur. Plötzlich wird mir bewusst, dass mein Flanellbademantel ausgeblichen, meine

Pantoffeln kitschig und meine Haare eine Katastrophe sind. Ich habe noch nicht einmal in den Spiegel gesehen, also könnte ich durchaus Schlafsand in den Augen, Spucke am Kinn und die Wimperntusche von gestern in den Ringen unter den Augen verschmiert haben. Aber vielleicht bemerkt er das gar nicht.

„Nette Pantoffeln." Grinsend schaut er über seine Schulter, als er den Müll zum Müllschlucker schleppt. Bestimmt wird er gleich eine längere Unterhaltung anzetteln, deswegen mache ich auf dem Absatz kehrt und eile zu meiner Wohnung, als seien sämtliche Höllenhunde hinter mir her.

Obwohl ich im Weggehen noch ein heiseres „Danke" rufe, weiß ich doch, dass sich Clara für mein schlechtes Benehmen entschuldigen wird. Sie ist zu meiner Ersatzmutter geworden, und jede Mutter, die einen ledigen, nicht allzu unattraktiven Mann im Korridor erwischt, würde den besagten Gentleman zum Tee einladen und der 35-jährigen altjüngferlichen Tochter präsentieren, mag seine Brille auch noch so stillos sein.

Ich schließe meine Tür und lehne mich von innen gegen sie, aber ich brauche drei oder vier Minuten, bis sich mein Puls etwas beruhigt hat. Auf dem Korridor höre ich Stimmengemurmel, Lauschen ist jedoch unnötig. Zweifellos erzählt Philip Cannon gerade von seiner Mutter daheim in seinem Bauernkaff; Clara wird erwidern, dass ich wohlerzogener bin, als meine Manieren heute vermuten lassen.

Ich stoße mit dem Kopf leicht gegen die Tür, als mir plötzlich ein Gedanke kommt. Clara hat mein fast nicht existierendes Liebesleben noch nie gutgeheißen, selbst damals nicht, als ich mit Josh verlobt war. Erst als Mutter krank wurde, hörte sie mit ihren Versuchen auf, mich zu verkuppeln. Jetzt, wo Mutter nicht mehr da ist, wird Clara ihre Vermittlungsversuche bestimmt wieder mit neuer Energie aufnehmen ... angefangen mit Philip Cannon.

Armer Kerl.

Ich schiebe den Gedanken beiseite und betrachte das Foyer mit verschwommenem Blick. Ich brauche eine Tasse Kaffee und eine heiße Dusche, um zu mir zu kommen.

Zumindest die Küche ist sonnig und hell. Ein einziges Fenster befindet sich zwischen den Schränken und durchflutet den Raum mit Licht. Beim Auffüllen der Kaffeekanne versuche ich nicht an die Arbeiten zu denken, die am Flurende auf mich warten. Die drei nördlich gelegenen Flurtüren führen jeweils zu meinem Schlafzimmer, einem gemeinsamen Badezimmer und Mutters Zimmer. In den letztgenannten Raum kann ich keinen Blick werfen, ohne dabei ein Dutzend Dinge zu sehen, um die ich mich kümmern muss, aber ich kann mich einfach nicht überwinden anzufangen.

Auch wenn mein Zimmer nicht so groß ist wie das von Mutter, habe ich es doch immer gern gemocht. Als Teenager habe ich die massive Ostwand mit Postern von Lionel Richie, Cyndi Lauper, Olivia Newton-John und den Darstellern von *Cheers* geschmückt. Als ich dann aufs College ging, nahm meine Mutter die Sache in die Hand. Als ich zurückkam und eigentlich nur ein paar Monate bleiben wollte, während ich mich nach einem Job umschaute, waren meine Poster durch seriöse Kunstdrucke ersetzt worden. Mir war das egal – innerhalb weniger Wochen bekam ich eine Stelle bei einer Buchhandlung in der Innenstadt und hatte mich Hals über Kopf in die einzige Liebesbeziehung gestürzt, die ich je gehabt habe.

Bevor Josh und ich einen Hochzeitstermin festlegen konnten, war mir aufgefallen, dass Mutters Kurzzeitgedächtnis nachzulassen schien. Ihre Freunde bemerkten das nicht, weil Mutters gesellschaftliche Gewandtheit erst viel später abnahm, doch ich werde nie den Nachmittag vergessen, an dem sie mir innerhalb von einer Stunde die gleiche Geschichte dreimal erzählte.

Ich ließ mich langsam in einen Sessel sinken, während Mutter immer weiterplapperte, dieselben Sätze mit derselben Betonung wiederholte wie vorhin schon. Als ich begriff, dass ich nicht einfach ein Déjà-vu-Erlebnis hatte, holte ich den Arzt. Er schickte Mutter zur Untersuchung ins Krankenhaus. Die Ergebnisse bestätigten seine Diagnose: Progressive Demenz. Mutter nahm die Realität ihres Zustands gleichmütig an.

Nie habe ich größere Bewunderung für sie empfunden als an dem Tag, an dem sie von ihrem Schicksal erfuhr. Sie war schon immer ein sehr entschlossener Mensch gewesen, trotzdem hatte ich Tränen und Widerstand erwartet. Doch sie schaute den Arzt nur an und sagte: „Ich habe immer im Heute gelebt, und solange es geht, werde ich das auch weiterhin tun."

Dann wandte sie ihren Blick mir zu. „Wenn mir nur ein Leben gegeben ist, lass mich in New York leben, als Blondine ..."

„... und im Designerpelz", führte ich den sprichwörtlichen Satz für sie zu Ende.

Sie starrte mich einen Moment lang an. „Mit deiner Hilfe werde ich das schaffen ... und du wirst schon wissen, wann es an der Zeit ist, mich dem Auge der Öffentlichkeit zu entziehen." Sie versuchte zu lachen, doch das spröde Resultat hörte sich eher wie ein Schluchzen an.

„Haben Sie vielen Dank, Doktor", sagte sie dann und erhob sich. „Machen Sie so viele Hausbesuche bei mir, wie Sie für angemessen halten. Und bitte kümmern Sie sich darum, dass Aurora die Unterstützung bekommt, die sie benötigt."

Ich verließ Dr. Helgrins Praxis mit einem Stapel Bücher über die Pflege von Demenzpatienten. Nach einigen Monaten bemerkte ich die Symptome, die der Arzt angekündigt hatte: Verwirrung, immer deutlichere Gedächtnisstörungen, größere Unbeholfenheit und der Verlust des Zeitgefühls. Also kündigte ich meine Arbeitsstelle. Josh drängte immer wieder auf einen Hochzeitstermin; ich sagte ihm, dass ich meine Mutter nicht im Stich lassen könne.

Eines Abends gab er mir einen Gutenachtkuss und ging aus der Wohnung. Als die Tür hinter ihm ins Schloss fiel, wusste ich, dass er nie wiederkommen würde. Aber das war okay – gehörte zur Liebe nicht auch ein Teil Selbstaufopferung? Wenn Josh seine Bequemlichkeit nicht opfern und bei Mutter und mir einziehen konnte, dann war das, was er für mich empfand, auch nicht echt.

Statt Ehefrau wurde ich nun Mutters Pflegerin und Wächterin. Am Ende waren unsere Rollen komplett vertauscht. Mary Elisabeth wurde zum Kind und ich zur Mutter.

Und was bin ich nun?

Als das Wasser aus der Kaffeekanne über meine Hand läuft, drehe ich den Hahn zu und schließe die Augen. Ich habe das doch schon durchgemacht. Gestern hatte ich hauptsächlich das Gefühl gehabt, dass etwas zu Ende gegangen ist, eine Leere, die man nicht einmal als Einsamkeit bezeichnen konnte. Doch heute spüre ich etwas wie Sehnsucht. Ich brauche ein Ziel. Gestern habe ich mich entschlossen, die Wohnung zu renovieren, aber was kommt danach? Ich brauche eine langfristige Aufgabe.

Ich muss irgendjemand *sein*.

Ich starre die schräg einfallenden Sonnenstrahlen an und merke, dass ich eine Null bin: ein großes, leeres Nichts. Ich könnte einfach vom Angesicht der Erde verschwinden und kaum jemand würde es bemerken.

Meine Mutter ist nach zehn Jahren fast völliger Abgeschiedenheit gestorben, aber sie hat trotzdem ihre Spuren in der Welt hinterlassen. Sie war mit einem berühmten Mann verheiratet; sie hat eine Tochter geboren und großgezogen; sie hat mit ihren Partys und ihrem gesellschaftlichen Engagement zahllose Menschen beeinflusst. Selbst mein Vater – mag er noch so ein Schwein sein – hat Tausende, nein, Millionen von Menschen beeinflusst. Sein Name ist jedem bekannt. Wenn er stirbt, wird die Nachricht auf den Titelseiten aller Nachrichtenagenturen erscheinen.

Mein Blick schweift hinüber zu Mutters Zimmer. Ich muss da wirklich ausmisten: jemanden anrufen, der das Krankenbett, die Bettschüsseln und die Kästen mit übrig gebliebenen Sanitätsartikeln wegschafft. Wenn ich wollte, könnte ich fast den ganzen Vormittag damit verbringen, das reflektierende Klebeband abzukratzen, mit dem ich für sie den Weg zur Toilette markiert habe. Doch ich kann Mutter nicht ausradieren – noch nicht.

Ich gieße das Wasser oben in die Kaffeemaschine. Als die Maschine zu zischen und gurgeln beginnt, lehne ich mich gegen die Theke und blicke hinüber zum Esszimmer. Mutter hat sehr gründliche Arbeit geleistet, um jede Spur von meinem Vater zu beseitigen. Er hat hier 15 Jahre lang gelebt, doch dann wurde sein Einfluss neutralisiert und übermalt wie ein Wasserfleck an der Decke.

In Mutters Beisein konnte ich nie über ihn sprechen. Allein seinen Namen zu erwähnen reichte aus, bei ihr einen Wutanfall oder Migräne auszulösen. Manchmal kam es jedoch vor, dass Clara, wenn sie redselig gestimmt war, mir von meinem Vater erzählte.

Einmal sagte sie mir, die Mahagoni-Esszimmergarnitur sei ein Weihnachtsgeschenk meines Vaters an meine Mutter gewesen, aber in den vornehmen Stühlen und dem polierten Tisch kann ich keinen einzigen Hinweis auf den Mann finden. Die Möbel sind traditionell und elegant. Soll ich daraus schließen, dass er diese Charaktereigenschaften teilt oder wurde seine Wahl eher von Mutters Geschmack bestimmt?

Laut Clara hat er bei Dinnerpartys meist auf dem Stuhl gesessen, der am nächsten an den Balkontüren dran war, weil er gern im Mittelpunkt stand; aus ihrem Augenzwinkern schloss ich, dass er ein charmanter Gastgeber und schrecklicher Ehemann gewesen ist.

Ich weiß nicht, warum ich gerade jetzt an ihn denke. Als ich ankam, war er bereits komplett von der Bildfläche verschwunden, und er hat nichts hinterlassen – außer der Esszimmergarnitur.

Das beantwortet dann auch meine Frage: Die Möbel müssen Mutters und nicht sein Geschmack gewesen sein, sonst hätte Mutter sie der nächsten Wohltätigkeitsorganisation gespendet und das noch von der Steuer abgesetzt.

Als jemand an der Tür klingelt, runzele ich die Stirn. Ich erwarte niemanden und Clara schien vorhin auf dem Weg nach draußen zu sein.

Mit klopfendem Herzen spähe ich durchs Guckloch. Clara steht vor der Tür, ihre blauen Augen sind durch die Linse unnormal vergrößert.

Seufzend mache ich die Riegel auf und öffne die Tür.

Claras angespannter Ausdruck löst sich in ein weiches Lächeln auf. „Wie geht es dir heute Morgen, mein Schatz?"

„Alles bestens." Ich lehne mich gegen die Türkante und versperre ihr halbherzig den Weg. „Ich wollte gerade eine Tasse Kaffee trinken und dann in die Dusche hüpfen."

„Du armes Ding, du musst ja völlig erschöpft sein. Ruh dich heute bloß aus. Ich muss mich gleich auf den Weg machen, aber vorher wollte ich dich noch was fragen."

Sie sieht mich mit einem geheimnistuerischen Blick an, aber mir ist nicht nach Ratespielen zumute. Als ich nichts erwidere, drängt sie weiter: „Ich habe mich gefragt, ob du morgen Mittag vielleicht auf einen Happen Essen vorbeischauen möchtest. Ich habe unseren neuen Nachbarn eingeladen, damit ihr beide die Gelegenheit habt, Bekanntschaft zu schließen, so wie es sich gehört. Ich hätte gern, dass er dich in etwas anderem sieht als in Bestattungsschwarz und diesem schäbigen Bademantel."

Ich spähe den Korridor hinunter. Glücklicherweise ist der besagte Mann nirgendwo zu sehen. „Wo ist denn Mister Musterknabe?"

Ihre Augenbrauen ziehen sich zusammen. „Ich schätze, dass er gerade bei der Arbeit ist. Er unterrichtet übrigens an der New Yorker Uni, hab ich das schon erwähnt? Außerdem arbeitet er als Berater für einige Privatkunden. Anscheinend ..."

„Dann bin ich jetzt ja bestens informiert. Danke, Tantchen, aber ich bin nicht gerade in einer sehr geselligen Stimmung. Ich muss mich noch durch Mutters Sachen arbeiten ..."

„Warum die Eile? Das kann doch warten."

Ich starre sie an; eine weitere Ausrede fällt mir nicht ein.

„Hat dich die Frau vom Hospiz nicht gewarnt, dass es schmerzhaft sein könnte, die Sachen deiner Mutter zu sortieren?"

Die Pflegerin, die uns seit einiger Zeit einmal pro Woche besuchen gekommen ist, hatte vorgeschlagen, schon vor Mutters Tod einige Schränke zu leeren.

Ich konnte das nicht.

„'tschuldigung", murmele ich. „Mir ist einfach nicht danach auszugehen."

„Ein Besuch in meiner Wohnung kann man wohl kaum ‚Ausgehen' nennen, und das weißt du auch. Mir ist klar, dass du etwas durch den Wind bist, aber denkst du, ich vermisse sie nicht auch? Für uns Zurückgebliebene muss das Leben weitergehen."

Ich zucke die Achseln, unfähig, meine Teilnahmslosigkeit zu erklären.

„Wie wäre es dann wenigstens mit einem abendlichen Umtrunk? Vielleicht mit einem Nachtisch? Dann hast du den Tag für dich und trotzdem haben wir am Abend etwas, auf das wir uns freuen können."

Es ist ihr Gebrauch des Wortes „wir", der mich umstimmt. Clara braucht das also selbst. Aber morgen? Das ist zu früh.

Ich zwinge mich zu lächeln. „Ich weiß deine Einladung wirklich zu schätzen, aber ich kann nicht mit leeren Händen erscheinen. Ich muss ein Rezept aussuchen und eine Einkaufsliste machen und den Lieferservice anrufen und die Kraft finden, etwas zu backen ..."

Sie lacht. „Du musst überhaupt nichts mitbringen, Schätzchen. Aber damit du dich zu nichts verpflichtet fühlst, lass es uns doch ganz schlicht halten. Komm morgen Abend auf einen Kaffee und etwas Süßes vorbei und ich werde beides beschaffen. Also ... kann ich mit dir rechnen?"

Ich entscheide mich, ihr gegenüber ehrlich zu sein. „Clara, ich weiß genau, was für ein Spiel du treibst."

Ihre Augen weiten sich. „Was meinst du denn damit?"

„Du willst uns verkuppeln. Aber das wird nicht funktionieren. Gütiger Himmel, meine Mutter ist gerade erst gestorben und ich habe meinen Kopf voll mit tausend Sachen."

„Aurora Rose Norquest." Ihre Nasenflügel beben, während sie mich anstarrt. „Ich versuche nichts dergleichen. Alles, was ich will, ist, höflich zu sein. Ich kenne den Mann kaum, also werde ich mich nicht in sein Liebesleben einmischen – oder in deins."

Mein Mundwinkel zuckt, als sich unsere Blicke treffen. Ich liebe diese Frau von Herzen, aber Clara kann stur wie ein Kleinkind sein. Jeder andere würde mein Nein akzeptieren, doch ich bin ihre einzige verbliebene „Familie".

Und in letzter Zeit ist mir schmerzlich bewusst geworden, dass man sich unweigerlich so vorkommt, als löse man sich langsam in Luft auf, wenn man keine Blutsverwandten mehr auf der Welt hat.

„Na gut." Ich schiebe eine Haarsträhne zur Seite, die immer wieder in meine Augen fällt. „Um wie viel Uhr?"

„Morgen nach dem Abendessen – wäre acht in Ordnung? Bring nichts mit außer dir selbst. Zieh dich ruhig leger an, nur bitte etwas Hübscheres als eine Jogginghose. Philip wird den Tag wahrscheinlich mit Auspacken verbringen, also glaube ich nicht, dass er sich für uns groß in Schale schmeißen wird."

Ich führe meine Hand zur Türkante. „Danke, Clara."

Ein Lächeln zieht die Falten um ihren Mund zusammen. „Gönn dir etwas Ruhe, Liebes."

Bevor Clara ein neues Szenario ersinnen kann, das Philip Cannon und mich zusammenbringen soll, schließe ich die Tür. Der Tag liegt vor mir – Freitag, wenn ich mich recht entsinne, und damit stehen mir 13 oder 14 Stunden zur Verfügung.

Zunächst einmal habe ich einen Kaffee zu trinken. Und zu duschen.

Zielstrebig mache ich mich auf in die Küche.

Kapitel 7

Westbury Arms, Wohnung 15a

Als die Standuhr im Flur zwölf schlägt, gähne ich und lege den Roman hin, den ich gerade lese. Ich werfe einen Blick auf die Fenster in der Erwartung, die Lichter des gegenüberliegenden Gebäudes zu sehen, doch stattdessen erblicke ich eine Mittdreißigerin in Socken und Schlafanzug, die sich im Licht der Tischlampe spiegelt. Sie sitzt seitlich auf dem Sofa, die Füße halb unter ein Sofapolster gesteckt, ihr Rücken gegen einen Berg von Kissen gelehnt. Sie sieht … müde aus.

Ich schließe mein Buch. Ich hatte gedacht, dass ich einen Abend genießen würde, der frei von Verpflichtungen und ohne jemanden ist, um den ich mich kümmern muss, aber so viel Freizeit nagt an meinen Nerven. Ich kann mich nur schwer auf das Buch konzentrieren. Obwohl ich weiß, dass ich allein bin, sind meine Nerven gespannt, meine Ohren lauschen aus alter Gewohnheit auf Geräusche aus dem Krankenzimmer.

Einmal meinte ich, ein Rauschen vom Babyfon zu vernehmen. Ohne zu überlegen, ließ ich mein Buch fallen und war halb durch die Bibliothek marschiert, bis mir einfiel, dass es nichts als Einbildung sein konnte. Nicht nur, dass Mutter nicht mehr da ist – ich hatte das Babyfon vor einigen Tagen ausgeschaltet und in einer Schublade verstaut.

Ich bin völlig allein.

Ich lege mein Buch auf den Couchtisch, dann lasse ich den Kopf zurück in die Kissen sinken, die leicht nach Alter und Zerfall riechen. Ich sollte mir vielleicht ein neues Sofa für dieses Zimmer besorgen – das Sofa, auf dem ich sitze, hat diesen Platz schon seit weit über 15 Jahren belegt. Als Mutter einen lichteren Augenblick hatte, erwähnte ich einmal, dass wir ein neues anschaffen könnten. Doch da warf sie die Hände entsetzt in die Höhe. „Aurora, dieses Sofa hat *Bernhardt* uns gegeben! Ohne Feuer oder eine Naturkatastrophe wird es uns beide überdauern."

Ich habe mich gegen Mutters angeborenen Sinn für Qualität nie durchsetzen können. Mary Elisabeth Norquest konnte nach einem flüchtigen Blick auf ein Möbelstück, Kleidungsstück oder auf Menschen zwischen Schatz und Schund unterscheiden.

„Aurora?"

Meine Augen fliegen auf. Der Ruf kam aus dem Flur, der zu Mutters Schlafzimmer führt. Ein Frösteln zieht in die Haut zwischen meinen Schulterblättern und gleitet dann meine Wirbelsäule hinab.

„Aurora Rose!"

Ich presse meine Augen ganz fest zu. Das muss einfach Einbildung sein. Gestern haben sie Mutter zur letzten Ruhe gelegt. Ich habe Papiere bekommen, Kopien von Rechnungen, und ich habe widerwillig als Gastgeberin für die Beerdigungsfeier fungiert ...

„Aurora Rose, ich brauche deine Hilfe!"

Zitternd rolle ich mich auf dem weichen Sofa zusammen und halte mir die Hände über die Ohren. Es ist nur eine Sinnestäuschung, hervorgerufen durch meine strapazierte Fantasie, nichts weiter. Ich habe eine verwirrende Geschichte gelesen; ich bin hundemüde; meine Nerven sind angekratzt.

Clara hat mir gesagt, ich solle mich entspannen; die Hospizpflegerin hat mich gewarnt, dass die Tage nach dem Tod schwierig sein können. Vielleicht wussten die beiden, dass so etwas Ähnliches geschehen könnte.

„Wo bist du, Auroraaaaa?"

Ich ziehe eins der Kissen über meinen Kopf, als die Stimme in ein schreckliches, röchelndes Gurgeln abgleitet. Ist das ein Traum? Wohl kaum. Ich kann das geriffelte Gewebe des Kissens unter meinen Fingernägeln spüren; ich kann das Sofa riechen; ich kann den blauen Umschlag des Romans auf dem Tisch neben mir sehen. Der leicht chemische Nachgeschmack der Soße von meinem Tiefkühlmenü, bestehend aus Hähnchenbrust und Erbsen, ist immer noch auf meiner Zunge.

Ich hebe den Kopf in eine so vollkommene Stille hinein, dass das Ticken der großen Standuhr im Flur fast dröhnend klingt. Immer noch das Kissen fest an mich gedrückt, schleiche ich zur Tür hinüber und starre den dunklen Flur zum Zimmer meiner Mutter entlang. Ihre Tür steht halb offen – hatte ich sie vorhin zugemacht? Vielleicht nicht. Doch nun scheint sie leicht zu vibrieren, als werde sie von Luftzügen bewegt, die ich weder sehe noch spüre.

Während ich die Tür zum Zimmer meiner Mutter betrachte, regt sich Übelkeit in meinem Bauch. Mir fällt kein triftiger Grund ein, warum ich nicht hinübergehen und die Tür schließen sollte, um meine Vorstellungskraft in ihre Grenzen zu verweisen. Ich kenne das Zimmer genauso gut, wie ich Mutters Gesicht gekannt habe. Ich bin eng mit den Flecken auf dem Teppich vertraut, genauso wie mit dem Stück abgeblätterter Tapete unter dem Lichtschalter und den Stangen, die ich in die Wand geschraubt habe, damit Mutter ihren Weg ins Bad finden konnte. Ich weiß, wie viele Hosen mit Elastikband in der obersten Schublade liegen, wie viele

Hemden zum vorne Zuknöpfen neben den Schlupfhosen gestapelt sind.

Nichts in diesem Zimmer kann mir Angst machen. Es ist mit nichts weiter als mit Erinnerungen an meine allerletzten Verpflichtungen gefüllt. Ich muss noch durch die Überbleibsel des Lebens meiner Mutter gehen und entscheiden, was bleiben und was wegkommen soll.

Vielleicht höre ich deshalb diese Aufforderung in der nörgelnden Stimme meiner Mutter. Die noch unerledigten Verpflichtungen zerren an mir, weil ich egoistisch beschlossen habe, etwas Zeit für mich selbst zu haben.

Nun ... wenn mein Unterbewusstsein an mir herumnörgeln kann, kann es mir genauso gut gehorchen.

„Das kann warten." Meine Antwort hallt mit einer Festigkeit, die Mutters Stimme nicht hatte. Staubkörner tanzen über meinem Kopf im Lichtschein; meine Stimme hat Dinge bewegt und die Atmosphäre verändert – und sei es noch so minimal.

Ich weiß, dass die Geisterstimme nicht echt ist. Sie kann mir nichts anhaben. Doch als ich von der Bibliothek auf den Flur trete, zittern meine Beine, und ich eile zu meinem Zimmer. Dort angekommen, schalte ich das Licht an und schaue mich hektisch um, dann entspanne ich mich in der beruhigenden Normalität meiner Umgebung. Doch bevor ich mich aufs Bett werfe, gehe ich zur Tür und drehe den Schlüssel im Schloss herum.

Ich fühle mich gleichzeitig erleichtert und lächerlich und wende mich schnell der Kommode zu. Ich meine mich zu erinnern, dass Clara mir letztes Weihnachten eine CD geschenkt hat ... irgend so eine dumme Kompilation, auf die ich bis jetzt nie Lust gehabt habe. Jetzt mag diese alberne CD genau das Richtige sein, um die Erinnerungen zu bannen, die in dieser Wohnung ihren Spuk treiben.

Ich ziehe die oberste Schublade auf, schiebe einen Stapel Slips und einen zusammengewürfelten Haufen BHs zur Seite und versuche es dann mit der Schublade voller Flanellnachthemden und Schlafanzüge.

In der dritten Schublade finde ich die CD – *Alvin und die Chipmunks singen Titelmelodien von Fernsehsendungen* – inmitten von Theaterplakaten und Eintrittskartenstummeln und anderen Andenken eines Lebens, das früher einmal draußen stattfand. In dem Versuch, das Zellophan von der CD-Hülle zu reißen, beiße ich die Zähne zusammen, dann erspähe ich im Krimskrams eine Sicherheitsschere.

Zu guter Letzt fällt die silberne Scheibe auf meinen Schoß. Ich schiebe sie in den CD-Player auf meinem Nachttisch, dann lege ich mich rücklings aufs Bett und grinse, als Alvin und seine Kumpels den Titelsong einer Westernserie zum Besten geben.

Während die Musik aus den Stereolautsprechern fließt, mache ich die Augen zu und sauge den wohltuenden Unsinn in mich auf. Heute Nacht könnte ein ganzer Chor toter Stimmen aus Mutters Krankenzimmer rufen und ich würde nichts außer Alvin und seinen Freunden hören.

Ich krieche unter die Steppdecke und drücke die Plastikhülle der CD an meine Brust. Aus einem mir nicht begreiflichen Grund kommen die Tränen jetzt ohne Anstrengung, heiße Rinnsale aus Angst und Erschöpfung. Ich drücke meine Hände gegen mein Gesicht und weine.

Kapitel 8

Westbury Arms, Wohnung 15c

Die Teetasse, die mir Mrs Bellingham anbietet, fühlt sich für meine Hände viel zu zerbrechlich an, aber ich nehme sie ein weiteres Mal entgegen und nippe an meiner dritten Tasse Earl Gray, unsicher, ob ich meinen kleinen Finger dabei ausstrecken soll. Einige Schlucke und ein paar nichtssagende Bemerkungen zum Dekor der Eingangshalle später blicke ich auf meine Uhr. Meine lächelnde Gastgeberin nötigt mich immer wieder, noch vom Zimtkuchen zu nehmen, doch ihre flatternden Hände verraten ihre Unruhe.

„Ich befürchte, Ihr anderer Gast wird nicht mehr kommen." Ich schaue vielsagend zur Wanduhr. „Sind Sie sicher, dass Aurora die Zeit richtig verstanden hat?"

„Acht, habe ich ihr gesagt", antwortet Mrs Bellingham, wobei ihre Schultern mit offensichtlicher Erleichterung darüber niedersinken, dass ich das Thema angeschnitten habe. „Ich bin mir *sicher*, dass ich es ihr gesagt habe. Und sie ist eigentlich eine sehr zuverlässige Person; etwas zu vergessen, nachdem sie definitiv zugesagt hat, ist untypisch für sie."

„Vielleicht" – ich senke die Porzellantasse –, „vielleicht sollte einer von uns mal bei ihr an die Tür klopfen, nur für den Fall, dass eventuell etwas nicht stimmt."

„Denken Sie, da könnte etwas nicht stimmen?"

„Ich hoffe es natürlich nicht“, antworte ich, überrascht, wie leicht die Frau sich verunsichern lässt, „aber es könnte trotzdem ratsam sein, mal nachzuschauen.“

Mrs Bellingham steht auf, mit einer Hand zerrt sie an der Diamantenbrosche an ihrem Hals. „Es wird ihr nichts ausmachen, wenn ich klopfe. Wahrscheinlich ist sie an einem Buch hängengeblieben.“

Ich erhebe mich ebenfalls. „Ich gehe schon, Mrs B. Machen Sie sich keine Umstände.“

„Das macht mir nichts aus. Und doch beginne ich mir langsam Sorgen zu machen …“

Ich berühre ihren Arm sanft mit meiner Hand. „Danke für Kuchen und Tee; ich habe mich blendend amüsiert. Auf dem Weg zurück klopfe ich mal an Auroras Tür – sicher wird sie nichts dagegen haben, wenn ich kurz Hallo sage.“

„Ich hoffe nicht.“ Eine Sorgenfalte verharrt auf der Stirn der alten Dame, während sie mich zur Tür führt. „Aurora scheint sich mit dem Tod ihrer Mutter schwerzutun. Das kann ich dem armen Mädchen auch nicht verübeln. So lange war Mary Elisabeth das Zentrum ihres Universums. Für uns beide war sie … alles.“

„Ich werde mich nicht in ihre private Angelegenheit mischen.“ Ich nicke Mrs Bellingham zum Abschied zu, dann greife ich nach dem Türknauf. „Ich richte ihr einfach aus, dass Sie sich Sorgen gemacht haben und wir sie gerne ein anderes Mal dabeihätten. Ist das gut?“

Meine Gastgeberin schenkt mir ein dünnes Lächeln. „Ja, ich denke, das ist gut. Ich kann mit Trauer nur schlecht umgehen. Selbst bei Leuten, die ich liebe, scheine ich immer das falsche Wort zur falschen Zeit zu sagen. Ich wusste, dass Aurora heute Abend nicht herkommen wollte, aber ich habe fest damit gerechnet, dass sie aufkreuzen würde, nachdem sie es versprochen hatte. Jetzt mach ich mir wirklich Sorgen.“

„Wenn ich mich nicht noch mal bei Ihnen melde" – ich öffne die Tür –, „können Sie sorglos zu Bett gehen. Wenn Aurora nicht sofort aufmacht, werde ich sie so lange nerven, bis sie es tut. Wenn ihr das nicht gefällt, übernehme ich die volle Verantwortung dafür. Immerhin bin ich neu hier."

Mrs Bellingham lacht. „Sie sind wirklich nett, Philip. Ich bin froh, Sie hier zu haben."

„Danke, Mrs B."

Ich warte auf der Diele, bis ich das klickende Geräusch der einrastenden Schließriegel vernehme, dann durchquere ich den Korridor. Irgendwie erinnert mich Mrs Bellingham an meine Mutter und ich bin wirklich gern mit ihr zusammen. Aurora Norquest scheint dagegen ungefähr so zugänglich zu sein wie ein Bär mit Zahnweh.

Doch damit tue ich ihr unrecht. Ich bin mir nicht sicher, wie ich reagieren würde, wenn ich gerade meine Mutter verloren hätte; garantiert würde mir auch nicht nach Geselligkeit sein.

Der Eingang zu Clara Bellinghams Wohnung liegt direkt um die Ecke von Aurora, aber ich lasse mir einen Moment Zeit, um meine Gedanken zu sammeln, bevor ich mich der Tür nähere. Ich bin mir ziemlich sicher, dass meine Nachbarin nicht erfreut sein wird, mich zu sehen. Bei den anderen beiden Gelegenheiten, an denen wir uns begegnet sind, ist sie praktisch vor mir geflohen, und sie wird nicht daran erinnert werden wollen, dass sie die Einladung zu Mrs Bellingham vergessen (oder absichtlich ignoriert) hat.

Ich mache mich auf eine Attacke gefasst, atme tief durch und klopfe an, dann warte ich ganze 60 Sekunden, bevor ich ein weiteres Mal klopfe. Fast schon betätige ich die Klingel, da höre ich den widerwilligen Klang schwerer Schließriegel.

Aurora steht in der halb geöffneten Tür, die Augen weit aufgerissen und argwöhnisch. Sie hat eine marineblaue Hose und eine weiße Bluse an, eine ungeheure Verbesserung zu dem Flanellbademantel. Ihr dunkles Haar wogt um ihren Kopf wie eine seidene Wolke.

„Aurora?" Ich bemühe mich um ein Lächeln. „Mrs B. und ich wollten mal nachsehen, ob bei dir alles okay ist, da du es nicht zum Tee mit Zimtkuchen rübergeschafft hast."

„Mrs B.?"

„Clara." Ich deute mit meinem Daumen in Richtung der Wohnung der alten Dame. „Tut mir leid, ich kann sie einfach nicht beim Vornamen nennen. Muss wohl der Südstaatler in mir sein."

Aurora sieht mich einen Moment stirnrunzelnd an, dann senkt sie den Blick und bläst die Wangen auf. „Ich muss sie anrufen und mich bei ihr entschuldigen."

Keine Attacke. Das ist ein gutes Zeichen, ein Schritt in Richtung normaler Konversation. Ich kneife die Augen zusammen, um mir ihr Gesicht durch den engen Spalt genauer anzusehen. „Ich weiß, du hast den Kopf momentan mit anderen Dingen voll. Es ist völlig verständlich, dass du es vergessen hast."

Sie hebt den Blick. „Ich hab's nicht vergessen. Ich war dabei, eine Dekosendung im Fernsehen anzuschauen und ... da muss ich wohl eingenickt sein."

Macht sie Witze? Ich suche ihr Gesicht ab, schaue nach einer Spur von Humor in ihren tiefschwarzen Augen, doch ich sehe nichts außer Erschöpfung.

„Na ja, wenn bei dir also alles in Ordnung ist ..."

„Mir geht's gut."

„Dann wünsche ich eine gute Nacht."

„Gute Nacht."

Sie neigt den Kopf, um die Tür wieder zu verriegeln, doch plötzlich fällt mir die Frage wieder ein, die mir vor zwei Nächten gekommen war.

„Ach, eines noch – das wollte ich dich noch fragen. Ist deine Wohnung genauso angelegt wie meine?"

Eine Falte erscheint zwischen ihren Augenbrauen. „Wie bitte?"

„Die Raumverteilung – ist die bei uns beiden ähnlich? Der Hausmeister hat mir gesagt, die Wohnungen seien über die Jahre abgeändert worden, und ich war neugierig, wie das bei dir ist." Ich zeige ihr ein kleines Lächeln, damit sie sieht, dass ich keine finsteren Hintergedanken habe. „Du musst meine Neugier entschuldigen, aber ich halte immer nach Ideen Ausschau, wie ich die Dinge verbessern kann."

Sie schüttelt ihren Kopf, als sei sie verwirrt, aber sie schließt die Tür nicht. Sie macht sie sogar weiter auf, wodurch sich mir ein kurzer Blick auf einen Tisch, eine Bank und Bücher bietet: Stapel über Stapel von Büchern, die unter jedes Möbelstück im Foyer gestopft sind.

„Meine Eltern", sagt sie und drückt dabei ihre Hand an ihre Schläfe, als habe sie Kopfschmerzen, „haben ein paar Sachen geändert, als sie die Wohnung gekauft haben. Ursprünglich hatte die Wohnung lauter kleine Zimmer für die Bediensteten. Mr Williams hat bei deiner Wohnung auch etwas gemacht. Ich glaube, du hast weniger Zimmer als ich, aber bei dir sind die Zimmer größer und offener."

„Aha." Ich stecke meine Hand in die Hosentasche. Wie kann ich mich nach dem nächtlichen Krach erkundigen, ohne dabei allzu persönlich zu werden? „Vielleicht kannst du mir irgendwann mal eine Führung geben. Ich zeig dir dann auch gerne meine Wohnung, wenn ich meine Kartons ausgepackt habe."

Sie geht einen halben Schritt nach vorn und drückt ihre Hand gegen die Tür. „Ich ... ich muss dann ..."

Als die Tür zugeht, erhasche ich einen Schimmer von etwas, das wie Tränen in ihren Augen aussieht. „Warte – ist auch wirklich alles in Ordnung?"

Sie nickt, dann schließt sie die Tür.

Ich bleibe noch auf dem Korridor, während drei Schließriegel in einer rhythmischen Folge zugehen. Blöd von mir, sie auszufragen, während die Trauer um ihre Mutter so frisch ist.

Ich drehe mich um und gehe den Korridor hinunter, doch als ich meine Tür erreiche, höre ich ein leises Rascheln hinter mir. Ich wende mich um und erwarte fast, Aurora zu sehen; stattdessen kommt Mrs Bellingham auf mich zu.

„Ist bei ihr alles in Ordnung?"

Ich hole meine Schlüssel aus der Tasche. „Sie meinte, sie hätte Fernsehen geguckt und sei dabei eingeschlafen. Ich denke, sie wird Sie anrufen und es erklären."

Mrs Bellingham ist noch nicht zufrieden. „Wie hat sie geklungen? Gut?"

Was soll ich antworten? Denn obwohl Aurora Norquest durchaus höflich war, schien es ihr doch alles andere als gut zu gehen.

„Sie wird sich bestimmt bei Ihnen melden." Ich stecke meinen Schlüssel ins Schloss. „Gute Nacht, Mrs B. Vielen Dank noch mal für Tee und Kuchen."

❖

Ich treibe auf einer Welle sanften Schlummers, als mich ein E-Gitarrenriff mit einem Ruck aufschrecken lässt. Verwirrt starre ich in die Dunkelheit, kann in dem trüben Schein des Novembermondes jedoch nichts Auffälliges erkennen.

Die Gitarre jault weiterhin von der anderen Seite meiner Schlafzimmerwand, und es klingt viel zu nah, um von einem der unteren Stockwerke stammen zu können. Sollte das durch irgendein Wunder der Physik *nicht* aus Auroras Wohnung kommen, muss sie die Musik ebenfalls hören können.

Diesmal werde ich etwas unternehmen. Man kann von niemandem erwarten, dass er um drei Uhr morgens Rockmusik erträgt. Die Ritterlichkeit erfordert, dass ich höflich zu meiner Nachbarin bin, aber mein Körper fordert ungestörten Schlaf. Auch wenn Wochenende ist, muss ich morgen Nachmittag doch an meinem Beratungsprojekt arbeiten. Dazu werde ich einen klaren Kopf brauchen und wie soll ich mit schlafberaubten Gehirnzellen denken?

Ich ziehe meinen Bademantel über meine nackten Schultern. Nachdem ich im Krimskrams im Büro meine Schlüssel gefunden habe, eile ich hinaus auf den Korridor. Hier draußen ist die Musik nicht so laut, und während ich an den großen Fenstern vorbeischreite, wird sie immer leiser. Trotzdem ist meine Hand noch zu einer Faust geballt, als ich an Auroras Tür donnere.

„Aurora! Miss Norquest! Bitte aufmachen!"

Als niemand antwortet, drücke ich auf die Klingel. Die entfernte Gitarre wird still. Sie hat also die Musik abgestellt. Doch sollte sie sich hinter dieser verschlossenen Tür verschanzen, ohne auf mein Klopfen zu reagieren ...

Plötzlich zerreißt die Stimme von Whitney Houston, die *Didn't We Almost Have It All?* brüllt, die Stille des Korridors.

Ich beiße mir auf die Zunge, um nicht zu fluchen, und hämmere noch mal an die Tür, dann gehen die Schlösser auf, und die Tür wird geöffnet.

Ich erkenne eines von Auroras dunklen Augen, das mich über die Türkette hinweg anspäht.

„Miss Norquest. Aurora." Ich atme tief durch und zwinge mich dazu, mich zu beruhigen. „Wir müssen über diese Musik sprechen. Natürlich hast du das Recht, dir anzuhören, was du möchtest, wo und wann du willst, aber ich bin mir ziemlich sicher, dass deine Stereoanlage direkt hinter meiner Schlafzimmerwand steht."

Ihr Kopf senkt sich; ihre Augen verschwinden hinter ihrem hinunterhängenden Pony. „Tut mir leid."

„‚Tut mir leid' wird mir nicht helfen, genug Schlaf zu bekommen. Für dich ist morgen wahrscheinlich einfach ein weiterer Tag, aber ich muss arbeiten."

Ihre Wangen röten sich. „Ich mache die Musik aus."

„Danke." Ich versuche meiner Stimme einen sanfteren Tonfall zu verleihen. „Ich weiß, das geht mich ja nichts an, aber warum hörst du eigentlich zu dieser Stunde so laute Musik?"

„Ich ... habe schlecht geträumt." Ihr Kinn zittert. „Ich habe oft Albträume – seit Mutter gestorben ist. Es tut mir leid, dass ich dich geweckt habe. Ich wecke mich selbst ja auch auf, also weiß ich, wie nervig das ist, aber ich scheine es einfach nicht zu schaffen, keine schrecklichen Sachen zu träumen. Das alte Lied hat mir geholfen, wieder ... Boden unter die Füße zu bekommen."

Ich kann es kaum glauben, aber ihre Erklärung ergibt Sinn. Würde ich in ihren Schuhen stecken, hätte ich wahrscheinlich das Gleiche getan, außer dass ich *Every Breath You Take* von *Police* gespielt hätte.

„Hast du schon mal an Kopfhörer gedacht? Du könntest Musik hören, so viel du willst, und keine Seele dabei stören."

„Ja, stimmt, das sollte ich vielleicht mal ausprobieren." Ihre Lippen stellen sich schräg – ein Ausdruck, den man eventuell als Lächeln bezeichnen könnte –, dann hält sie einen Finger hoch. „Übrigens, habe ich dich letzte Nacht mit *Alvin* geweckt?"

„Mit wem?"

„*Alvin und die Chipmunks*. Hast du mich irgendetwas spielen hören, das nach Streifenhörnchen klang?"

„Nein – nein, kann ich nicht behaupten."

„Oh." Sie schaut weg, richtet ihren Blick nach innen. „Ich verstehe."

Ich schüttle verwirrt den Kopf. „Was verstehst du?"

„Warum ich die *Chipmunks*-CD beim Aufwachen nicht finden konnte. Das muss ich wohl auch geträumt haben."

Ihre Unterlippe bebt bei diesem sonderbaren Geständnis und meine Genervtheit schmilzt dahin. Es juckt mich förmlich, sie in irgendeiner Form tröstlich zu berühren, doch die Tür steht zwischen uns.

„Du", sage ich und wünschte, sie würde aufblicken, damit ich ihre Augen sehen kann, „es tut mir leid, dass ich so ungehalten war. Würde es dir vielleicht helfen, darüber zu reden?"

Kapitel 9

Westbury Arms, Wohnung 15a

Darüber reden? Hier, jetzt? Ich blicke zur Uhr auf dem Tisch im Foyer. Es ist nach 3:00 Uhr morgens, und Philip hat bereits klargestellt, dass gesittete Collegeprofessoren zu dieser Stunde schlafen sollten. Außerdem kann ich doch nicht mitten in der Nacht einen Mann in die Wohnung lassen. Der Gedanke würde bei Clara einen Herzanfall auslösen.

Ich hole Luft, um ihm zu sagen, dass das unmöglich sei, doch als ich aufblicke, lächelt er ... und ohne die runde Brille sieht er deutlich besser aus, als ich in Erinnerung hatte.

„Hey, wach bin ich sowieso", sagt er achselzuckend, „und ich bin ein guter Zuhörer."

„Da bin ich sicher." Ich schenke ihm ein ehrliches Lächeln. „Und es tut mir wirklich leid, dass ich dich geweckt habe. Ich möchte dich nicht weiter wach halten."

„Glaubst du, dass ich jetzt schlafen kann?" Er schaut mich mit vorgetäuschter Überraschung an. „Erzähl mir von deinen Albträumen. Allein es auszusprechen kann manchmal schon die bösen Geister verjagen."

„Vielen Dank, Dr. Freud. Aber ich werde dir deine Ruhe gönnen."

Er zuckt die Achseln und dreht sich mit einem gemurmelten „Na dann – Nacht" weg.

Ich schließe die Tür und reibe mir die Augen, während ich in die Küche gehe. Seit Mutters Tod bin ich scheinbar nicht nur mit Albträumen gestraft, sondern auch mit einem Nachbarn, der einen leichten Schlaf hat und kein Hörgerät benötigt. Als Mr Williams nebenan wohnte, hätte ich *Metallica* höchstpersönlich zu einer Session in meinem Schlafzimmer einladen können, und er hätte nicht einen Ton gehört.

Ich nehme mir ein Glas aus dem Wandschrank und fülle es mit Wasser aus dem Kühlschrank. Mit ein paar Schlucken trinke ich es aus, dann stelle ich mir vor, ich sei in einer Bar in der Innenstadt. Wäre dies hier ein Film, dann würde ich mich zum Barbesitzer hinüberlehnen, mein Dekolleté zur Schau stellen und mit heiserer Stimme raunen: „Gib mir noch so einen!"

Aber das hier ist kein Film und ich bin nicht Mae West. Das hier ist mein Leben – oder was davon übrig ist –, und meine Albträume müssen irgendeine physische Ursache haben, vielleicht Erschöpfung in Zusammenhang mit Dehydrierung. Ich habe mal gelesen, dass zu geringe Wasserzufuhr zu Störungen im Gehirn führen kann. Eventuell könnte das in den letzten Tagen die Ursache meines Problems gewesen sein.

Ich gehe zurück ins Schlafzimmer und falle ins Bett. Doch kaum hat mein Kopf das Kissen berührt, werden die Bilder meines Albtraums wieder lebendig. Wo immer sie gewesen sind, als ich sie mit der Musik zu verbannen versuchte, jetzt grinsen sie mich wieder an. In der Hoffnung, eine andere Lage würde die grässliche Truppe zurück in die Dunkelheit treiben, drehe ich mich im Bett um und trommle gegen das Kissen, doch sie sind immer noch bei mir, grinsen gehässig aus dem Schatten, während sie darauf warten, dass ich mich dem Schlaf ergebe.

Hier werde ich nicht zur Ruhe kommen. Gereizt setzte ich mich auf, ziehe die Decke vom Bett und stampfe den Flur entlang zum Wohnzimmer. Das Sofa ist neutrales Gebiet, frei von bösen Assoziationen und Geistern. Sollte dennoch irgendeine grausige Vision aus meinem Unterbewusstsein emporsteigen, kann ich zumindest das Radio anmachen, ohne befürchten zu müssen, dass ich Philip Cannon schon wieder wecke.

Ich ziehe eines der Kissen von der Sofalehne und lege es gegen die Armstütze, dann lehne ich mich zurück und strecke mich aus. Die alte Couch ist gemütlich, aber jetzt fühle ich mich überhaupt nicht mehr müde. Das Ticken der Wanduhr klingt überlaut in meinen Ohren; die Heizung zischt wie eine Eidechse. In der Ferne heult eine Sirene in der Nacht.

Ich verschränke meine Arme über der Brust und starre die Decke an. Als Mädchen habe ich mich oft in den Schlaf geredet, indem ich so tat, als hätte mich eine schreckliche Krankheit niedergestreckt. Während ich auf meinem gespielten Totenbett lag, stellte ich mir die tränenüberströmten Gesichter meiner Angehörigen vor und übte meinen Abschied. Und schließlich, am Höhepunkt meines Spiels, schlief ich dann immer ein.

Mein Kopf fühlt sich zu aufgedreht an, um abschalten zu können, mein müder Körper ist dagegen nur zu kooperationswillig. Meine Hände sind bereits in der üblichen Letzte-Ruhe-Pose gefaltet, also befehle ich meinen Beinen, empfindungslos zu werden. Als meine Glieder schwer werden, öffne ich die Augen und stelle mir vor, wie meine Mutter über mir steht … und da ist sie, so real wie der Tod.

Es tut mir leid, Mutter. Ich muss nicht laut sprechen; sie kann meine Gedanken lesen. *Ich habe mich nicht so verhalten, wie es von einer Tochter zu erwarten ist.*

„Ist schon in Ordnung, Aurora, Liebling." Sie lässt sich neben mir nieder, ihr Seidenrock fällt über ihre Knie und auf den Boden, während ihre Hände meine gefühllosen Arme streicheln. Ein Lächeln erscheint auf einem ihrer Mundwinkel, breitet sich über ihren Mund und hinauf zu ihren Wangen aus. Es ist ein sanftes Lächeln, voller Zuneigung und Wärme, und meine Augen brennen bei dem Anblick. Schon seit Jahren habe ich meine Mutter nicht mehr so lächeln sehen.

„Weißt du", sie spricht mit einer ruhigen Stimme, die man für gewöhnlich bei Kindern und alten Menschen benutzt, „eigentlich bin ich sogar stolz darauf, wie du alles in den letzten Tagen bewerkstelligt hast. Halt dich an Clara, Schätzchen, und denk daran, dass du immer geborgen sein wirst, solange du zu Hause bleibst. Hier kann dir nichts etwas anhaben."

Ich möchte sie fragen, ob sie von einem Unheil weiß, das außerhalb des Gebäudes lauert, aber ich scheine meinen Mund nicht bewegen zu können.

„Du träumst, Liebling." Ihre anmutige Hand streichelt mitleidig mein Gesicht.

Ich habe Albträume gehabt.

„Natürlich hast du das." Ihre Stimme ist leise, doch ich kann jedes Wort verstehen. „Du musstest viele Informationen verarbeiten, Entscheidungen treffen. Aber die Albträume werden vergehen. Mit der Zeit vergeht alles." Sie legt ihre Hände auf meine Schultern und beugt sich herunter, um meine Wange zu küssen.

Ich schließe die Augen und genieße den Moment. Als ich wieder aufschaue, ist ein Schatten auf uns gefallen. Mutter starrt jemanden oder etwas hinter mir – außerhalb meines Blickfeldes – wütend an. Ihr Gesicht verhärtet sich zu einem erstaunlich bösen Ausdruck. „Was machst *du* denn hier?"

„Sie ist auch meine Tochter." Ein Mann, der das Wort „Tochter" mit bewusster Härte ausspricht.

Meine Mutter zeigt ihre Zähne in einer Grimasse, die kein Lächeln ist. Trotz ihres Ärgers würde ich nur zu gern den Mann sehen, der für mich außer Sichtweite bleibt. Ich versuche meinen Kopf zu drehen, aber der ist genauso unbeweglich wie meine Arme und Beine.

„Sie gehört dir nicht." Mutter spuckt die Worte regelrecht aus. „Du hast sie nie geliebt."

„Ich habe sie immer geliebt ... genauso wie ich dich geliebt habe. Aber du wolltest mit meiner Liebe nichts zu tun haben, weil du nichts mit Treue zu tun haben wolltest."

Ich knirsche mit den Zähnen, versuche krampfhaft, mich umzudrehen, aber ich kann die Lähmung dieses Pseudoschlafs einfach nicht besiegen.

Mutter richtet sich auf und fletscht ihre Zähne wie ein wildes Tier. „Du bist immer schon fordernd gewesen, aber nun kannst du mir nichts mehr befehlen. Du hast uns den Rücken zugekehrt. Du zerstörst Leute; du wirfst sie weg. Du behauptest, sie zu lieben, dabei bist du grausam und mitleidslos ..."

„Ich habe meine Tochter immer geliebt. Soll ich etwa bleiben, wo ich nicht erwünscht bin? Du hast dich mir durch deine eigenen Worte und Entscheidungen entfremdet, aber ich werde nicht zulassen, dass du Aurora ebenfalls von mir fernhältst."

Egal, wie sehr ich dagegen ankämpfe, ich kann die Erstarrung, die sich meiner bemächtigt hat, nicht überwinden. Ich spüre die Anzeichen bevorstehender Panik in meiner Brust, aber ich widerstehe ihr, indem ich meine Gedanken auf den Mann zu lenken versuche. Wenn Mutter meine wortlose Sprache hören kann, kann er das vielleicht auch.

Vater?

„Aurora." Er spricht in einem tiefen Grollen, das sowohl kraftvoll als auch sanft ist. Ich kann ihn immer noch nicht sehen, aber nach dem angewiderten Ausdruck auf Mutters Gesicht zu urteilen, beugt er sich zu mir herunter. Gleich wird er an der Sofaecke vorbeitreten, und ich werde den Vater sehen, nach dem ich mich insgeheim immer gesehnt habe ...

„Ich werde sie dir nicht überlassen. Schau ihn nicht an, Aurora!"

Meine Mutter wirft sich auf mich, ihr Kinn bohrt sich in die Haut oberhalb meines Schlüsselbeins, ihre Hände krallen sich an meine Schultern, bis unsere Knochen aneinanderreiben, Skelett gegen Skelett. Ihre Haare bedecken meine Augen, während hinter mir ein heftiger Wind aufkommt, ein heißer Luftstoß mit der Trockenheit der Wüste. Augenblicklich rutscht das Sofa über den Holzfußboden, seine Füße kreischen protestierend, während meine Mutter sich hochdrückt, ihre Mähne weht nach hinten und offenbart einen augenlosen Totenschädel, an dem ein paar blonde Büschel über vergilbten Zähnen herabhängen und dessen Grinsen einen dämonischen Sieg zelebriert …

„Nein!" Mit aller Kraft öffne ich meine Augen und schreie auf, um sie abzuwehren … und finde mich im Bett wieder. Die Lampe auf dem Nachttisch ist an und ich kralle meine Hände in das Bettlaken.

❖

Rastlos und unfähig zu schlafen, durchschreite ich den Flur und wünschte mir, ich hätte mir das Rauchen angewöhnt. Rauchen mag die Lebenserwartung verkürzen, aber momentan ist mir das ziemlich egal. Eine Zigarette würde zumindest meinen Händen etwas zu tun geben, etwas, auf das ich meine völlig erschöpfte Aufmerksamkeit richten kann.

Doch in dieser Wohnung gibt es keine Zigaretten, auch nicht in der Silberdose, die Mutter für Gäste bereithielt. Ich finde noch nicht einmal ein verirrtes Stück Kaugummi im Schreibtisch. Hektisch ziehe ich mehrere Schubladen heraus und wühle mich durch Gegenstände, die ich bereits gestern bei der Suche nach der *Chipmunks*-CD durchsucht hatte, doch das einzig Nützliche, das ich finde, ist eine Häkelnadel. Ich könnte mich aufs Sofa setzen und häkeln, wie ich das schon während vieler schlafloser Nächte mit Mutter getan habe. Nur habe ich vor einigen Monaten das letzte Stück Garn verbraucht.

Ich halte im Foyer inne, lege meine Hand an die Eingangstür und prüfe den Puls des schlafenden Gebäudes. Ich könnte hinüber zu Clara gehen, doch ohne ihr Hörgerät wird sie mein Klopfen überhaupt nicht hören. Eher könnte ich Mutter von den Toten …

Nein. Ich darf nicht in diese Richtung denken, darf nicht die Geister der Nacht wecken. Da ich nicht an das Übernatürliche glaube, müssen meine Visionen Träume sein, die in meinem Unterbewusstsein verankert sind und meinen übertriebenen Ängsten entspringen. Ich bin in merkwürdigen Momenten eingeschlafen und wieder aufgewacht, aber das liegt nur daran, dass ich seit zehn langen Jahren erschöpft bin.

„Es ist alles in Ordnung." Ich reibe mir die Hände an meinen Ärmeln, während ich im Flur herumlaufe. „Trauer trifft unterschiedliche Menschen auf verschiedene Weise. Du hast eine schreckliche Zeit durchgemacht, du bist froh, dass die Tortur vorbei ist, und du hast Schuldgefühle, weil du dich erleichtert fühlst. Du konntest nicht durch den normalen Trauerprozess gehen und jetzt sprudeln all die brachliegenden Gefühle in seltsamen Träumen hervor."

Ich sehe mein Spiegelbild im Glas über dem runden Zifferblatt der Standuhr. Und wer spielt nun Dr. Freud? Meine Probleme sind darauf zurückzuführen, dass ich zu viele Bücher lese und dämliche Talkshows sehe. Wenn ich ein Leben außerhalb dieser Wohnung hätte, könnte ich mich vielleicht auch auf etwas anderes als auf meine jämmerlichen Nöte konzentrieren.

Ohne Vorwarnung wogt die Angst in mir hoch, bricht sich und lässt panischen Schrecken in alle Richtungen spritzen. Die Wände des Flurs biegen und beugen sich, während das Dröhnen meines eigenen Herzschlages meine Ohren erfüllt. Die Wohnung ist lebendig; die Wände brechen über mich herein; die Luft wird dünn. Ich ringe um Atem; ich höre ein Todesröcheln in meinem Hals; ich spüre, wie sich meine Lungen auszudehnen versuchen. Meine Ohren füllen sich mit einem dumpfen Tosen, während der Rand meines Sichtfelds schwarz wird.

Ich rutsche zu Boden, fühle das Parkett unter meinen Knien und meinen schwitzenden Handflächen. Einen Augenblick noch, dann werde ich ohnmächtig werden; ich werde sterben und niemand wird es merken. Ich kann es kaum fassen. In den letzten Jahren habe ich Panikattacken in der Eingangshalle, auf der Straße und im Fahrstuhl gehabt, aber noch nie habe ich mich in meiner eigenen Wohnung bedroht gefühlt! Doch die Flurwände sind am Leben, sie schimmern und glänzen, pulsieren mit jedem rauen Atemzug von mir. Diese Wände haben mich verraten, sie haben mich jahrelang eingesperrt.

Was soll ich nur machen? Am einfachsten wäre es, wenn ich mich zusammenrollen würde, aber ich kann Clara nicht zumuten, mich tot auf dem Flur vorzufinden. Also atme ich so tief wie möglich ein, rapple mich auf und laufe in mein Zimmer. Dort angekommen, schlage ich die Tür zu und springe aufs Bett, dann kämpfe ich mit der Steppdecke, bis ich es schaffe, sie mir über den Kopf zu ziehen.

Ich ziehe in der drückenden Dunkelheit die Beine an und warte, dass der namenlose Schrecken entweder abnimmt oder mich erwürgt. Allmählich beruhigt sich mein Atem. Nach einigen Momenten in der Dunkelheit schaffe ich es, einmal tief Luft zu holen.

Ich unterdrücke ein Schluchzen, ratlos, was ich jetzt machen soll. Die Panikattacke verflüchtigt sich, aber was sollte eine weitere davon abhalten, mich jederzeit aus dem Hinterhalt zu überfallen? Zu Hause habe ich mich immer geschützt gefühlt, doch jetzt wird mir bewusst, dass ich nie vor der Angst sicher sein werde.

Ich kauere unter der Bettdecke und ringe meine nassen Hände. Was tun? Ich möchte im Bett bleiben, aber die Angst haftet mir immer noch an, und ich darf ihr nicht gestatten, meinen letzten Zufluchtsort auch noch einzunehmen. Ich werfe die schwere Steppdecke ab und bewege mich zitternd auf die Tür zu. Nachdem ich die Türschwelle meines Zimmers überschritten habe, torkele ich wie eine Betrunkene den Flur entlang, wobei ich immer wieder anhalten muss, um mich abzustützen und Luft zu holen.

Mein Zuhause ist kein sicherer Ort mehr. Ich muss weg, aber wohin?

Von blinder Furcht getrieben haste ich über den Flur, durchs Foyer, riegle die Schlösser auf und stolpere auf den Korridor.

Während ich im Kreis herumtaumle, eine Hand gegen meine Stirn drücke und mit der anderen nach Halt suche, flüstert die Stimme der Vernunft in meinem Kopf: *Was mache ich hier? Wo kann ich bloß hingehen?* Wenn mich die Verzweiflung nach unten treibt, wird der Nachtwächter die Polizei oder einen Seelsorger holen. Die anderen Stockwerke bieten keine Zuflucht: lange Korridore mit schwarzen Fenstern und gesichtslosen Türen.

Meine Hand findet das Holzgeländer; ich halte mich daran fest. An der alten Treppe setze ich mich hin und umklammere meine Knie. Mein Herz rast wie wild, tobt in seinem Rippenkäfig; mein Verstand hat sich in einen Zustand zurückgezogen, in dem Gefühle und Ängste Worte und Gedanken übertönen.

Wäre meine Mutter am Leben und ihrer Sinne mächtig, würde sie über meine Schwäche lachen. Es lebt zu viel von *ihm* in mir, dem gesichtslosen Verräter, der mir das Leben geschenkt und es mich dann allein hat leben lassen.

Während ich im schwachen Schein des Sicherheitslichts dahocke, wandert mein Blick automatisch zum nächstgelegenen Fahrstuhl, dann gleitet er über den ausgeblichenen Teppich auf der Treppe. Oben liegt die graue Tür, auf der „Für Unbefugte verboten" steht, in einem leichten Schimmer. Er verleiht ihr eine seltsame Bedeutsamkeit.

Ich weiß, dass meine Vorstellungskraft über die normalen Grenzen hinaus gestreckt worden ist, doch die Tür dort zieht mich an wie das Land einen Matrosen, der zu lange auf See gewesen ist. Wenn ich es die Stufen hinaufschaffen kann, weiß ich, dass ich nicht verrückt bin, nicht gefangen bin von Erinnerungen an Mutter, von ihrer Geschichte, ihren Träumen … oder meinen eigenen Ängsten.

Ich ergreife das Geländer, überzeugt, dass seit Monaten niemand diese Treppe hochgestiegen ist. Ich habe den Großteil meines Lebens in diesem Gebäude verbracht, und meines Wissens habe ich diese Treppe immer nur als Sitzplatz benutzt, während ich auf Mutter oder Clara gewartet habe.

Mein Kopf schwirrt von tausend Gedanken. Ist Mutter je die Treppe hochgegangen? Vielleicht ist sie über diese Stufen geschwebt, als ihre Seele ihren Körper verließ. Während ich den Abwasch tätigte und dabei den wirren Ereignissen einer alten Folge von *Emergency Room* zu folgen versuchte, ist Mutters Seele über den Flur gehuscht und diese Treppe hinauf in den Himmel geglitten.

Ein Lächeln zuckt in meinem Mundwinkel, als ich das aus Holz geschnitzte Geländer umklammere und hochzusteigen beginne. Ich zähle acht Stufen, dann mache ich eine kurze Verschnaufpause. Und nehme weitere acht Stufen. An der

Tür oben an der Treppe angekommen, drehe ich den Knauf in der Erwartung um, die Tür verschlossen vorzufinden, doch anscheinend macht sich der Hausmeister keine großen Sorgen darum, dass Anwohner aufs Dach gehen könnten.

Die schwere Tür erfordert große Anstrengung. Mit aller Kraft schiebe ich sie auf und erzittere unter einem Stoß eiskalter Luft. Dann fällt mir ein Holzklotz auf, der wenige Zentimeter von der Türschwelle entfernt liegt. Irgendein noch funktionierender Teil meines Gehirns beschließt, es sei ratsam sicherzugehen, dass sich die Tür hinter mir nicht schließt, also bücke ich mich und stecke den Holzklotz in die Öffnung zwischen Tür und Rahmen. Dann richte ich mich auf und atme tief ein, fülle meine Lungen mit Luft, die frisch und kalt ist.

Über mir erhellt eine Mattglaslampe an einem rostigen Pfosten das Hausdach und offenbart ein verfilztes grünes Badetuch, eine verwitterte Chaiselongue, ein paar Tontöpfe. Braune Äste bevölkern die beiden Übertöpfe – die Bäume sind entweder tot oder im Winterschlaf. Neben einem hervorstehenden Abzugsrohr kauern zwei Tauben auf einem Nest aus dünnen Zweigen und Fasern.

Ich trete auf den kahlen Untergrund, überrascht zu sehen, dass jemand sich anscheinend öfters hier oben aufgehalten und eine Art Balkon angelegt hat. Doch schon seit Monaten, wenn nicht sogar Jahren, ist keiner mehr hier gewesen. Das zerlumpte Badetuch hat Stürme und Sonne schlecht weggesteckt, während die schmiedeeiserne Chaiselongue wohl als Antiquität gelten könnte.

Hinter den herumliegenden Sachen erstreckt sich der Rest des Hausdachs wie ein unentdecktes Territorium. Im mittleren Teil, der nach unten zum Hof hin offen ist, sollen eine Ziegelmauer und ein Eisengeländer „Unbefugte" davon abhalten, über die Kante zu stürzen.

Meine alten Pantoffeln tragen mich weg von der Tür und über die Weite des mit Kies bestreuten Daches. Eine kleine Spinne huscht an meinen Kniekehlen entlang, aber das kümmert mich nicht mehr. Ich bin am Ende meines Selbst angelangt. Neues Territorium – entweder mein Ende oder ein Anfang.

Die Aussicht außerhalb der Abgrenzung des Hausdachs ist der Stoff, aus dem meine Albträume gemacht sind: endlose Weite; tiefe Dunkelheit; Steintürme, die mit glasigen Augen vor sich hin starren. Ich hebe mein Kinn, fordere von der Umgebung, meine Ängste zu entzünden, doch was ich sehe, raubt mir meinen Atem mehr, als Panik es je zu tun vermochte.

Wie konnte mir in all den Jahren nicht bewusst gewesen sein, dass ich am Rand eines glitzernden Märchenlandes lebe?

Ich atme noch einmal tief ein, nehme die Schatten der Nacht in mich auf, während die Beschränkungen des Gebäudes wegfallen. Der Wind schüttelt mich durch, löscht die Schalheit meiner Erinnerungen, meine erstickende Panik, den stumpfen Schmerz meiner Einsamkeit aus. Ich hebe die Arme und lege meinen Kopf zurück, um das Wunder des Nachthimmels in mich aufzunehmen.

Wenn das das Letzte ist, das ich je sehe, werde ich mich damit begnügen.

Ich staune über den Anblick, den man von unten nie zu sehen bekommt. Ich habe Leute sagen hören, dass die ehemalige Pracht des *Westbury Arms* verblasst ist, aber sie haben offensichtlich die Schätze nicht zu sehen bekommen, die diese erhabene Perspektive zu bieten hat.

Unter einem massiven schwarzen Himmel ragen die Hochhäuser von Manhattan empor, ihre Fenster funkeln in weißen und goldenen Tönen. Der Mond versteckt sein Gesicht hinter einem Wolkenvorhang, aber die anderen Himmelskörper sind von den Lichtern überwältigt worden, die aus einer Myriade Glasfenster flimmern.

Ich strecke meine Hand aus, halte sie mir vors Gesicht und lächle, als die Abstände zwischen meinen Fingern sich mit funkelnden Sternen füllen. Ich bin eine Astronautin, die auf der Oberfläche eines unerforschten Planeten steht und bereit ist, der Sternentreppe zu folgen …

Jetzt, wo ich mich nicht mehr um mein Leben schere, befinde ich mich in einer schwungvollen Stimmung. Ich bewege mich mit leichten Schritten über das Dach und spähe hinaus zu den Dingen, die ich seit Jahren nicht gesehen habe.

Im Osten kann ich das dunkle Viereck des *Central Parks* sehen, wo dichte Baumreihen mit anmutigen Steintürmen konkurrieren. Ich erhasche einen Silberschimmer zwischen den Bäumen: der große Teich, der den Mond reflektiert.

Ich fröstelte und verschränke die Arme, um mich zu wärmen. Dann mache ich mich auf zur Südseite. Ich lächle, als mir bewusst wird, dass ich auf der Teerpappe über Claras Schlafzimmer herumlaufe. Was würde sie wohl sagen, wenn sie wüsste, wo ich bin? Die Frage lässt mich laut auflachen.

In der südöstlichen Ecke des Gebäudes lehne ich mich in den Bogen über Claras Erkerfenster und schaue mir das Gebäude auf der anderen Straßenseite genauer an. Ganz oben befindet sich ein Penthouse, ein ungewöhnlicher Bau mit einem schrägen Glasdach und gläsernen Wänden. Ich beuge mich nach vorn und starre in die Wohnung. Im Schein der Innenbeleuchtung sehe ich einen weißen Flügel, der von grünen Pflanzen, einem cremefarbenen Teppich und einem halbrunden weißen Sofa umgeben ist, das vor einem Steinkamin steht. Ein weiteres Zimmer ist mit diesem Raum verbunden, ein Schlafzimmer, denn in dem schwachen Schein einer Nachttischlampe sehe ich ein Bett, das von einer einzelnen Gestalt belegt ist.

Verlegen wende ich den Blick ab. Ich bin hier heraufgekommen, um zu flüchten, nicht um andere Leute auszuspionieren. Doch was für eine Person lebt in einer Wohnung mit Glaswänden und einem durchsichtigen Dach? Zweifellos macht es ihm oder ihr nichts aus, wenn ab und zu jemand ins Haus blickt. So jemand muss einen starken Drang nach Aufmerksamkeit haben.

Und wie kann jemand, der den Mut hat, direkt unter den Sternen zu schlafen, ein Nachtlicht brauchen?

Als mich ein heftiger Windstoß ins Wanken bringt, greife ich erschrocken nach dem Geländer. Solange ich nach oben und in die Ferne gesehen habe, musste ich nicht an *unten* denken. Jetzt aber …

Ich klammere mich an das Metallgeländer, das auf einer Ziegelbrüstung angebracht ist, die mir bis zur Taille geht. Warum ist mir übel? Ich bin hier hochgekommen, um meinem jämmerlichen Leben zu entfliehen. Entweder kann ich mich gegen meine inneren Grenzen wehren oder mich auf die Brüstung setzen, den Ausblick einen Moment genießen und mir dann einen Stoß geben, mit dem ich mein Dilemma beende … es wird keinen kümmern, wenn ich Mutter die Treppe hinauf zu den Sternen folge. Ein schneller Abgang wäre erheblich weniger kompliziert, als mich mit meinen Problemen und meinem verkorksten Leben abzukämpfen. Clara wird mich eventuell vermissen, und Philip Cannon wird sich wahrscheinlich dafür ohrfeigen, dass er nicht gewaltsam in meine Wohnung eingedrungen ist. Doch mit Ausnahme dieser beiden wird es niemanden groß treffen.

Ich halte inne, um die gerissenen Fäden meines Mutes zusammenzuknoten. Die Ziegelsteine fühlen sich an meinen Knien rau an; selbst durch meinen Bademantel und mein Kleid hindurch spüre ich sie. Der Wind lässt mein Haar hin und her wehen, während ich auf die Stadt hinausstarre und über meinen abgespulten Lebensfaden von 35 Jahren nachdenke.

Wird wirklich niemand meinen Tod bedauern? Ich kann mich an keinen Professor am College erinnern, der mich für besonders begabt gehalten hätte. Kein Lehrer hat mich groß ermutigt. Kein Nachbar steht mir nahe, außer Clara. Meine Klassenkameradinnen von der Schule sind schon lange irgendwo in der Welt verschwunden; meine Freunde vom College machen sich nicht mehr die Mühe, mir eine Weihnachtskarte zu schicken. Josh hat nicht zurückgeschaut. Mutters Freunde sind tot oder am Schwinden. Wenn ich springe, würde man höchstens seufzen und meine Hingabe gegenüber meiner Mutter loben. „Das arme Ding hat sich gleich im Anschluss an Mary Elisabeths Tod das Leben genommen", werden sie sagen. „Nach dem Dahinscheiden ihrer Mutter hat sie ihr inneres Gleichgewicht einfach nicht wiedergefunden."

Ich wische mir meine tränenden Augen am Ärmel meines Bademantels ab. *Sie hat das Gleichgewicht verloren – deswegen ist sie abgestürzt.* Ha! Das könnte doch glatt die Inschrift auf meinem Grabstein sein.

Waren meine Erwartungen zu hoch? Ich hatte nie gedacht, dass ich ein Heilmittel gegen Krebs finden würde; trotzdem wäre es schön gewesen, wenn ich etwas erschaffen hätte, das mich überdauert. Eine einfache Lebensaufgabe könnte nützlich sein: eine Pflicht, die mich jeden Morgen aus dem Bett holt und in Richtung Kaffeekanne zieht. Ich würde gerne einen klitzekleinen Punkt auf meiner Aufgabenliste haben, der irgendwie bedeutsamer ist, als die Wände meiner Wohnung zu streichen.

Im Sausen des Windes kommt mir eine Erinnerung an die Worte eines Professor wieder: *Gemäß Newtons Gesetzmäßigkeit verharrt jedes Objekt in seinem Zustand der Ruhe oder unifor-*

men Bewegung, bis es von Kräften außerhalb seiner selbst dazu veranlasst wird, seinen Zustand zu ändern.

Der Tod meiner Mutter war zweifellos eine von außen wirkende Kraft – doch anstatt mich nach vorn zu treiben, hat er mich mit seelenbetäubender Müdigkeit niedergedrückt. Ich stehe an einer Kreuzung, aber in diesem Moment wäre es einfacher, über das Geländer zu steigen und mich hinunterfallen zu lassen, als nach unten zu gehen und zu versuchen, den Anschein eines sinnvollen Lebens aufzubauen.

Ich halte meinen Kopf schräg, suche nach einem anderen interessanten Gedanken, und in dem Augenblick hört der Wind auf zu wehen. Stille fließt um mich herum, bedeckt die Hausdächer, wirbelt um meinen Aussichtsplatz, stopft meine Ohren vollkommen zu wie Watte. Dann zerreißt eine gebieterische Stimme die Stille:

„Ich habe dich immer geliebt.“

Der Klang scheucht einige entrüstete Tauben auf und überschüttet mich mit einem Schauder, gemischt mit einem Gefühl der Erwartung. Es ist die männliche Stimme aus meinem Traum und wieder kommt sie von irgendwo hinter mir. Ich möchte mich umdrehen und den Sprechenden sehen, doch ich habe schreckliche Angst, dass ich stattdessen Mutter mit grimmigem Blick auf dem Hausdach stehen sehen werde.

Träume ich jetzt wieder? Nein, der kalte Wind bläst durch mein Haar und ich kann die Oberfläche des angerosteten Geländers unter meinen Handflächen spüren. Das ist kein Traum, also muss die Stimme echt gewesen sein …

Anscheinend verliere ich den Verstand. Verrückte Leute hören ja ständig Stimmen; Wahnvorstellungen erscheinen den Betroffenen völlig real, wie ich gelesen habe. Aber ich bin nicht verrückt. Vielleicht leide ich tatsächlich unter Agoraphobie, aber ich bin nicht verrückt.

Andererseits: Hocken gesunde Menschen um vier Uhr morgens auf Geländern von Hausdächern? Hören sie Stimmen?

Eine neue Welle der Panik weitet sich wie ein Luftballon in meiner Brust aus und schwillt an, bis meine Lungen zu eng zum Atmen sind. Meine Finger klammern sich fester um das Geländer, während ich ins dunkle Meer der Nacht hinausstarre. Lichter funkeln aus den Fenstern um mich herum, doch zu dieser Nachtzeit schaut keiner herüber – keiner außer demjenigen, der in mein Ohr gesprochen hat.

Der, der sagte, er liebe mich.

Mein Vater.

Plötzlich ist es mir gleichgültig, ob er nur ein Produkt meiner überspannten Fantasie ist. Der Gedanke, mein Vater könnte mich tatsächlich lieben, fällt wie ein Stein in den flachen Teich meines Herzens und lässt Wellen der Wärme in alle Richtungen fließen. Ich halte inne, um die Wellen gegen mich schwappen zu lassen, immer und immer wieder.

Warum sollte ich nicht versuchen, den eingebildeten Nachtbesucher willkommen zu heißen? Ich habe so lange unter der Gleichgültigkeit und Verachtung meines Vaters gelitten, da könnte es doch … erfrischend sein, unter seiner Liebe zu leben.

„Mein Vater, Theodor Norquest." Ich spreche die Worte aus reiner Freude an ihrem Klang laut aus. In der Wohnung habe ich es nie gewagt, seinen Namen auszusprechen. Selbst im erbarmungslosen Griff ihrer Krankheit reagierte Mutter stets ärgerlich, wenn Clara irgendwie auf seine Existenz anspielte.

Jetzt, wo Mutter fort ist, könnte ich die Freiheit genießen, von meinem Vater zu sprechen. Es ist bloß ein kleiner Schritt, aber es ist etwas, das ich versuchen kann, bevor ich alles aufgebe.

Eine Bö weht einen Moment lang auf, dann fließt die Nacht wieder ruhig und still um mich herum. Mir wird bewusst, dass ich lächle.

Warum nicht das Leben wählen … für ein paar weitere Tage oder Wochen? Während ich der Fantasievorstellung nachgehe, dass ich einen Vater habe, der mich liebt, werde ich meine Umgebung verändern. Ich werde das alte Sofa rausschmeißen, neue Tapeten für die Küche kaufen, vielleicht die Wände in einem sonnigen Gelb streichen statt in dem langweiligen Beige meiner Mutter. Ich werde Clara bitten, mir einige Inneneinrichtungszeitschriften aus der Bibliothek mitzubringen … und vielleicht sogar einen Roman von Theodor Norquest.

Ich beiße mir auf die Lippe, gepackt von der Aussicht, etwas völlig Neues auszuprobieren. Wer weiß? Wenn ich kleine Veränderungen in meiner Welt vornehmen kann, werde ich mit der Zeit möglicherweise auch den Mut finden, das 15. Stockwerk zu verlassen. Platzangst ist ein echtes Problem, aber ich habe von Leuten gelesen, die sie besiegt haben. Ich könnte vielleicht auch damit fertig werden.

Ich bin zu lange aus der Welt gewesen, und ich war noch nie eine sehr gesellige Person, doch ich bin bereit, mich wieder anzuschließen. Ich habe keine Konversationsfähigkeiten; ich sehe nur mittelmäßig aus; es ist schon Jahre her, dass ich bei einem Zahnarzt oder einem Friseur gewesen bin.

Ich habe nicht die nötigen Voraussetzungen für ein geselliges Leben. Aber ich bin auch nicht bereit zu sterben.

Während ich meine Arme um mich schlinge und zurück zur Dachtür eile, wächst in mir die Gewissheit, dass ich keine Einsiedlerin bleiben kann. Selbst wenn ich nie hierher zurückkomme, um allem ein Ende zu setzen, wird etwas in mir sterben, wenn ich keinen Grund zum Leben finde. Und selbst wenn ich die Wohnung renoviert, einen Haufen neuer Bücher gelesen und jede Fernsehsendung gesehen habe, die auch nur einen Hauch an Originalität besitzt, werde ich immer noch einen Sinn in alledem vermissen.

Ich schließe die Augen, während der schwarze Himmel sich über mir dreht. Tante Claras Leben ist voll von Zusammenkünften, ehrenamtlichen Tätigkeiten und Veranstaltungen. Sie ist in die Schuhe getreten, aus denen Mutter vor Jahren geschlüpft ist, und ihr Leben sprudelt vor Geschäftigkeit über. Aber sie ist auch eine gesellige Person.

Ich muss ja nicht unbedingt eine Partykanone werden. Schließlich scheint Philip Cannon zum Beispiel durchaus erfolgreich und glücklich zu sein und er ist auch nicht gerade ein Gesellschaftskönig. Außerdem hat er sein Büro zu Hause.

Ich könnte von der Wohnung aus arbeiten ... wenn ich mir erst einmal etwas Nützliches beigebracht habe. Ich könnte mich sogar von zu Hause aus fortbilden; ich habe mehrere Werbesendungen über Fernstudiengänge gesehen. Ein Werbespot für ein Onlinestudium der New Yorker Uni läuft jeden Morgen vor meiner Lieblingstalkshow.

Ich könnte den Uniabschluss nachholen und etwas aus meinem Leben machen ... und das alles von der Geborgenheit meiner renovierten Wohnung aus.

Ich brauche lediglich einen Computer.

Und jemanden, der mir beibringt, wie man ihn benutzt.

Und einen Fantasievater, der mich lobt, wenn ich etwas geschafft habe.

Einen kurzen Augenblick lang überkommt mich die bekannte Trägheit. Ich habe mir zu viel auf mein gedankliches Tablett gehäuft; mit so viel auf einmal komme ich nicht zurecht.

Doch zumindest in meinen Träumen liebt mich mein Vater. Hier, in der sternenübersäten Welt zwischen dem Himmel und meiner Höhle, hat er es mir gesagt. Das wird mir den Mut geben, kleine Schritte zu wagen.

Eine Flut von Ideen und Möglichkeiten trägt mich zur Tür, wo ich das vom Wind gepeitschte Hausdach hinter mir lasse und die Treppe hinabsteige.

Kapitel 10

Westbury Arms, Wohnung 15a

Ich wache in meinem Schlafzimmer auf ... und für einen Übelkeit erregenden Moment fürchte ich, dass ich einen weiteren seltsamen Traum mit Gefühls- und Klangeffekten gehabt habe. Doch dann halte ich meine Handflächen ins Licht und sehe Rostflecken, die von dem Dachgeländer stammen.

Ich habe meinen Treppenaufstieg nicht geträumt ... und ich habe die männliche Stimme in der Dunkelheit nicht geträumt.

Ich rolle mich aus dem Bett und gehe raschen Schrittes zur Küche, dann schalte ich den kleinen Fernseher ein, der auf der Arbeitsplatte steht. Ich hämmere auf die Fernbedienung ein, um meine bevorzugte Nachrichtensendung zu finden; dann fällt mir ein, dass heute Sonntag ist.

Warum sollte mein neues Leben nicht am ersten Tag der Woche anfangen?

Ich schalte mich durch ein halbes Dutzend Dauerwerbesendungen, dann stoße ich irgendwo auf eine Sendung über Heimdekoration. Eine flotte Brünette ist gerade dabei zu erläutern, wie ein einziger Anstrich einen Raum verwandeln kann.

Perfekt.

Ich gehe zur Vorratskammer und ziehe eine Schachtel Toppas hervor. Mutter hat die Dinger immer gern zum Frühstück gegessen, allerdings musste ich sie über Nacht einweichen, damit die kleinen Rechteckchen weich genug waren, dass sie sie kauen konnte.

Ich setze Kaffee auf, schenke mir ein Glas Orangensaft ein und lasse mich auf einem Barhocker nieder, während die Brünette beschreibt, welche Wirkungen die verschiedenen Farben auf unser Gemüt haben. „Grün ist beruhigend", erzählt sie. „Deswegen sind so viele Operationssäle grün angemalt. Rot ist belebend und besonders gut für Küchen und Badezimmer geeignet. Blau ist friedlich, eine gute Wahl fürs Schlafzimmer, während Gelb vital und hell wirkt. In einem gelben Zimmer kann man fast unmöglich depressiv sein."

Bingo. Ich greife nach meinem Frühstück, als jemand an der Tür läutet.

Obwohl mich die Unterbrechung stört, schreite ich mit mehr Tatkraft zur Tür, als ich seit Wochen verspürt habe. Das Guckloch offenbart Clara, das Gesicht geschminkt und der Hals mit einem Pelz umrahmt. Sie hat sich für den Kirchgang herausgeputzt.

Ich löse die Riegel und öffne die Tür. „Guten Morgen, Tantchen."

„Na?" Sie lächelt mich anerkennend an und tritt über die Türschwelle. „Da bin ich aber froh, dich so munter zu sehen."

Ich führe sie in die Küche. „Möchtest du einen Kaffee? Ich habe gerade eine Kanne aufgesetzt ..."

„Nein, danke, Liebes, ich bin mit Arthur auf dem Weg zur Kirche. Aber ich komme an der Bibliothek vorbei, da könnte ich ein paar Bücher abgeben, falls du welche ausgelesen hast."

„Ich habe einige zum Abgeben", sage ich und gehe zur Ablage, wo ich die verschiedenen Romane von letzter Woche gestapelt habe. „Aber wenn du sie lieber morgen zurückbringen willst, wäre das auch in Ordnung. Eigentlich hätte ich nämlich gerne einige Bücher über Innenausstattung, wenn du Zeit hast, danach zu suchen. Ich habe vor, die Wohnung zu renovieren."

Auf ihrem schmalen Gesicht kämpfen Unglaube und Überraschung miteinander, als sie mich anblickt. „Die Wohnung renovieren? Warum denn das?"

„Weil sie eine Schönheitsoperation gebrauchen kann", sage ich mit lockerer Stimme, während ich den Stapel Romane anhebe. „Wann hat Mutter hier das letzte Mal irgendetwas gemacht? Vor zwölf, fünfzehn Jahren? Die Zeiten ändern sich, Clara. Stilrichtungen ändern sich auch. Ich möchte eine Wohnung, die meinen Geschmack widerspiegelt."

Sie wedelt meine Worte beiseite. „Du bist zu jung, um deinen Geschmack zu kennen. Folge meinem Rat und beauftrage einen Dekorateur. Dann weißt du, dass du Qualität bekommst und nicht irgendeinen modernen Mischmasch."

Ich glaube, sie hat mich gerade beleidigt, aber ich habe schon vor langer Zeit gelernt, Claras unbeabsichtigte Seitenhiebe zu überhören.

„Trotzdem würde ich gern ein paar Sachen verändern." Ich stelle die Bücher vor ihr auf die Theke. „Ich möchte die meiste Arbeit selbst machen. Was soll ich sonst mit meiner Zeit anfangen? So ein Projekt wird mir guttun. Und bei der Arbeit kann ich dann auch einiges neu überdenken."

„Was möchtest du denn bitte schön neu überdenken?"

„Weiß nicht. Das Leben allgemein, schätze ich."

„Meiner Meinung nach solltest du lieber ans Heiraten denken. Du musst einen Ehemann finden – und in deiner Lage ist das leichter gesagt als getan."

Ich bin mir nicht ganz sicher, was sie damit meint, aber ich habe so meine Vermutungen. Sie könnte sich auf einige der Nachteile meiner Person beziehen: meine peinlichen Panikattacken, mein fortgeschrittenes Alter, meine gesellschaftliche Rückständigkeit, meine Entfremdung von meinem berühmten Vater. Dennoch …

„Ich bin immerhin reich", platze ich heraus. „Das spricht doch für mich."

Claras Augen tanzen vor Belustigung. „Geld zieht weniger ehrbare Männer an als vielmehr Schmarotzer, meine Liebe. Du musst auf jeden Fall einen Mann aus deiner Gesellschaftsschicht nehmen; am besten jemanden, der selbst ebenfalls vermögend ist."

Ich fühle Hitze in meine Wangen kriechen, als ich merke, wie leicht ich in ihre Falle getappt bin. „Moment mal. Ich möchte gar nicht übers Heiraten sprechen. Erst mal will ich mir ein Leben für mich schaffen."

Clara lacht glockenhell. „Liebes, ich war bei deiner Geburt dabei; du *hast* ein Leben, du musst es lediglich in die Hand nehmen und loslegen."

„Genau." Zur Unterstreichung meiner Worte klopfe ich auf die Theke. „Und das habe ich auch vor, angefangen mit der Verjüngung meines Wohnzimmers."

Claras blaue Augen fixieren mich mit einem höchst ungewöhnlichen Ausdruck der Beunruhigung. „Das Wohnzimmer? Ich kann verstehen, warum du dein Zimmer und das Bad etwas auffrischen mochtest, aber du kannst doch nicht allen Ernstes das Wohnzimmer renovieren wollen?"

Schnell möchte ich ihr versichern, dass dem wirklich so ist, doch sie lässt mich nicht zu Wort kommen. „Das Zimmer war doch das Lieblingszimmer deiner Mutter! Sie hat diesen Designer von der Fifth Avenue geholt, um die Möbel auszusuchen. Um Himmels willen, die Couch ist von Henredon!"

„Eine 15 Jahre alte Henredon."

„Deine Mutter hat Stunden damit zugebracht, die Wandfarbe passend zur Couch auszusuchen. Und die Tische da sind

Antiquitäten! Antiquitäten schmeißt man nicht einfach weg, Aurora. Die müssen angemessen *geschätzt* werden. Das sind Erbstücke."

Ich kaue an meinem Daumennagel und überlege, ob ich darüber debattieren soll, was sinnvoller ist: Antiquitäten zu behalten, die ich nicht ausstehen kann, oder mir moderne Möbel anzuschaffen, die mir gefallen. Aber der Kampfgeist entweicht aus mir wie Helium aus einem Ballon. Wenn ich mich in eine Auseinandersetzung einlasse, werde ich den Kürzeren ziehen.

Lieber die Taktik ändern, als auf diesem Schlachtfeld umkommen.

„Habe ich ‚Wohnzimmer' gesagt? Ich meinte ‚Nordzimmer', Tante: die beiden Schlafzimmer, angefangen mit meinem eigenen. Mutter hat sich nie einen Deut darum geschert. Ich möchte es streichen und einen neuen Teppich und andere Vorhänge besorgen, eventuell auch ein paar neue Bilder für den langen Flur."

Sie hebt eine Augenbraue und sieht mich intensiv an, dann taut ihr Blick auf. „Natürlich kannst du machen, was dir gefällt, Liebes. Aber als ich dir sagte, du solltest einen Neuanfang machen, hatte ich eher daran gedacht, dass du ein paar neue Kunstgegenstände anschaffst, nicht dass du zu einem dieser Renovierungsfanatiker wirst."

Ich zucke die Achseln. „Na ja. Heimwerken muss schon Spaß machen, sonst würden es nicht so viele Leute tun."

Sie schließt die Augen, dann öffnet sie sie wieder und lächelt. „Gut, also werde ich die Bücher hier morgen abgeben und mich bei der Gelegenheit etwas umsehen."

„Danke! Ich finde, Gelb wäre als Wandfarbe ganz nett. Mein Schlafzimmer bekommt so wenig Sonnenlicht ab; ich würde es gern etwas aufmuntern."

„Natürlich, Liebes." Als sie ihre Hand ausstreckt, um meine Wange zu tätscheln, bekomme ich den süßen Duft ihres Fliederparfüms in die Nase. „Brauchst du sonst noch etwas, das ich dir mitbringen kann?“

Ich werfe einen Blick zurück auf den Fernseher. Die begeisterten Hausbesitzer auf dem Bildschirm klatschen Farbe an ihre Wände. Noch vor Tagesende haben sie etwas zur Verbesserung ihrer Welt beigetragen.

Heute mag ich keine großen Veränderungen vollziehen ... aber ich werde einen kleinen Schritt tun. Ich lächle Clara sonnig an. „Danke, aber wenn du mir morgen die Einrichtungsbücher mitbringst, werde ich lange Zeit nichts anderes brauchen.“

Kapitel 11

Westbury Arms, Wohnung 15b

Von Stimmen auf dem Korridor abgelenkt, lasse ich meinen Kaffeebecher auf einem Stapel Kartons stehen und beuge mich zur Tür. Ein kurzer Blick durchs Guckloch zeigt Mrs Bellingham, die auf den Fahrstuhl wartet und mit jemandem redet, wahrscheinlich mit Aurora.

Die enge Beziehung der beiden Frauen amüsiert mich. Ich gluckse in mich hinein und wende mich ab. Mrs Bellingham ist zweifellos eine Glucke, die am glücklichsten ist, wenn sie sich in die Angelegenheiten anderer Leute einmischen kann, doch Aurora scheint das nichts auszumachen. Die meisten jungen Frauen, die ich kenne, sind stolz auf ihre Unabhängigkeit und fest entschlossen, sie zu bewahren. Zumindest in New York.

Ich wende mich wieder meinen Umzugskartons zu, nehme einen letzten Schluck von meinem rasch abkühlenden Kaffee und mache mich dann auf in Richtung Küche. Ich hatte gehofft, einige Kartons auspacken zu können, bevor ich gehe, doch die Zeit läuft mir davon. Ich muss mich noch kurz kämmen und eine Krawatte finden, bevor ich nach unten gehe und ein Taxi nehme. In der Innenstadt habe ich eine kleine Kirche gefunden, in der ich mich wohlfühle, und der Gottesdienst beginnt in einer halben Stunde.

Ich schütte meinen kalten Kaffee in den Ausguss, lasse den Becher auf der Theke stehen und bin schon auf halbem Weg zu meinem Schlafzimmer, als jemand an die Tür klopft. Meine Verärgerung schwindet, als ich Aurora Norquest auf dem Korridor entdecke. Ihre Wangen sind mit zwei hellen Farbflecken versehen. Was zum Kuckuck ...?

„Es tut mir echt leid, dich zu stören", sagt sie und blickt auf ihre Hände, als ich die Tür aufmache, „aber ich wollte mich noch mal dafür entschuldigen, dass ich dich gestern Nacht geweckt habe. In Zukunft werde ich versuchen, die Musik leiser zu machen."

Sie sieht halb erstarrt aus, wie das berühmte Reh im Scheinwerferlicht. Wer *ist* diese Frau? Warum ist sie so scheu?

„Ist schon in Ordnung." Ich lehne mich gegen den Türrahmen, dann deute ich über meine Schulter. „Willst du reinkommen? Ich wollte gerade zur Kirche gehen, aber wenn du reden möchtest ..."

„Ich will dich nicht aufhalten." Sie dreht sich halb um, dann schnuppert sie. „Riecht es hier nach Popcorn?"

Ich lache, vom Staunen in ihrer Stimme überrascht. „Ich hab gestern Abend welches gegessen, als ich mir einen Film angeschaut habe. Magst du Popcorn?"

„Ich ... ja, früher. Als Mutter anfing, sich an den Kernen zu verschlucken, konnte ich es nicht mehr kaufen. Ich konnte nichts essen, was sie nicht essen konnte, weil sie immer das haben wollte, was sie mich essen sah, und dann gerieten wir in diese grässlichen Auseinandersetzungen ..."

Ihre Stimme verliert sich. Ich nicke und kämpfe plötzlich gegen den unerklärlichen Drang an, ihr sofort eine Schale Popcorn zu machen, dick bestreut mit Butter, Salz, Zimt oder was sie sonst noch will – doch sie zuckt die Achseln und tritt einen halben Schritt zurück. „Na ja, mehr wollte ich auch gar nicht. Tut mir leid wegen des Lärms."

„Hey, das erinnert mich an etwas." Ich mache die Tür weiter auf. „Ich werde dich nicht lange aufhalten, aber nach unserem Gespräch letzte Nacht ist mir eingefallen, dass ich ein Buch habe, das dich interessieren könnte. Es handelt von Träumen."

Sie neigt ihren Kopf zur Seite und schenkt mir ein kleines Lächeln. „Dich interessieren Träume?"

„Ja, schon. Auch Volkswirtschaftler brauchen ein Grundverständnis von der menschlichen Natur, also habe ich mich in einige psychologische Themen eingelesen. Ich hole es schnell, in Ordnung? Bin sofort wieder da."

Ich lasse die Tür offen und gehe zu einem Karton hinüber, der vor meinem Schlafzimmer steht. „Ist noch alles ziemlich durcheinander", rufe ich über meine Schulter, „ich habe noch nicht die Zeit gehabt, alles auszupacken. Aber auf diesem Karton steht ‚Sachbücher'. Das heißt, wenn mein Ordnungssystem funktioniert, ist das gewünschte Buch hier drin ..."

„Du hast ein Packsystem?"

Ich erwidere ihren Blick. „Du etwa nicht?"

„Weiß ich nicht. Ich musste noch nie umziehen."

Ich durchforste den Inhalt des Kartons, wühle mich durch veraltete Texte über Ökonomie und gesellschaftliche Trends, dann ziehe ich ein grau-weißes Taschenbuch aus dem Stapel.

„Hier ist es." Ich wische den Staub von der oberen Kante ab, dann eile ich zurück zur Tür. „Der Autor legt verschiedene häufig vorkommende Träume und Albträume aus. Ich weiß nicht, ob irgendetwas davon dich betrifft, aber es kann ja sein."

Ihre Augen verengen sich, aber sie nimmt das Buch. „*Traumdiagnose*", liest sie. „*Wie man gängige Bilder versteht, die Gott in Träume legt.*" Sie prustet mit der halb würgenden Heiterkeit einer Frau los, die selten lacht. „Eigentlich hatte ich etwas ... Psychologischeres erwartet."

Ich stecke meine Hand in die Tasche. „Ich denke, du wirst darin schon genug Psychologie finden."

„Aber das sieht eher nach einem religiösen Buch aus."

„Bist du nicht religiös?"

„Eher nicht. Mutter hat aufgehört, in die Kirche zu gehen, kurz nachdem ich getauft wurde. Clara geht jede Woche in die St. Pat, aber ich glaube, mehr aus einem gesellschaftlichen Verpflichtungsgefühl heraus als aus Frömmigkeit."

Ich bin mir fast sicher, dass sie das Buch zurückgeben wird, doch da zuckt sie die Achseln und behält es in der Hand. „Ich muss dann jetzt los."

„Viel vor heute, was?"

„So sieht es aus."

Ich neige meinen Kopf zur Seite und versuche rauszukriegen, was sich an ihr geändert hat. Sie hat ihre Haare gekämmt und ihre Lippen mit etwas Farbe versehen, aber es ist mehr als nur Make-up. Ihre Augen sehen aus, als seien sie von innen beleuchtet.

Ich nicke. „Bis später dann."

„Ich bringe das Buch morgen oder übermorgen zurück. Ich bin eine schnelle Leserin."

„Das hat keine Eile. Behalte es, so lange du willst."

Sie lacht noch einmal. „Ich weiß nicht so recht, ob ich es überhaupt haben will."

Kapitel 12

Westbury Arms, Wohnung 15a

Nachdem ich Tortillachips und ein Thunfischsandwich zu Mittag gegessen habe, lasse ich mich aufs Wohnzimmersofa sinken und lege meine Füße absichtlich auf den antiken Couchtisch. Ich schließe die Augen bei diesem kleinen Akt der Rebellion und erwarte fast, meine Mutter entsetzt nach Luft schnappen zu hören, doch die Stille bleibt ungebrochen.

Ich bin wirklich allein. Und das Buch in meiner Hand beweist, dass ich meine Begegnung mit Philip Cannon nicht geträumt habe. Ich kann selbst kaum glauben, dass ich genug Mut aufgebracht habe, um an seine Tür zu klopfen. Das war ein *riesiger* kleiner Schritt, meine zweite Heldentat an diesem Tag, da werde ich den Rest gemächlich angehen lassen.

Ich lese den Untertitel des Buchs laut vor: *„Wie man gängige Bilder versteht, die Gott in Träume legt.“*

Mir war noch gar nicht bewusst, dass Gott ein Interesse daran hat, Leute von ihrer wohlverdienten Nachtruhe abzuhalten, aber … Ich schlage das Buch auf, blättere durch die Einleitung und wende mich dem ersten Kapitel zu. Träume, schreibt der Autor, seien nur einer von mehreren Wegen, wie Gott zu seiner Schöpfung spricht. Er rede durch die Bibel, durch andere Menschen, durch Eindrücke und Regungen des

Gewissens. Und manchmal auch direkt und hörbar einfach so. Doch wenn Leute schlecht hören, dann würde er manchmal auch durch Träume sprechen.

Ich schnaube leise. Das ist ja starker Tobak!

Seufzend konzentriere ich mich wieder auf die Seite. Zu den berühmtesten Träumern gehören beispielsweise Josef, der Tausende gerettet hat, indem er den Traum des Pharaos über eine weltweite Hungersnot richtig interpretierte; Jakob, der von einer Leiter träumte, die sich von der Erde zum Himmel erstreckte; und noch ein Josef, der Mann von Maria, der gleich mehrmals im Traum Besuch von einem Botschafter Gottes bekam. „Nicht alle inspirierten Träume sind tröstlich“, schreibt der Autor. „Einige müssen absolut furchterregend gewesen sein. Hesekiel hatte zum Beispiel einmal eine Vision von einem Tal, das mit Skeletten gefüllt war. Während er zuschaute, bildeten sich Gewebe, Sehnen, Arterien und Fleisch über den Knochen – Spezialeffekte, die moderne Filmemacher das Staunen lehren würden.“

Ich lese noch etwas weiter, dann schließe ich das Buch. Ich träume nicht von Hungersnöten und Leitern, also sehe ich keinen Hinweis, dass Gott etwas mit meinen Träumen zu tun haben sollte. Warum sollte er auch versuchen, mir etwas mitzuteilen – ich habe keinen Einfluss in der Welt und kann nichts bewirken. Ich habe ja noch nicht mal mein eigenes Leben auch nur ansatzweise im Griff.

Ich träume von meiner Mutter, die nun außerhalb meiner Reichweite ist, und von meinem Vater, der im Grunde genauso unerreichbar ist.

Trotzdem ... der Gedanke, Gott könne aus irgendeinem Grund an meinem kleinen Leben Interesse haben, fasziniert mich. Was würde er mir wohl sagen? Falls er mich nicht vor einem Erdbeben oder einem Flugzeug warnen will, das demnächst die obersten Stockwerke des *Westbury Arms* zerstören wird, glaube ich nicht, dass Gott und ich irgendetwas zu besprechen hätten.

Ich bin kein schlechter Mensch. Ein schwacher Mensch, ja, aber kein böser. Einige Leute halten mich beinahe für eine Heilige. Als ich bei der Trauerfeier durch die Wohnung streifte, habe ich Leute immer wieder sagen hören: „Was für ein Opfer sie gebracht hat!“ oder: „So ein liebes Mädchen, dass sie sie so lange gepflegt hat!“

Es ist nicht so, dass ich irgendjemandem Schaden zugefügt oder etwas getan hätte, wodurch ich einen himmlischen Verweis verdient hätte. Gott und ich sind nicht unbedingt die besten Freunde. Sollte er das Bedürfnis haben, mit jemandem zu reden, stehe ich sicher sehr weit unten auf seiner Liste. Wenn er sich durch Träume mitteilen will, warum hält er dann nicht den Präsidenten nachts wach? Ich bin mir sicher, dass er ab und zu mal dem Papst etwas ins Ohr flüstert, und vielleicht redet er ja auch tatsächlich mit diesen Fernsehpredigern, die behaupten, sie erhalten Botschaften über Leute mit Leberkrebs und Blutgerinnseln und eingewachsenen Fußnägeln.

Mir hat Gott nichts zu sagen.

Ich werfe das Buch auf den Couchtisch, dann strecke ich mich auf dem Sofa aus, den Kopf auf die gepolsterten Armlehne gebettet. Ich würde gern ein Nickerchen machen, doch ein Abschnitt aus dem Buch geht mir immer wieder durch den Kopf: *Nicht alle inspirierten Träume sind tröstlich. Einige müssen absolut furchterregend gewesen sein.*

Diese Aussage ergibt überhaupt keinen Sinn. Es heißt doch, dass Gott die Liebe und das Licht ist, und Jesus ist der gute Hirte. Ich habe Gott noch nie für einen Fan von Horrorfilmen gehalten und meine Träume sind tatsächlich furchterregend, sogar grausig gewesen. In jedem Horrorfilm, den ich gesehen habe, kommt das schreckliche übernatürliche Zeug immer vom Teufel. Gott steht für Frieden und Licht; sein Widersacher zeigt sich in Schrecken und Finsternis.

Ich drehe mich auf die Seite, um es mir gemütlicher zu machen. Was weiß ich schon von Träumen? Für eine Frau in meiner Lage sind Albträume wie meine wahrscheinlich völlig normal. Es ist keine große Sache, einen weiteren Punkt auf die Liste meiner Macken zu setzen. Wenn ich sie alphabetisch ordnen würde, dann würde „Wahnvorstellungen" einen perfekten Schluss nach Wörtern wie „Agoraphobie", „Panikattacken" und „Paranoia" abgeben.

Ich rolle mich auf den Rücken und starre die Decke an. Bin ich dabei, verrückt zu werden? Vielleicht ein bisschen. In den letzten paar Monaten habe ich mehrfach bemerkt, dass mich die Pflegerin vom Hospiz besorgt angeschaut hat. Sie meinte, ich müsse ab und zu auch mal nach draußen gehen – ha! –, weil ich eine Pause bräuchte. Sie meinte, die Beanspruchung, die mit der Pflege einer unheilbar kranken Patientin einhergehe, könne selbst die stärkste Persönlichkeit brechen, und es sei unmöglich, aus einem unabhängigen Leben in die Vollzeitpflege zu wechseln, ohne dabei beträchtlichen Stress zu erleben.

Was sie nicht wusste, war, dass die Pflege meiner Mutter mich gar nicht so sehr gestresst hat. Ich finde es andersherum viel aufreibender, plötzlich vom Pflegen zurück zu einem unabhängigen Leben zu wechseln.

Ich glaube nicht, dass ich je wirklich unabhängig gewesen bin. Selbst am College war ich nie wirklich auf mich gestellt. Meine Mutter rief mich alle paar Tage an und bezahlte mir mindestens einmal im Monat einen Flug nach Hause.

Und mir war das recht. Ich hatte nur wenige Freundinnen, und da ich auf ein Mädchencollege ging, geschah auch nichts in meinem Liebesleben. Obwohl ich gern dort studierte, habe ich mich nur meiner Mitbewohnerin und ein paar anderen Mädchen aus unserem Studentenwohnheim etwas angenähert. Inzwischen sind sie alle über das Land verstreut, haben Ehemänner und Kinder und Karrieren. Die Einzige, die versucht hat, die Beziehung zu mir aufrechtzuerhalten, habe ich vergrault.

Ich gähne. Die gemütliche Wärme des Wohnzimmers hat meine Augen schwer werden lassen. Doch vielleicht sollte ich lieber kein Nickerchen machen. Wenn ich jetzt schlafe, werde ich heute Nacht nicht gut schlafen, und ich würde gern einmal eine Nacht ohne diese Träume verbringen.

Mit Mühe rolle ich mich vom Sofa und mache mich auf in die Küche. Ich fülle ein Glas mit Eiswürfeln, nehme eine Cola aus dem Kühlschrank und öffne sie zischend. Während die Dose die überschüssige Kohlensäure verströmt, nehme ich die Fernbedienung zur Hand und mache den kleinen Fernseher bei der Theke an.

Die Bewohner von Manhattan bekommen eine besonders großzügige Portion Fernsehen: Zusätzlich zu den normalen Sendern gibt es eigene Spielfilmkanäle und mehr Spezialsender, als ich je die Zeit hätte, mir anzuschauen. Als Mutter an den Punkt kam, wo sie nicht länger als ein paar Minuten unbeaufsichtigt gelassen werden konnte, wurde der Fernseher zu meinem besten Freund. Wenn ich nicht schlafen konnte, weil *sie* nicht schlafen konnte, saß ich meist an ihrem Bett und schaute mir die Heldentaten der Haustierrettung an, unmögliche Menschen in Talkshows und eine bunte Reihe von Ärzten in der Notaufnahme.

Jetzt surfe ich durch verschiedene Sender, bleibe bis zur Werbepause bei einer Renovierungsshow hängen, dann klicke ich zum nächsten Kanal. Eine zierliche Frau mit hoch aufgetürmten roten Haaren steht auf einer Kirchenkanzel, und ihre Worte lassen mich innehalten: „In einem kannst du dir sicher sein: Gott ruft dich“, sagt sie. „Er ruft *dich*, weil er dich *liebt*. Wenn du dir die Zeit nimmst, wirklich hinzuhören, wirst du seine Stimme erleben."

Mein Daumen drückt fast reflexartig den Umschaltknopf. Gott mag Frauen mit Turmfrisuren rufen, die aus den Südstaaten kommen, aber ich glaube, zu Manhattan hat er die Verbindung abgebrochen.

❖

Ich träume.

Ich stehe auf einem erleuchteten Boden in einer Art Raum, auf den die Schwerkraft keine Wirkung hat, denn der ganze Raum ist mit schimmernden Puzzleteilen gefüllt. Sie schweben durch die Luft, tanzen in schräg einfallenden Lichtstrahlen. Sie verbinden sich und treiben wieder auseinander, von einem sanften Wind durcheinandergewirbelt. Die Schönheit ihres Tanzes lenkt mich von meiner Angst ab, und ich strecke meine offene Hand aus und verstärke den Windzug.

Die Puzzleteile wirbeln von mir weg, dann bewegen sie sich wieder auf mich zu, drehen sich in dem goldenen Licht. Ich erwische die Ecke eines Teils und stoppe dadurch vorübergehend seine Bewegung, dann lasse ich es los, damit es wieder mit den anderen herumtollen kann. Die Luft ist von einem kristallenen Klingeln erfüllt, das mich an das Glockenspiel erinnert, das Clara vor Mutters Fenster gehängt hat.

Neugierig drehe ich mich um, um nach der Lichtquelle zu suchen. Sie befindet sich irgendwo hinter mir, aber meine Augen können ihre gleißende Helligkeit nicht ertragen. Schützend kneife ich meine Lider zu, und obwohl ich versuche, meine Augen abzuschirmen, bin ich geblendet.

Irgendwie, vielleicht durch Intuition oder Instinkt, weiß ich, dass das hier ein *lebendiges* Licht ist und seine Kraft für die Schwerelosigkeit der Puzzleteile verantwortlich ist, die sich nur deshalb zu bewegen und zu existieren scheinen, um diesen reinen Lichtstrahlen einen Hintergrund zu geben.

Ich verstehe keinen von diesen Gedanken, aber ich bin ungemein dankbar, dass in dieser Vision kein Monster, keine Dunkelheit und kein Tod vorkommen. Ich fange ein weiteres Puzzleteil und halte es in meiner Hand. Mit der Handfläche wische ich auf seiner schillernden Oberfläche entlang, wo sich Bronze und Gold und Silber in metallischen Regenbogenfarben vermischen. Ich bin überrascht, eine Art Initialen in dem Metall eingraviert zu sehen: T. N. Das Puzzleteil ist so groß wie meine Hand, und als ich es umdrehe, sehe ich die Initialen auf der anderen Seite: A. N.

Wie ein Kind, das Sand von einer Hand in die andere gleiten lässt, drehe ich das Puzzleteil hin und her, angetan von dem Spiel der metallenen Farben.

T. N.

A. N.

Was um alles in der Welt bedeutet das?

Wie ein aufgeschreckter Vogel fliegt das Puzzleteil aus meiner Hand. Plötzlich brennen Tränen in meinen Augen. Doch da legt sich ein weiteres Puzzleteil ganz von selbst auf meine Handfläche – so ruhig wie eine der sanften Tauben oben auf dem Hausdach.

Dieses Puzzleteil schimmert in brillanten Blau-, Grün- und Goldtönen.

T. N. steht auf der einen Seite.

A. N. auf der anderen.

Wieder drehe ich das Puzzleteil herum, doch dieses Teil ist mehr aufs Fliegen aus als das vorherige; es schnellt davon, bevor ich es weiter betrachten kann.

Eine ganze Schar weiterer Puzzleteile kommt zu mir, ein halbes Dutzend davon schwarz-weiß glasiert. Ich fange ein paar davon ein und stelle fest, dass sie dieselbe Gravur wie die anderen haben; dann lasse ich sie los und trete zurück, um ihnen dabei zuzusehen, wie sie sich in dem herrlichen Licht drehen.

T. N. – Wofür steht das? Natürlich ... Theodor Norquest.

Also muss A. N. für Aurora Norquest stehen. Ganz einfach.

Doch was bedeutet das? Dass wir die Kehrseiten der gleichen Medaille sind? Dass wir immer in Verbindung stehen, uns jedoch nie von Angesicht zu Angesicht sehen werden? Dass wir immer getrennt bleiben werden? Was um Himmels willen möchte mir mein Unterbewusstsein bloß mitteilen?

Ich wache durch meine eigenen Fragen auf, aber in der Stille des Zimmers finde ich keine Antwort.

Kapitel 13

Westbury Arms, Wohnung 15a

Am Montagmorgen entschließe ich mich, den kleinen Schritt für heute gleich nach meiner ersten Tasse Kaffee anzugehen: Ich werde das kleine Zimmer zwischen dem vorderen Bad und der Bibliothek ausräumen. Wenn es leer ist, werde ich den antiken Schreibtisch meiner Mutter vom Wohnzimmer dort hineinverfrachten. Dann wird dieser Raum mein Reich sein.

Mit der Kaffeetasse in der Hand öffne ich die Tür und schaue stirnrunzelnd auf die Ansammlung von Kartons, die dort aufeinandergestapelt sind. Dieser Raum war ursprünglich für ein Dienstmädchen vorgesehen, doch Mutter hat ihn immer nur als Abstellkammer benutzt. Das hintere Fenster ist vollkommen zugebaut, und man könnte nicht einmal sagen, welche Farbe die Wände haben.

Das wird sich ändern. Ich werde die Kartons mit rücksichtsloser Effizienz durchforsten. Alles, was ich nicht unbedingt benötige, wird nach draußen auf den Korridor geschleppt. Später rufe ich den Hausmeister und gebe ihm etwas Geld, damit er den Kram zum Müllplatz befördert.

Nachdem ich meine Herausforderung gemustert habe, gehe ich in mein Schlafzimmer, bändige meine Haare mit einem Kopftuch und schreite tatendurstig zurück durch den Flur.

Die ersten paar Kartons sind mit Weihnachtsschmuck gefüllt: Silberlametta und Plastikkränze und zerknautschte Bänder aus Samt, die schon abgeblättert oder ausgefranst sind. Ich halte einen Kranz hoch, der mit Blütenstielen bestückt ist; die Stechpalmenbeeren sind längst von Kakerlaken verschlungen worden. Da ich seit Jahren nicht mehr Weihnachten gefeiert habe, sind alle diese Behälter rasch für den Müll markiert.

Weiter hinten im Raum entdecke ich Kartons mit altmodischen Klamotten: Pillbox-Hüte, vergilbte Handschuhe, abgetragene Halbschuhe. Jeder Karton repräsentiert ein anderes Jahrzehnt im Leben meiner Mutter: Halstücher mit Spitze, weiße Lackstiefel, Gürtel, so breit wie meine Hand. Ich bin mir ziemlich sicher, dass das ganze Zeug hier bei einem der alten Läden in Greenwich Village mit offenen Armen entgegengenommen werden würde, aber ich habe nicht vor, es hinzuschleppen. Der Müllplatz darf es alles haben.

Ich finde einen Karton mit alten Alben – vielleicht sogar antik –, doch als ich das erste Buch herausnehme, huscht eine Kakerlake über den Einband, und ich fahre zurück, wobei ich stolpere und beinahe hinfalle. Ich verziehe das Gesicht, als das Insekt in den Untiefen des Kartons verschwindet. Jetzt weiß ich nicht mehr so recht, ob ich den Karton überhaupt näher anschauen möchte. Spinnen machen mir nichts aus. Ich glaube, selbst eine Maus würde mir nichts ausmachen, aber Kakerlaken haben bei mir schon immer Ekelgefühle ausgelöst.

Ich würde den Karton wegwerfen, doch nur für den unwahrscheinlichen Fall, dass die Alben meinem Vater gehörten, gehe ich in die Küche und hole eine Dose Insektenspray unter der Spüle hervor. Ich besprühe den Karton damit, und nach zehn Minuten nehme ich das oberste Album behutsam heraus und schlage es auf. Die Fotos darin sind sepiafarben und steif;

die schwarzen Seiten sitzen lose und haben abgestoßene Kanten. Ich starre einige Bilder von düster dreinblickenden Männern an, die neben alten Autos stehen, aber ich habe keinen blassen Schimmer, wer diese Leute sind. Endlich entdecke ich einige Namen auf der Rückseite eines der Bilder: Ella, Leila, Horace. Alte Freunde meiner Eltern? Irgendwelche Vorfahren? Es ist keiner mehr da, den man fragen könnte. Ich kritzele „Müll" außen auf den Karton und schleppe ihn – und seine widerwärtige Insektenfracht – nach draußen.

Dann finde ich einen Karton mit Kleidung, die ich in der Schule getragen habe, eine Kiste mit Winterwollsachen, die völlig von Motten zerfressen sind, und einen Sack, vollgestopft mit alten Programmheften von Wohltätigkeitsveranstaltungen, Broadwayshows und Ballettaufführungen. Ich werfe den Sack auf den Flur, dann bleibe ich stehen und stütze meine Hand gegen mein Kreuz – ich hatte vergessen, dass Mutter einfach alles gehortet hat.

Ab jetzt gebe ich mir fünf Minuten, um mich durch eine Kiste zu wühlen. Wenn ich bis dahin keine unentbehrlichen Dinge gefunden habe, schiebe ich die Kiste samt ihrem Inhalt auf den Flur. Als der Flur zu voll wird, ziehe ich mir meine Turnschuhe an und schleife die Kisten durchs Foyer und aus der Tür hinaus. Als sich der Müll auf dem Korridor stapelt, fällt mir ein, dass ich George lieber vorwarnen sollte – möglicherweise wird er mehrere Fahrten machen müssen, um das ganze Zeug loszuwerden.

Die alte Standuhr schlägt zehn Uhr, als ich den letzten Karton aus der hintersten Ecke des Raumes ziehe. Mein Rücken tut von dem ständigen Heben und Schieben weh; meine Finger sind mit dem Staub bedeckt, der sich auf jeder Fläche dieses Zimmers abgesetzt hat. Immerhin habe ich das Fenster an der Westmauer freigelegt. Staubkörner tanzen im Sonnenlicht, das den befreiten Raum erwärmt.

Ich lasse mich auf den abgenutzten Teppich nieder und strecke die Beine aus, dann hebe ich die zusammengefalteten Deckel des letzten Kartons an. Der erste Gegenstand darin ist ein schwarzer Filzhut – und als ich ihn nehme, spüre ich ein sonderbares Kribbeln. Das ist der Hut eines Mannes; ein alter Hut, und der kann nur meinem Vater gehört haben.

Zögernd halte ich den warmen Filz in meiner Hand. Hat mir Clara nicht mal erzählt, Mutter habe alle Sachen meines Vaters weggeschafft, als sie ihn hinauswarf? Ich kann mir nicht vorstellen, dass sie irgendetwas von ihm behalten hat – sie war sehr resolut –, aber vielleicht hat er ja diesen Karton hier im Raum abgestellt, bevor sie sich trennten. Vielleicht hatte Mutter gar nichts davon gewusst.

Mit der Behutsamkeit einer Archäologin, die gerade auf den größten Fund ihres Lebens gestoßen ist, lege ich den Hut auf den Boden, dann lasse ich mich auf die Knie nieder. Der nächste Gegenstand in dem Stapel ist ein mit Segelschiffmotiven bestickter Wollpullover. Ich hole ihn heraus und halte ihn hoch. Auch hier haben die Motten ganze Arbeit geleistet, doch sie haben mir genug übrig gelassen, um die Größe meines Vaters abschätzen zu können. Breite Schultern, schmaler an den Hüften; ein Mann, der vielleicht gerne segeln ging.

Ich lege den Pulli zur Seite und wende mich wieder dem Karton zu. Ich finde noch weitere Pullover, alle aus Kaschmir oder Baumwolle, alle von guter Qualität. Es sind alles Wintersachen, was mich in der Meinung bestätigt, dass mein Vater diesen Karton tatsächlich hier verstaut haben könnte, bevor Mutter jede Spur von ihm aus der Wohnung tilgte.

Ganz unten im Karton finde ich einen cremefarbenen Wollschal, der so edel und weich ist, dass er sich an meiner Wange wie eine Wolke anfühlt. Ich lege ihn mir um den Hals und stelle mir vor, wie er unter dem Revers von Vaters Smoking lag, und während ich die Weichheit des Schals streichle, atme ich den ihm anhaftenden Zedernholzgeruch ein.

Ich weiß nicht, wie lange ich dort sitze, doch schließlich lege ich die Kleider zurück in den Karton und bedecke die Pullover mit dem Hut. Ich beschließe, den Schal zu behalten. Vielleicht trage ich ihn sogar eines Tages. Als ich aber den Filzstift wieder in die Hand nehme, merke ich, dass ich nicht den gesamten Karton dem Müll überlassen möchte. Diese Sachen sind alles, was ich von dem Mann habe, dessen Gene ich in mir trage. Dieser Mann, der in Europa lebt, mag ein Mistkerl sein, doch der Vater meiner Träume hat mich immer geliebt ...

Wenn ich es oft genug sage, glaube ich es vielleicht irgendwann.

Ich lasse den Schal um meinen Hals hängen und schiebe den Karton zurück in die Ecke, dann decke ich ihn mit einem alten Tischtuch aus dem Wäscheschrank zu. Ich werde eine Lampe, einige Bücher und eine Schachtel mit Taschentüchern draufstellen, damit Clara nicht darauf aufmerksam wird.

Der große Schreibtisch meiner Mutter, eine Antiquität mit gedrechselten Beinen, steht endlich in der ehemaligen Abstellkammer. Ich habe mehr als eine Stunde gebraucht, um das schwere Stück – schiebend und ziehend – durchs Wohnzimmer, das Foyer und den Flur zu bekommen, obwohl George mir geholfen hat, als er nach oben kam, um meine Spende für die Müllhalde zu begutachten.

Ich habe ihm 50 Dollar gegeben, ihm gesagt, er könne mit den Kartons auf dem Korridor machen, was er wolle, und ihm für seine Hilfe gedankt.

Der Schreibtisch passt wunderbar an die Südwand. Das Fenster schließt genau mit der Tischkante ab, was bedeutet, dass ich während der Arbeit die Nachbarhäuser anschauen kann.

Zufrieden wische ich mir den Schweiß von der Stirn, als jemand an der Tür klingelt. Schnell wasche ich mir die Hände im Bad ab, stecke eine unbändige Haarsträhne zurück ins Kopftuch, dann eile ich zum Foyer. Clara steht mit Büchern aus der Bibliothek beladen auf dem Korridor.

Ich begrüße sie mit einem Lächeln. „So viele musstest du nun auch wieder nicht holen!"

„Ach, ich habe alle möglichen tollen Sachen gefunden." Sie geht an mir vorbei ins Foyer, dann biegt sie links ab und betritt das Wohnzimmer. „Bücher über Farben, Design, über die neuesten Wohntrends ..."

Sie hält inne und starrt auf die leere Wand. „Sag mir nicht, du hast den Schreibtisch deiner Mutter weggeschafft. Ich habe die Kartons gesehen, aber mir wäre im Traum nicht eingefallen, dass du ..."

„Ich habe ihn nicht weggeschafft. Ich habe ihn in die Abstellkammer verfrachtet."

„Wozu das denn?"

„Weil ich mir einen Computer anschaffen will. Das Zimmer soll mein ... nun, mein Büro werden."

Sie dreht sich um und schaut mich an. „Wozu um Himmels willen brauchst du ein Büro?"

„Weil ich mir gerade überlege, was ich mit dem Rest meines Lebens anstellen soll." Ich trete einen Schritt nach vorn, um die Ladung Bücher entgegenzunehmen. „Ich brauche einen Computer, weil ich vielleicht noch studieren möchte. Mit einem Computer kann ich Onlinekurse belegen."

Sie übergibt mir die Bücher. „Ich dachte, du wolltest die Wohnung renovieren."

„Ja – das auch. Aber ich kann ja nicht den Rest meines Lebens mit Renovieren verbringen."

Sie sinkt in einen Ohrensessel. „Manchmal weiß ich nicht so recht, was in deinem Kopf vorgeht, Aurora."

„Du klingst wie Mutter."

„Aber es ist die Wahrheit. Liebes, bist du dir bewusst, wie viele Leute ihren rechten Arm dafür geben würden, in deiner Lage zu sein? Du hast ein wunderbares Zuhause; du hast Geld; du kannst völlig selbstbestimmt leben ..."

„Ich brauche mehr als das." Ich lege die Bücher auf den Couchtisch, dann nehme ich ihre Hand. „Komm her, ich möchte dir etwas zeigen."

Ich führe Clara zur Abstellkammer, deren weiße Wände dringend neu gestrichen werden müssen und deren Teppich um eine rasche Beerdigung fleht. Mutters Stuhl und Schreibtisch am Fenster sehen dagegen so aus, als seien sie absolut am rechten Platz. „Wenn ich auf einen Uniabschluss hinarbeite, kann ich hier meine Bücher ausbreiten." Ich deute auf den Schreibtisch. „Ich kann für die anderen Wände noch mehr Bücherregale bestellen – du sagst ja immer, ich hätte zu viele Bücher. Hier kann ich gut denken. Wenn ich Gäste habe und ich lieber nicht möchte, dass sie das Durcheinander hier drin sehen, mache ich einfach die Tür zu."

Sie starrt mich an, als hätte ich gerade verkündet, dass ich zum Mond fliegen werde. Ich bin mir nicht ganz sicher, welcher Teil meiner Erläuterungen sie am meisten überrascht hat: dass ich vielleicht studieren möchte oder Gäste haben könnte.

Schließlich seufzt sie tief und verschränkt ihre Arme vor der Brust. „Nach allem, was du durchgemacht hast, brauchst du eigentlich erst mal Ruhe. Warum um alles in der Welt willst du wieder die Schulbank drücken?"

„Weil ich eines Tages vielleicht einen Job haben will. Ich würde mich gern nützlich machen."

„Liebling, dein Job war es, dich um deine Mutter zu kümmern. Bist du dir nicht bewusst, wie wichtig das war? Jetzt ist es an der Zeit, dich ein bisschen zu entspannen und das Leben zu genießen. Deine Mutter würde nicht wollen, dass du arbeitest. Sie würde nicht wollen, dass du dir irgendwelche Umstände machst, die schwierig für dich sein könnten ..."

„Stimmt ... sie wollte mich nur an sich ketten." Unerwartet steigt Wut in mir auf und schlägt wie ein weißglühender Blitz in meine Brust ein. „Du weißt längst nicht alles, Clara. Du hast nicht vierundzwanzig Stunden am Tag mit ihr verbracht."

„Liebling, ich war doch ständig hier – mit euch beiden."

„Du hattest aber die Möglichkeit zu gehen! Ich nicht, selbst wenn ich gewollt hätte. Selbst bevor sie krank wurde, konnte Mutter es nicht mit sich allein aushalten, konnte den Gedanken nicht ertragen, dass ich eventuell mein eigenes Leben haben würde. Aber das will ich, Clara. Entweder muss ich endlich anfangen zu leben oder ... ich sterbe."

Ich zittere am ganzen Körper und weiß, dass die Hitze in meiner Brust und meinem Bauch reiner Zorn ist. Ich weiß nicht genau, wo diese Wut herkommt, und ich möchte nicht weinen, doch die Tränen ergießen sich unaufhaltsam aus meinen Augen.

Clara sagt nichts, sondern hält mir ihre Hände hin. Und als ich mich ihrer Umarmung hingebe, spüre ich ihre kühle Handfläche auf meinem Nacken.

„Du irrst dich, was deine Mutter betrifft, mein liebes Mädchen. Mehr als alles andere wollte sie, dass du glücklich bist. Du hast ein wunderbares Leben, und du hast mich. Du kannst mit der Wohnung machen was du willst, und ich werde dir dabei behilflich sein, aber du musst versprechen, dass du dich nicht zu sehr belastest. Was ist, wenn du dir etwas vornimmst und es dann alles nicht klappt? Halt dich nur an mich, Liebes, dann bist du in Sicherheit."

Einen langen Augenblick halten wir uns gegenseitig fest, dann gibt sie mir mit ihrer Hand einen sanften Klaps auf die Wange. Ich trete einen Schritt zurück und zupfe mir ein Taschentuch aus dem Behälter auf dem improvisierten Tisch, während sie sich hinunterbeugt, um eine der unteren Schreibtischschubladen aufzuziehen. Die Schublade gehorcht mit einem protestierenden Quietschen und lässt einen Haufen brauner Briefumschläge und die vergilbten Ecken zahlloser Papiere zutage treten.

Clara blickt entsetzt, während ich mir die Nase putze. „Das hatte ich befürchtet. Wenn es um ihre Papiere ging, war deine Mutter völlig unorganisiert. Deswegen wollte sie wahrscheinlich auch, dass ich nach der Beerdigung ihre Sachen durchgehe."

Ich zucke die Achseln. „Alles Wichtige hat sie ihrem Buchhalter oder Anwalt geschickt. Mach dir keine Gedanken über das Durcheinander hier. Ich räume die Schubladen schon aus."

Sie verzieht das Gesicht zu einem Lächeln. „Ich werde dir behilflich sein. Während du planst und umstellst und was du sonst noch tun möchtest, gehe ich durch die Unterlagen deiner Mutter."

„Das musst du wirklich nicht tun …"

„Unsinn, Liebes! Ich weiß doch am besten, was wichtig und was unwichtig ist. Und wenn ich mir mal nicht sicher bin, frage ich dich, bevor ich irgendetwas wegschmeiße, was von Bedeutung sein könnte."

Sie rollt sich die Ärmel hoch, bereit, sich an die Arbeit zu machen, und ich stehe hilflos daneben. Wie kann ich sie davon abhalten? Sie versucht doch nur, ihren vorherigen Mangel an Begeisterung wiedergutzumachen.

Ich blase die Wangen auf und wische mir die Haare von der Stirn. „Na schön – leg los. Ich hole einen großen Müllsack."

Clara antwortet nicht, weil sie bereits auf den Schreibtischstuhl gerutscht ist und einen vergilbten Hefter auf ihren Schoß gezogen hat.

Kapitel 14

Westbury Arms, Wohnung 15b

Ich habe einen Höhenflug, wirtschaftlicher Scharfsinn schießt förmlich aus meinen Fingerspitzen. Doch durch ein unerwartetes Geräusch gestört, höre ich auf, am Computer zu tippen. War das ein Klopfen? Ich sollte es einfach ignorieren und weiterschreiben – mein aktuelles Projekt nimmt nicht so schnell Form an, wie es sollte, und spätestens am Freitag schulde ich meinem Kunden einen vorläufigen Entwurf –, doch die Versuchung, mich ablenken zu lassen, ist zu stark.

Ich öffne die Tür und sehe mich Aurora gegenüber. „Hey", sagt sie. Unsicher lächelt sie mich an.

„Auch hey." Ich schaue um die Ecke. „Ist die Klingel kaputt? Ich meinte, ein Klopfen gehört zu haben."

„Ja, ich habe geklopft. Ich wollte dich nicht stören, falls du beschäftigt bist."

Ich bin überrascht und erfreut, meine Nachbarin in Jeans und T-Shirt zu sehen. Ein Schmutzfleck ziert ihre Wange. Und sie traut sich, Blickkontakt mit mir aufzunehmen … Oh je, doch nicht, schon schaut sie zu Boden. *Sorg dafür, dass sie sich entspannt, Cannon. Bring sie zum Lächeln.* „Irgendwie kommt mir dein Outfit bekannt vor. Du musst beim Aufräumen sein."

„So ungefähr.“ Ein nervöser Ausdruck tritt auf ihr Gesicht. „Du, ich möchte dich wirklich nicht stören …“

„Du störst nicht. Ich suche immer nach einem Vorwand, vom Schreibtischstuhl hochzukommen.“

„Oh … gut. Die Sache ist die: Ich muss mir einen Computer anschaffen und ich verstehe nichts von diesen Dingern. Ich dachte, vielleicht könntest du mir ein paar Tipps geben.“

Ich richte mich auf, dankbar, dass sie endlich ein Thema angeschnitten hat, bei dem ich ihr tatsächlich behilflich sein kann. Eine Frau, die etwas über Computer erfahren will? Das bietet ungeahnte Entwicklungsmöglichkeiten. „Nichts lieber als das. Weißt du schon, wofür du den Computer benutzen willst?“

„Äh … nicht genau.“ Sie verzieht das Gesicht. „Ich möchte einige Onlinekurse belegen. Ich denke darüber nach, vielleicht ein Fernstudium zu machen.“

„Also brauchst du eine Internetverbindung.“

„Ja. Wahrscheinlich. Ich meine, wenn du das sagst.“

Grinsend schaue ich ihr in die Augen. Es regt sich etwas in diesen dunklen Tiefen; eine ungeahnte Entschlossenheit und Wünsche, die ich noch nicht bemerkt hatte. Im Gegensatz zu den meisten Frauen, die ich kennengelernt habe, ist bei Aurora Norquest noch vieles unausgesprochen.

„Wenn du reinkommen möchtest“ – ich mache die Tür weiter auf –, „könnte ich dir meinen Rechner zeigen und dir ein paar Anregungen geben.“

„Ich möchte nicht stören.“

„Tust du auch nicht. Die meisten Leute, die von zu Hause arbeiten, sind Experten in Sachen lange Bank. Warum mittags arbeiten, wenn man auch um Mitternacht arbeiten kann?!“

Sie schaut mich an und blinzelt nervös, dann geht sie an mir vorbei in die Wohnung. Sie kommt an der ersten Zimmertür vorbei, dann geht sie denselben Weg zurück. „Da drin“, sie zeigt ins Zimmer, „da schläfst du?“

„Ja."

„Da entschuldige ich mich aber wirklich für den Krach. Mein Schlafzimmer liegt genau hinter dieser Wand."

Ich nicke. „Aha. Na ja, wenn du das nächste Mal einen Albtraum hast, kannst du mir ja eine Botschaft morsen."

„Äh, kannst du das Morsealphabet denn entziffern?"

„Nein. Aber allein der Versuch wird dich so ablenken, dass du überhaupt nicht mehr an deine Albträume denkst."

Sie schaut mich an, als sei sie sich nicht sicher, ob ich es ernst meine ... und für einen Moment wünschte ich mir, ich wäre mit etwas Tiefgehenderem gesegnet als mit einem trockenem Humor. Sie braucht Ablenkung, richtige Ablenkung. Dieser Besuch soll ganz offensichtlich die Grenzen des Bereichs austesten, in dem sie sich sicher fühlt.

„Der Computer steht im früheren Schlafzimmer." Ich deute mit dem Kopf in Richtung Flurende. „Es war der größte und hellste Raum, und da ich die meiste Zeit am Schreibtisch verbringe ..."

Sie nickt. „Kann ich nachvollziehen."

Ich führe sie an einem Stapel Kartons vorbei, dann gehe ich um die Ecke ins Büro. Während alles um den Schreibtisch herum im Chaos versinkt, ist mein Rechner längst startbereit.

„Das ist alles, was man so braucht." Ich deute auf meinen Arbeitsplatz. „Tastatur, Bildschirm, Maus, Rechner. Die vier Grundbausteine. Du wirst wahrscheinlich noch einen Drucker brauchen, vielleicht auch einen Scanner und eine Digitalkamera. Aber die kannst du dir später noch besorgen. Ich habe ein Notebook und eine externe Festplatte an mein System angeschlossen, aber so was brauchst du nicht – zumindest fürs Erste."

Sie schiebt eine Haarsträhne zur Seite, die ihr immer wieder in die Augen fällt. „Das sieht kompliziert aus."

„Eigentlich ist es ziemlich einfach.“ Ich greife nach unten und klopfe auf den schwarzen Kasten auf dem Fußboden. „Das ist der Hauptprozessor, das Gehirn des Computers. Mit der Tastatur und der Maus sagt man der Maschine, was sie zu tun hat, und der Bildschirm zeigt an, was passiert. Heutzutage gibt es diese netten Flachbildschirme, eine Riesenverbesserung gegenüber den sperrigen Riesendingern von früher.“

„Und wie kommt man ins Internet?“

„Ich benutze ein Modem, ein kleines Kästchen, das oben auf dem Computer draufsteht. Du suchst dir einfach einen Internetprovider aus, der kommt dann und bringt dir alles, was du brauchst.“

Sie bleibt einen guten Meter vom Computer entfernt stehen, verschränkt ihre Arme und nickt. Ich erinnere mich an meine guten Manieren und ziehe den Schreibtischstuhl vor. „Warum setzt du dich nicht und machst eine Probefahrt?“

Sie weicht zwei Schritte nach hinten. „Da mache ich bestimmt was kaputt!“

„Du kannst überhaupt nichts kaputt machen ... na ja, normalerweise nicht. Komm, setz dich. Hast du schon mal einen Computer benutzt?“

Sie sieht aus wie ein Kanarienvogel in einem Raum voller Katzen. Nervös rutscht sie auf der Stuhlkante herum und wischt sich die Handflächen an ihrer Jeans ab. „Früher im College, aber bestimmt hat sich seitdem allerlei geändert.“

„Darauf kannst du wetten. Vieles ist erheblich einfacher geworden. Schau dir das hier zum Beispiel an.“ Ich stütze eine Hand auf der Rückenlehne ab, lehne mich über sie und schnappe mir die Maus, dann klicke ich darauf, um mein laufendes Projekt im Textverarbeitungsprogramm zu minimieren. Mit einem weiteren Klick öffne ich das Fenster für den Internet Explorer. „Hast du schon mal jemanden gegoogelt?“

Sie hebt die Brauen. „Ich bin mir nicht sicher, ob das etwas ist, das eine anständige Frau tun sollte."

Ich lache. „Es ist etwas ganz Harmloses, glaub mir. Eine der besten Suchmaschinen, die es momentan im Internet gibt, ist unter www.google.com zu finden. Damit kannst du fast alles über jeden Menschen oder jedes Thema herausfinden. Du musst lediglich den Namen der Person eingeben ..."

„Okay, das will ich auch haben!" Sie schwenkt den Stuhl herum und grinst mich an. Entschlossenheit flackert in ihren Augen auf. „Kannst du eine Firma empfehlen, die mir das einrichtet?"

„Heiliges Kanonenrohr, du lässt dir ja wirklich schnell was auf die Nase binden. Aber lass uns die Fachsprache klären: Du musst überhaupt niemanden anrufen; du kannst alles online erledigen." Ich hocke mich neben sie und klicke mich zur Homepage eines Online-Computerhändlers. „Die Leute dort können dir einen maßgeschneiderten Computer zusammenbauen und innerhalb von vierundzwanzig Stunden schicken. Sag mir, was du willst, und wir können es bestellen."

„Jetzt gleich?"

„Klar."

„Und du denkst, diese Menschen sind vertrauenswürdig?"

„Absolut. Ich habe dort schon mehrere Computer bestellt und hatte noch kein einziges nennenswertes Problem." Ich versuche, ihr in die Augen zu schauen. „Traust du mir zu, dass ich einen Rechner für dich zusammenstellen kann?"

Einen Moment lang schaut sie die Decke an, dann lächelt sie. „Du scheinst dich auszukennen. Klar, ich traue dir das zu."

„Dann muss ich erst mal deinen Finanzplan kennen. Wie viel willst du ausgeben?"

Sie starrt die unzähligen Abbildungen von Computern auf dem Bildschirm an. „Such einfach das aus, was für mich geeignet ist. Ich bezahle es dann mit meiner Kreditkarte."

Für eine Frau, die angeblich nichts mit ihrem Millionärsvater zu tun hat, scheint sie ja ungeheuer locker zu sein, was ihre Finanzen betrifft. Na schön. Ich werde ihr einen Rechner mit der allerneuesten Technologie zusammenstellen, bei dem alles funktionieren sollte, was die Software-Entwickler in den nächsten Jahren so auf den Markt bringen.

„Völlig freie Hand bekomme ich nur selten. Einen Moment noch." Ich gehe in die Küche, schnappe mir einen Stuhl und bringe ihn ins Büro. Mithilfe von Tastatur und Maus setze ich ein System aus den schnellsten Mikroprozessoren zusammen, die es gibt, einem Flachbildschirm, reichlich Arbeitsspeicher, einer schnurlosen Tastatur und Maus und einem Laserdrucker.

„Das macht dann" – ich warte, während die Webseite die Gesamtsumme errechnet – „2.654,13 Dollar."

Sie blinzelt noch nicht mal mit den Augen. „Alles klar. Dann gib die Bestellung auf."

„Wir brauchen dann deine Kreditkartennummer. Ich kann warten, wenn du sie holen gehen möchtest, dann kannst du sie eintippen ..."

„Ich kenne sie auswendig." Sie schaut mich an. „Meine Mutter konnte ich nämlich nie allein lassen, da musste ich alles übers Telefon bestellen ... und nach einiger Zeit habe ich gelernt, den Vorgang etwas zu modernisieren." Ein Anflug von Röte färbt ihre Wangen, als sich ihr Lächeln verstärkt. „Ich gebe dir die Nummer, und wenn ungewöhnliche Ausgaben auf meiner Rechnung erscheinen, dann weiß ich ja, wo du zu finden bist."

Das muss ich ihr zugestehen: Sie hat mehr Vertrauen als die meisten New Yorker.

„In Ordnung." Ich gehe zur Bestellseite. Sie sagt ihre Kartennummer auf. Ich tippe sie ein.

„Wie willst du die Sachen geliefert bekommen?"

„Kommt drauf an … Welche Möglichkeiten gibt es denn?“

„Standard – das ist die billigste und langsamste Variante. Dann gibt's eine Prioritätssendung und schließlich eine versicherte Option mit persönlicher Auslieferung in Manhattan. Das ist am sichersten.“

„Gut, dann nehme ich das Letztere.“

Ich klicke aufs Kästchen, sehe zu, wie die neue Endsumme erscheint, und blicke dann meine ernste Nachbarin an. „Das wär's. Bestellbereit?“

„Kann losgehen.“

Ich klicke auf den „Bestellung aufgeben“-Button, dann lehne ich mich auf meinem knarrenden Stuhl zurück, während ich darauf warte, dass die nächste Seite erscheint.

Aurora hebt eine Augenbraue und lächelt mich von der Seite an. „Wow. So einfach geht das?“

„Ja, so einfach.“

„‚Vielen Dank für Ihre Bestellung‘“, liest sie und lehnt sich dabei mit dem Kinn in der Hand zum Bildschirm. „‚Ihr neuer Computer wird innerhalb der nächsten 72 Stunden geliefert. Wenden Sie sich bei Fragen bitte an unseren Kundenservice.‘“ Ihre Augen strahlen, als sie mich erneut anschaut. „Ich glaube, ich kriege das hin“ – sie senkt ihre Hand –, „aber sollte ich nicht weiterkommen …“

„Dann kannst du mich holen.“ Ich nicke ihr zu. „Die meisten Computer muss man einfach einstöpseln und anschalten, aber ab und zu kann es auch mal eine Funktionsstörung geben. Wenn du Hilfe brauchst, kannst du also ruhig an die Wand hämmern und mir ein SOS schicken.“

„Mache ich immer noch zu viel Krach? Die Wände sind dünn, das weiß ich, aber …“

„Ich nehme dich doch nur auf den Arm, Aurora. In den letzten 24 Stunden habe ich überhaupt nicht gemerkt, dass ich eine Nachbarin habe.“

„Na dann ist es ja gut." Sie steht auf und schaut zurück zum Computer. „Weißt du, das hier ist die aufregendste Sache, die ich seit Jahren gemacht habe."

Als ich sie ansehe, verspüre ich Mitleid für meine einsiedlerische Nachbarin. Ich weiß nicht, warum sie ihre Welt auf das oberste Stockwerk dieses Wohngebäudes begrenzt hat, aber wenn sie durch einen Computer wieder mit der Außenwelt in Kontakt kommt, dann werde ich alles tun, um ihr dabei behilflich zu sein.

Immerhin habe ich mich fast mein ganzes Leben als Außenseiter gefühlt ... und ich weiß, wie weh das tut.

Kapitel 15

Westbury Arms, Wohnung 15a

Während ich zurück zur Wohnung gehe, klingelt das Telefon. Gerade als ich durch die Tür komme, geht Clara an den Apparat in der Küche. Augenblicke später höre ich sie sagen: „Einen Moment bitte, sie ist gerade gekommen."

Eine Sekretärin ist am Apparat. Ich soll in der Leitung bleiben, Bert Shields möchte mit mir sprechen. Er war der Anwalt meiner Mutter – und ist nunmehr auch meiner.

Einen Moment später erklingt Mr Shields volltönende Stimme durch die Leitung: „Guten Morgen, Aurora. Wie geht es Ihnen?"

Seit der Trauerfeier habe ich Mr Shields nicht mehr gesehen. Da ich ja offiziell in der Trauerzeit bin, versuche ich, mich seinem ernsten Ton anzupassen, obwohl mir von den Aufregungen meines Computerkaufs noch ein wenig schwindelig ist. „Mir geht's gut, Mr Shields, danke."

„Das freut mich zu hören. Wissen Sie, Aurora, wir müssen uns bald treffen. Als Testamentsvollstrecker Ihrer Mutter gibt es einige Sachen, die ich mit Ihnen besprechen muss. Hauptsächlich sind es Routinesachen, weil Sie natürlich die Hauptbegünstigte sind, aber eventuell haben Sie einige Fragen bezüglich ein paar Verfügungen im Testament Ihrer Mutter. Könnten Sie irgendwann diese Woche in mein Büro kommen?"

Ich stehe da: still, verblüfft und erschüttert. Es ist eine ganz normale Bitte. Er hat mich schließlich nicht gefragt, ob ich die Stadt verlassen würde, und ich muss mich nicht länger darum sorgen, ob Mutter allein zurechtkommt.

Doch der Gedanke, das Gebäude zu verlassen, erfüllt mich mit einem unerklärlichen Schrecken.

Ich werfe einen Blick in Richtung Abstellkammer, wo sich Clara ans Ausmisten von Mutters Schreibtischschubladen gemacht hat. Wenn Mr Shields in Person hier wäre, würde sie jetzt geschickt für mich einspringen, doch so, wie die Dinge liegen, kann sie mir nicht helfen.

Ich beiße mir auf die Unterlippe. Es bleibt keine andere Möglichkeit, als meine Demütigung zu verbergen. „Ich bereite Ihnen wirklich nur sehr ungern Umstände, Mr Shields" – schwingt da ein Zittern in meiner Stimme mit? –, „aber würde es Ihnen etwas ausmachen, zu mir nach Hause zu kommen? Ich stecke mitten in einem Renovierungsprojekt und kann nicht so gut weg. Ich würde es wirklich sehr zu schätzen wissen, wenn Sie herkommen könnten."

Ich schließe die Augen und mache mich auf eine Absage gefasst. Ein Mann, der seine Anrufe von seiner Sekretärin anmelden lässt, hält seine Zeit eindeutig für kostbar, und ich habe gerade nach einem unerwarteten Brocken davon verlangt. Auf der anderen Seite ist Mutters Vermögen beträchtlich und Shields war für sie nicht nur ein Anwalt, sondern auch ein Freund.

Der Anwalt räuspert sich, dann hüstelt er. „Nun ... ich glaube, das müsste zu machen sein. Wie steht es mit Mittwoch um zwölf? Um eins habe ich ein Treffen in der Stadt, da liegt das *Westbury Arms* auf dem Weg."

Erleichtert mache ich die Augen wieder auf. „Vielen Dank. Wir sehen uns dann am Mittwoch."

Ich lege auf und bleibe erleichtert einen Moment lang

stehen, dann schleppe ich mich zum Abstellraum. Aktenordner sind über den Schreibtisch verstreut, Papier liegt um den Müllsack herum, als hätte es einen Schneesturm gegeben, und Claras Schoß ist mit vergilbten Schriftstücken bedeckt.

„Bert Shields", sagt sie und beweist damit, dass sie zumindest meinem Teil des Telefongesprächs gelauscht hat. „Ist die Zeit für die Verlesung des Testaments gekommen?"

Ich lehne mich gegen die Wand und verschränke meine Arme. „Er kommt am Mittwoch her und erläutert mir alles."

„Das ist gut." Sie schaut mich an, als würde sie scharf nachdenken. „Wirst du damit zurechtkommen? Manchmal können diese Dinge etwas ... beunruhigend sein."

„Ich wüsste nicht, warum das für mich problematisch sein sollte. Mr Shields hat gesagt, dass es hauptsächlich um Routineangelegenheiten geht. Er kommt nur, weil er dachte, ich könnte ein paar Fragen haben."

„Möchtest du mich gern dabeihaben?"

Die Frage erscheint mir merkwürdig, bis ich in Claras Gesicht blicke. Ihre Augen, die so viele Jahre lang über mich gewacht haben, leuchten vor Mitleid und Sorge. „Ich kenne das Testament deiner Mutter in- und auswendig", sagt sie und schenkt mir ein trauriges Lächeln. „Als sie merkte, dass sie ihrem Zustand nicht entrinnen konnte, ließ sie ihr Testament neu aufsetzen und hatte mich als Zeugin dabei. Du musst dich also nicht sorgen, dass mich etwas überraschen könnte. Ich bin gern bereit, bei dir zu sein, falls du seelische Unterstützung brauchst."

Ich weiß nicht genau, warum das Verlesen von Mutters Testament seelische Unterstützung erfordern sollte, aber Clara ist mir immer willkommen.

„Danke." Ich richte mich auf. „Wenn du vorbeikommen willst, er wird um zwölf hier sein."

Ich greife nach dem Müllsack, um ihn mit einigen der

herumliegenden Papiere zu füllen, doch Clara packt mich am Arm. „Lass nur, Liebes. Ich bin hier noch am Sortieren."

„Aber das hier ist doch schon alles aussortiert, oder? Ich kann von dem Zeug schon mal einiges wegschaffen …"

„Mach dir keine Umstände. Lass mich das erledigen, während du die Füße hochlegst und die Bücher aus der Bibliothek durchschaust. Ich habe einige wirklich gute gefunden, voller wunderbarer Ideen."

Ich bin drauf und dran einzuwenden, dass ich ihr helfen *möchte*, aber ich habe gelernt, meine Kriegsschauplätze mit Clara mit Bedacht zu wählen. Also lasse ich sie am Schreibtisch meiner Mutter Papiere sortieren, von denen sie behauptet, dass ich ohnehin kein Interesse an ihnen hätte.

❖

Mein Herz schlägt laut in meiner Brust, als ich mich zum zweiten Mal an diesem Tag Philip Cannons Wohnung nähere. Ich weiß nicht genau, warum ich mich zu ihm hingezogen fühle. Vielleicht ist mir langweilig oder vielleicht hat mich der Gedanke an meinen neuen PC völlig aus der Bahn geworfen.

Ich weiß nur, dass ich keine Minute länger untätig in meiner Wohnung sitzen kann.

Um 15:00 Uhr hatte Clara Mutters Schreibtisch geleert und ist gegangen. Den zum Bersten vollen Müllsack hat sie mitgenommen. Um 16:00 Uhr hatte ich bereits alle Dekobücher überflogen, die sie aus der Bibliothek mitgebracht hatte. Um 16:15 Uhr hatte ich entschieden, mein Schlaf- und Arbeitszimmer in einem Gelb namens „Butterblumen-Leder" zu streichen. Ich habe ein nahe gelegenes Farbengeschäft angerufen und zwei Eimer Farbe bestellt. Das Geschäft hat versprochen, die Farbe samt Zubehör innerhalb von 24 Stunden zu liefern.

Um 16:30 Uhr tat ich etwas, das ich seit Jahren nicht getan hatte: Ich bin halb zum 14. Stock hinabgestiegen. Zwar bin ich dann schnell umgekehrt und habe auf dem Rückweg immer zwei Stufen auf einmal genommen, aber immerhin bin ich nicht in Ohnmacht gefallen und habe auch keinen Nervenzusammenbruch erlitten.

Verblüfft über die vielen kleinen Schritte, die ich in einen einzigen Tag gequetscht habe, setzte ich mich um 16:45 Uhr hin, um etwas zu verschnaufen und die Post durchzusehen. Ein Heimdeko-Katalog erregte meine Aufmerksamkeit. Innerhalb von zehn Minuten hatte ich eine wunderbare Tagesdecke und einen dazu passenden Teppich gefunden, und was das Beste war: Man konnte beides online bestellen.

Ich könnte gleich heute ordern ... wenn ich einen Computer hätte. Oder wenn Philip Cannon mich seinen benutzen lässt.

Mir ist es peinlich, hinüberzugehen und bei ihm um Internetzugang zu betteln, aber ich habe immer noch sein Buch, was ein guter Vorwand ist. Ich klopfe leise, weil ich mir sage, dass er mich nicht hören wird, sollte er gerade konzentriert arbeiten. Doch schon öffnet sich die Tür und seine Augen strahlen mich durch die runden Brillengläser an.

„Sag bloß, jetzt willst du einen *Hummer* bestellen."

Ich habe einen Aussetzer – mein Kopf ist so leer wie ein weißes Blatt Papier –, dann erinnere ich mich: *Hummer* sind riesige, panzerartig aussehende Geländewagen, die gerne von Sportlern und Filmstars gefahren werden. Kann man die auch online bestellen?

„Ich fahre kein Auto", erzähle ich ihm. „Aber ich habe sie schon im Fernsehen gesehen."

Sein Lächeln lässt einen Deut nach. „War nur ein Witz."

„Oh." Ich intensiviere mein eigenes Lächeln, um ihm deutlich zu machen, dass auch ich so etwas wie Humor besitze.

„Ich will dich nicht nerven, aber ich habe ja versprochen, dir dein Buch zurückzubringen ..." Ich halte ihm das Buch entgegen, aber er geht einen Schritt zurück und fordert mich dadurch stillschweigend auf einzutreten.

„Ich bin gerade mit der Arbeit fertig geworden." Er hält die Tür fest, als ich an ihm vorbeigehe. „Ich arbeite so lange, wie meine Gehirnzellen Munition haben, aber wenn ich anfange, Tippfehler zu machen, weiß ich, dass ich aufhören sollte. Jetzt brauche ich unbedingt eine kleine Unterhaltung. Komm rein."

Ich gehe mit gesenktem Kopf über den langen Flur, wobei mir schmerzhaft bewusst ist, dass ich rot angelaufen bin. Es ist so lange her, dass ich mich mit einem Mann unterhalten habe, dass ich nicht so recht weiß, wie ich reagieren soll. Flirtet er? Oder ist er nur nett?

Drinnen halte ich sein Buch ein weiteres Mal hoch. „Danke, dass du mich hier reinschauen lassen hast. Es war ... interessant."

Er lehnt sich nach vorn und stützt die Arme auf die große Kücheninsel. „Du hast es gar nicht gelesen, stimmt's?"

„Ich hab's ... na ja, ich habe den Großteil des ersten Kapitels gelesen. Aber ich hab dir ja gesagt, ich bin nicht religiös. Ich glaube nicht daran, dass Gott zu Menschen spricht. Auch nicht in Träumen."

„Glaubst du nicht, dass er das kann?"

„Nun, wenn es Gott gibt, kann er wohl alles. Aber nur, weil er es *kann*, heißt das noch lange nicht, dass er es auch *tut*."

„Ich dachte, vielleicht steht etwas drin, das dir helfen kann."

„Ich bin mir nicht sicher, ob es Hilfe für mich gibt – abgesehen von dem üblichen Blabla, dass die Zeit alle Wunden heilt und so. Ich bin lange wie gelähmt gewesen, aber in letzter Zeit habe ich vieles neu überdacht, und bestimmt wird es jetzt besser. Ich habe ein paar kleine Veränderungen vorgenommen und überlege, was als Nächstes dran ist …"

„Zum Beispiel einen Computer zu kaufen?"

„Genau. Und meine Wohnung zu renovieren. Ich bin bereit für ein ganz frisches Lebensgefühl."

Ich erwarte halb, dass Philip die Stirn runzeln wird, aber er greift bloß nach dem Buch. „Danke, dass du es schnell zurückgebracht hast. Du würdest nicht glauben, wie viele Bücher ich schon verliehen und nie wiedergesehen habe. Du bist anscheinend eine rücksichtsvolle und verantwortungsbewusste Person, Aurora Norquest."

„Kann sein." Ich schaue schnell weg, während Hitze in meinem Nacken aufsteigt. Ich möchte nicht über mich selbst sprechen. Ein gewandter Unterhalter wendet das Gespräch immer auf das Gegenüber, so habe ich es von Mutter gelernt. Und so deute ich auf den Computer im Zimmer nebenan.

„Also, Nachbar, was genau machst du den ganzen Tag lang?"

„Nicht viel." Er richtet sich auf und steckt die Hände in die Hosentaschen. „Wenn ich nicht an der Uni unterrichte, schreibe und recherchiere ich Berichte über verschiedene Wirtschaftsthemen. Ich weiß, das hört sich ungefähr so aufregend an, wie Bäumen beim Wachsen zuzusehen, aber es ist recht lukrativ und kann sogar manchmal ganz interessant sein."

„Für dich und für wen sonst noch? Ich meine, wer heuert dich an?"

„Verschiedene Firmen." Er bewegt sich in Richtung Büro und bedeutet mir, ihm zu folgen. Ich warte, bis er sich in den Schreibtischstuhl plumpsen lässt, bevor ich auf den leeren Stuhl neben ihn rutsche.

„Leute stellen mich an, um Marktsituationen zu analysieren, damit sie die Trends in der Industrie und im Geschäftswesen besser voraussehen können. Vergangenes Jahr habe ich zum Beispiel eine Studie für eine Immobiliengesellschaft gemacht. Dabei ist herausgekommen, dass Makler, die ihre eigenen Immobilien repräsentieren, profitreicher verkaufen als ihr durchschnittlicher Kunde." Er kichert. „Das kam bei den Immobilienunternehmen natürlich nicht so gut an."

„Weil du herausgefunden hast, dass Immobilienmakler ihre Kunden beschummeln?"

„Sie schummeln nicht, aber sie neigen dazu, die Kunden etwas unter Druck zu setzen, um an schnelles Geld zu kommen. Viele Immobilienmakler raten ihren Kunden, schnell einen Vertrag abzuschließen, auch wenn höchstwahrscheinlich noch ein besseres Angebot kommen würde, wenn sie nur ein bisschen warten würden. Immobilienmakler wissen das; ihre Kunden nicht. Und Statistiken zeigen, dass die Makler von ihrem Wissen profitieren."

„Wow." Ich habe noch nie eine Immobilie gekauft, aber mir ist klar, warum Philip Cannons Arbeit nützlich ist. „Was hast du sonst noch herausgefunden?"

„Na ja" – er grinst –, „eine Studie für das Bürgermeisteramt hat gezeigt, dass Kriminalität nicht immer das ist, was man denkt. Wir stellen uns häufig vor, dass ein typischer Drogenbaron in einer Luxuswohnung lebt und in Limousinen fährt, dabei leben die meisten Drogenhändler bei ihren Müttern." Er hebt eine Braue. „Was also sagen uns diese Fakten?"

„Dass Kriminalität sich nicht lohnt?"

Er zwinkert mir zu. „Richtig geraten, Schwester."

Ich lache leise, kann aber nicht umhin, mich zu fragen, ob er es komisch findet, dass seine Nachbarin, die selbst über 30 ist, bis letzte Woche noch bei ihrer Mutter gelebt hat.

„Und wie gehst du bei deiner Arbeit vor?", frage ich, um das Thema zu wechseln. „Gehst du raus und interviewst Drogenhändler, oder was?"

Philip faltet seine Hände. „Ich bemerke Dinge."

„Was für Dinge?“

„Kleine Dinge – vielsagende Dinge. Ich gebe dir ein Beispiel: Vor einigen Monaten war ich auf dem Land. In so einer kleinen Stadt irgendwo im Nirgendwo musste ich an einer Ampel halten – und da bemerkte ich eine attraktive Frau an der Straße. Sie stieg gerade aus einem nagelneuen Geländewagen aus.“

Ich senke den Blick, als meine Wangen aufs Neue erröten. Der Mann bemerkt also attraktive Frauen. Hat er mich auch auf diese Weise wahrgenommen?

„Ich schaute ihr eine Minute lang zu und versuchte zu erkennen, ob sie Hilfe braucht. Ich habe zwar nicht viel Ahnung von Autos, aber ich dachte, wenn ihr Auto den Geist aufgegeben hat, könnte ich ihr zumindest einen Abschleppwagen besorgen. Sie war fein angezogen: Hose mit Bügelfalten, Ledergürtel, die Art von Shirt, die Frauen beim Golfspielen tragen. Doch sie geht nicht zur Motorhaube, sondern zum Heck, öffnet es und nimmt eine braune Papiertüte aus dem Kofferraum.“

„Sie hat ihr Mittagessen dabeigehabt?“

Er lacht. „Ich war genauso neugierig. Außerdem meldete sich mein inneres Alarmsystem, weil ein hagerer Bettler auf Krücken in ihre Richtung ging. Ich hatte ihn vorher kaum bemerkt – er hatte an der Kreuzung gebettelt –, und plötzlich wurde mir bewusst, dass er vorhatte, zu der Frau zu gehen. Er erreichte sie, als sie gerade die Heckklappe zumachte. Ich wollte hupen, um sie zu warnen, da sah sie den Typen, lächelte und gab ihm die braune Papiertüte.“

„Was war da drin? Alkohol? Essen?“

Philip bläst seine Wangen auf. „Sein *Mittagessen*. Sie war seine Frau! Den offenkundigen wirtschaftlichen Gesichtspunkten nach zu urteilen – die Kleidung der Frau, das neue Auto –, verdiente er mehr als ich.“

Ich schüttele den Kopf. „Ich weiß nicht, ob du das so ohne Weiteres unterstellen kannst. Sie konnte doch eine Bekannte gewesen sein oder eine ehrenamtliche Mitarbeiterin von irgendeinem Sozialwerk."

„Sie hat ihn zum Abschied geküsst – und das war nicht bloß ein Freundschaftskuss, das kannst du mir glauben. Nur um sicherzugehen, habe ich mir den Kerl beim Wegfahren genau angeschaut. Er hatte einen Walkman in der Tasche und teure Kopfhörer von Sony um seinen Hals baumeln – nicht unbedingt etwas, das man anschafft, wenn man nicht gut bei Kasse ist."

„Wer hat dich denn angeheuert, *so* etwas zu untersuchen?"

„Niemand." Jetzt errötet *er*. „Ich ... bemerke Dinge einfach. Nach einiger Zeit sieht man eben alles in einem wirtschaftstheoretischen Licht."

Ich schaue zum Fenster und überdenke meine Idee, meine neue Schlafzimmereinrichtung von seinem Computer aus zu bestellen. Philip wird mitbekommen, was ich bestelle, er wird den Preis sehen, er wird meinen Geschmack kennen und innerhalb von einer Stunde wird er sich wahrscheinlich meine ganze armselige Lebensgeschichte zusammenreimen.

Ich weiß nicht, ob ich bereit dazu bin, dass er so viel über mich weiß. Ich mag ihn; ich freue mich riesig, nach all diesen Jahren einen neuen Bekannten zu haben, aber an einem einzigen Tag kann ich nun mal nur eine bestimmte Anzahl an kleinen Schritten machen.

Wie also kann ich einen taktvollen Abgang hinlegen, nachdem ich so hereingeplatzt bin?

„Das hört sich alles tatsächlich ziemlich interessant an", sage ich. „Eigentlich bin ich aber vorbeigekommen, um dich zu warnen, dass ich ein paar Renovierungsmaßnahmen vornehmen werde. Nichts Großes – ich reiße keine Mauern ein oder so –, aber ich werde streichen und vielleicht einige alte Tapeten abkratzen. Ich hoffe, das stört dich nicht."

„Ach, bestimmt nicht. Aber ich dachte, du bist vorbeigekommen, um das Buch zurückzugeben."

Er grinst, als sich die Hitze wieder in meinen Wangen breitmacht.

„Ja. Das auch."

„Ach, übrigens" – seine Augen verengen sich etwas –, „wie hast du letzte Nacht geschlafen?"

Abgesehen von dem verwirrenden Traum mit den fliegenden Puzzleteilen habe ich wie ein Baby geschlafen.

Ich bemühe mich, fröhlich zu lächeln und so zu tun, als bringe mich seine persönliche Frage nicht durcheinander, auch wenn mein Puls ihm etwas anderes erzählen würde. „Ich glaube, ich werde in Zukunft sehr gut schlafen", entgegne ich ausweichend. „Ab jetzt werde ich mich auf Trab halten. Ich renoviere, ich werde mir einige Onlinekurse ansehen und ich habe viel zu lesen. Immer schön beschäftigt."

„Das ist gut – wenn es dir gefällt, immer beschäftigt zu sein." Er sieht mich an. „Hey, willst du zum Abendessen bleiben? Ich habe Hähnchenbrust da und wollte Cesar-Salat machen. Ich muss nur ein bisschen Käse reiben, Salat zerkleinern und das Fleisch anbraten."

Ich öffne den Mund, um Einspruch zu erheben, aber er springt auf und geht zur Küche.

„Ich sollte wirklich lieber nicht bleiben", rufe ich ihm nach. „Ich bin hier einfach so reingeplatzt …"

„Bitte bleib und sei mein erster Essensgast."

Ich drücke meine Hand an meine Brust. Ich fürchte schon, dass mich die Plötzlichkeit der Einladung in einen Panikzustand stürzen wird, doch mein Herzschlag bleibt gleichmäßig. Immer noch schnell, aber stark. Irgendwie ist es leichter, Ja zu sagen als Nein.

Zehn Minuten später sitze ich an der Küchentheke und reibe Parmesankäse, während Philip zwei Hähnchenbrüste in die Mikrowelle schiebt.

„Erzähl mir was über Clara Bellingham.“ Er macht die Mikrowellentür zu. „Ihr beiden scheint euch sehr nahzustehen.“

„Das tun wir auch.“ Ich habe schon seit Jahren nichts mehr klein gerieben und meine Finger fühlen sich unkoordiniert an. „Clara war die beste Freundin meiner Mutter und die Einzige, die sich nach Mutters Erkrankung noch blicken ließ. Du hast wahrscheinlich bemerkt, dass sie immer noch ein Auge auf mich hat.“ Ich blicke das winzig kleine Häufchen Käse düster an. „Manchmal denke ich, dass sie ihr Auge ein bisschen *zu* sehr auf mich hat.“

„Offensichtlich mag sie dich.“

Ich lache. „Sie mag dich auch. Und Clara mag nicht jeden. Mr Williams zum Beispiel war nicht so ihr Fall. Sie ist ein bisschen schulmeisterlich, aber das ist kein Wunder. Onkel Charley, ihr Mann, ist vor Jahren gestorben, weshalb sie und Mutter lernen mussten, allein zurechtzukommen. Sie mussten stark sein.“

„Clara hat keine Kinder?“

„Nein.“

„Und dich gibt es nur in einer Ausführung, genau wie mich.“

„Ah, du meinst, ob ich ein Einzelkind bin?“

„Genau. Früher habe ich meine Eltern angebettelt, dass ich einen Bruder haben wollte, doch sie meinten, einer sei genug. Mein Paps sagte, ich hätte nur dann einen Bruder haben können, wenn ich als Zweiter geboren wäre, nicht als Erster. Anscheinend habe ich sie ziemlich fertiggemacht.“

Ich hebe die Reibe an und besehe mir das Häufchen darunter. Ich denke, für zwei Personen müsste das reichen. „Hast du ein gutes Verhältnis zu deinen Eltern?“

„Oh, ja. Es gefällt ihnen nicht, dass ich in New York lebe, und sie sind nicht begeistert darüber, dass ich noch nicht für Enkel gesorgt habe. Ich sage immer, sie könnten längst Enkel haben, wenn ich“ – etwas, das fast wie Verbitterung aussieht, überzieht sein Gesicht – „als Athlet und nicht als Fachidiot geboren worden wäre.“

„Du bist kein Fachidiot.“ Die Worte springen mir über die Lippen, bevor ich weiß, was ich sage.

Ein widerwilliges Grinsen zupft an seinem Mund, während er an einem Salatkopf herumschnippelt. „Du kommst nicht gerade viel raus, oder, Aurora? Lass dich dadurch nicht kränken; ich meine das nicht böse. Ich mein nur, wenn du öfter rauskämst, würdest du wissen, dass ich weit von dem entfernt bin, was gerade angesagt ist – einem Metrosexuellen oder wie auch immer man die heißen Typen von heute nennt.“

Ein Band der Erkenntnis wächst zwischen uns. Er ist mutiger als ich, gibt seine Realität schneller zu, aber ich bin noch nicht bereit, mich geschlagen zu geben.

„Ich gehe nicht gern raus. Während andere in dem erbarmungslosen Wettkampf da draußen mitmachen, bin ich in meinen vier Wänden sicher ... hauptsächlich mit der Nase in einem Buch. Aber ich bin nicht völlig von der Welt abgeschnitten.“ Ich schiebe den Teller mit dem Käse über die Theke. „Ich hoffe, das reicht.“ *Und ich hoffe, dass die Unterhaltung hiermit beendet ist.*

„Eigentlich bin ich ganz zufrieden mit dem, was ich bin.“ Er lässt seine Brille auf die Nasenspitze rutschen und späht mich über den Brillenrand hinweg an. „Weißt du, warum Gott Volkswirtschaftler erschaffen hat?“

„Nein. Warum?“

„Um Meteorologen gut dastehen zu lassen.“

Mit einem Grunzen hebe ich die Hand. „Ist das deine Vorstellung von Unterhaltung vor dem Essen?“ Ich fühle mich wie ein Teilnehmer in einer dieser Reality-TV-Sendungen, der vor einer unbestechlichen Fernsehkamera nach schlagfertigen Antworten suchen muss.

„Ich fürchte ja. Mrs B. lacht jedenfalls über meine Witze. Du solltest mehr lachen, Aurora. Trotz allem, was du in den Nachrichten siehst, ist die Welt gar nicht so schrecklich. Wenn du ab und zu mal deine Nase rausstrecken würdest, würdest du merken, dass sie sogar ziemlich schön ist."

Ich schnappe nach Luft. Vielleicht sollte ich gehen. Er scheint es darauf abgesehen zu haben, in meinen wunden Punkten herumzustochern, und das ist unangenehm, selbst wenn das Stochern sanft ist ... Aber es wäre unhöflich zu gehen, wo ich gerade seine Einladung angenommen habe. Und vielleicht ist er sich nicht bewusst, was er tut. Wenn ich nur schnell das Thema wechseln kann ...

Der Piepton der Mikrowelle ruft nach Philips Aufmerksamkeit. Als er sich umdreht, um sich das Hähnchen zu holen, nehme ich ein gerahmtes Foto in die Hand, das auf der Kücheninsel steht.

„Das ist deine Familie?"

Er blickt über seine Schulter. „Ja. Das sind Mama und Paps Cannon. Meine Eltern."

„Kommen sie dich manchmal besuchen?"

Er holt ein Messer aus der Schublade. „Manchmal glaube ich, sie würden lieber Sodom und Gomorra besuchen als New York. Sie sind ziemlich einfache Menschen."

„Du kannst dich glücklich schätzen, sie zu haben." Ich lasse meine Fingerspitze über die Abbildung des großen Mannes auf dem Foto gleiten. „Ich habe meinen Vater nie kennengelernt."

Philip schaut auf. „Dein Vater ist Theodor Norquest." Das ist eine Feststellung, keine Frage.

„Genau."

„Du kennst ihn überhaupt nicht?“

Ich schüttele den Kopf.

Er schneidet das Fleisch mit gleichmäßigen, bedächtigen Bewegungen in Streifen. „Das hat mir Clara schon erzählt. Wahrscheinlich hatte ich gehofft, dass sie etwas übertrieben hätte.“

Ich zucke die Achseln. „Leider ist mein Vater ein Schuft. Als ich geboren wurde, war er schon längst fort. Ich habe nie auch nur ein Wort mit ihm gewechselt.“

Philip neigt den Kopf zur Seite. „Das ist kaum zu glauben.“

„Glaubst du etwa, ich würde mir so eine Geschichte ausdenken?“

„Nein, das meine ich nicht. Aber wenn jemand berühmt ist, dann möchte man gern glauben, dass die Person ihren Ruhm auch irgendwie verdient hat, findest du nicht? Es macht mich krank zu denken, dass der Mann ein Schuft ist. Ich habe seine Bücher total geliebt.“

Trotz allem flackert mein Interesse auf. „Du hast seinen Kram gelesen?“

„Jeden Norquest, den ich in die Hände bekommen habe. Als ich klein war, haben mir meine Eltern jede Weihnachten den neuesten Roman von Theodor Norquest geschenkt. Dann habe ich mich bei ihnen bedankt und von da an die ganze Zeit wie auf heißen Kohlen gesessen, weil ich mich endlich verziehen und mit dem Buch anfangen wollte. Meine Mutter pflegte zu sagen, ich sei das einzige Kind, das am Weihnachtstag auf sein Zimmer geht und 24 Stunden lang nicht wieder rauskommt.“

Aus irgendeinem unerklärlichen Grund bin ich von dieser Information wie elektrisiert. „Waren seine Bücher wirklich so gut?“

„Das sind sie immer noch. Er veröffentlicht zwar nicht mehr ganz so viel wie damals, aber ich greife jedes Mal zu, wenn er etwas Neues auf den Markt bringt. Mit zunehmendem Alter ist auch die Qualität seiner Werke immer besser geworden ... Seine letzten Bücher haben mich allerdings traurig gestimmt.“ Er zuckt die Achseln. „Vielleicht liegt das ja auch an mir. Vielleicht bin ich traurig, weil ich weiß, dass er nicht für immer da sein wird.“

Ich kann keine Antwort herausbringen, dabei weiß ich gar nicht, ob ich überhaupt etwas sagen sollte. Wir sprechen hier über den Mann, der mich gezeugt hat, aber wir könnten genauso gut über Al Capone reden. Ich glaube, meine Mutter hätte eher diesem berüchtigten Gangster vergeben als meinem Vater.

Ich mustere meine Fingernägel. Hundert Fragen über Theodor Norquest haben sich hinten in meiner Kehle gesammelt, doch jahrelang hat die bloße Erwähnung seines Namens meine Umgebung vor Abscheu erbeben lassen. Mich nach ihm zu erkundigen fühlt sich irgendwie wie Verrat an, besonders, weil Mutter erst seit so kurzer Zeit nicht mehr da ist ...

„Hast du nie etwas von ihm gelesen?“

Philips Frage holt mich aus meiner Erstarrung. „Machst du Witze? Mutter hätte einen Tobsuchtsanfall bekommen, wenn sie eines seiner Bücher in unserer Wohnung zu Gesicht bekommen hätte. Jahrelang ist sie nicht mal in eine Buchhandlung gegangen, weil sie dort unweigerlich eines seiner Bücher auf einem Tisch gesehen hätte.“

Philip schaut mich völlig ungläubig an. „*Würdest* du denn gerne etwas von ihm lesen? Ich habe einige seiner Bücher hier, und ich denke, ich könnte sie ohne große Umstände finden. Ich leihe dir gern so viele davon aus, wie du haben möchtest.“

Mein Mund wird trocken. Ich komme mir wie Pandora vor, die unschlüssig vor der hübschen, verhängnisvollen Büchse steht. Ich bin von Neugier gepackt und weiß genau:

Wenn ich den Deckel nicht anhebe, wird mir das nie mehr Ruhe lassen.

Doch was mag mich diese Ruhe kosten?

„Ich werde das Buch vor Clara verstecken müssen", flüstere ich, laut denkend. „Wenn sie es in der Wohnung sieht, bekommt sie noch einen Herzinfarkt."

„Ich werde nichts sagen", verspricht Philip. „Kein Wort."

Ich beiße mir auf die Lippe. Wenn ich mir nicht selbst ein Urteil über meinen Vater bilden kann, finde ich nie Antworten auf meine Fragen. Und wenn er ein unbarmherziger und abgebrühter Mistkerl ist, was soll's? Auf jeden Fall scheint er ein literarisches Genie zu sein. Ich muss doch das Talent schätzen können, ohne dadurch die negativen Seiten gutzuheißen.

„Sollte ich eins lesen – ich sage nicht, dass ich eins will, aber *wenn* –, welches würdest du empfehlen?"

Philip blickt nachdenklich Richtung Decke. „Das ist schwer zu sagen – sie sind ziemlich unterschiedlich. Vor ein paar Jahren ist Norquest durch eine ziemlich finstere Phase gegangen … dabei stammen einige seiner denkwürdigsten Werke aus dieser Zeit. Bei einem Buch ist es mir beim Lesen ständig eiskalt den Rücken runtergelaufen. Das ist mein Lieblingsbuch von ihm. Ich versuche, es mindestens einmal pro Jahr zu lesen."

„Warum um alles in der Welt willst du etwas immer wieder lesen, was dir Angst eingejagt hat?"

Er lässt die geschnittenen Hähnchenstreifen in die Salatschüssel fallen und denkt kurz nach. „Ich glaube, das hilft mir, mich meinen Ängsten zu stellen. Ich bin ja selbst immer wieder in einem anderen Entwicklungsstadium, wenn ich es lese, deswegen hat die Geschichte auch jedes Mal einen anderen Nachhall bei mir."

Ich bin unsicher, ob ich die Frage stellen soll, die in mir aufkommt. „Wovor hast du denn Angst?"

„Das ist eine sehr persönliche Frage, Miss Norquest. Bist du sicher, dass sich unsere Freundschaft schon zu diesem Niveau hochgeschraubt hat?"

Trotz des Zwinkerns in seinen Augen fühle ich mich unbehaglich. „Vielleicht nicht ..." Ich zwinge mich, auf dem Thekenhocker sitzen zu bleiben, dabei zuckt mein Bein, als wolle es mich notfalls mit Gewalt nach Hause zerren.

Er lacht gelassen und streut den geriebenen Käse in die Salatschüssel. „Ich habe vor dem Üblichen Angst, Aurora: Veränderung, Zukunft, Einsamkeit. All die Elemente, die das menschliche Dasein so unsicher machen. Ich habe Angst, dass ich mich eines Tages an einem Schinkensandwich verschlucken werde, ohne dass jemand in der Nähe ist, der den Heimlich-Griff beherrscht. Und Spinnen! Spinnen kann ich ganz und gar nicht ausstehen. Und ich meine mich daran zu erinnern, dass der betreffende Norquest-Roman sehr freigebig mit Spinnen bestückt ist."

Ein Schauer läuft mir den Rücken hinunter, doch ich beachte ihn nicht und hebe das Kinn. Ich werde mich von meiner Sache nicht abbringen lassen.

Ich klopfe mit den Fingerknöcheln auf die Theke. „Okay, ich nehme ein Buch. Nicht dieses gruseligste – ich brauche nicht noch mehr Stoff für Albträume. Aber ein anderes von denen, die dir am besten gefallen. Das am wenigsten gruselige."

Er grinst. „Es wird ein bisschen dauern, mich durch die Romane zu wühlen, aber ich werde schon etwas Gutes für dich finden. Vergiss nicht, der Mann schreibt Horrorgeschichten. Aber es gibt schon einige ... nun, du wirst sie einfach selbst lesen müssen, um zu sehen, was ich meine."

„Danke. Aber falls ich es lese und furchtbar finde, bist du mir dann böse, wenn ich das sage?"

„Unter Freunden währt Ehrlichkeit am längsten, findest du nicht?"

Er legt ein Salatbesteck neben die Schüssel, dann schiebt er mir einen leeren Teller hin. Und wieder bin ich dazu verurteilt, rot zu werden, als mir bewusst wird, dass wir nun mehr sind als nur flüchtige Bekannte.

❖

Als Jay Leno mit seiner spätabendlichen Sendung fertig ist, kann ich nicht länger wach bleiben. Mein Besuch in Philips Wohnung hat mich daran erinnert, dass uns nachts nichts weiter als eine dünne Wand trennt. Wenn ich schlecht träume und dabei auch nur ein bisschen jammere oder gar schreie, wird er mich wahrscheinlich hören ... und mich am nächsten Morgen darauf ansprechen.

Letzte Nacht habe ich Glück gehabt – mein Traum war verwirrend, aber harmlos –, aber irgendetwas sagt mir, dass das nicht von Dauer sein wird. Mein Besuch bei Philip hat einige der Schatten aus meinem Herzen getrieben, aber in dem Moment, als ich über die Türschwelle trat, kamen sie zurück und glitten wieder an ihren gewohnten Platz. Sie riechen nach Mutter; sie sind in ihrem Zimmer, haben sich unter ihrem Krankenhausbett versteckt und lauern in ihrem Schrank.

Ich unterdrücke ein Schaudern, gehe ins Bad und putze mir die Zähne. Ich halte den Blick nach unten gerichtet, habe Angst, in den Spiegel zu schauen. Mir graut es schrecklich davor, was ich hinter mir stehen sehen könnte. Das hier fühlt sich echt an, das *ist* echt, aber meine Albträume sind nun mal Experten in Sachen Täuschung, sie ahmen sogar den Gefühls- und Geschmacks- und Geruchssinn nach, um ihre Verwüstung anzurichten.

Nachdem ich mir den Mund ausgespült habe, greife ich nach oben, ertaste den Rand des Bechers, in dem ich meine Zahnbürste aufbewahre, und lasse die Bürste dort hineingleiten. Um nicht in den Spiegel sehen zu müssen, fasse ich die Schranktürkante der Hausapotheke an und öffne sie. Statt einem Geist stehe ich nun Glasregalen gegenüber, auf denen viele bernsteinfarbene Medizinflaschen aufgereiht sind – Andenken an Mutters letzte Monate.

Eine Flasche zwischen meinem Damenrasierer und einer Dose Zahnseide fällt mir ins Auge. Es handelt sich um *Triazolam*, ein Medikament, das der Arzt für die Nächte verschrieben hatte, in denen Mutter nicht schlafen konnte – oder nicht wollte. „Ich tue das nicht leichtfertig", hatte Dr. Helgrin gesagt, „aber wir müssen den Tatsachen ins Auge sehen: Wenn du weiterhin deine Mutter pflegen möchtest, brauchst du deinen Schlaf, Aurora, und du kannst nicht schlafen, wenn sie es nicht auch tut. Deswegen möchte ich, dass du ihr in solchen Fällen dieses hier verabreichst. Aber nur manchmal, nur als letztes Mittel."

Ich nehme die Flasche aus der Vitrine und schraube den Deckel ab. Mindestens ein Dutzend Tabletten sind noch übrig. Mutter hat das *Triazolam* gut vertragen; sie ist am nächsten Morgen ohne ersichtliche Nebeneffekte aufgewacht. Was aber am wichtigsten ist: Sie hat tief geschlafen, und in diesen Nächten musste ich mir keine Sorgen darüber machen, dass sie eventuell aufsteht und im Dunkeln herumgeistert.

Wenn ich eine von denen einnehme, schlafe ich vielleicht so tief, dass die Albträume ihren Spuk nicht treiben können.

Ohne weitere Bedenken werfe ich mir eine der Tabletten in den Mund, dann nehme ich eine Handvoll Wasser und schlucke.

Ein nervöses Flattern breitet sich in meinem Bauch aus, als ich den Medizinschrank schließe und meinem Spiegelbild begegne. Da ist keine Mutter, die mit leeren Augen vorwurfsvoll hinter mir steht.

Ich bin allein.

Kapitel 16

Westbury Arms, Wohnung 15a

Am Mittwochnachmittag stehe ich mit Abdeckklebeband in der Hand auf einer Trittleiter und bade noch im Erfolg des Morgens – ich habe den 13. Stock durchs Treppenhaus erspäht! –, als es klingelt. Clara, die vor ungefähr zehn Minuten reingeschneit ist, befindet sich in der Küche, deswegen rufe ich ihr zu: „Kannst du rangehen, Clara?"

Ich hoffe, dass es der Kabeltyp ist. Philip hat mir gesagt, ich solle einen Internetzugang und ein Modem in meinem Büro installieren lassen. Ich habe keine Ahnung davon, doch da der Computer morgen ankommt, möchte ich alles fertig haben.

Deshalb will ich auch unbedingt die Leiste zwischen Wand und Decke fertig abkleben. Ich habe bereits zwei Wände gestrichen, und wenn ich so weitermache, habe ich das Zimmer vor dem Abendessen fertig. Gestern habe ich das Computerzimmer gestrichen und bin ungeheuer zufrieden mit dem Ergebnis.

Clara antwortet nicht, aber ich höre das Klacken ihrer Absätze auf den Fliesen des Foyers. Einen Augenblick später streckt sie ihren Kopf in mein Schlafzimmer. „Hast du vergessen, dass der Anwalt heute kommen wollte?"

„Oh, Mist!" Ich drücke weitere zehn Zentimeter Klebeband an die Decke, dann reiße ich das Stück von der Rolle ab. „Ja, das habe ich wirklich vergessen. Ich komme. Eine Minute."

Claras Gesicht bleibt unbewegt, obwohl ich mir sicher bin, dass sie es missbilligt, wenn ich mich in meiner mit Farbe bekleckerten Jeans und meinem T-Shirt mit Bert Shields treffe. Mich selbst stört das nicht sehr, denn immerhin hat Mr Shields gesagt, es sei nur eine Routineangelegenheit.

Ich klettere die Leiter hinunter, wische mir die Hände an einem Lappen ab und bücke mich, um einen Blick in den Spiegel zu werfen, den ich auf das Bett gestellt habe. Der Blick nach unten verzerrt mein Gesicht, aber zumindest stelle ich fest, dass ich keine Butterblumen-Leder-Farbe als Lidschatten trage.

Als ich mir sicher bin, dass meine Hände sauber sind, hebe ich das Kinn und eile den Flur entlang zum Wohnzimmer. Mr Shields sitzt auf dem Sofa und erhebt sich, als er mich sieht.

„Guten Nachmittag, Miss Norquest."

„Danke, dass Sie gekommen sind, Mr Shields. Und bitte entschuldigen Sie meinen Aufzug – ich hab ein bisschen gestrichen."

„Sie sind eine tüchtige junge Frau." Sein Lächeln hebt seine herabhängenden Wangen an wie Vorhangfalten. „Das letzte Mal, als ich mich darangemacht habe, eine Wand zu streichen, habe ich zum Schluss mehr Farbe an mir gehabt als dort, wo sie hin sollte. Mein Frauchen hat mich seitdem nicht wieder in die Nähe eines Pinsels gelassen."

„Ach, ich wollte so dringend eine Veränderung, dass ich bereit war, das Risiko einzugehen."

Als ich aufs Sofa deute, setzt er sich wieder hin und stellt seine Aktentasche auf den Couchtisch. „Es wird nicht lange dauern, aber ich möchte sicherstellen, dass Sie mit den Einzelheiten des Testaments Ihrer Mutter vertraut sind. Laut der Festlegung des Trusts, den sie 1994 gegründet hat, wird das gesamte Vermögen automatisch auf Sie übertragen. Es gibt jedoch ein paar Bedingungen, über die wir reden müssen."

Ich versuche, Claras Aufmerksamkeit auf mich zu lenken, sie aber starrt auf die Papiere in der Hand des Anwalts.

Seufzend lasse ich mich neben Mr Shields aufs Sofa sinken und nehme das Dokument entgegen, das er mir reicht.

„Wie Sie sehen können" – er fährt mit der Spitze seines Stifts über die getippten Linien seiner Kopie –, „entsprechen die einführenden Worte der Standardformulierung in solchen Angelegenheiten: Das Vermögen, einschließlich dem persönlichen Besitz Ihrer Mutter samt Zinsen, wird im Todesfall auf Sie übertragen." Er blickt mich flüchtig an. „Dieser Besitz, zusammen mit dem Treuhandfonds, den Ihr Vater für Sie eingerichtet hat, machen Sie zu einer reichen jungen Frau."

Die Nachricht trifft mich wie ein Schlag. „T-treuhandfonds?", stottere ich. „Mein *Vater* hat einen Fonds für mich angelegt?"

Über Mr Shields Gesicht legt sich ein sorgenvoller Schatten. „Hatten Sie das vergessen?"

Ich wende mich Clara zu, die den Anwalt mit kaum verhohlener Abneigung anstarrt. „Clara? Hast du davon gewusst?"

„Im Anschluss an die Scheidung", sagt Mr Shields, „hat Ihr Vater einen Treuhandfonds mit einer Anfangssumme von einer Million Dollar für Sie eingerichtet – ein Betrag, der inzwischen auf nahezu 33 Millionen Dollar angewachsen ist." Er zupft an seinem Schnurrbart herum. „Es tut mir leid, aber ich war sicher, dass Sie darüber Bescheid wissen. Die Akten enthalten eine eidesstattliche Erklärung mit Ihrer Unterschrift."

Während er in seiner Aktentasche wühlt, springen meine Gedanken zurück zu Claras sanftem Beharren darauf, dass *sie* die Papiere meiner Mutter sortieren wollte. Hat sie irgendwelche Beweise der Fürsorge meines Vaters weggeworfen? Würde sie so etwas tun?

Ich wedle mit der Hand vor ihren Augen. Als sie mich endlich ansieht, frage ich noch einmal: „Hast du davon gewusst?"

Ihre Augenfarbe ist zu einem eiskalten Blau geworden. „Deine Mutter wollte nichts mit diesem Mann zu tun haben. Ja, er hat einen Treuhandfonds eingerichtet, aber ich bin sicher, er hat das nur wegen des äußeren Scheines getan. Du brauchst sein Geld nicht. Deine Mutter war fest entschlossen, dafür zu sorgen, dass du niemals etwas von ihm annehmen müsstest."

Tiefrote Flecken treten auf Claras Wangen. „Ich gebe ihm die Schuld für den Zustand deiner Mutter in ihren letzten Jahren. Ich weiß, dass Menschen mit solchen Krankheiten oft zurückgehen in die früheren Phasen ihres Lebens. Deswegen war deine Mutter auch so schwierig und ungehalten: Sie hat die schrecklichen Zeiten mit *ihm* noch einmal erlebt."

Mr Shields und ich sehen uns an. Ich weiß nicht, inwieweit er über die Beziehung meiner Eltern im Bilde ist, aber Claras Ausbruch bereitet ihm sichtliches Unbehagen.

Der Anwalt zerrt an seinem Kragen, dann zieht er ein gebundenes Dokument aus einer Mappe. „Hier ist es." Er reicht mir die Mappe. „Auf der zweiten Seite finden Sie eine eidesstattliche Erklärung, die auf den 15. Februar 1990 datiert und mit Ihrem Namen unterschrieben ist."

Ich schlage die zweite Seite auf und betrachte den Brief, der am Tag nach meinem 21. Geburtstag unterschrieben wurde. Die schräge Unterschrift ist eine gute Fälschung, aber trotzdem eine Fälschung. Ich kann mich noch gut erinnern, dass ich meinen 21. Geburtstag allein in meinem Studentenheim verbracht habe. Ich war meilenweit von Manhattan entfernt.

Meine Mutter hat meine Unterschrift gefälscht. Ich weiß es; Clara weiß es; Mr Shields weiß es nun auch, und er bricht wahrscheinlich gerade in Schweiß aus bei dem Gedanken, ich könnte ihm vorwerfen, dass er seine Pflichten vernachlässigt hat.

Doch was würde es bringen, den guten Namen meiner Mutter zu besudeln? Ich zwinge mich zu lächeln und lege das Dokument auf meinen Schoß. „Entschuldigen Sie, Mr Shields, aber meine Erinnerung ist etwas löchrig. Mir ist das alles total entfallen."

„Ich kann Ihnen versichern, Miss Norquest, dass der Treuhandfonds gut geführt worden ist. Er hat über die Jahre durchschnittlich 10,5 Prozent Gewinn erzielt und Ihr Portfolio dürfte auch weiterhin Erfolg haben. Wann immer Sie etwas abheben möchten, brauchen Sie sich nur zu melden, und wir leiten das in die Wege." Humor blitzt kurz in seinem Gesicht auf. „Sie sehen also, dass Sie sich auf jeden Fall einen professionellen Maler leisten können, falls Sie das wünschen."

Ich erkenne den Scherz mit einem schwachen Lächeln an, dann überfliege ich die restlichen Seiten des Dokuments. Theodor Norquest hat den Treuhandfonds im April 1969 als direktes Geschenk für seine leibliche Tochter, Aurora Rose Norquest, eingerichtet. Der Fonds blieb bis zum 14. Februar 1990 unter der Obhut der Direktoren von *Shields, Wilt & Stock*. Anstelle von Aurora Rose Norquests persönlicher Beteiligung sollen die Direktoren von *Shields, Wilt & Stock* den Treuhänderfonds auch weiterhin verwalten.

Eine Einspruchsklausel fällt mir auf: Bevor irgendetwas von dem Geld abgehoben werden kann, muss sich Aurora Norquest bereit erklären, sich mit Theodor Norquest oder einem seiner Erben persönlich zu treffen.

„Was ist mit diesem Absatz?" Ich deute auf die Passage. „Bevor ich irgendetwas von dem Geld abheben kann, muss ich Theodor Norquest sehen? Was für eine Klausel ist das denn?“

„Eine ungewöhnliche.“ Mr Shields legt seine Hände aneinander. „Ihre Mutter und Ihr Vater hatten keine gütliche Trennung. Scheinbar befürchtete Ihr Vater, dass Ihre Mutter in Ihnen Vorurteile gegen ihn schüren könnte. Deswegen wollte er, dass Sie sich, bevor das Geld ausgezahlt werden kann, mit ihm oder, sollte er verstorben sein, mit einem seiner Kinder treffen.“

Ich schüttele den Kopf. „Von so etwas habe ich noch nie gehört.“

„Das klingt ganz nach ihm.“ Claras Mund ist eine dünne Linie der Missbilligung. „Dieser Mann hat jede Möglichkeit genutzt, dir und deiner Mutter zu schaden. Nun schau, was er sogar jetzt noch anrichtet!“

„Ich finde nicht, dass es schädlich ist, wenn eine Tochter gebeten wird, ihren Vater zu treffen.“ Mr Shields hebt eine buschige Braue und richtet seinen Blick auf mich. „Aber wenn Sie nicht gerade ein Footballteam oder eine größere Immobilie erwerben wollen, brauchen Sie das Geld Ihres Vaters gar nicht. Das Vermögen Ihrer Mutter wird auf nahezu 15 Millionen in größtenteils flüssigem Kapital geschätzt. Mit anderen Worten“ – seine Lippen verziehen sich zu einem Lächeln – „müssen Sie nicht zu Ihrem Vater rennen, um Taschengeld zu bekommen.“

Ich nehme diese Nachricht in sprachlosem Schweigen auf. Natürlich wusste ich, dass meine Mutter aus reichem Hause stammte, aber ich hatte keine Ahnung, dass ihr Vermögen immer noch so groß war.

Ich lache verwirrt. „Das lässt mein Vorhaben, mir einen Job zu suchen, etwas albern erscheinen, nicht?“

Clara lacht ebenfalls, doch Mr Shields dreht lediglich an seinem Schnurrbart.

„Ganz im Gegenteil, Miss Norquest. Sie sind eine vom Glück begünstigte junge Frau, weil Ihnen die Möglichkeit offensteht, der Menschheit etwas Gutes zu tun. Mit dem Geld, das Ihre Eltern Ihnen zur Verfügung gestellt haben, könnten Sie ein Unternehmen gründen, die Krebsforschung unterstützen oder ein halbes Dutzend gemeinnütziger Organisationen tragen. Ich hoffe, dass Sie diese Gelegenheit nutzen, um Ihren Vater kennenzulernen … und das nicht nur aus finanziellen Gründen."

Ich senke den Blick und fühle Claras Augen auf mir ruhen. Wenn sie nicht hier wäre, würde ich Mr Shields fragen, wie ich mit meinem Vater Kontakt aufnehmen kann, doch Clara würde schon bei den ersten Worten einen Anfall bekommen. Ich hatte gehofft, dass Mutters Tod Claras Abneigung gegenüber meinem Vater etwas abmildern würde; doch scheint sie fester denn je entschlossen zu sein, ihn zu verachten.

„Der Fondsvertrag beinhaltet noch eine weitere interessante Klausel." Der Anwalt schlägt eine andere Seite auf. „Zusätzlich zu dem Fonds, den er eingerichtet hat, hat er Ihnen die Rechte an seinen ersten 30 Büchern vermacht. Nach seinem Tod werden die Einnahmen aus seinen Buchverkäufen zusätzlich in den Fonds eingezahlt. In Anbetracht der Verkaufszahlen seiner ersten Bücher könnte das eine beträchtliche Summe werden."

Clara sinkt zurück. Scheinbar hat sie diese Nachricht überrascht.

„Und hier haben wir also das gute Stück, wegen dem ich eigentlich gekommen bin." Mr Shields nimmt eine Kopie von Mutters Testament zur Hand. „Auf Seite 10 werden Sie sehen, dass Mary Elisabeth eine jährliche Zahlung getätigt hat. Sie wollte diese Zahlung gern nach ihrem Tod fortsetzen, hat Ihnen aber die Vollmacht erteilt, sie zu stoppen."

„Was war das denn? Eine Investition?"

„Es war ein Geschenk. An eine Freundin."

Ich lese: *An jedem 1. Januar soll aus dem Vermögen von Mary Elisabeth Norquest ein jährlicher Betrag von 350.000 Dollar an Mrs Clara Bellingham ausgezahlt werden, ein Geschenk, das bis zum Tod der Empfängerin fortgesetzt werden soll oder bis Aurora Rose Norquest von ihrer Vollmacht Gebrauch macht und die Zahlung einstellt …*

Ich schaue Clara mit großen Augen an.

„Wir waren *Freundinnen*", flüstert sie und sieht dabei unter der hohen Lehne von Mutters Ohrensessel klein aus. „Mein Mann – dein Onkel Charley – hat nicht so gut für mich vorgesorgt, wie er es hätte tun sollen. Er hatte einen starken Hang zum Glücksspiel, musst du wissen, und … nun, als er starb, hinterließ er mir nichts als Schulden. Doch deine Mutter, die Gute, hat mir geholfen. Sie wollte nicht, dass ich Charleys schlechte Entscheidungen ausbade. Mary Elisabeths Geschenk hat es mir ermöglicht, die Wohnung zu behalten und den Anstand zu wahren … und das ist nur *ein* Grund, warum mir deine Mutter so viel bedeutet hat."

Sie sieht so zerbrechlich, so verängstigt aus, dass ich nichts als Mitleid für sie empfinde. Deshalb wollte sie heute dabei sein – deshalb wollte sie wahrscheinlich auch nicht, dass ich in Mutters Papieren herumstöbere. Wahrscheinlich hatte sie gehofft, das Thema schon vorher ansprechen zu können, hat es aber nicht geschafft. Genau wie Mutter ist sie eine stolze Frau.

Ich stehe auf und gehe zu ihr hinüber. „Mach dir keine Gedanken, Tante", murmle ich und umarme sie. „Warum sollte sich etwas ändern? Wir lassen einfach alles so weiterlaufen."

Sie tätschelt meinen Arm und schnieft unbeholfen, als Mr Shields sich räuspert. „Sollten Sie je den Status irgendeines der Punkte, die wir besprochen haben, ändern wollen, können Sie einfach in meinem Büro anrufen. Sollten Sie den

Treuhandfonds Ihres Vaters irgendwie nutzen wollen, können Sie sicher sein, dass ich sofort alle notwendigen Vorkehrungen treffen werde." Er nimmt seine Aktentasche und lehnt sich vor, als wolle er aufstehen, doch dann verharrt er noch einen Moment. „Ich möchte Sie noch daran erinnern" – er sucht meinen Blick –, „dass Ihr Vater kein junger Mann mehr ist. Wenn Sie ihn sehen möchten, sollten Sie bald handeln."

Was soll ich sagen? Die beste Freundin meiner Mutter weint in meinen Armen und drückt mich mit der Vergangenheit nieder. Und ich habe ihr gerade versprochen, dass sich nichts ändern wird.

„Das ist nicht nötig", sage ich und streichle Claras Arm. Ich lasse sie los und trete dem Anwalt gegenüber. „Danke, dass Sie gekommen sind, Mr Shields. Meine Mutter hat Ihnen blind vertraut, und ich würde alles gern so aufrechterhalten, wie es ist."

Er reicht mir die Hand. „Auch Ihr Vater hat mir vertraut."

Ich schüttele ihm die Hand und bedanke mich noch einmal bei ihm, dann begleite ich ihn zur Tür. Clara verschwindet ins Bad, um sich das Gesicht zu waschen.

Ich wünsche Mr Shields einen guten Tag, dann mache ich die Tür hinter ihm zu. Erschöpft lasse ich mich auf die Bank neben dem Foyertisch sinken. Bei all dem, was da eben zutage getreten ist, wird mir ganz schwindelig. In der letzten halben Stunde habe ich entdeckt, dass meine beiden Eltern ein Maß an Großzügigkeit besaßen, das ich nie erwartet hätte.

Kapitel 17

Westbury Arms, Wohnung 15a

Am Donnerstagmorgen erstrahlt mein Schlafzimmer in zwei Anstrichen von Butterblumen-Leder. Ich bin mit dem zweiten Durchgang gestern spätabends fertig geworden, und den Morgen habe ich dazu genutzt, die letzten Reste des Klebebands, die Zeitungen und die Lappen wegzuräumen, die ich benutzt hatte, um verschmierte Farbe von den Boden- und Deckenleisten abzuwischen.

Das Telefon läutet ein paar Mal, während ich bei der Arbeit bin, doch ich beachte es nicht, denn ich hätte die Einrichtung gern vor der Mittagszeit wieder an Ort und Stelle. Ich erwarte heute die Lieferung meines neuen Computers und bin so aufgeregt wie ein Kind an Weihnachten.

Ich bin gerade dabei, meine Büromöbel richtig hinzuschieben, als es an der Tür klingelt. Von plötzlichen Gewissensbissen geplagt, dass ich eventuell einen Anruf von Clara ignoriert habe, eile ich zur Tür und finde den alten Booker auf dem Korridor vor.

„Booker!" Flüchtig blicke ich den Korridor entlang. „Ist es in Ordnung, dass Sie Ihren Platz verlassen haben?"

„Ich habe ein paar Mal bei Ihnen durchgeklingelt, Miss Aurora", sagt er. Ein glückliches Lächeln kräuselt seinen Schnurrbart. „Als Sie nicht rangegangen sind, sagte ich mir, ich gehe mal nach oben, um sicherzustellen, dass bei Ihnen alles in Ordnung ist."

„Danke, Booker, es geht mir gut."

Ich möchte die Tür schließen, er aber hebt einen Finger. „Der Grund, warum ich bei Ihnen durchgerufen habe, Miss, ist, dass da unten ein Eilbote mit Paketen für Sie ist. Der Genosse lässt sich nicht davon abbringen, dass Sie nach unten kommen und unterschreiben müssen."

Ein eisiger Finger berührt mich unten am Rückgrat. „Können Sie das nicht für mich abzeichnen, Booker?"

„Nein, diesmal nicht", entgegnet er bedauernd. „Die sagen, sie können die Sache nur mit Ihnen persönlich abwickeln. Wenn Sie nicht kommen, sagt der Mann, nehmen sie die Kartons wieder mit. Und sie warten nicht mehr lange."

„Kann er sie nicht hochbringen?"

Booker schüttelt den Kopf. „Nein, Miss, er bringt sie nicht hoch, bis Sie die Sendung angenommen haben. Das habe ich ihn schon gefragt."

So eine verzwickte Lage! Ich schaue zu Claras Wohnung hinüber, aber ich weiß, dass sie ausgegangen ist und in den nächsten zwei Stunden definitiv nicht zurück sein wird. Eventuell ist Philip zu Hause, doch was mache ich, wenn er heute Vormittag gerade seinen Unterrichtstag an der New Yorker Uni hat? Ich würde vor dem alten Booker ziemlich blöd dastehen – eine weitere Person, die mich für geistesgestört halten würde.

„Wenn Sie mich bitte entschuldigen würden, Miss Aurora, aber ich muss zurück an meinen Posten."

Während Booker zum Fahrstuhl geht und den Knopf drückt, verharre ich im Eingang, hin und her gerissen, ob ich mich in mein sicheres Heim zurückziehen oder meinen Computer holen soll …

Er schaut mich an. „Kommen Sie, Miss?"

Na ja … warum eigentlich nicht? Wenn ich die Treppe zum 13. Stock hinuntergehen kann, dann werde ich doch wohl auch kurz mit dem Fahrstuhl runter in die Eingangshalle fahren können.

„Einen Moment noch. Ich hole nur kurz meinen Schlüssel."

Ich eile in die Wohnung und schnappe mir den Schlüssel, dann stopfe ich ihn mir in die Tasche und eile zum Fahrstuhl. Die Türen gehen gerade auf, als ich im Anmarsch bin; Booker tritt hinein und lässt die Tür für mich offen.

Ich halte die Luft an und schleiche mich durch die Doppeltüren. Als der Fahrstuhl nach unten fährt, drücke ich meine rechte Schulter fest gegen die Wand und starre das Schaltpult neben den Türen an. Booker faltet die Hände und pfeift leise. Nach einer Weile kann einem das Geräusch wirklich auf die Nerven gehen.

Er wirft mir über die Schulter einen Blick zu. „Schöner Tag draußen."

„Ach ja? Ist mir gar nicht aufgefallen."

„Es soll heute Nachmittag Temperaturen in den 20ern geben. Der Wettermann sagt, wir sollen rausgehen und die Sonne genießen, solange das noch geht."

„Da hat er wohl recht."

Ein nervöses Kribbeln überzieht die Rückseiten meiner Arme, als der Fahrstuhl beim zehnten Stock mit einem Schaukeln anhält. Als die Türen aufgehen, senke ich den Blick, dann hebe ich den Kopf gerade genug, um zu sehen, wie eine ältere Dame mit einem Schoßhündchen auf dem Arm einsteigt. Sie nickt Booker zu, dann lächelt sie mich an. Das Flaumbällchen winselt in ihrem Griff, sie rügt es jedoch: „Nun benimm dich aber, Matthew."

Starre die Verrückte nicht an.

Ich kneife die Augen zu und drücke mich in die Ecke. Erst

als sich der Fahrstuhl zu bewegen beginnt, atme ich wieder.

Es ist die Sache wert, erinnere ich mich. *In wenigen Minuten wirst du deinen Computer haben. Nach unten und wieder hoch. Wie schwer kann das schon sein?*

„Schöner Tag draußen", sagt die Frau zum Portier. „Haben Sie überhaupt etwas davon mitbekommen?"

„Bin heut Morgen zu Fuß zur Arbeit gegangen", antwortet er, ein Lächeln in seiner Stimme. „Wenn das Wetter so bleibt, geh ich vielleicht heut Nachmittag auch zu Fuß wieder nach Hause."

„Es kühlt aber schnell ab, wenn die Sonne untergeht."

„Das können Sie laut sagen. Deswegen bin ich auch so froh, dass ich schon um eins Schluss habe. Mein Enkel kommt dann vorbei – haben Sie Thomas schon mal gesehen?"

„Das habe ich in der Tat. Wunderbarer Junge. Sie können stolz auf ihn sein, Booker."

„Jawohl, Madam, das bin ich auch. Richtig stolz."

Aus einem mir nicht ersichtlichen Grund lässt ihre plätschernde Unterhaltung meine Nackenhaare zu Berge stehen. Meine rechte Schulter ist immer noch als Stütze gegen die Wand gequetscht, aber das reicht nicht aus. Ich drücke meine Hände gegen die glatte Oberfläche, klammere mich daran fest. Ich habe keinen Grund zur Panik. Das hier ist ein Fahrstuhl, kein Raumschiff; ich bin auf dem Weg in die Eingangshalle, nicht in die Hölle. Clara und Philip und Booker und Dutzende andere benutzen jeden Tag diesen Fahrstuhl und gehen durch die Eingangshalle; dort lauern keine Gefahren. Und Booker würde schon auf mich aufpassen, falls etwas schiefläuft. Den Bewohnern zu helfen ist Teil seines Jobs, und wenn es je einen Bewohner gab, der Hilfe brauchte, dann bin das wohl ich.

Ich weiß nicht genau, wie viele Male wir anhalten; ich

weigere mich weiterzuzählen, nachdem ich die Kabine zum dritten Mal leicht an ihrem Kabel hüpfen spüre. Der Fahrstuhl hat sich mit Leuten gefüllt; ich kann sie hören und riechen. Die ältere Dame ist still geworden, dafür redet ein Ehepaar im vorderen Teil der Kabine mit gedämpften Stimmen, während Booker sein tonloses Pfeifen fortsetzt. Nicht weit von meinem linken Ellenbogen hechelt der kleine Hund der älteren Dame im Takt mit meinem rasenden Herzschlag.

Ich höre ein „Pling", dann öffnen sich die Türen ein letztes Mal. Meine Schultern entspannen sich, als sich der Fahrstuhl zu leeren beginnt.

Ich schaue auf und sehe, wie mich der Portier mit besorgtem Blick mustert. „Alles in Ordnung, Miss Aurora?"

Eine Schweißperle rinnt von meinem Haaransatz zu meinem Hals. „Ja, alles in Ordnung, Booker."

Ich trete auf Beinen heraus, die sich anfühlen wie Wackelpudding. Meine Mitfahrer fallen über die Briefkästen und die gläserne Drehtür her, durch die ich flüchtig die Straße, Autos, Busse und Taxis und Menschen erblicke …

„Aurora Norquest?"

Ich möchte vor Erleichterung fast weinen, als ein Mann in einer grauen Uniform meinen Namen ruft. „Ja. Das bin ich."

Er hält mir einen kleinen Bildschirm hin. „Bitte unterschreiben Sie hier."

Einer Ohnmacht nah kritzle ich meine Unterschrift auf das dunkle Display. Er nickt, dann legt er seine Hände auf den Griff einer mit Kartons beladenen Sackkarre. „Die sind für Sie." Er wirft dem Portier einen vielsagenden Blick zu. „Könnten Sie mal mit anpacken?"

„Für Miss Aurora mach ich doch alles." Booker nimmt die Sackkarre und rollt sie in den Fahrstuhl. Ich folge und atme tief durch, als ich zurück in die Kabine trete. So beängstigend der Fahrstuhl auch ist, die Eingangshalle ist schlimmer.

„Danke", flüstere ich dem Eilboten zu. Ich schließe die Augen gegen das Aufwallen von Übelkeit. Wenn ich noch ein weiteres Wort sage, übergebe ich mich.

Scheinbar ist Booker sich meines Unbehagens bewusst und sagt auf der Fahrt zurück zum 15. Stock nichts. Als die Fahrstuhltüren aufgehen, eile ich ihm voraus, um die Tür zu öffnen.

In dem Moment, als meine Füße über die Schwelle treten, beginnt mein Puls gleichmäßiger zu schlagen. Ich warte schweißüberströmt, bis Booker seine Ladung immer noch pfeifend durch die Tür bringt.

Nachdem meine Kartons und ich wohlbehalten in der Wohnung abgeliefert wurden, nehme ich mir eine Minute, um ein Glas Wasser zu trinken. Dann warte ich, bis sich mein Puls beruhigt hat und mein Blick klarer geworden ist. Gleich werde ich die Kartons in Angriff nehmen können.

Als ich jedoch einen Blick in den ersten Karton werfe, überwältigt mich ein Gefühl der Panik. Obenauf liegt ein buntes Blatt mit Anweisungen, aber ich habe unglaubliche Angst, dass ich etwas falsch machen könnte. Noch furchterregender ist das Wissen, dass ich ganz auf mich gestellt bin … na gut, nicht ganz. Philip hat ja seine Hilfe angeboten. Ich habe auch durchaus vor, von seinem Angebot Gebrauch zu machen, doch bevor er herkommt, möchte ich zumindest mein Glück versucht haben.

Ich schiebe die Kartons in die frisch gestrichene Kammer, dann zerre ich sie in die richtige Lage neben den Schreibtisch. Die Schubladen sind geleert, die Schreibtischplatte poliert.

Im mittleren Karton befindet sich der Bildschirm: ein flaches Modell aus schwarzem Kunststoff. Ich stelle ihn auf den hinteren Teil des Schreibtischs und lasse die Kabel hinten herunterbaumeln.

Der größte Karton enthält den großen Metallkasten, den

Philip das „Gehirn" des Computers genannt hat. Ich weiß, dass er auf den Fußboden gehört, also nehme ich ihn vorsichtig aus seiner Schaumstoffverpackung heraus und schiebe ihn in die Lücke unter dem Schreibtisch. Flüchtig frage ich mich, ob er in so einem engen Raum genug Luft bekommt. Ich bin mir ziemlich sicher, dass da ein Motor drin ist, und alles, was ein Motor hat, wird heiß und muss gekühlt werden, oder nicht? Das ist eine Frage für Philip.

Im großen Karton befinden sich Tastatur, Maus, Lautsprecher und derart viele Kabel, dass es aussieht, als könne man den gesamten 15. Stock mit ihnen verdrahten. Glücklicherweise sind sie farblich gekennzeichnet: Ein Ende des grünen Kabels kommt ins grüne Loch hinten am Computer, während das andere Ende in einen Lautsprecher gesteckt wird. Die dicken schwarzen Kabel sind für Bildschirm, Drucker und Rechner.

Nachdem die meisten Kabel an irgendetwas angeschlossen sind, fühle ich mich recht zuversichtlich. Ich setze mich auf den Stuhl, halte die Luft an und drücke den Einschaltknopf an dem schwarzen Kasten. Ich höre ein Surren, ich sehe Lichter im Innern des schwarzen Kastens flimmern ... aber das war es auch schon. Der Bildschirm offenbart mir kein Internet, keine E-Mail oder sonstigen Geheimnisse des Universums.

Vielleicht braucht er eine härtere Hand. Ich drücke den Einschaltknopf noch einmal, doch dann beiße ich mir auf die Lippen, als die flimmernden Lampen erlöschen.

Ich befürchte fast, ich habe das Ding kaputt gemacht.

Ich starre auf den Berg an Packmaterial, der zu meinen Füßen liegt, und lasse mir meine Möglichkeiten durch den Kopf gehen. Ich könnte hier sitzen und mich stundenlang durch diesen Schlamassel kämpfen, in der Hoffnung, zufällig auf die richtige Lösung zu stoßen ... oder ich könnte Hilfe holen.

Ich stehe auf und marschiere zu Philips Wohnung.

Glücklicherweise ist er zu Hause ... aber er hat ein weißes Hemd, eine hellbraune Hose und eine marineblaue Krawatte an. Ich habe ihn noch nie mit einer Krawatte gesehen.

„Hey." Er grinst, als er mich sieht. „Was gibt's?"

„Der Computer", sage ich. „Er ist da."

Seine Augen hellen sich auf, dann zerrt er mit den Fingern an seinem Krawattenknoten. „Lass mich nur kurz aus dieser Schlinge schlüpfen, dann komm ich rüber."

Zwei Minuten später steht er vor meiner Tür. „Und, freust du dich?", fragt er, als ich ihn in meine Wohnung führe.

„Das werde ich – sobald das Ding läuft." Ich zeige auf die leblose Maschine. „Da ist es."

Er kniet sich hin und überprüft die Anschlüsse meiner Kabel, dann drückt er den Einschaltknopf. „Der Rechner scheint schon mal zu funktionieren", sagt er und richtet sich auf, um auf dem Stuhl Platz zu nehmen. Er berührt die rechte untere Ecke des Monitors und ich vernehme ein elektrostatisches Zischen. Fast augenblicklich füllt sich der Bildschirm mit dem Microsoft-Logo.

„Den Monitor musst du extra anschalten." Er zwinkert mir zu. „Nicht jedes Peripheriegerät hat seinen eigenen Einschaltknopf, aber die meisten schon. Ich würde dir raten, sie alle anzulassen und in einen Mehrfachstecker zu packen. Dann kannst du sie alle auf einmal betätigen."

Ich bin zu fasziniert, um zu antworten. WILLKOMMEN steht in großen Lettern auf dem Bildschirm. Zu was?

Philip grinst über meinen verdutzten Ausdruck. „Brauchst du Hilfe, um die Sachen einzurichten?"

„Da kommt noch mehr?" Ich sinke im Schneidersitz auf den Boden. „Bitte, tu, was nötig ist."

„Okay." Er wendet sich dem Schreibtisch zu; seine Finger fliegen in einem Stepptanz über die Tastatur. Er überspringt mehrere Infoseiten, dann schwingt er zu mir herum.

„Hast du das Modemkabel an den Computer und die Wandbuchse angeschlossen?"

Ich nicke – das ist das Einzige, von dem ich mir sicher bin, dass ich es richtig gemacht habe. Der Kabeltyp hat das Modem gestern gebracht und das zusätzliche Kabel installiert.

„Gut." Als Philip auf ein kleines Bildchen auf der Mattscheibe klickt, erscheint ein Anmeldeformular. „Du musst dir einen Namen für deine E-Mail-Adresse aussuchen", sagt er. „Du kannst dabei kreativ sein, wie es dir gefällt."

„Du meinst ...", ich versuche mich an ein paar Begriffe des E-Mail-Jargons zu erinnern, die ich im Fernsehen gehört habe, „... so was wie www.aurora.com?"

Er lacht. „Dein Internetprovider heißt *Manhattan Road Runner*, also endet deine E-Mail-Adresse mit manhattan.rr.com. Du bestimmst den ersten Teil der Adresse. Das kann dein Name sein oder irgendein Fantasiebegriff."

Ich nicke, wobei ich innerlich mehrere neue Begriffe zu meinem wachsenden Technikvokabular hinzufüge. „Okay, dann kann meine Adresse ja Aurora Rose sein."

Er lächelt beim Tippen. „Heißt du wirklich so?"

„Das ist der einzige Name, den ich je hatte."

„Aurora Rose." Er murmelt meinen Namen geistesabwesend vor sich hin, dann grinst er zu mir hinüber. „Hat dich schon mal jemand Rosie genannt?"

„Nicht in diesem Leben."

Gerade möchte ich ihm sagen, dass ich niemals eine *Rosie* sein könnte, da leuchtet eine Mitteilung auf dem Bildschirm auf: *Anmeldung erfolgreich beendet!* Ich bin jetzt unter AuroraRose@manhattan.rr.com per E-Mail zu erreichen.

„Muss ich das genauso schreiben? Mit dem großen R?"

Philip schüttelt seinen Kopf. „Groß- und Kleinschreibung ist egal. Schreib aber alles zusammen, ohne Leerzeichen dazwischen, sonst kommt deine E-Mail nicht an."

Ich verschränke die Arme, vollkommen zufrieden damit, ihm zuzusehen, wie er durch Schritte saust, an denen ich stundenlang herumgedoktert hätte. „Hier legst du dir am besten mehrere Ordner an", sagt er und zeigt auf die linke Hälfte des Bildschirmes. „Wenn du eine Webseite besuchst, die dir gefällt oder die du vermutlich öfter aufrufen willst, markierst du sie dir als Favorit, dann findest du sie später in Sekundenschnelle wieder."

„Du bist also jetzt im Internet?"

„Das bin ich. Ich surfe im *World Wide Web.* Hier kannst du einfach alles finden."

Er geht auf Webseiten, auf denen man einkaufen, Wissen ansammeln, sich vergnügen und tratschen kann. Dabei erklärt er mir in einem beiläufigen Ton tausend Dinge.

„Du scheinst inzwischen besser zu schlafen."

Der abrupte Themenwechsel schreckt mich auf. „Wie? Oh ... ja, ich hab schon länger keine Albträume mehr gehabt."

Das stimmt zwar nicht so ganz, aber ich möchte das Geheimnis meines guten Schlafes nicht preisgeben. Nicht einmal Clara habe ich von den Tabletten erzählt, die ich im Medikamentenschrank gefunden habe. Es könnte durchaus sein, dass ich auch weiterhin Albträume habe, aber durch die Tabletten schlafe ich so tief, dass ich nicht aufwache ... und mich an nichts erinnere.

„Vielleicht bist du jetzt weniger gestresst, weil du etwas Zeit hattest, mit dem Tod deiner Mutter fertig zu werden."

Ich nicke. „Da hast du bestimmt recht."

Er wirbelt herum, um mich direkt anzusehen. „Zumindest habe ich nicht mehr um zwei Uhr morgens laute Musik gehört."

Seine Anerkennung bereitet mir mehr Vergnügen, als ich sagen kann. Ich spüre, wie sich meine Wangen zu röten beginnen, und ich bin dankbar, als jemand an der Tür klingelt. Ich lasse Philip am Computer zurück, stehe auf und eile ins Foyer. Auf dem Weg dorthin tätschle ich meine glühenden Wangen.

Clara steht an meiner Türschwelle, eine Leinentasche über die Schulter gehängt. Als sie mich sieht, verengen sich ihre Augen zu Schlitzen. „Was ist los, Liebes? Du siehst fiebrig aus."

Ich unterdrücke einen plötzlichen Drang zu lachen. „Mir geht's gut, Tantchen. Ich freue mich bloß so über meinen neuen Computer."

Sie verzieht das Gesicht, während sie ihre Tasche auf dem Foyertisch absetzt. „Ich traue diesen Dingern nicht."

„Komm nach hinten, und du wirst schon sehen, wozu er alles gut ist. Das Internet ist faszinierend. Philip sagt, da kann man fast alles über jeden herausfinden."

Ihr Ausdruck bleibt ernst, doch ein Mundwinkel verzieht sich. „Philip Cannon ist bei dir?"

„Er richtet meinen Computer ein – und ja, er ist schon eine Weile hier."

„Höchst bemerkenswert."

Ich frage sie nicht, was sie damit meint, aber ich schätze, sie hofft, dass Philip und ich irgendwie zusammenkommen. Ich brauche jedoch nicht zu befürchten, dass sie eine Anspielung macht, während er dabei ist – dazu ist sie zu kultiviert.

Clara zieht eine Grimasse, als sie den Computer auf Mutters antikem Schreibtisch sieht, doch sie enthält sich eines Kommentars, als Philip sie begrüßt.

„Ich habe die *Google*-Suchseite zu deinen Favoriten hinzugefügt", sagt er an mich gewandt, und ich stelle entzückt fest, dass ich verstehe, was er meint.

„Das heißt, jedes Mal, wenn ich was nachgucken will, klicke ich auf das kleine Bildchen da?"

„Das Symbol, ja, genau. Und zwar so." Er führt es mit einem Mausklick vor und eine Sekunde später sehen wir die *Google*-Startseite vor uns.

Philip grinst. „Ich hab eine Idee – lass uns doch einfach mal Mrs B. googeln."

„Ich weiß nicht, ob mir das zusagt", meint Clara, doch als Philip ihren Namen in das rechteckige Kästchen tippt, beugt sie sich näher zu ihm. Er drückt die Eingabetaste, dann lehnt er sich zurück, während sich der Bildschirm mit einer Liste von Einträgen füllt.

„Du meine Güte!" Claras Hand legt sich an ihren Hals. „Wieso weiß denn der Computer über mich Bescheid?"

„Es ist nicht der Computer, Clara." Ich beuge mich wieder zum Bildschirm und zeige mit dem Finger auf eine Zeile. „Was sind das für Einträge, Philip?"

Er überfliegt die Liste. „Die meisten verweisen auf Zeitungsartikel ... und hier ist etwas vom *Metropolitan*-Museum. Sieht aus wie eine Namensliste von Vorstandsmitgliedern."

Clara versteift sich. „Nun ja, immerhin sitze ich seit 15 Jahren im dortigen Vorstand. Aber nicht jeder auf der Welt muss das wissen."

Philip schaut sie beruhigend an. „Nicht jeder auf der Welt wird sich für Sie interessieren, Mrs B. Und das hier sind völlig harmlose Aufzählungen. Fast jede Organisation hat heutzutage eine Webseite, also wird früher oder später jeder im Netz auftauchen. Je aktiver man ist, desto öfter erscheint der eigene Name."

„Wirklich?" Claras Ton ist kühl, doch sie tritt einen Schritt näher heran und berührt meinen Arm, während sie auf den Monitor schaut. „Wie viele Male ist denn mein Name da drin?"

Philip konsultiert das untere Ende der Seite. „Sieht so aus, als seien da mindestens fünf Seiten mit Einträgen. Sie sind eine richtige Berühmtheit!"

„Lächerlich." Sie schüttelt ihren Kopf. Als sich jedoch ein Mundwinkel hebt, weiß ich, dass Philips Bemerkung ihr gefallen hat.

Clara dreht sich um und geht zur Tür, dann schaut sie über ihre Schulter. „Ich traue den Dingern immer noch nicht. Wie kann man denn noch einen Hauch von Privatsphäre bewahren, wenn jeder Haushalt einen Computer hat?"

„Die Anonymität kann man eben nicht mehr als selbstverständlich hinnehmen", antwortet Philip. „Aber wir sind noch weit davon entfernt, dass der ‚große Bruder' uns ständig beobachtet."

Weil ich mir Sorgen mache, ich könne sie irgendwie vergrämt haben, folge ich Clara zur Tür. Sie tippt mit ihren Fingern in einem meditativen Rhythmus auf den Foyertisch, dann hebt sie ihre Tasche auf. „Er ist ein netter junger Mann, Aurora, aber sei vorsichtig."

„Ich weiß – und ich bin wahrscheinlich eher *zu* vorsichtig."

„Man kann nicht vorsichtig genug sein, besonders nicht bei jungen Männern. Er ist keiner von uns."

Ich zögere und blinzle verblüfft. „Was meinst du damit?"

Clara holt tief Luft. „Ich meine, dass er nicht von hier stammt. Ich habe seinen Namen noch nie gehört und er scheint etwas ... ich weiß nicht, etwas ungeschliffen zu sein. Außerdem traue ich, wie gesagt, diesen Computern nicht. Wie ich höre, lernen junge Mädchen in diesem Internet kranke Männer kennen: gefährliche Perverse, die da herumlungern und unschuldige Frauen dazu bringen, sie an merkwürdigen Orten zu treffen ..."

„Die heißen Chaträume, Tantchen, und ich treffe mich in naher Zukunft ganz sicher nirgendwo mit niemandem. Ich weiß nicht mal, wie man in so einen Chat reinkommt."

Sie schnipst mit den Fingern. „Da fällt mir ein: Heute war so ein seltsames Päckchen für dich im Briefkasten."

„Wahrscheinlich irgendeine Werbesendung."

„Ich denke nicht. Es fühlte sich schwer an, wie ein Buch. Aber es kommt von irgendeinem mir völlig unbekannten Ort, obwohl ich glaube, dass es irgendwas mit dem Internet zu tun hat ..."

Sie zieht ein Papp-Päckchen aus ihrer Leinentasche und ich lese den Absender: *„Amazon.com?"*

Clara verschränkt die Arme. „Siehst du, was ich meine? Diese Leute stecken alle miteinander unter einer Decke. Wie konntest du denn etwas bestellen, wenn du bis heute gar keinen Computer hattest?"

„Es ist ein Geschenk." Philips Stimme mischt sich in unsere Unterhaltung, und mein Gesicht wird heiß, als ich mich umdrehe und ihn an der Flurwand lehnen sehe. Seine Augen schauen kurz aufs Päckchen, dann wieder auf mich. „Es ist etwas, das dir gefallen wird, denke ich."

Ich verschlucke mich fast an einem Klumpen Schuldgefühle. Ohne dass er es sagt, weiß ich, dass es eins der Bücher meines Vaters ist ... ein Geschenk, das Clara nicht billigen würde.

Sie legt sich ihre Tasche um die Schulter. „Ein weiteres Buch ist das Letzte, was Aurora braucht. Sie haben eine der belesensten Frauen Manhattans als Nachbarin, Philip."

Plötzlich möchte ich Clara so schnell wie möglich verabschieden. „Danke für die Post, Tantchen."

„Wenn ich sonst noch etwas für dich mitbringen oder abgeben soll – ich gehe morgen wieder zur Bibliothek. Ich könnte die Dekobücher zurückbringen ..."

„Danke, aber die brauche ich noch. Wie du sehen kannst" – ich wedele mit der Hand Richtung Flur –, „bin ich mit dem Dekorieren noch nicht fertig."

„Na schön." Sie geht einen Schritt zur Tür, dann hebt sie den Kopf. „Solltest du irgendetwas brauchen, Liebes, dann melde dich."

Ich drücke sie kurz und verabschiede sie, aber der Unterton in ihrer Stimme gibt mir zu denken. Nimmt sie mir meine neue Freundschaft mit Philip eventuell übel?

❖

Nach einer Stunde hat Philip mir einen Schnellkurs in Computergrundlagen erteilt. Ich kann nun ein Dokument in Word öffnen, mein Konto online betreuen und E-Mails verschicken.

„Und hier" – er klickt auf ein Symbol, das wie ein kleines Männchen aussieht –, „kannst du mich jederzeit erreichen, wenn ich selbst am PC sitze. Das ist der sogenannte Messenger. Wenn wir beide online sind, kannst du mir damit eine Sofortnachricht schicken. Wenn du also eine schnelle Antwort brauchst, einfach den Fachidioten von nebenan kontaktieren."

Ich schmunzle, von seinem selbstironischen Humor entwaffnet. „Ich weiß nicht, was ich ohne dich angefangen hätte."

„Ach, du hättest dir wahrscheinlich ein Buch aus der Bibliothek geholt und wärst wunderbar zurechtgekommen."

Er steht auf, dann schnappt er sich eines der rechteckigen Teile der Schaumstoffverpackung und wirbelt es durch die Luft. Die Bewegung lässt mich zusammenfahren, da sie mich an die tanzenden Puzzleteile meines Traums erinnert.

T. N.

A. N.

Vater und Tochter, die dazu bestimmt sind, für immer getrennt zu bleiben.

„Aurora? Bist du noch da?"

Ich blinzle. Philips Frage hat mich in die Gegenwart zurückgeholt. „Tut mir leid. Was sagtest du?

„Ich habe gefragt, ob dir nach Pizza zumute ist?"

„Oh. Ja, vielleicht schon." Ich nehme das Päckchen zur Hand, das Clara gebracht hat. „Doch zuerst würde ich gern das hier aufmachen. Was dagegen?"

„Warum sollte ich was dagegen haben? Wie ich schon sagte, es ist ein Geschenk."

Ich mühe mich einen Moment mit der Wellpappe ab, dann ziehe ich die gebundene Ausgabe eines Buches mit Schutzumschlag heraus. Wie vermutet ist es ein Roman von Theodor Norquest. Der Titel, *Das Schattenheiligtum*, steht in goldenen Lettern unterhalb seines Namens.

„Das Buch, von dem ich dir erzählt habe, konnte ich nicht finden", sagt Philip, „also dachte ich, lasse ich dir eben das Neueste von ihm schicken. Angeblich soll es sein bisher Bestes sein."

„Findest du das auch?"

„Ich hab's noch nicht gelesen."

„Das wäre doch nicht nötig gewesen." Die Worte kommen aus Gewohnheit von meinen Lippen, doch eigentlich bin ich froh, dass er es getan hat.

„Vielleicht können wir es parallel lesen und unsere Meinung dazu austauschen."

Ich schaue von dem toll aussehenden schwarz-goldenen Umschlag auf. „Wie meinst du das? Sollen wir es hin und her tauschen?"

„Ich hab mir selbst eins bestellt. Wahrscheinlich ist es unten in der Post von heute."

Ich lasse meine Fingerspitzen über den matten Schutzumschlag gleiten. „Es ist schön, nicht wahr?"

Ich schließe die Augen, im Stillen dankbar, dass ich diesen Moment mit jemandem teilen kann. In letzter Zeit habe ich in ständiger Vorfreude auf etwas gelebt: darauf, die Wohnung zu renovieren, den Computer zu bekommen, wieder zu studieren, eine Lebensaufgabe zu finden. Doch am meisten habe ich mich darauf gefreut, etwas über meinen Vater herauszufinden ... selbst wenn ich nur durch seine Bücher etwas über ihn erfahre. Ich würde alles dafür geben, wenn Clara dieses Abenteuer mit mir teilen könnte, aber sie ist dermaßen gegen alles eingestellt, was mit Theodor Norquest zu tun hat, dass es fast ein Wunder ist, dass sie *mich* mag.

Ich drücke das Buch an mich und lächle Philip an. „Danke. Du weißt gar nicht, wie viel mir das bedeutet."

Er ist im Begriff zu antworten, doch da trillert das Handy in seiner Hosentasche. Er zieht es heraus, wirft einen Blick auf die Nummer und lächelt mir entschuldigend zu. „Was die Pizza angeht, muss ich einen Rückzieher machen. Das ist mein Klient. Ich schulde ihm einen Zwischenbericht über unser aktuelles Projekt."

„Na klar." Das Buch an die Brust gedrückt, stehe ich auf und gehe zur Tür. „Lass uns später weitermachen."

Er zwinkert, dann drückt er die Empfangstaste und hält das Handy an sein Ohr. Ich lasse ihn hinaus, dann schließe ich die Tür ab und gehe in die Bibliothek, wo ich mein verbotenes Vergnügen ganz privat genießen kann.

Sobald ich mich auf das Sofa niedergelassen habe, schlage ich den Roman auf und frage mich, was für eine Art Geschichte Theodor Norquest wohl für seine Leser erdacht hat ... für seine Leser und für mich.

❖

Ich lese bis weit nach Mitternacht. Und obwohl meine Augenlider schwer und meine Arme vor Erschöpfung taub sind, hat sich ein Gefühl des Schreckens mein Rückgrat hinuntergeschlängelt und sich in meinem Bauch zusammengerollt. Jetzt weiß ich, warum ich nie Horrorgeschichten gelesen habe. Und das soll der am wenigsten gruselige Roman von ihm sein?

Das Schattenheiligtum ist die Geschichte einer Frau, die ihr Kind vor dem Geist eines früheren Liebhabers – oder vielleicht nur vor der Erinnerung an ihn – zu schützen versucht. Als ich schließlich das Buch beiseitelege, liegt ein dunkler Nebel des Unbehagens über meiner Seele. Und gleich darauf folgt die niederschmetternde Erkenntnis, dass ich meinen Vater wohl doch nicht durch seine Romane kennenlernen werde. Warum muss er auch ausgerechnet Horrorgeschichten schreiben?

Jedes Licht in der Bibliothek ist an und doch sehe ich Schatten auf dem Flur und den dahinterliegenden Schlafzimmern. Ich verschränke die Arme und versuche zu lachen, aber es klingt hohl in meinen Ohren.

Morgen werde ich Philip sagen müssen, dass ich Theodor Norquests Bücher nicht vertrage. Ja, er schreibt gut; sicher, er erzählt eine packende Geschichte, doch in letzter Zeit haben mich meine eigenen Träume schon völlig verschreckt. Wie kann ich da Bücher lesen, die dazu *gedacht* sind, Leuten Angst einzujagen?

Ich ziehe die Knie an, dann springe ich vom Sofa auf – schön weit, damit kein Phantom unter dem Sofa hervorgreifen und nach meinen Füßen schnappen kann – und gehe in die Küche. Ich schenke mir ein Glas Cola ein und beuge mich darüber, um zuzusehen, wie die Luftbläschen an die Oberfläche sprudeln.

Ich möchte mich in der sanften Dunkelheit meines Bettes einkuscheln, die Augen schließen und alles um mich herum vergessen, aber mein Kopf ist zu aufgedreht, um zu schlafen.

Was um Himmels willen ist nur los mit mir?

Ich lasse mich auf einen Barhocker nieder und nippe an meiner Cola. Seit Mutters Tod habe ich einige Fortschritte gemacht, finde ich. Ich habe an der Wohnung gearbeitet, einiges über meinen Computer gelernt, Philip in meine sichere kleine Welt gelassen, mich die Treppe hinuntergezwungen – selbst den Fahrstuhl habe ich gemeistert. Sicher, es war mir schwergefallen, aber ich hatte keine richtige Panikattacke.

Doch das Buch meines Vaters zu lesen hat mich derart aufgewühlt, dass es sich wie ein Rückschritt anfühlt. Am besten werde ich mich morgen mit allem *außer* Lesen beschäftigen. Ich werde im Internet surfen, durch Kataloge blättern, nach einer neuen Tapete für die Küche schauen. Ich werde Clara zum Mittagessen einladen. Ich werde mir Talkshows im Fernsehen anschauen. Ich werde mir tausend Sachen ausdenken, die ich tun kann. Aber ich werde auf keinen Fall das Buch meines Vaters zur Hand nehmen. Eines der Dinge, die mich davon abgehalten haben, neulich in der Nacht vom Dach zu springen, war die Erkenntnis, dass es mir nun endlich freisteht, etwas über meinen Vater herauszufinden. Ich kann mir ganz bestimmt noch nicht vorstellen, nach England zu fliegen, aber wenn ich zumindest seine Bücher lesen kann, finde ich vielleicht heraus, dass er nicht abscheulich, sondern bewundernswert ist.

Und ich habe den Wunsch, ihn zu bewundern.

Doch heute Nacht hat mich das Buch meines Vaters fast um den Verstand gebracht. Wenn ich nicht völlig durchdrehen will, sollte ich es nicht mehr zur Hand nehmen.

Bevor der logische Teil meines Gehirns Einwände machen kann, ziehe ich mir einen Pulli über und stecke mir den Wohnungsschlüssel in die Tasche. Leise gehe ich über den Korridor und steige die Treppe zum Dach hinauf.

Der Wind heißt mich heulend willkommen, als ich die Tür mit dem Zementblock befestige. Meine Gefährten im Fahrstuhl hatten recht: Es ist kühl, aber wärmer als gewöhnlich in einer Novembernacht. In der Ferne, im Osten, pulsieren helle Blitzadern am Himmel, gefolgt vom tiefen Wummern des Donners. Das erklärt die ungewöhnliche Wärme.

Mit jagendem Puls stecke ich meine Hände in die Tasche und gehe auf dem Hausdach spazieren, wobei ich diesmal in die andere Richtung laufe. Auf der gegenüberliegenden Straßenseite sehe ich den kahlen „Dachgarten" des bärtigen Mannes, den aber lediglich ein immergrüner Busch in einem Keramiktopf ziert.

Während die Lichter von New York City meinen Weg erleuchten, schlängele ich mich um Luftschächte und merkwürdige Rohre und Stücke umherflatternder Teerpappe. Hier muss ich nicht vorsichtig auftreten, denn die Wohnung unter mir ist meine eigene, die in diesem Moment nur von schlechten Erinnerungen bewohnt wird. Ich erreiche die Südseite und lehne mich über das Erkerfenster meines Esszimmers. Von hier gibt es nicht viel zu sehen – nichts, was ich nicht schon von meiner eigenen Wohnung aus gesehen hätte.

Ich laufe an der Südseite entlang und überschreite die Mitte. Nun befinde ich mich über Claras Wohnung, doch sie ist sicher schon im Bett, und es ist sehr unwahrscheinlich, dass sie irgendetwas hört.

Ich gehe zur Brüstung über ihrem Esszimmerfenster und starre auf das gläserne Penthouse auf der gegenüberliegenden Straßenseite. Von innen hell erleuchtet, strahlt es wie ein Diamant. Die Bewohnerin dieses Glaspalastes sitzt vor ihrer Frisierkommode. Sie trägt ein schwarzes Cocktailkleid und ihre blonden Haare sind in wuscheligen Locken hochgesteckt. Eine Strähne zieht sie heraus, und zwar mit einer Geste, die mir so vertraut vorkommt, dass es mir einen Stich versetzt ... meine Mutter hat das auch oft gemacht.

Meine Augen füllen sich mit Tränen, als ich mich daran erinnere, wie Mutter sich zurechtgemacht hat. Als kleines Mädchen lag ich häufig auf ihrem Bett, mein Kinn auf die Hände gestützt, und sah ihr zu, wie sie Parfum und Puder, Rouge und Lidschatten auftrug. Wenn ich still und artig war, nahm sie manchmal ihren kleinen Pinsel und malte Farbe auf meinen Mund. Dann machte sie ein Schmatzgeräusch in der Nähe meiner Stirn (selbst damals wusste ich, dass sie mich nicht küssen konnte, ohne ihr Make-up zu ruinieren) und sagte mir, ich solle ins Bett gehen.

Ich blinzle ins Licht, versuche zu sehen, ob die Frau in dem Penthouse vielleicht auch eine Tochter hat, aber außer ihr kann ich niemanden in der Wohnung entdecken.

Die Frau hält vor dem Spiegel in ihrem Schlafzimmer inne und kontrolliert ihr Spiegelbild ein letztes Mal. Dann bewegt sie sich anmutig durchs Wohnzimmer – zu jemandem oder etwas außerhalb meines Sichtfeldes.

Ich klammere mich ans Geländer, während Erinnerungen wie Nachtfalter vor meinem inneren Auge vorbeihuschen. Ich bin noch nie anmutig gewesen. Meines Wissens hat man mich auch noch nie als hübsch bezeichnet. Mutter stand immer im Mittelpunkt; jeder Versuch, mit ihr zu konkurrieren, wäre reine Zeitverschwendung gewesen. Und jetzt … Jetzt ist es zu spät. Was immer an Schönheit in meiner Jugend vielleicht da gewesen sein mag, ist längst verschwunden.

Plötzlich kommt wieder Wind auf, wirbelt kälter als zuvor über das Hausdach. Ich zittere und reibe meine Hände an meinen Armen. Warum bin ich bloß hier? Ach ja – ich härte meine Nerven ab. Das Hausdach ist kein sicherer Ort; es ist gefährliches Territorium. Ich bleibe so lange hier draußen, wie mein pochendes Herz die Anspannung aushält, dann gehe ich mit der Gewissheit nach unten, dass mir nichts in dem Roman meines Vaters etwas anhaben kann.

Die Frau in dem Penthouse tritt wieder in mein Blickfeld und unterbricht meine Gedankengänge. Sie ist nicht mehr allein: Jemand geht hinter ihr, ein kahlköpfiger Mann in einem dunklen Anzug. Er streckt sich aus, um sie zu umarmen, aber sie huscht davon, den Kopf zur Seite geneigt, so als wolle sie ihn necken.

Er zieht sein Portemonnaie heraus und legt Geld auf den Tisch hinter dem Sofa. Sie schmiegt sich in seine Arme; sie küssen sich. Und da spüre ich die Wahrheit wie ein elektrisches Prickeln an meiner Wirbelsäule.

Meine Knie geben unter mir nach. Ich setze mich ruckartig aufs Hausdach, während sich meine Hand ans Eisengeländer klammert, das sich jetzt über meinem Kopf befindet. Plötzlich bin ich wieder im Krankenzimmer und höre zu, wie meine schöne, elegante Mutter mich mit Ausdrücken beschimpft, die sie eigentlich gar nicht kennen sollte. Wie dumm von mir zu glauben, dass Schönheit und Güte zwangsläufig miteinander verbunden seien. Ich habe nie etwas Hässliches an Mutter gesehen, bis die Krankheit sie beherrschte, doch nun weiß ich, dass Tolstoi recht hatte: „Merkwürdig, wie leicht die Menschen der Illusion verfallen, dass Schönheit zugleich auch Güte sei!"

Ich hebe den Kopf und entdecke den Mond fern an einem Himmel, der so schwarz ist wie leerer Raum. Als ich wieder zum Penthouse blicke, sehe ich, dass die Frau, die ein Nachtlicht anlässt, wenn sie alleine schläft, nun die Lichter ausgeschaltet hat.

Kapitel 18

Westbury Arms, Wohnung 15a

Nachdem ich aus einem tiefen, von dem Schlafmittel unterstützten Schlaf aufgewacht bin, sitze ich an der Küchentheke und schreibe mir eine Aufgabenliste für diesen Tag: ins Internet gehen, um neue Bettwäsche und einen neuen Teppich zu bestellen; mich bei Clara nach Kunstdrucken erkundigen, die zu beidem passen.

Heute ist der 12. November, was bedeutet, dass ich mich langsam auch auf die Onlinesuche nach Kursen für Fernstudiengänge machen sollte. Ich habe mir viele Gedanken darüber gemacht, und ich habe ein gutes Gefühl dabei, mich auf die englische Literatur zu stürzen. Vielleicht bringe ich nie den Mut auf, dieses Gebäude zu verlassen, doch ich habe dann zumindest zwei angenehme Jahre vor mir.

Im Internet fühle ich mich schon recht wohl und *Google* ist mein neuer bester Freund. Ich finde es schön, wie Philip den Namen der Seite als Verb benutzt, und als ich mich mit dem festen Vorhaben an den Computer setze, nach Bettwäsche zu suchen, ertappe ich mich dabei, wie ich einen anderen Namen googele: Theodor Norquest.

Vergangene Nacht lag *Das Schattenheiligtum* auf dem Nachttisch, und kein Geist ist aus den Seiten emporgestiegen, um mich in meinen Träumen heimzusuchen. Mein Ausflug aufs Dach hat mehr bewirkt, als dass ich einfach nicht mehr an die gruselige Geschichte denke – die Szene, die ich auf der anderen Straßenseite beobachtet habe, hat mir die Realität in einem kalten Licht gezeigt. Ich habe mich bemüht, nicht an die Frau in dem Penthouse zu denken, doch ich kann das Bild von ihr im Arm des Mannes einfach nicht aus dem Kopf bekommen. Sie ist die Schöne und das Biest, beide Persönlichkeiten in einem schlanken Figürchen mit goldenem Haar.

Jede Frau, die diese Art von Beruf ausübt, muss eine gute Schauspielerin sein. Wie kann jemand bloß so schön aussehen und doch so berechnend sein?

Nachdem ich diesen Gedanken in alle Richtungen verfolgt und keine Antwort gefunden habe, scheint es mir ein harmloser Zeitvertreib, den Namen meines Vaters zu googeln.

Ich tippe seinen Namen ins Kästchen und klicke die Eingabetaste, dann lehne ich mich sprachlos zurück, als die Suchmaschine Hunderte von Einträgen wiedergibt – „Treffer", wie Philip sie nennt. Jedes der Bücher meines Vaters steht auf unzähligen Seiten von Onlinebuchhandlungen. Auch finde ich Dutzende von Fanforen, die sich mit seinen Werken befassen. Er steht auf Listen mit Leseempfehlungen zahlreicher Bibliotheken. Teenager führen ihn auf „Alles über mich"-Seiten als ihren Lieblingsautor an.

Auf einer Seite finde ich ein Foto meines Vaters: ein Schwarz-Weiß-Bild, das aktueller zu sein scheint als die Aufnahme auf der Rückseite von *Das Schattenheiligtum*. Auf dem Webfoto trägt er ein schwarzes Jackett über einem Rollkragenpulli, die typische Kleidung eines Professors. Er hat einen weißen Bart, grau meliertes Haar und dunkle Augen, die verhangen wirken ... vielleicht hat der Fotograf ihn zu diesem finsteren Gesichtsausdruck angehalten. Er sieht tatsächlich wie ein richtiger Horrorautor aus ... und etwas in mir möchte unbedingt ein lächelndes Foto von ihm finden, um diesen Eindruck auszugleichen.

Ehe ich weitersuchen kann, läutet es. Ich stöhne auf und eile zur Tür: Clara, die ein zaghaftes Lächeln aufgesetzt hat.

„Du wirst denken, ich sei von allen guten Geistern verlassen“, sagt sie und hält dabei den Kopf geneigt, „aber mein Bridge-Club kommt morgen vorbei, und ich wollte eine Schokoladen-Maismehl-Torte machen.“

Ich starre sie an und frage mich, warum ich sie deshalb für verrückt halten sollte.

„Leider“ – sie faltet ihre Hände – „habe ich das Rezept nicht, und Betty Piper möchte ihres partout nicht herausgeben, weil sie meint, es sei ein Familiengeheimnis. Also bin ich zur Bibliothek gegangen und habe mit der Dame am Infotisch gesprochen, und die hat mir versichert, dass ich es im Internet viel leichter finden würde, als wenn ich mich durch Kochbücher wühle. Sie hat mich zu einem Computer geführt.“

Ich kann mir nur schwer ein Lachen verkneifen. Mir ist bewusst: Clara würde nie zugeben, dass sie nicht tippen, geschweige denn einen Computer bedienen kann. Trotzdem muss ich einfach fragen: „Und? Hast du es gefunden?“

„In aller Öffentlichkeit?“ Clara greift sich an den Hals. „Selbstverständlich nicht! Aber dann ist mir eingefallen, dass du ja jetzt einen Computer und einen Internetzugang hast. Wenn du also für mich nachschauen könntest ...“

Eine angenehme Wärme durchströmt mich. Anerkannt und gebraucht zu werden, und sei es in noch so kleinem Rahmen, ist ein süßes Vergnügen. „Da werden wir bestimmt etwas finden.“ Ich trete zur Seite, um sie hineinzulassen, dann gehe ich voran zum „Computerzimmer“. Sie folgt mir und plappert dabei über den kulinarischen Snobismus von Betty Piper, doch als ich die Maus berühre, um den Bildschirmschoner abzustellen, kommt ihr Wortschwall ins Stocken und versiegt, als hätte jemand einen Hahn in ihrem Hals zugedreht.

Das Gesicht meines Vaters füllt den Bildschirm. Die Luft im Raum wird spürbar dicker. Meine Hand zuckt zur Maus, aber ich bin nervös und weiß nicht mehr, wie ich das Foto wegklicken kann.

„Aurora", flüstert Clara, wobei ihre Stimme brüchig vor Schmerz klingt. „Wie *konntest* du nur?"

Ich klicke auf den grünen Pfeil neben dem „Zurück"-Button, wodurch das Bild verschwindet, ich jedoch zurück zur *Google*-Seite komme. Das Suchkästchen ist vom Namen meines Vaters belegt, ein stummes Zeugnis meines Verrats.

„Deine Mutter wäre am Boden zerstört, wenn sie das wüsste."

Warum?, möchte ich schreien. *Warum sollte meine Neugier auf meinen Vater gleichbedeutend sein mit Treulosigkeit gegenüber meiner Mutter?*

Ich räuspere mich, während sich in meinem Kopf Fragen drücken und drängeln, doch sie hebt eine Hand, um jeden Widerspruch zum Schweigen zu bringen.

„Dieser Mann schert sich nicht um dich. Er scherte sich ebenso wenig um deine Mutter. Du bedeutest ihm nichts – warum kannst du die Schrecken der Vergangenheit nicht ruhen lassen? Mach mit deinem Leben weiter, Aurora. Vergiss ihn, denn ganz sicher hat er dich schon längst vergessen."

Ich atme wütend aus und markiere den verräterischen Namen. Mit einem Hieb auf die Löschtaste verschwindet er.

Ich kann Clara nicht ansehen. „Was wolltest du noch mal?", frage ich mit abgehackter Stimme. „Ein Rezept für Schokoladentorte?"

„Er hasst dich", fügt sie hinzu. „Ja, natürlich scheint es großzügig von ihm zu sein, dass er dir den Treuhandfonds eingerichtet hat, aber das hat er nur gemacht, damit er vor seiner geliebten Öffentlichkeit nicht wie ein Schuft dasteht. Du wirst keinen anderen Mann treffen, der so um sein Image besorgt ist wie Theodor Norquest."

Ich beiße die Zähne zusammen. *Welches* öffentliche Image? In der vergangenen halben Stunde habe ich verschiedene Versionen seiner Biografie gelesen, und da stand rein gar nichts über die Persönlichkeit, die Überzeugungen oder die Familie des Mannes. Augenscheinlich hütet er seine Privatsphäre sehr gut.

Etwas zu entgegnen würde jedoch nur Schwierigkeiten heraufbeschwören. „War es Schokoladentorte?"

„Schokoladen-*Maismehl*-Torte."

Ich tippe die Worte in das Suchkästchen und drücke die Eingabetaste; der Bildschirm füllt sich mit einer Liste von Links. Clara beugt sich über meine Schulter und späht die Links durch ihre Brille an, bis ihr einer davon zusagt: „Das da sieht vielversprechend aus."

Ich klicke auf den Link und lasse ihr einen Moment Zeit, um die Zutaten zu überfliegen. Als sie nickt, schicke ich das Rezept zum Drucker, der es gut lesbar auf zwei Seiten Papier ausspuckt. Während Clara die Seiten an sich nimmt, weiß ich, dass diese Ablenkung nicht lange wirken wird. In wenigen Sekunden wird sie einen weiteren Angriff gegen meinen Vater starten.

„Solltest du vorhaben einzukaufen", sage ich schnell, wobei ich aufstehe und mich in Richtung Küche bewege, „würdest du mir dann bitte ein Dutzend Eier mitbringen?"

Als ich kurz zu ihr hinüberschaue, sehe ich, dass mir ihre fragenden blauen Augen folgen.

„Ich wollte einen Eiersalat machen. Philip hat mir so mit dem Computer geholfen! Er wollte später noch mal kommen und da würde ich ihm gern etwas anbieten."

Vor dem Kücheneingang bleibt sie stehen. „Ich mag diesen jungen Mann, weißt du."

„... aber ich soll vorsichtig sein, meinst du?"

„Du solltest immer vorsichtig sein, Aurora, weil das Herz ein launisches Ding ist. Einige Männer eignen sich gut als Ehemänner, bei anderen sollte man es dagegen lieber bei einer Freundschaft belassen." Sie lächelt, als unsere Blicke sich treffen. „Und wenn du die Sachen anzweifelst, die ich über deinen Vater gesagt habe, dann frag doch Philip mal, was er von einem Mann hält, der sein eigenes Fleisch und Blut ignoriert."

Ich lasse mich auf keinen Streit ein, sondern gehe durchs Foyer und öffne die Eingangstür. Sie würde einen Anfall bekommen, wenn sie wüsste, dass mein Nachbar mich zu meinen Nachforschungen ermutigt hat ... aber was sie nicht weiß, macht sie nicht heiß.

Als sie gegangen ist, gehe ich zurück zum Computer und tippe trotzig den Namen meines Vaters noch einmal ins *Google*-Suchkästchen ein. Auf einer Webseite, die von seinem langjährigen Verleger gesponsert wird, finde ich einen Artikel, der mein Interesse weckt:

Zu den Füßen der Catskills geboren, lebte Horrorautor Theodor Norquest in seinen frühen Jahren in New York City. Im Alter von 35 Jahren siedelte er jedoch nach London um, wo er sich viel intensiver dem Schreiben von Romanen widmete.

„Die nackte Verzweiflung hat mich nach London getrieben", erzählte er einmal einem Reporter. „Und dort fand ich den Glauben, der mich auf eine vollständige Heilung hoffen lässt. Ich sehe meine Schreiberei vor dieser Zeit sozusagen als Lehrjahre an: ein Mann auf der Suche danach, was Leben und Liebe überhaupt bedeuten. Und wenn ein Romanautor mit den Jahren besser wird – wie alle Schriftsteller es sollten –, dann hoffe ich, dass ich meine bedeutsamsten Werke in hohem Alter schreiben werde."

Ich schlucke und schlinge meine Arme um mich. Er hat also das wahre Leben in London gefunden … und dort hat er auch entdeckt, was Liebe bedeutet. Das heißt, als er noch mit Mutter zusammen war, hat er nicht geliebt, hat er nicht gelebt.

Neid, heißer, finsterer Neid wallt in mir auf. Ich möchte ein Teil seiner jetzigen Familie sein, zu einer Zeit geboren, als er bereits wusste, wie man liebt, geboren von einer Frau, die er schätzen und unterstützen konnte.

Was mache ich hier bloß? Trotz der Warnungen einer Frau, der ich immer vertraut habe, sehne ich mich nach einer Beziehung zu einem Mann, den ich nicht kenne. Es ist verrückt. Aber ich habe auch nie behauptet, dass ich geistig gesund bin.

Ich drücke mir die Hand auf den Mund und wende den Blick vom Computerbildschirm ab. Das ist nicht fair. Aber Mutter hat ja immer gesagt, die meisten Zeiten im Leben seien entweder unglücklich oder schrecklich … Überlebenskünstler lernen, Seidenbörsen aus Schweineohren zu machen.

Nach einem Augenblick sehe ich wieder zum Monitor, auf alles erdenklich Schreckliche gefasst, das ich möglicherweise lesen werde, doch der Rest des Texts besteht nur aus Reklame für Norquest-Romane. Ein Satz hinter einem Aufzählungszeichen fällt mir jedoch ins Auge. Das Zitat von Theodor Norquest, steht dort, sei einem Interview entnommen.

Ohne zu zögern, klicke ich auf den Link, dann lächle ich zufrieden, als sich eine Webseite mit dem tatsächlichen Artikel öffnet.

Frage: Sie haben vier Söhne …
Antwort: Ehrlich gesagt möchte ich lieber nicht über meine Söhne reden. Meine Kinder haben sich keine öffentlichen Karrieren ausgesucht und ich respektiere ihre Entscheidung und möchte sie da raushalten.

Frage: Also gut – reden wir also über Ihre Bücher.
Antwort: Ich bitte darum.

Frage: Einige Leute sagen, Ihre Werke hätten ein immer wiederkehrendes Motiv, ein „fehlendes Stück". Sie scheinen Charaktere darzustellen, denen noch etwas fehlt, das ihr Leben vollständig macht.
Antwort: Ist das Leben denn nicht auch so? Wir alle haben eine besondere, leere Stelle, ein Loch in unserer Seele, und wenige von uns finden den richtigen Weg, es zu füllen. Genau wie im wirklichen Leben experimentieren meine Charaktere mit all den Dingen, die man erwarten würde. Zum Schluss finden sie dann aber immer das, wonach sie suchen.

Frage: Haben Sie es gefunden, Mr Norquest?
Antwort: Als kreativer Mensch – ja. Als Ehemann – ganz bestimmt. Als Vater – nun, Kinder sind nie ganz fertig, oder? Wie alle Eltern bete ich dafür, dass meine Kinder gute Entscheidungen treffen werden ... und ich lasse sie ihre Lektionen lernen. Solange wir am Leben sind, ist keiner von uns vollendet.

Ich lehne mich zurück und atme tief aus. So, so, mein Vater spricht in Interviews also nie über seine Kinder. Anscheinend ist sein Leben auch ohne mich vollständig und erfüllt.

Mit einem Achselzucken klicke ich mich weiter. Ich brauche überhaupt nicht an den zurückhaltenden Mann in England zu denken, habe ich doch einen Fantasievater, der mich vollkommen liebt.

Aber dennoch werde ich noch mehr Romane von Theodor Norquest lesen. Trotz meiner anfänglichen Abneigung gegen Horror habe ich *Das Schattenheiligtum* zwischen Frühstück und Mittagessen fertig gelesen. Als ich das Buch zuklappte, hatte das Gute auf ganzer Linie über das Böse gesiegt, und der Protagonist konnte der Zukunft hoffnungsvoll entgegentreten … eine Fähigkeit, die ich selbst gern besäße.

Nachdem ich mit dem Buch fertig war, bin ich zum Computer gegangen und habe mir noch mehrere Norquest-Romane bestellt – derart viele, dass der UPS-Mann sich einen Bruch daran schleppen wird. Ich hoffe, er bringt sie, wenn Tante Clara gerade außer Haus ist.

Dieser Gedanke erinnert mich daran, dass ich mir ein Versteck für meine wachsende Sammlung von Norquest-Romanen suchen muss. Vielleicht könnte ich einen Zimmermann engagieren …

Ich greife nach den Gelben Seiten, um meine Suche zu beginnen, dann lache ich, als mir einfällt, dass es die Gelben Seiten auch im Internet gibt. Mit ein paar Mausklicks finde ich einen Zimmermann, der die *Upper West Side* betreut, und innerhalb weniger Sekunden wähle ich schon seine Nummer.

Während das Telefon läutet, schaue ich mich in meinem sonnigen Büroraum um. Ich werde mir Bücherregale bauen lassen – mit Schranktüren. Ich werde alle Norquest-Romane in diesem Zimmer aufbewahren, meinem persönlichen Zufluchtsort, und die verschlossenen Türen werden sie vor Zerfall durch Staub, Licht und Claras Hetzkampagnen schützen.

Der Zimmermann nimmt nicht ab, also hinterlasse ich eine Nachricht auf seinem Anrufbeantworter. Kaum habe ich das Telefon auf den Schreibtisch gelegt, da klingelt es wieder. Ich gehe ran und denke dabei, dass ich mich wohl irgendwie selbst angerufen haben muss, doch da dringt Claras weinerlich klingende Stimme an mein Ohr: „Aurora, Liebling, ich kann einfach nicht aufhören, daran zu denken, was ich auf deinem Computer gesehen habe. Wenn deine Mutter am Leben wäre, wäre sie über deine Undankbarkeit todtraurig. Wenn man an alles denkt, was sie für dich getan hat, kann ich gar nicht fassen, dass du immer noch an diesem Mann interessiert sein könntest. Ist es sein Geld, das dich reizt? Ich habe dich nie für sonderlich habgierig gehalten, aber wenn du es auf sein Vermögen abgesehen hast ..."

„Ich habe es auf niemandes Geld abgesehen." Ich unterbreche sie, meine Stimme heiser vor Frustration. „Kannst du nicht verstehen, dass ich einfach nur neugierig auf ihn bin?"

„Neugier kann tödlich sein, Liebes, weißt du das nicht? Du musst deine Hand nicht ins Feuer legen, um zu wissen, dass es furchtbare Wunden und Narben hinterlassen kann. Und genauso wenig musst du Theodor Norquest kennenlernen, um zu wissen, dass er dir schaden kann. Was auch immer du vorhast, Aurora, bitte hör damit auf."

Ich atme tief durch und verdrehe die Augen. „Der Mann ist mein Vater, Clara. Ich hatte nie die Chance, etwas über ihn in Erfahrung zu bringen."

„Weil deine Mutter damit nicht einverstanden gewesen wäre, meinst du. Nun, ich bin dir so nahe wie eine Verwandte und ich bin damit genauso wenig einverstanden. Ich liebe dich, Aurora. Ich möchte nicht, dass du verletzt wirst, und solltest du darauf beharren, nun, dann ..."

Ihre Worte werden von einem Schluchzen abgeschnitten. Ein Teil von mir möchte sich über sie ärgern, ein anderer Teil möchte sie um Verzeihung bitten.

Nach zehnminütigem Zureden schaffe ich es, sie davon zu überzeugen, dass ich nichts Törichtes tun oder nach England reisen werde. Ich bin mir nicht sicher, ob sie meinen Versprechungen glaubt, aber schließlich legt sie auf.

Ich lasse das Telefon sinken und schaue auf den Computer, doch meine Neugier ist mit einer Welle der Erschöpfung davongeflossen. Der Wohnung überdrüssig, mache ich mich auf den Weg in Richtung Treppe.

Kapitel 19

Westbury Arms, Wohnung 15a

Wie ein gescholtenes Kind verlasse ich meine Wohnung und flüchte aufs Hausdach. Obwohl noch nicht Mittag ist, haben sich doch schon dunkle Wolken wie eine Decke über der Stadt zusammengezogen. Heute weht ein frischer Wind: Mein Pullover schlägt Wellen um mich und meine Hosenbeine flattern wie Segel im Sturm. Lichter glimmen aus den Fenstern, wo meine Nachbarn der verfrühten Dunkelheit Widerstand leisten.

Mit den Händen in den Taschen spaziere ich auf dem Dach herum und betrachte die Stadt. Bei Tageslicht sieht alles vollkommen anders aus: Die Gebäude sind nicht schwarz und grau, sondern haben beige- und cremefarbene und weiße Töne.

Es tut gut, meine Beine zu bewegen, auch wenn ich kaum glauben kann, dass ich schon wieder nach hier oben gekommen bin. Ich atme tief ein und drücke meine Hand auf mein Herz; ich lächle, als ich merke, dass es gleichmäßig schlägt. Ich gehe einen Schritt schneller, in diesem kleinen, aber befriedigenden Sieg badend. Irgendwie habe ich die Grenzen des Gebiets erweitert, in dem ich mich sicher fühle, und das ist ein riesengroßer „kleiner" Schritt.

Ein Schwarm Wildgänse bricht auf dem Weg gen Süden in einer spitzen V-Formation durch die Wolken. Es ist so lange her, dass ich irgendwelche Lebewesen – mit Ausnahme von Insekten – beobachtet habe; deshalb bleibe ich stehen und starre sie an, von ihrer Anmut und Schönheit stärker bewegt, als ich in Worte fassen kann. Sie fliegen im perfekten Rhythmus, heben und senken die Flügel zu einer Musik, die nur sie hören können.

Etwas in mir möchte sich ihnen anschließen, wie die verwunschenen Brüder in Hans Christian Andersens Märchen. Wenn ich von diesem Ort wegfliegen könnte ... dann würden die Dinge bestimmt einfacher werden.

Mein Blick senkt sich zu den Türmen aus Beton und Glas, die mich umgeben. Mein Leben ist weder ein Märchen, noch ist es so außergewöhnlich wie das der Heldin im Roman meines Vaters. Ich führe ein kleines Leben, eingeengt von meinen Ängsten und den guten Absichten derer, die mich lieben.

Ich habe Claras Einmischung satt, doch was, wenn sie recht hat und mein Vater sich tatsächlich nicht für mich interessiert? Warum sehne ich mich nach einem Mann, der mir nie auch nur einen einzigen Brief geschrieben hat? Als Mutter noch lebte, habe ich fast nie an ihn gedacht. Wenn ich einen Vaterersatz brauchte, habe ich mich an Onkel Charley gewandt. Nachdem er gestorben war, schaffte Mutter es bei den seltenen gesellschaftlichen Anlässen, bei denen ich an jemandes Arm promenieren sollte, immer irgendwie, den Sohn eines Bekannten für mich zu „organisieren". Ganz ehrlich gesagt nehme ich an, dass ich nie einen Vater vermisst habe, weil ich nie gelernt habe, wozu ein Vater überhaupt da ist.

Trotzdem ... etwas in mir sehnt sich danach, den Mann kennenzulernen, dessen Kind ich bin. Ich habe mir sein Foto auf dem Umschlag von *Das Schattenheiligtum* genau angesehen, und ich glaube, ich habe seine Augen. Und allem zum Trotz, was Clara sagt, glaube ich nicht, dass sich ein Mann von so viel Geld trennen würde, wenn er nicht von irgendeiner

Form von wahren Gefühlen angetrieben ist. Außerdem ist da diese Klausel, dass ich ihn vor Antritt des Erbes kennenlernen muss. Warum sollte er so etwas aufsetzen, wenn nicht aus dem Wunsch heraus, mich zu sehen? Ich bin kein Experte im Rechtswesen, aber mir ist klar, dass er mir die Früchte seiner Kreativität anvertraut und mir dadurch sozusagen erlaubt hat, seine Arbeit zu verwalten und Nutzen aus ihr zu ziehen. Mit dieser Verantwortung geht auch die Macht einher, dafür zu sorgen, dass seine Werke niemals wieder veröffentlicht werden ... oder sicherzustellen, dass sie in der ganzen Welt publiziert werden.

Ich stütze meinen Kopf in die Hände, während all meine Einsamkeit und Verwirrung in einem Aufwallen unstillbarer Sehnsucht verschmelzen. Kann Clara wirklich nicht verstehen, warum ich ihn kennenlernen möchte? Ich mag es nur geträumt haben, aber ich glaube, ich habe seine Stimme gehört ... und ich muss daran glauben können, dass er mich liebt. Nichts, was Clara sagt, wird dieses Bedürfnis je auslöschen.

Theodor Norquest ist mein Vater. Und ich möchte unbedingt alles über ihn wissen, weil die Zeit knapp wird und zwischen uns ein Ozean liegt. Und das Leben ungewiss ist.

Der Wind zerrt an meinem Haar. Ich blicke zum aufgewühlten Himmel hinauf, der voller gesättigter, aufgebauschter Wolken ist. Bald wird es regnen, und ich werde hineingehen müssen, ohne ... ohne was?

Warum bin ich nach hier oben gekommen? Weil ich einen Ort brauche, an dem ich Gedanken nachgehen kann, die ich mir in der Wohnung meiner Mutter nie erlauben würde. Ich brauche die Freiheit zuzugeben, dass ich etwas über meinen Vater herausfinden möchte. Ich bin mir nicht sicher, ob ich für eine Begegnung mit ihm bereit bin, und ich plane keine Reise nach Europa ...

Oder doch?

Eine Reihe von Möglichkeiten tut sich vor mir auf wie die Seiten eines Buches. Ich könnte in Kontakt mit ihm treten ... unter dem Vorwand, ich wolle meinen Treuhandfonds einlösen. Er hat die Bedingungen gestellt; wahrscheinlich rechnet er damit, dass ich mich mit ihm in Verbindung setze. Vielleicht denkt er, ich sei in Geldnot; wenn ich ihm also schreibe, werde ich ihm sagen, dass ich vorhabe, meinen Fonds einem wohltätigen Zweck zu stiften. Ich werde ihn wissen lassen, dass Mutter sich ebenso sehr um meine seelischen wie um meine finanziellen Bedürfnisse gekümmert hat. Ich kann auch ohne ihn ein wunderbares Leben führen.

Gleichzeitig kann ich nicht leugnen, wie dringend ich ihn kennenlernen möchte. Obwohl ich nie den Schmerz unerwiderter Liebe erfahren habe, habe ich darüber doch in Büchern gelesen, und momentan scheine ich etwas sehr Ähnliches zu empfinden. Ich fühle mich leer, mir ist fast übel vor ungestilltem Hunger, und wenn ich nicht meinem Vater begegne, kann nichts die leere Stelle in meinem Herzen füllen ...

Mein Blick wandert zum Penthouse auf dem gegenüberliegenden Gebäude. Viele Lampen erleuchten das Glashaus, und überraschenderweise sehe ich, wie sich etwas bewegt: Die Frau geht vor dem Schlafzimmerfenster umher. Obwohl es fast Mittag ist, schimmert ein violetter Bademantel aus Seide unter der Flut ihrer langen Haare hervor. Sie lässt sich auf die Kante ihres breiten Betts sinken, setzt ein Kelchglas auf dem Nachttisch ab, dann faltet sie die Hände und senkt ihren Kopf.

Betet sie etwa?

Ich kann die Augen nicht von der überraschenden Szene abwenden. Eine innere Stimme sagt mir, ich sollte nicht zusehen – ich dringe in die Privatsphäre dieser Frau ein –, doch eine andere Stimme flüstert, dass Leute, die ihre Privatsphäre schätzen, nicht hinter durchsichtigen Wänden leben sollten.

Sie hebt den Kopf und wischt ihre Wange mit ihrem Handrücken ab – das heißt, sie betet wohl doch nicht, sondern weint. Ich atme wieder ein, während der Stummfilm, den ich mir anschaue, vom Drama zur Tragödie wechselt. Da – sie lässt wieder den Kopf sinken und ihre Schultern sacken in der unverwechselbaren Körpersprache des Kummers nach vorn. Ich starre weiter und lausche dem Klang meiner eigenen beschleunigten Atemzüge, bis sie den Kopf hebt und ein Taschentuch aus einer Schachtel zieht, um sich die Augen abzutupfen.

Ihre Bewegungen sind vorsichtig, wahrscheinlich, um ihr Make-up nicht zu verschmieren. Warum? Erwartet sie vielleicht einen Kunden?

Ich fröstele und reibe mir die Arme mit den Händen, da steht die Penthouse-Prinzessin auf und geht zur Frisierkommode, wo sie sich die Nase pudert. Dann kämmt sie ihr Haar und wirft dem Spiegel ein – so erscheint es mir – einstudiertes Lächeln zu. Sie zögert einen Moment, dann steht sie auf und geht ins Wohnzimmer.

Sie wird an die Tür gehen. Sie wird mit dem Lebensstil fortfahren, der sie unglücklich macht.

Ich schließe die Augen, während Röte mir in die Wangen steigt. Was tue ich hier? Habe ich einen derartigen Erlebnisdurst, dass ich schon zum Spanner werde?

Als ich meine Augen wieder öffne, halte ich den Blick vom Hausdach fern. Ich drehe mich um und gehe über die mit Kies bestreute Teerpappe, wobei ich die Töpfe mit ihren skelettartigen Bäumen, die rostige Chaiselongue und die leeren Farbdosen zur Kenntnis nehme. Ein paar Tauben hocken nahe bei dem verfallenen Stuhl und gurren, während ein Spatzenschwarm über meinen Kopf hinwegfliegt.

„Ich kenne ihre Tränen.“

Die Stimme kommt wie aus dem Nichts, erschreckt mich

mit ihrer Klarheit. Es ist die Stimme, die ich in meinem Traum gehört habe, die Stimme, die vor einigen Nächten schon einmal hier zu mir gesprochen hat. Die Stimme ist laut genug, um die Tauben und die Spatzen über meinem Kopf aufzuschrecken. Der Schwarm löst sich auf und fällt vom Himmel wie die Scherben einer zerschmetterten Vase. Ich wirble herum und schaue zur Tür, fast sicher, dass der Hausmeister oder irgendwer sonst sich hinter mir angeschlichen hat, doch ich bin allein auf dem Dach.

Ich sehe mich mit wachsender Frustration an. Als ich die Stimme zum ersten Mal hörte, war ich davon überzeugt, dass es mein Vater war. In der tiefen Dunkelheit meiner Verzweiflung war es leicht zu glauben, er hätte einen Weg gefunden, Zeit und Raum zu überbrücken, um mich seiner Liebe zu versichern.

Doch nun ist es Tag; das hier ist echt. Der Verkehr quält sich durch die Straßen unter mir; Fußgängermengen verstopfen die Bürgersteige. Also muss das, was ich gerade gehört habe, irgendeine Stimme aus Rundfunk oder Fernsehen gewesen sein, die irgendwo durch ein offenes Fenster gedrungen ist.

Ich spitze meine Ohren und erwarte halb, dass ich weitere Stimmen vernehme, aber ich höre nichts außer dem Pfeifen des Windes und dem leisen Flugelschlag der Tauben.

Trotz der Kälte kullert ein einziger Tropfen Schweiß an meiner Wirbelsäule hinunter. Ich reibe mir wieder die Arme mit den Händen und gehe in Richtung Straße, wo ich ein offenes Fenster zu sehen erwarte, vielleicht eine Wohnung mit einer übereifrigen Heizungsanlage.

Ich sehe die Frau in dem Penthouse. Sie steht allein am Fenster, ihre Augen weit und ausdruckslos. Dabei starrt sie auf ... nichts. Ihr Gast, wenn sie denn einen hatte, ist nicht mehr da.

Ich kenne ihre Tränen – konnte die Stimme sich auf sie bezogen haben? Wenn jemand durch irgendein Wunder wirklich zu mir sprechen wollte, was wollte er mir damit sagen? Wie soll ich einer mir völlig unbekannten weinenden Frau helfen? Ich kann ihr nicht helfen. Ich kann noch nicht einmal zu ihrer Wohnung gehen. Natürlich, sie ist nur auf der anderen Straßenseite, aber sie könnte genauso gut in Europa leben … oder in London.

Ich stehe eine Weile zitternd in der dichter werdenden Dunkelheit, dann schüttele ich den Kopf. Ich muss mir das eingebildet haben. Nachdem ich die Frau habe weinen sehen, hat mein Unterbewusstsein durch die Kombination von Erschöpfung, angegriffenen Nerven und dem sich noch in meiner Blutbahn befindlichen *Triazolam* diese Stimme hervorgebracht. Wenn Clara oder Philip mit mir hier gestanden hätten, dann hätten sie nichts gehört.

Aber die Vögel haben es gehört. Selbst die Spatzen in 20 Meter Entfernung.

Nein. Etwas anderes hat den Spatzen einen Schrecken eingejagt, irgendeine Bewegung oder ein Geräusch, das mir entgangen ist. Die Tauben sind vielleicht hochgeschreckt, weil ich zusammengezuckt bin.

Ich muss wohl nervöser sein, als mir bewusst ist.

Ein Fels der Erkenntnis ist in diesem Meer der Verwirrung offenkundig und ich greife mit beiden Händen danach: Ich muss aufhören, die Tabletten meiner Mutter einzunehmen.

Kapitel 20

Westbury Arms, Wohnung 15b

Während der Soundtrack von *Krieg der Sterne* aus dem CD-Player strömt, blicke ich flüchtig auf meine Notizen, dann schließe ich meine Augen und tippe:

Die sinkende Kriminalitätsrate in New York ist, wenn auch beeinflusst von den Bemühungen des Bürgermeisters, die städtische Polizei zu stärken und selbst triviale Gesetze anzuwenden, tatsächlich eher die wirtschaftliche Folge niedriger Zinsen auf Hypotheken.

Ich halte inne, um den Entwurf zu überfliegen. Er ist ziemlich umfangreich, aber er bringt mein Argument rüber: Erschwinglichere Unterkünfte haben zu mehr Immobilienbesitz geführt und dieser wiederum hat Tausende von Leuten von den städtischen Ballungszentren weggezogen. Weniger Menschen pro Quadratkilometer bedeutet weniger Kriminalität.

Gerade will ich weitermachen, da ertönt ein Signalton aus den Lautsprechern des Computers. Aurora hat eine Instant Message geschickt.

AuroraRose: Hast du gerade zu tun?

Ich antworte: Phil627: Nicht allzu viel. Was ist los?

AuroraRose: Ich glaube, ich träume wieder – nur diesmal mitten am Tag.

Ich denke über ihre Botschaft nach. Aurora möchte normalerweise nur um zwei Uhr morgens über ihre Träume sprechen … also fällt es ihr entweder leichter, sich durch das weniger persönliche Medium der Kurznachricht mitzuteilen, oder etwas macht ihr tatsächlich Angst.

Phil627: Vielleicht kannst du mir ein paar Einzelheiten erzählen.

Ich warte ganze 30 Sekunden, bevor mir der Computer anzeigt, dass sie eine Antwort tippt.

AuroraRose: Ich war oben auf dem Dach, und ich hätte schwören können, dass ich eine Stimme gehört habe. Das ist mir jetzt schon zweimal passiert.

Phil627: Moment mal – du warst auf dem DACH?

AuroraRose: Ja. Ich bin da hoch gegangen, um etwas frische Luft zu schnappen.

Ich merke, wie ich den Monitor angrinse. Aurora Norquest versucht endlich, sich aus ihrem Schneckenhaus zu bewegen. Das ist ein Fortschritt. Ich weiß, dass sie sich in die Eingangshalle gewagt hat, um ihren Computer abzuholen …

Phil627: Cool. Wo ist die Stimme denn hergekommen?

AuroraRose: Weiß ich nicht genau. Ich würde ja denken, ich habe mir das nur eingebildet, aber sie hat einige Vögel auf dem Dach aufgeschreckt – zumindest schien mir das so.

Phil627: Vielleicht hast du irgendeinen Fernseher gehört.

AuroraRose: Glaube ich eher nicht. Dann hätte ich mehr als nur einen kurzen Satz mitbekommen.

Phil627: Kann doch sein, dass jemand am Radio gedreht hat.

AuroraRose: Da war aber niemand außer mir.

Phil627: Hm – was hat denn die Stimme gesagt?

AuroraRose: Sie hat gesagt: „Ich kenne ihre Tränen.“ Völlig verrückt, oder?

Phil627: Erinnert mich an den Film „Feld der Träume“. Hast du den gesehen?

AuroraRose: „Wenn du es baust, wird er kommen.“ Habe ich gesehen. Aber keiner flüstert mir zu, ich solle ein Baseballfeld bauen.

Phil627: Okay, was sagt dir die Stimme dann?

AuroraRose: Wenn ich das wüsste, würde ich dich nicht nach deiner Meinung fragen.

Phil627: Nun mal ehrlich. Das war ein Film. Bei dir geht's aber ums wirkliche Leben, oder?

AuroraRose: Genau. Und ich sollte eigentlich keine Stimmen hören. Aber ich schwöre, dass ich das gehört habe.

Phil627: Dann muss jemand was gesagt haben.

AuroraRose: Genau. Wie gesagt habe ich sonst keinen in der Nähe gesehen, nur die Frau, die in dem Glas-Penthouse gegenüber von Clara wohnt. Aber das ist viel zu weit weg, um etwas zu hören. Allerdings ist da schon was Komisches dran – ich habe sie nämlich weinen sehen, kurz bevor ich die Stimme hörte. Seltsam, nicht?

Ich hebe eine Braue. Meine inneren Alarmglocken schrillen laut. Aurora bewegt sich hier auf dünnem Eis. Sie ist nett und intelligent, und sie könnte wirklich attraktiv sein, wenn sie wollte ... Aber sie trägt ziemlich schweres Gepäck mit sich herum, und es klingt so, als bräuchte sie mehr Hilfe, als ich ihr geben kann. Möglicherweise könnte sie sogar einen Psychiater nötig haben – einen guten.

Also ... wie soll ich auf ihre Frage reagieren? Ich sollte ihre Fantasievorstellungen nicht unterstützen, aber ich kann ihr auch nicht sagen, dass sie völlig meschugge ist. Und ich möchte wirklich ihr Freund sein, weil sie mir in gewisser Weise sehr ähnlich ist.

Ich lasse meine Fingerspitzen auf der Tastatur ruhen.

Phil627: Auf jeden Fall ist das ziemlich seltsames Territorium. Vielleicht hast du den Satz irgendwo schon mal gehört, und als du die Frau weinen sahst, ist er dir einfach so in den Sinn gekommen?

AuroraRose: Ich weiß nicht, wo ich ihn gehört haben soll – kommt der Satz dir irgendwie bekannt vor?

Ich durchforste meine Erinnerungen. Der Satz hört sich schon irgendwie bedeutsam an, aber unter den richtigen Umständen kann fast jeder Satz bedeutsam sein.

Phil627: Nein, tut mir leid, kann ich nicht zuordnen. Das muss ein Aurora-Original sein.

AuroraRose: Ich hoffe nicht. Ich will nicht einfach so aus dem Nichts Stimmen hören. Aber danke für deine Gedanken. Entschuldige, dass ich dich gestört habe.

Phil627: Klar, gerne. Kannst mich jederzeit wieder auf dem Messenger *benachrichtigen.*

Ich beende das Fenster, dann warte ich. Fast denke ich, dass sie mir noch eine letzte Nachricht schicken wird. Doch der *Messenger* bleibt still.

Ich kratze mich ratlos am Kinn. Aurora ist sehr klug und sensibel – Eigenschaften, die ich bei Freunden immer bewundert habe. Und sie könnte attraktiv sein, wenn sie sich auch nur einen halben Gedanken über ihr Aussehen und ihre Kleidung machen würde. Allerdings ist sie von deutlich mehr als den gewöhnlichen Ängsten alleinstehender Städterinnen geplagt. Diese Angelegenheit mit ihrem Vater würde jeden Psychiater, der etwas auf sich hält, zwei bis drei Jahre lang beschäftigen – mal ganz abgesehen davon, dass sie auch noch mit Albträumen und wohl auch Platzangst zu kämpfen hat …

„Mach dir nichts vor“, murmele ich, wobei ich mich zurück zu meinem Textverarbeitungsprogramm klicke. „Bei der Frau ist einiges nicht ganz stromlinienförmig.“

Die meisten Männer, die ich kenne, würden ganz schnell das Weite suchen, was Aurora betrifft. Partnersuche in Manhattan ist schon schwierig genug, auch ohne echte psychische Probleme. Andererseits bin ich letztes Jahr mit ein paar Frauen ausgegangen, die in mir die Frage aufwarfen, ob nicht jeder in Manhattan etwas abseits von dem ist, was in St. Louis als normal betrachtet werden würde.

Im Grunde hatte ich aufgehört, mit Frauen auszugehen, und ich hatte die Hoffung aufgegeben, jemals eine feste Freundin zu haben, bis ich ins *Westbury Arms* gezogen bin. Dann habe ich Aurora kennengelernt … und ich kann nicht anders, als sie zu mögen.

An einem besteht kein Zweifel: Das Leben wäre einfacher, wenn ich mich nicht mit Aurora Rose Norquest abgeben würde. Immerhin möchte ich hier einige Jahre bleiben, weswegen ich mit all meinen Nachbarn auf gutem Fuß stehen sollte, besonders mit denen auf meinem eigenen Stockwerk. Ich sollte also nett zu Aurora und Clara sein, aber mehr nicht. Wenn ich die Beziehung zu Aurora vertiefen würde, würde ich mich verfangen, und nichts tut mehr weh, als sich aus einer verstrickten Beziehung zu befreien.

Aus einem Teil meines Gehirns taucht eine andere Erinnerung auf: Mandy Norton, das hübsche Mädchen, das ich früher in der Schule angehimmelt habe. Ich pflegte ihr wie ein liebebedürftiger Welpe durch die Flure der Schule zu folgen und sie hätte sich nur zu leicht umdrehen und mich mit einer scharfen Bemerkung völlig vernichten können.

Doch sie tat es nicht. Obwohl ihre Freundinnen sie damit

aufzogen – ich hab's gehört – und ihr Freund aussah, als wolle er jeden Typen, der näher als drei Meter an Mandy herankam, auf den Mond schießen, traf sie mich eines Tages allein auf dem Schulparkplatz an. „Du bist ein netter Junge, Phil Cannon", sagte sie. Sie lächelte. „Aber ich glaube nicht, dass ich mit dir mithalten kann. Du wirst eines Tages große Dinge tun."

Sie lächelte erneut und ging weg, und ich blieb wie angewurzelt stehen, in einen Kokon der Euphorie gehüllt. Sie glaubte an mich! Und das hat mich glücklicher gemacht, als ein Kuss es je getan hätte. Dieses Geschenk gab meinem Selbstbewusstsein einen gewaltigen Aufschwung und trug mich durch die Hundstage an der Highschool und durch meine ersten paar Semester am College. Es hat viele Abende gegeben, an denen ich Gott für Mandy Nortons Freundlichkeit gedankt habe.

Wer glaubt an Aurora Rose Norquest? Clara Bellingham hängt an ihr wie ein Schatten, aber Clara würde Aurora nie dabei helfen, ihre Dämonen zu besiegen. Theodor Norquest ist seit 35 Jahren von der Bildfläche verschwunden, da wird er jetzt wohl kaum aufkreuzen. Aurora hat keinen Job, kein soziales Netz, keine Freunde, von denen ich wüsste ... nur mich.

Auch wenn ich meine Freunde in New York an einer Hand abzählen kann, bin ich im Vergleich zu Aurora doch reich mit Beziehungen gesegnet. Wenn ich einen Kollegen fragen würde, was ich im Hinblick auf Aurora machen soll, würde er wahrscheinlich sagen, dass ich schleunigst das Weite suchen soll.

Doch ich bin mit anderen Maßstäben aufgewachsen ... und in St. Louis helfen sich Nachbarn. Fühle ich mich wider besseres Wissen zu Aurora hingezogen oder bin ich einfach nur hilfsbereit und lebe aktive Nächstenliebe?

Nachdem ich meine Arbeit gespeichert habe, schiebe ich mich vom Schreibtisch weg und gehe zur Tür.

Als ich klingele, telefoniert Aurora gerade. Sie lässt mich mit einem Lächeln und einem leichten Stirnrunzeln hinein, dann murmelt sie „Mhm“ ins Telefon. Mir wird klar, dass sie von meinem Kommen nicht überrascht ist, was wahrscheinlich gut ist.

„Nein, Clara“, sagt sie kopfschüttelnd. „Ich bin nicht überlastet. Und nein, ich bin mit dem Anstreichen noch nicht fertig, aber ich hole auch keinen Maler. Ich mache die Arbeit gern selbst und bisher bin ich auch noch nicht von der Leiter gefallen.“

Lächelnd führt sie mich ins Wohnzimmer und deutet aufs Sofa. Ich nehme Platz, dann spüre ich, wie mich etwas in den Rücken zwickt. Ich greife nach dem Objekt und ziehe ein Buch hinter einem Kissen hervor: *Lyrik des 17. Jahrhunderts.* Aurora hat einen erlesenen Geschmack.

„Mir geht's gut“, versichert sie Clara, während sie sich in dem Ohrensessel niederlässt. „Und ich muss jetzt Schluss machen, weil Philip gerade gekommen ist. Okay. Bis später.“

Sie trennt die Verbindung, dann schiebt sie das Telefon zwischen zwei Bücherstapel, die auf dem Couchtisch liegen. „Ich weiß nicht, warum ich geglaubt hatte, Clara könne etwas Licht auf das werfen, was ich gehört habe. Jetzt ist sie endgültig davon überzeugt, dass ich den Verstand verliere.“ Sie hält ihre Hände vors Gesicht, dann späht sie mich durch ihre gespreizten Finger an. „Du denkst das auch, oder?“

„Nein“, sage ich, „aber ich mache mir durchaus Sorgen um dich.“

Sie lächelt, ein weiteres gutes Zeichen. Ich möchte gerade

zu einem Gespräch über die segensreiche Arbeit von Psychotherapeuten ansetzen, doch die Klingel scheppert schon wieder.

Aurora rollt ihre Augen. „Das kann nur Clara sein."

„Vielleicht ist es auch irgendeine Lieferung?"

„Nein, es ist Clara."

Sie steht auf und geht ins Foyer. Einen Augenblick später kommt sie wieder, gefolgt von Clara, die ihren Wortschwall vom Telefon fortsetzt. „Irgendetwas stimmt mit dir nicht, Aurora! Erwachsene Frauen hören nicht einfach aus heiterem Himmel Stimmen."

Clara wirft mir einen Blick zu, doch sie scheint meine Anwesenheit nicht zu registrieren ... oder es kümmert sie nicht, dass ich hier bin. „Entweder sagst du mir, was los ist" – sie wendet sich wieder Aurora zu –, „oder ich lasse Dr. Morgan kommen, damit er dich untersucht."

Aurora schließt die Augen und atmet langsam aus. „Philip ist hier, Tante Clara. Vielleicht sollten wir uns darüber später unterhalten."

„Einige Dinge können nicht warten. Außerdem habe ich den leisen Verdacht, dass du ihm schon davon erzählt hast. Habe ich recht?"

Ein anklagender Ton liegt in ihrer Stimme, und als Auroras Blick den meinen trifft, begreife ich es. Clara mag sich um Auroras geistige Gesundheit Gedanken machen, aber sie macht sich auch Sorgen, weil Aurora sich mir anvertraut hat.

Eine Last drückt auf meine Schultern. Und in diesem Moment wird mir bewusst, dass ich eine Wahl habe: Ich kann aufstehen, mich entschuldigen und die Wohnung verlassen ... oder ich kann bleiben und die Verantwortung akzeptieren, die mit dieser Freundschaft einhergeht.

Wegzugehen wäre die einfachste Alternative. Clara wäre erleichtert und Aurora würde mich deshalb wohl auch nicht hassen. Wir könnten immer noch nett zueinander sein, immer noch Höflichkeiten austauschen, wenn wir uns auf dem Korridor begegnen. Ich könnte mich auf meine Arbeit konzentrieren, ohne von meiner etwas durchgedrehten Nachbarin abgelenkt zu werden. Das Leben würde in einem gleichmäßigen, ungestörten Rhythmus weitergehen.

Doch was für ein Mensch lässt einen Freund im Stich, der durch schwierige Zeiten geht? Ich jedenfalls nicht.

Ich lege meinen Arm auf die Armlehne des Sofas und entschließe mich zu bleiben.

Wie ein unbeholfener Teenager steht Aurora da, mit der linken Hand ihren rechten Ellenbogen umklammernd. „Ich brauche keinen Psychologen, Tante."

„Dann belehre mich eines Besseren."

„Ich habe einige Tabletten genommen, damit ich besser schlafen kann. Wahrscheinlich habe ich die nicht vertragen, deswegen habe ich auch schon beschlossen, sie nicht mehr zu nehmen."

Claras Gesichtsausdruck verhärtet sich zu einem missbilligenden Starren. „Du nimmst Medikamente?"

„Bloß *Triazolam* – damit ich besser schlafen kann." Aurora lässt sich in den Ohrensessel fallen, so als sei sie plötzlich zu erschöpft, um stehen zu bleiben. „Ich hatte Albträume, also habe ich einige von Mutters Tabletten genommen. Ich hatte nicht vor, sie länger zu nehmen – nur ein paar Nächte. Sie haben mich so fest schlafen lassen, dass ich nicht aufgewacht bin."

Clara blickt Aurora wütend an, wobei sich ihre dünnen Brauen kraus ziehen, dann schwenkt sie die Hitze ihres finsteren Blicks auf mich.

„Haben Sie davon gewusst?"

Ich fahre zusammen, von plötzlichen Schuldgefühlen übermannt. „Von den Schlaftabletten nicht."

„Aber Sie wussten von den Albträumen?“

„Nun ... ja.“

Sie läuft rot an vor Zorn. „Und Sie haben mir nichts davon gesagt?“

Ich werfe Aurora einen Blick zu, doch sie starrt auf ihre Hände. „Ich hatte es nicht als meine Aufgabe angesehen, Ihnen das mitzuteilen“, sage ich und schaue in Claras brennende Augen. „Aurora kann sich sehr gut um sich selbst kümmern.“

Claras starrer Blick wandert von mir zu Aurora, so als könne sie sich nicht entscheiden, wer ihre Wut am meisten verdient hat. Letztlich zeigt sie mit einem knochigen Finger auf Aurora. „Du spülst jetzt jede einzelne von diesen Tabletten die Toilette hinunter. Und wenn du wieder irgendwelche Stimmen hörst, sagst du mir auf der Stelle Bescheid, damit ich Dr. Morgan anrufen kann. Und Sie“ – sie wirbelt erstaunlich schnell zu mir herum –, „Sie werden mir von allem berichten, das für dieses Mädchen eine Bedrohung darstellt. Aurora ist wie mein eigenes Fleisch und Blut. Wenn sie Probleme hat, möchte ich das sofort wissen.“

Ich bin an dem Punkt angelangt, an dem ich automatisch mit ihr übereinstimmen möchte, da tröpfelt eine unerwartete Portion Mut aus irgendeinem inneren Reservoir. „Mrs B., ich denke, dass Aurora ganz gut in der Lage ist, selbst zu entscheiden, ob sie Hilfe braucht – oder überhaupt möchte. Und sie hat doch zugegeben, dass sie die Tabletten genommen hat, um durchschlafen zu können ... ein berechtigtes Bedürfnis, nach allem, was sie durchgemacht hat. Solche Geständnisse werden gewöhnlich nicht von Leuten gemacht, die abhängig sind. Man muss dieser Frau erlauben, für sich selbst Verantwortung zu übernehmen.“

Ich schaue weg von Claras angespanntem Gesicht und wende meine Aufmerksamkeit wieder meiner Gastgeberin zu. „Aurora." Ich senke meine Stimme. „Würdest du gern mit diesem Dr. Morgan sprechen? Oder denkst du, dass du die Sache in den Griff bekommst?"

Ihr Blick fällt wie ein Stein zu Boden und einen Moment lang höre ich nichts außer dem über uns vibrierenden Geräusch eines Flugzeugs auf dem Weg zum *LaGuardia*-Flughafen.

„Ich denke" – Aurora hebt ihren Kopf und schaut mir in die Augen –, „dass ich allein zurechtkomme. Ich nehme die Tabletten nicht mehr und ich erlebe viele positive Veränderungen. Ich denke, mir geht es besser als je zuvor in meinem Leben."

Innerlich applaudiere ich ihr für ihren Mut. Wenn sie sich Clara gegenüber behaupten kann, dann wird sie möglicherweise wirklich wieder auf die Beine kommen.

Die ältere Frau hebt ihre Hände in einer Geste der Kapitulation. „Aber du hörst Stimmen. Wenn das deine Definition von ‚zurechtkommen' ist ..."

„Machen Sie sich keine Sorgen, Mrs B.", sage ich. „Ich habe ein Auge auf sie."

Claras Mundlinie spannt sich noch einen Bruchteil mehr an. „Ihr beide bereitet mir wirklich Kopfschmerzen. Aurora, du brauchst Ruhe. Am besten machst du einen Mittagsschlaf. Philip, gehen Sie zurück in Ihre Wohnung und lassen Sie sie in Ruhe. Das Mädchen hat ein schweres Trauma durchgemacht. Sie braucht Zeit, um sich wiederzufinden."

Ich verschlucke mich an einem plötzlichen Lachanfall. Aurora Norquest wartet seit 35 Jahren darauf, mit ihrem Leben zu beginnen. Wann wird man ihr gestatten, es zu leben?

Ich verschränke meine Arme in der Absicht, auf dem Sofa zu bleiben, bis Clara sich verabschiedet, doch Aurora steht auf und zupft an meinem Ärmel. „Danke, dass du vorbeigeschaut hast, Philip, aber vielleicht solltest du wirklich lieber gehen. Ein Nickerchen hört sich gut an. Ich denke, ich werde versuchen, ein bisschen Schlaf zu bekommen."

Ich suche ihre Augen nach einer versteckten Botschaft ab, doch offensichtlich meint sie genau das, was sie sagt.

„Na gut." Ich stehe auf, tippe ihr jedoch auf die Schulter, bevor wir ins Foyer gehen. „Wenn du irgendetwas brauchst, ruf mich an."

Sie nickt, aber ich weiß nicht, ob sie verstanden hat, was ich meine.

Kapitel 21

Westbury Arms, Wohnung 15a

Erleichtert darüber, dass ich wieder allein bin, gehe ich in mein Schlafzimmer und schalte meinen kleinen Fernseher ein. Dann lege ich mich hin. Meine Gedanken driften auf einer Strömung der Erinnerungen dahin. Meine Arme und Beine werden schwer, als wäre ich meilenweit geschwommen, und plötzlich finde ich mich in einem dunklen Tunnel wieder. Ein metallisches Kreischen zerrüttet meine Nerven, als am Ende des dunklen Zylinders ein Lichtstrahl erscheint.

Handelt es sich hier um das sprichwörtliche Licht am Ende des Tunnels? Ich strecke meine Hände aus, und in dem Licht sehe ich, dass meine Hand nicht mehr die eines Erwachsenen ist. Meine Fingernägel sind weich und kurz, meine Finger dicklich. Ich bewege mich auf Beinen vorwärts, die sich stumpfartig anfühlen, dann verliere ich das Gleichgewicht und falle auf Knie und Ellenbogen. Der Tunnel ist glatt und Sand klebt an meinen feuchten Handflächen. Ich bewege mich wieder nach vorn, dann wird mir bewusst, dass dieser Tunnel nicht der Durchgang zwischen Leben und Tod ist – es handelt sich um eine Zementröhre, eine von mehreren auf dem alten Spielplatz, der sich früher an der Ecke der 74. Straße und dem *Central Park West* befand und auf dem ich als Kind oft gespielt habe.

Während ich auf das Licht zuwanke, erweitert sich die Welt und wird schärfer. Auf der anderen Seite, wo der Sand endet, sitzt Mutter auf einer grünen Bank. Ihr Gesicht ist jung und faltenlos, ihr Haar lang und weich und glatt. Ein Mann sitzt neben ihr, sein Arm liegt auf der Lehne der Bank, seine Finger spielen mit Mutters Haar. Auch er ist jung und mein Herz setzt kurz aus. Ist das mein Vater?

„Hör auf damit, Charles", sagt Mutter, und jetzt verstehe ich: Das ist nicht mein Vater; es ist Claras Ehemann, Onkel Charley. Er ist jünger und dünner, als ich ihn in Erinnerung habe, doch bei näherer Betrachtung erkenne ich eindeutig seine Hakennase.

Halb versteckt durch die Röhre warte ich. Auch wenn Onkel Charleys Lippen zu einem Lächeln gekrümmt sind, ist da ein gefährliches Blitzen in seinen Augen, und seine Finger berühren immer wieder Mutters Schulter, obwohl sie seine Hand wegschlägt.

„Hör *auf* damit, hab ich gesagt!"

Das Lächeln verschwindet aus seinem Gesicht. „Warum sollte ich? Du kannst mit mir nicht sprechen wie mit irgendeinem Niemand."

„Du hast kein Recht dazu, mich wie eine der Schlampen zu behandeln, die du am Hauptbahnhof aufsammelst. Denk an deine Manieren."

„Ich denke immer an meine Manieren. Deswegen findest du mich ja auch so charmant."

„Ich fand dich einmal charmant. Jetzt dulde ich dich um Claras willen."

„Das stimmt nicht, und das weißt du auch. Die wirkliche Frage lautet" – er streichelt Mutters Schulter mit einem einzigen Finger –, „warum du Clara duldest."

„Sie ist meine Freundin."

„Ach, genau, und Mary Elisabeth braucht ja ihre Freundinnen. Denn was würdest du ohne jemanden tun, der dir zu Füßen liegt?"

„Sei still, Charles."

Onkel Charley öffnet den Mund, um zu antworten, doch dieses Mal kommt kein Wort heraus. Stattdessen weiten sich seine Augen und eine Hand schnellt an seine Brust. Er sitzt dort, eine Hand an seine Brusttasche gekrallt, während die andere in dem verzweifelten Versuch, ihre Aufmerksamkeit zu erlangen, gegen Mutters Schulter schlägt.

Sie weigert sich, ihn anzuschauen. Sie hat ihre Handtasche auf ihren Schoß genommen und durchsucht diese. „Wo sind bloß meine Zigaretten?", murmelt sie, wobei sie eine Haarbürste, eine Puderdose und ein Feuerzeug auf ihren Schoß fallen lässt.

Als Onkel Charley ein ersticktes Würgen von sich gibt, wirft sie ihm einen Blick zu. Überraschung macht sich auf ihrem Gesicht breit, dann zuckt ihr Mundwinkel.

„Hast du etwa Schwierigkeiten, Charles?"

Er hämmert gegen seine Brust und keucht hilflos.

Mutter schaut auf und erspäht mich in der Zementröhre. „Aurora, Liebling." Sie streckt ihre Hand aus. „Komm, mein Engel. Wir müssen gehen."

Ich schaue auf Onkel Charley, der auf der Bank zusammengesackt ist. Eine Hand umklammert das zerknüllte Taschentuch in seiner Brusttasche, die andere zerrt an Mutters Rock.

Sie versetzt seiner Hand einen leichten Schlag, als sei er eine lästige Mücke.

„Herrgott noch mal, Mary ...", röchelt er. „H-hilf mir."

Mutter sieht sich um. Wir sind allein auf dem Spielplatz. An diesem grauen Tag sind keine anderen Kinder nach draußen gegangen. In den Wohnungsfenstern über uns sind keine wachsamen Augen zu sehen. In einer Stadt mit vielen Millionen Einwohnern wird ihm niemand helfen.

„Komm, Aurora." Sie bückt sich und lächelt mich an. „Es ist Zeit für deinen Mittagsschlaf."

Ich kann meine Blicke nicht von Onkel Charley abwenden. Seine Augen quellen hervor, vor Erstaunen und Schmerz weit aufgerissen. Seine Lippen bewegen sich und etwas Spucke rinnt aus seinen Mundwinkeln. Ein rasselndes Geräusch kommt aus seiner Kehle, und jetzt liegt er auf der Bank, den Rücken gegen die Holzleisten gedrückt, und seine braunen Budapester scharren über den Boden.

Ich starre die Schmutzflecken auf den Budapestern an und frage mich, wie Tante Clara die wieder sauber bekommen wird.

„Aurora! Komm jetzt!"

Vom Ärger meiner Mutter angetrieben, krieche ich eilig aus dem Rohr und nehme ihre Hand. Sie legt ein scharfes Tempo vor, so schnell, dass ich nicht mitkomme, weswegen sie mich schließlich auf ihre Hüfte schwingt und mich vom Spielplatz trägt.

Ich halte mich an ihrer Schulter fest und schaue zurück. Onkel Charley liegt jetzt am Boden. Ein Bein zuckt im Sand.

❖

Von lautem Klingeln geweckt, setze mich erschrocken auf. Einen Augenblick lang kann ich mich nicht erinnern, wo ich bin, dann wird mir bewusst, dass ich geträumt habe … schon wieder.

Bilder vom Spielplatzsand und Onkel Charleys Budapestern treiben am Rand meines Bewusstseins, als ich zum Telefon greife. Clara ist dran. Sie möchte wissen, ob ich an einem Stück Schokoladen-Maismehl-Torte interessiert bin. „Ich habe doppelt so viel gemacht wie im Rezept", sagt sie, und ich weiß, dass das ihre Art von Versöhnungsangebot ist.

Ich zögere und höre das nervöse Klicken von ihrem Daumennagel, mit dem sie über ihre Perlenkette streicht.

„Klingt gut", sage ich schließlich. „Ach, übrigens, Tante, wie genau ist Onkel Charley eigentlich gestorben?"

Sie hustet überrascht. „Ach, du meine Güte, Aurora, weißt du das denn nicht mehr?"

„Ich dachte eigentlich schon, aber ich bin mir nicht sicher, ob ich meinem Erinnerungsvermögen trauen kann."

Sie stößt einen Seufzer aus. „Er starb im Jahr ... mal überlegen, das muss 1982 gewesen sein. Ein Herzinfarkt."

„1982?" Da war ich 13 Jahre alt. Viel zu alt, um auf Spielplätzen in Röhren zu kriechen und auf der Hüfte meiner Mutter getragen zu werden.

„Hatte er denn vorher auch schon Herzprobleme gehabt?"

„Das kann man wohl sagen. Ein paar Jahre zuvor hatte er einen Bypass bekommen. Der Arzt hat ihm immer wieder gesagt, er solle auf seine Ernährung achten und Sport treiben, aber der Mann hatte eine sture Ader."

„Wann hat er denn ... ich meine, wann sind zum ersten Mal Herzprobleme bei ihm aufgetreten?"

„Mal sehen." Ich kann fast ihre Gedanken arbeiten hören, während sie ihre Erinnerungen durchsiebt. „Er hatte seinen ersten Herzinfarkt 1971 – nein, 1972. Damals war er bei der Arbeit, als er sich plötzlich schlecht fühlte, deswegen machte er früher Feierabend. Er war auf dem Nachhauseweg, als er auf der Straße zusammenbrach. Als die Polizei anrief, weil sie ihn gefunden hatten, war ich natürlich außer mir vor Schreck. Das war das erste böse Vorzeichen."

„Wo ist er zusammengebrochen?"

Sie lacht. „Also wirklich, spielt das denn eine Rolle?"

„Ich bin einfach neugierig, Tante."

„Hm ... ich glaube, es war an einer Ecke ein paar Häuserblocks von hier. Damals war da so ein kleiner Spielplatz."

Ich schließe die Augen. Charley ist nicht auf der Straße zusammengebrochen, möchte ich ihr sagen. Er hatte den Herzinfarkt auf dem Spielplatz, auf einer Bank, wo er sich mit meiner Mutter getroffen hatte. Wer immer ihn auch gefunden hat, muss angenommen haben, er sei dort hingetaumelt.

„Den Tag werde ich nie vergessen." Claras Stimme hat einen wehmütigen Ton angenommen. „Mich hat das dermaßen erschreckt, dass ich all die Kleider, die er an dem Tag getragen hat, weggeworfen habe. Ich konnte einfach nicht anders als zu glauben, dass er das Schicksal herausfordern würde, wenn er sie wieder trüge. Das ist albern, ich weiß, aber ich konnte den Anblick des Anzugs, der Krawatte und dieser grässlichen Budapester einfach nicht ertragen ..."

„Ich verstehe", flüstere ich. Alle möglichen Gedanken, die ich nicht auszusprechen wage, rasen in einem abscheulichen Gewimmel durch meinen Kopf.

„Aurora ... geht es dir auch wirklich gut? Du klingst irgendwie komisch."

„Alles in Ordnung, Tante." Ich wische mir die Haare aus den Augen und starre meine Butterblumen-Wände an. „Danke für die Einladung zur Torte. Ich komm später vorbei, in Ordnung? Ich habe gerade ein Nickerchen gemacht und bin noch nicht ganz wach."

„Und du brauchst Ruhe." Nun ist sie wieder mütterlich gestimmt. „Pass auf dich auf, Liebes."

„Du auch", flüstere ich.

❖

Nachdem ich aufgelegt habe, lege ich mich zwar wieder hin, doch die Überreste meines Traums haften an meinem Kissen. Als ich die Augen zumache und spüre, wie ich zurück ins bodenlose Fass der Erinnerung falle, stehe ich schnell auf und gehe ins Computerzimmer.

Als die Maschine surrend zum Leben erwacht, klicke ich auf das Symbol für den Internet-Explorer und blinzele, als eine Fehlernachricht den Bildschirm füllt:

Seite nicht gefunden. Überprüfen Sie Ihre Verbindung und versuchen Sie es noch einmal.

Ich klicke noch einmal. Nichts. Ich fahre den Computer herunter und drücke noch einmal den Anschaltknopf – laut Philip der erste Schritt, um fast jedes Computerproblem zu beheben. Doch ich kann immer noch keine Verbindung zum Internet herstellen.

Schließlich gehe ich auf alle viere, krieche unter den Schreibtisch und fahre mit der Hand über das dicke weiße Kabel, das vom Modem zur Wand führt.

Und da liegt das Problem. Irgendwie – wahrscheinlich durch einen gedankenlosen Tritt – habe ich es geschafft, den Stecker zu beschädigen, sodass nun ein Draht heraushängt.

Ich schnappe mir eine kleine Taschenlampe aus der Schublade und hocke mich in die schmale Schreibtischöffnung, dann pule ich den Stecker mit meinem Daumennagel aus der Anschlussbuchse.

Nachdem ich rückwärts unterm Schreibtisch hervorgekrochen bin (und dankbar bin, dass niemand da ist, der mir bei diesem ausgesprochen ungraziösen Manöver zuschauen kann), halte ich das geköpfte Kabel zur näheren Betrachtung hoch.

Ich habe keine Ahnung, was zu tun ist, aber Philip wird wissen, wie man das repariert. Ich bin versucht, ihm eine Kurznachricht zu schicken, doch ohne Internet …

Mit Kabel und Stecker in der Hand gehe ich hinüber zu seiner Wohnung. Er grinst, als ich ihm das kaputte Kabel zeige. „Wie hast du denn das geschafft?"

Ich zucke die Achseln und folge ihm durch den Flur. „Ich bin einfach ungeschickt, nehme ich an. Steht uns eine aufwendige Operation bevor?“

„Auf gar keinen Fall. Eine ambulante Behandlung genügt. Aber zunächst müssen wir uns für den Eingriff vorbereiten.“

Er führt mich nicht zu seinem Büro, sondern in die Küche, wo er seine Brille die Nase hochschiebt, dann eine Schranktür öffnet und eine Tüte Mikrowellen-Popcorn herausnimmt. „Manna vom Himmel“, verkündet er mit einem Wackeln seiner Brauen.

„Isst du immer vor einer Operation?“

„Keine Behandlung auf leerem Magen.“

Er schiebt eine Tüte Popcorn in die Mikrowelle, drückt auf eine Taste, dann holt er verschiedene Werkzeuge aus einer Schublade. Während er an meinen Kabeln herumschnipselt, lasse ich mich auf sein Sofa sinken und atme den himmlischen Geruch von Popcorn und Butter ein. Als das Prasseln der aufgehenden Körner meine Ohren füllt, wird mir plötzlich bewusst: Er macht Popcorn, weil ich neulich erwähnte, dass ich schon seit Jahren keines mehr gegessen habe.

Er macht Popcorn für *mich*.

Unerklärliche Tränen brennen in meinen Augen. Ich blinzele sie weg und starre auf einen Stapel Finanzzeitschriften auf dem Couchtisch.

„Ich habe wieder geträumt“, sage ich, wobei ich mit ruhiger und fester Stimme zu sprechen versuche. Er ist so auf das Kabel konzentriert, dass ich mir nicht sicher bin, ob er überhaupt zuhört, aber ich muss die Stille zwischen uns füllen.

„Nachdem Clara und du gegangen wart, habe ich ein Nickerchen gemacht. Und dann hatte ich einen dieser merkwürdigen Träume, die völlig echt wirken – eher wie eine Erinnerung als ein Traum. Ich war zusammen mit meiner Mutter und Onkel Charley ...“

„Claras Charley?"

Also hört er doch zu. „Genau der. Auf jeden Fall bekam Charley plötzlich einen Herzinfarkt auf diesem kleinen Spielplatz, und meine Mutter hat mich einfach bei der Hand genommen und ist mit mir weggegangen und hat ihn dort zurückgelassen. Ich konnte gar nicht fassen, was sie tat, aber ich war noch ganz klein, und sie schleppte mich weg, während er sich an die Brust griff und sich wand und nach Luft schnappte."

„Hört sich unangenehm realistisch an", murmelt Philip.

„Das ist noch nicht das Schlimmste. Das Telefon läutete – in echt, meine ich – und weckte mich auf. Clara war dran und ich habe sie wegen Charley ausgequetscht. Ich war schon ein Teenager, als er starb, aber sie erzählte mir, dass er seinen ersten Herzinfarkt hatte, als ich drei war. Und man hat ihn genau an der Stelle gefunden, von der ich geträumt habe!"

Ich drehe mich auf dem Sofa um, damit ich ihn anschauen kann. Er hat bereits das kaputte Ende repariert, doch nun untersucht er das Teil, das ich aus dem Kabelmodem gezogen habe.

„Sag bloß, dieses Ding da ist auch lose."

Er blickt zu mir hinüber. „Ein bisschen. Aber das kriege ich schon hin."

Ich wende mich wieder den Zeitschriften zu. „Und weißt du, was das Merkwürdigste an meinem Traum war? Bevor Charley anfing, nach Luft zu schnappen, stritten er und meine Mutter über irgendetwas. Und ihre Beziehung war eigenartig, überhaupt nicht so, wie ich sie in Erinnerung habe. Denkst du, mein Unterbewusstsein hat da einige Details improvisiert?"

Als Philip nicht antwortet, schaue ich über meine Schulter. Er ist dabei, den Stecker mit einer Nagelzange über den Draht zu drücken, dann schüttelt er das Kabel, um die

Verbindung zu testen. Zufrieden hält er es hoch wie einen Siegespreis. „Ich hab's dir doch gesagt, bloß ein kleiner Eingriff. Zwei Verbindungen für den Preis von einer."

„Danke." Ich stehe auf, um nach dem Kabel zu greifen, doch er hält eine Hand hoch.

„Warte – erst Popcorn, dann Erfolgskontrolle."

Während ich zur Kücheninsel gehe, zieht er die dampfende Tüte aus der Mikrowelle, reißt sie fachmännisch auf und schüttet den Inhalt in eine große Schüssel. „Hier" – er reicht mir die Schüssel –, „du kümmerst dich ums Popcorn, während ich die Verbindung teste."

Ich nehme die Schüssel und folge ihm in sein Büro, dann bleibe ich bei der Tür stehen, während er das Kabel anschließt. Ich werfe mir ein paar dampfende Körner in den Mund, schließe die Augen und unterdrücke ein genießerisches Stöhnen. Popcorn mag zwar nicht wirklich Manna vom Himmel sein, doch für den Augenblick fühlt es sich so an.

Als ich meine Augen öffne, rast Philips Computer durch seine Lieblingsseiten im Internet.

„Funktioniert einwandfrei", sagt er und geht auf die *Google*-Seite.

„Hey." Von einem plötzlichen Gedanken getroffen, bewege ich mich auf ihn zu. „Man kann doch alles googeln, oder?"

„Klar."

„Was ist mit einem Satzteil?"

Er späht mich über seinen Brillenrand hinweg an, dann greift er nach einer Handvoll Popcorn. „Woran hast du denn so gedacht?"

„Ich kenne ihre Tränen."

Er schaut mich neugierig an und wirft das Popcorn zurück in die Schüssel. Dann tippt er das Zitat in Anführungszeichen in das Suchfenster und klickt die Eingabetaste.

Bevor ich zwinkern kann, hat sich der Bildschirm mit

Textzeilen gefüllt. „Was ist das alles? Hat das irgendeine Bedeutung?"

Philip neigt sich näher zum Monitor. „Wow. Die Hälfte davon scheinen Blogs zu sein."

„Was?"

„Weblogs – Onlinetagebücher. Leute schreiben online, um sich kreativ auszulassen, und andere lesen, was sie geschrieben haben. Aber das und das da sind keine Blogs, sondern Verweise auf ein Buch."

Ein Frösteln kriecht mir in die Knochen. „Was für ein Buch denn?"

„Es ist der Titel – *Ich kenne ihre Tränen*. Dieser Liste zufolge ist das ein Roman von Andrew Noble."

Ich hebe die Augenbrauen. „Nie von ihm gehört."

„Wir könnten bei *Amazon* nachschauen. Da gibt's sicher eine Inhaltsangabe und vielleicht auch ein paar Rezensionen."

„Nur zu."

Er klickt ein paar Mal. Einen Augenblick später starren wir auf eine Seite bei *Amazon*, die ein schwarz-weißes Taschenbuch zeigt.

„*Ich kenne ihre Tränen*", liest Philip, „von Andrew Noble, 1987 veröffentlicht und inzwischen vergriffen. Scheint jedoch positiv aufgenommen worden zu sein – 48 Kunden haben dem Buch fünf Sterne gegeben."

Ich starre auf das Cover. Könnte es eine Verbindung geben zwischen diesem Buch und der Stimme, die ich auf dem Hausdach gehört habe?

Ich schließe die Augen. „Das ist verrückt. Ich komme mir vor wie ein alter Hippie, der eine LSD-Erfahrung noch einmal durchlebt ..."

„Du warst nicht auf einem Trip", sagt Philip. „Ich weiß nicht genau, was auf dem Dach passiert ist, aber du hattest bestimmt keine Halluzination."

Ich kaute nachdenklich auf meiner Unterlippe herum. „Ist auch egal. Das Buch ist vergriffen, also komme ich nicht ran."

Philip lehnt sein Kinn auf seine Hand, ein amüsiertes Lächeln auf seinen Lippen. „Weißt du nicht, dass Bücher niemals sterben? Es gibt Dutzende gebrauchter Exemplare im Angebot, und zwar genau hier – siehst du?" Er klickt auf einen kleinen Button, auf dem *„Jetzt gebraucht bestellen"* steht. Eine neue Seite mit Angeboten öffnet sich. „Für ein paar Cent kannst du eins von diesem Anbieter hier bekommen. Der Versand kommt noch obendrauf. Soll ich es für dich bestellen?"

„Danke, Philip. Ich lese sowieso fast alles, warum also nicht auch das?"

Ich gehe Richtung Tür, als mich sein Lachen zurückhält.

„Warte mal", ruft er, seine Stimme ist gedämpft. Ich gehe zurück und sehe ihn unter dem Schreibtisch, sein Hinterteil ragt nach oben. „Du brauchst doch dein Kabel, oder?"

Seufzend verschränke ich die Arme und warte.

Kapitel 22

Westbury Arms, Wohnung 15a

Die darauffolgende Woche vergeht wie unter einem angenehmen Schleier. Ich mache mich mit dem Computer vertraut und finde eine Universität – und bewerbe mich bei ihr –, die Onlinekurse anbietet, durch die ich meinen Abschluss in Englisch machen kann. Während ich auf eine Antwort warte, bestelle ich von einem eBay-Verkäufer Tapeten für die Küche und beauftrage einen örtlichen Baumarkt, mir Seidenglanzfarbe in einem üppigen Türkisblau für mein Badezimmer zukommen zu lassen.

Die Stimme höre ich nicht wieder. Allerdings wage ich mich auch nicht wieder aufs Dach und Claras Verhalten mir gegenüber entspannt sich. Sie kommt jeden Morgen auf eine Tasse Kaffee vorbei und erkundigt sich, ob ich etwas brauche. Dann zieht sie los, um Arthur oder ihre verschiedenen Freundinnen zu treffen.

Philip – der mir jetzt eher wie ein „Phil" erscheint – stattet mir ebenfalls jeden Tag einen Besuch ab, macht sich dabei aber nützlicher als Clara. Er nimmt jedes Projekt in Angriff, das ich an ihn herantrage, und obwohl sein Körperbau eher schlank als stämmig ist, erweist er sich als überraschend kräftig.

Eines Abends hilft er mir im Badezimmer. Er meldet sich

freiwillig für die halsbrecherische Aufgabe, die Decke zu streichen. Als uns das Klebeband ausgeht, bietet er an, eine weitere Rolle zu besorgen. Ohne sein Angebot hätte ich eine telefonische Bestellung aufgeben müssen, und es hätte vermutlich ein oder zwei Tage gebraucht, bis man geliefert hätte.

Genau wie Clara hat Phil den Umstand akzeptiert, dass ich ans Haus gefesselt bin, doch im Gegensatz zu Clara wagt er es, mir ab und zu eine Herausforderung vor die Füße zu werfen. Als er sich die Jacke überstreift, um das Klebeband zu besorgen, schaut er mich mit einem Funkeln in den Augen an. „Der Baumarkt ist nur ein paar Straßen entfernt", sagt er. „Ein netter Spaziergang, wenn dir danach ist."

Gerade möchte ich den Kopf schütteln, da halte ich inne. „Ich bin schon spazieren gegangen." Ich hebe das Kinn. „Auf den Treppen. Ich hab's bis zum 13. Stock geschafft."

„Wirklich?" Seine Augen leuchten mit – so scheint es mir – ehrlicher Freude. „Nun … die Eingangshalle ist nur ein paar Meter weiter als der 13. Stock und zum Baumarkt sind es nur noch ein paar Meter weiter."

Jetzt schüttele ich aber wirklich den Kopf und meine es auch ernst. „Ich kann nicht raus auf die Straße gehen. Noch nicht. Aber vielleicht kann ich mit dir bis zum 12. Stock hinuntergehen, und dann kannst du von dort aus den Fahrstuhl nehmen."

„Warum kommst du nicht einfach mit bis ganz runter in die Eingangshalle? Dann kannst du dir den Tag rot im Kalender anstreichen."

Ich beiße mir auf die Lippen, doch die Herausforderung, die ich in seinen Augen sehe, ist mit Freundlichkeit vermischt. Er verurteilt mich nicht; er bietet bloß seine Hilfe an. Und er verlangt auch nicht zu viel. Immerhin habe ich es schon einmal bis zur Eingangshalle geschafft, als ich meine Unterschrift für den Computer abgeben musste.

Wie kann ich Nein zu einem Mann sagen, der mir Popcorn macht?

„Okay." Ich nicke langsam. „Ich komme also mit runter in die Eingangshalle."

„Wartest du dann auf mich?"

„Natürlich. Ich kann ja nicht weitermalen, ehe du nicht mit dem Klebeband zurück bist."

„Ob du in der Eingangshalle auf mich wartest, meine ich, damit wir wieder zusammen nach oben gehen können."

Ich schaudere. In meinem Kopf hatte sich bereits ein Bild geformt, wie ich ihm nachwinke, während er aus dem Fahrstuhl steigt und loszieht. Nun verlangt er von mir, dass ich aus dem Fahrstuhl trete, an einem öffentlichen Platz auf dem Sofa sitze und dort wer weiß wie lange warte ...

Ich werfe einen kurzen Blick auf meine Uhr. „Ich warte fünf Minuten."

„Ich weiß nicht, ob ich es so schnell zurückschaffe. Der Laden könnte voll sein. Außerdem ist doch der Portier da, falls du dich unwohl fühlst."

Ich bin im Begriff abzulehnen, doch er greift sanft nach meiner Hand. „Du kannst das, Aurora Rose. Ich weiß, dass du es kannst."

Und er hat recht – irgendwie schaffe ich es. Als wir endlich wieder in der Wohnung sind, bekomme ich kaum noch Luft. Doch Philip holt das Klebeband aus der Tasche, und mir wird bewusst, dass keine Trophäe je mehr Anstrengung gekostet hat.

Phil ist das ebenfalls bewusst; ich kann es in seinen Augen sehen. „Was denkst du?" Er legt die Rolle Klebeband auf ein Regal. „Sollen wir einen Sockel dafür finden? Das wäre doch wohl angemessen!"

Ich knuffe ihn in den Arm. „Mach dich nicht über mich lustig."

„Ich mache mich nicht lustig." Sein Blick sucht meinen und er senkt die Stimme. „Ich finde diese Rolle Klebeband kostbar ... fast so kostbar wie dich."

Und somit wird aus meinem Sieg *unser* Sieg. Ich bin mir nicht sicher, wie viel ich mit Phil Cannon teilen möchte, doch eines weiß ich: Zum ersten Mal seit sehr Langem regt sich in meinem Herzen so etwas wie ... Hoffnung. Das kann nur ein gutes Zeichen sein.

❖

Meine kleinen Schritte bringen mich auch an anderen Fronten voran. Der Zimmermann ruft mich zurück und kommt vorbei, um den Platz auszumessen, an dem ich meine Bücherregale haben möchte. Er werde zwar erst nach Weihnachten mit der Arbeit anfangen können, meint er, aber ich gebe ihm eine Anzahlung und unterzeichne einen Vorvertrag.

Am Freitag erhalte ich eine E-Mail von *Unisa Online*. Ich wurde zum Fernstudium zugelassen, und nach drei Jahren soll ich eine schriftliche Arbeit schreiben, die sich entweder mit Geschlechterrollen, Frauenliteratur, mittelalterlicher Geschichte, romantischer Lyrik, viktorianischer Literatur, Science-Fiction oder zeitgenössischen amerikanischen Romanen beschäftigt.

Ich drucke die E-Mail aus und lege sie auf meinen Schreibtisch. Ich kann es kaum abwarten, sie Clara und Phil zu zeigen.

Allerdings werde ich auf andere Gedanken gebracht, als Clara mit der Post hochkommt. Außer verschiedenen Prospekten sind zwei Päckchen dabei. Das erste beinhaltet meine Tapetenbestellung, und im zweiten gefütterten Umschlag ist das Buch *Ich kenne ihre Tränen.*

„Was ist das denn?", fragt Clara, als ich den Roman auspacke. Ich halte ihr den Band zur genaueren Betrachtung hin. „Andrew Noble? Nie von ihm gehört."

„Ich auch nicht. Aber ich glaube, es ist gut."

Sie kräuselt die Nase. „Das hätte ich dir auch aus der Bibliothek mitbringen können. Du musst dein Geld nicht für Bücher verschwenden, die ich ..."

„Ist schon okay, Clara. Es kann durchaus sein, dass ich dieses Buch behalten möchte. Außerdem haben sie das wahrscheinlich gar nicht in der Bibliothek. Es ist bereits vergriffen."

Als sie sich verabschiedet, gehe ich ins Schlafzimmer und lege den neuesten Roman von Theodor Norquest vom Nachttisch zum Regal darunter. Phil und ich haben eine stillschweigende Vereinbarung geschlossen. Die Internetbuchhandlung verschickt die Bücher normalerweise per UPS, also schaut Phil jeden Nachmittag am Pult in der Eingangshalle nach, ob ich irgendwelche Päckchen bekommen habe. Dadurch erspart er dem Portier eine Fahrt nach oben, und ich erhalte meine Norquest-Romane, ohne dass Clara mitbekommt, was passiert.

Bis jetzt hat Phil mir vier Päckchen gebracht und so langsam gewöhne ich mich an den Stil meines Vaters. Handlungsstränge, die ich zunächst entsetzlich fand, erscheinen mir jetzt lediglich als ungewöhnlich; mein Vater behandelt häufiger übernatürliche Themen als einfach nur blutige Szenarien. Jetzt, wo ich begriffen habe, wie seine Bücher funktionieren – *gut, mal angenommen, wir leben in einer Welt, in der dieses Szenario stattfinden könnte* –, haben seine Geschichten für mich einen logischeren Fluss.

Ich habe nicht vor, *Ich kenne ihre Tränen* in einem Rutsch durchzulesen, aber die Stunden fliegen im Nu vorbei. Ich mache nur eine Pause, um mir ein Sandwich aus der Küche zu holen, dann lasse ich mich wieder auf einen Barhocker nieder und esse, wobei ich zwischen den Bissen die Seiten umblättere.

Um 20:00 Uhr ruft Phil an. Er möchte wissen, ob ich herüberkommen und mit ihm zusammen eine DVD ansehen will. Ich sage ihm, ich sei total in ein Buch vertieft und käme nicht davon los.

„Welches denn?"

„Ich kenne ihre Tränen."

„Aha." Er stockt, und ich weiß, dass er sich daran erinnert, warum dieses Buch so bedeutsam ist. „Und? Wie ist es?"

Ich blicke auf den offenen Band auf meinem Schoß. „Der Ton ist ganz anders als in den Norquest-Büchern, die ich in letzter Zeit gelesen habe – hauptsächlich, weil es ein mittelalterlicher Roman ist, keine zeitgenössische Horrorgeschichte –, aber genau wie Norquest hat dieser Andrew Dingsda einen großen Wortschatz und einen sehr eleganten Stil."

Er lacht. „Du solltest professionelle Rezensentin werden."

„Das würde mir beim Lesen den ganzen Spaß verderben. Viel Spaß bei dem Film! Ich lasse dich mehr wissen, wenn ich fertig bin."

Ich lege auf und wende mich wieder meinem Buch zu. Samstag früh um 2:00 Uhr bin ich schließlich fertig. Als ich das Buch zuklappe und beiseitelege, fühle ich mich, als sei ich gerade einen Marathon gelaufen.

Ich gehe ins Computerzimmer und schicke Phil eine Instant Message. Sollte er schlafen, wird er das leise „Tüdeli-Tüt" nicht hören, das meine Nachricht ankündigt. Sollte er jedoch am Computer sitzen …

Er ist dran.

Phil627: Hey. Bist du noch wach?

AuroraRose: Ja. Bin gerade mit dem Buch durch.

Phil627: Und das Urteil lautet …?

AuroraRose: Ich habe noch nie etwas Vergleichbares gelesen. Mich hat's voll erwischt.

Phil627: Ist das positiv?

AuroraRose: Definitiv. Eine tolle Geschichte.

Phil627: Wovon handelt sie?

Ich zögere, unsicher, ob er aus Höflichkeit fragt oder echtes Interesse hat. Wahrscheinlich ist es echtes Interesse, sonst hätte er einfach mein Urteil akzeptiert und wäre auf etwas anderes zu sprechen gekommen.

AuroraRose: Es spielt im Mittelalter, die Geschichte eines Grafen, der mit einer Frau verheiratet ist, die ihn ständig betrügt. Gerade als er das Ausmaß ihrer Treulosigkeit entdeckt, wird sie schwanger. Er möchte sehr gern ein Kind haben und liebt seine Frau trotz allem. Als er herausfindet, dass sie ihm untreu gewesen ist – à la Guinevére und Lancelot –, schickt er sie nicht weg, sondern besteht nur darauf, dass sie ihr Verhalten ändert. Sie ist aber so auf ihren eigenen Weg fixiert, dass sie ihm droht, ihn mit ihren Lügen zu zerstören.

Phil627: Hört sich wie eine mittelalterliche Seifenoper an.

AuroraRose: Ha, ha. In gewisser Weise ist es das auch. Die Frau redet nicht mehr mit ihm. Dann muss der Graf zu einem Kreuzzug aufbrechen, der ihn jahrelang von zu Hause fernhält. Doch er kann das Kind nicht vergessen, obwohl er es nie gesehen hat. Also schickt er immer wieder Geschenke, deren Annahme seine Frau natürlich verweigert. Sie erweist seinen Boten keine Ehre und nimmt seine Briefe nicht entgegen, und sie lässt einen Diener ihres Gemahls sogar von ihren Wachen töten. Jedenfalls wächst das Kind, ein Mädchen, in dem Glauben auf, dass ihr Vater der schrecklichste Mann auf der Welt ist.

Phil627: Hört sich nach einem Fall für König Artus und die Ritter der Tafelrunde an.

AuroraRose: Ich glaube, da bist du im falschen Jahrhundert. Ich weiß nicht – wahrscheinlich klingt das alles ziemlich melodramatisch, aber es hat wirklich Spaß gemacht. Könnte dir gefallen, glaub ich.

Phil627: Aber nur, wenn da ein gut aussehender Wirtschaftswissenschaftler drin vorkommt – du weißt schon, so eine Mischung aus Ben Affleck und Tom Cruise."

Ich kichere, als ich seine Botschaft lese. Er nimmt alles so locker, dass ihm das Offensichtliche entgeht. Die Geschichte löst in mir einen solchen Widerhall aus, weil es fast *meine* Geschichte sein könnte. Auch ich habe einen Vater, den ich nie gesehen habe. Im Vergleich zu der Hexe in der Geschichte war meine Mutter zwar die reinste gute Fee, aber ich kann mich trotzdem mit ihrer Tochter identifizieren. Ein Teil von mir sehnt sich danach, meinen Vater zu lieben, und ein anderer Teil kann nicht mit der Gewohnheit brechen, ihn zu hassen.

AuroraRose: Ich glaube, es ist Zeit, Gute Nacht zu sagen, Phil.

Phil627: Gute Nacht, Phil.

AuroraRose: Wir sprechen uns morgen.

Phil627: Warte – was bekommt man, wenn man den „Paten" mit einem Volkswirtschaftler kreuzt?

AuroraRose: Muss ich da mitspielen?

Phil627: Selbstverständlich.

AuroraRose: Na schön. Was?

Phil627: Ein unverständliches Angebot. Ha, ha. LOL.

AuroraRose: Gute Nacht, Phil.

Phil627: Nächtchen, Rosie.

Ich schließe das Messenger-Dienstprogramm, dann verschränke ich die Arme vor der Brust und starre auf den Computerbildschirm. *Rosie.* Mich hat noch nie jemand Rosie genannt, doch Phil ist zu einem guten Freund geworden – mein *einziger* Freund, abgesehen von Clara. Diese Beziehung könnte sich weiterentwickeln, aber ich bin mir nicht sicher, ob ich Phil oder irgendjemanden sonst noch näher an mich herankommen lassen möchte. Wenn Menschen einem nahestehen, dann muss man ihnen vertrauen, und wenn man ihnen vertraut, erwarten sie von einem, dass man Sachen tut, die man nicht tun möchte, und dass man an Orte geht, an die man lieber nicht gehen will.

Phil gibt mir bereits jetzt schon harte Nüsse zu knacken. Er übt keinen zu starken Druck auf mich aus, aber wenn wir uns noch näherkommen, könnte das durchaus passieren.

Ich fahre den Computer herunter und sehe zu, wie der Bildschirm schwarz wird.

Kapitel 23

Westbury Arms, Wohnung 15a

Zwei Tage später kreisen meine Gedanken immer noch um den Roman von Andrew Noble. Auch wenn ich nicht behaupten würde, dass er ein besserer Schriftsteller ist als mein Vater, hat seine Prosa doch etwas, das haften bleibt. Ich kann fast *sehen*, wie sich dieser mittelalterliche Graf nach seiner Tochter sehnt ... wahrscheinlich deshalb, weil ich seit Mutters Tod gedanklich immer wieder auf meinen eigenen Vater zurückkomme. In meinen Fantasien wartet er mit offenen Armen auf mich, doch dann öffne ich die Augen und bin allein in der Wohnung, die er vor so vielen Jahren verlassen hat ...

Er ist nie zurückgekommen. Im Gegensatz zum Vater in Nobles Geschichte hat mir mein Vater nie auch nur einen Brief geschickt. Ist so eine Art von hingebungsvoller Liebe und Sehnsucht in der heutigen Zeit überhaupt noch möglich? Ich bezweifle es. Das Mittelalter mag düster gewesen sein, aber die Postmoderne ist von Zynismus und Verzweiflung durchtränkt.

Ich denke immer noch über die Geschichte nach, als Phil nach dem Mittagessen vorbeischaut. „Überraschung!", sagt er, als ich die Tür öffne. Ich starre ihn an, woraufhin er ein kleines Apparätchen hochhält, von dem zwei Kabel herunterbaumeln.

„Einer meiner Klienten hatte zu viele von diesen Dingern auf Lager, da dachte ich, es könnte ja sein, dass du gern eine haben würdest. Es ist nichts Ausgefallenes, aber vielleicht willst du sie spaßeshalber mal ausprobieren."

„Was ist dieses Ding denn?"

„Eine Digitalkamera. Du knipst ein Foto, lädst das Bild auf den Computer und dann kannst du es per E-Mail überallhin verschicken. Du kannst dir die Kamera sogar als Webcam einrichten, sodass Leute dir beim Arbeiten zuschauen können."

Ich kann mir nichts Unangenehmeres vorstellen, als mich von der Welt beobachten zu lassen, doch Phil hat bereits den Flur durchquert und ist auf dem Weg zum Computerzimmer, die Kabel hinter sich herschleifend. Als ich ihn eingeholt habe, legt er gerade eine CD in mein Computerlaufwerk.

„Äh, diese Kamera – ich *muss* die doch nicht benutzen, oder?"

„Natürlich nicht. Aber dann hast du eine, falls du eine brauchst. Man weiß nie, wann du vielleicht was bei eBay loswerden willst, und ein Bild ist immer hilfreich."

Ich hocke mich auf die Kante des Extrastuhls aus der Küche und deute auf die CD. „Was ist das?"

„Die Software. Ohne Software funktioniert nichts, Rosie."

Ich versteife mich, vorübergehend in Verlegenheit geraten. Er hat mich jetzt schon ein paar Mal so genannt, aber noch nie direkt. Dieses Mal fühlt es sich sehr … vertraut an.

Als ich aufblicke, begutachtet Phil mein Gesicht mit größter Konzentration. „Geht's dir gut?"

„Ja – der Name hat mich nur überrascht, mehr nicht. Ich sehe mich selbst nicht wirklich als eine Rosie."

„Wenn du willst, dass ich es lieber …"

„Nein, ist okay."

Er blickt zum Monitor, der sich mit einem Programm

gefüllt hat, dann klickt er sich hindurch. „Rosie passt zu dir", meint er, ohne mich anzuschauen. „Aurora klingt etwas …"

„Überkandidelt?"

Er grinst. „Das hast du gesagt, nicht ich."

„Ist schon in Ordnung." Ich atme tief ein. „Ich nenne dich Phil, ich schätze, dann kannst du mich Rosie nennen."

Ein weiterer kleiner Schritt. Wir sind in unserer Beziehung auf eine weitere Stufe gelangt, die entweder ein Segen oder eine Last sein kann …

Phil hebt die Kamera auf und dreht sich mir zu. Bevor ich die Hand heben kann, um ihn zurückzuhalten, macht er ein Foto von mir.

„Braucht man keinen Film in diesem Ding?"

„Das ist eine Digitalkamera. Kein Film erforderlich." Er stellt die Kamera auf eine kleine Plastikunterlage, danach klickt er auf ein Kästchen auf dem Bildschirm. „Schau."

Der Computer surrt, ein Licht leuchtet oben auf der Kamera auf und plötzlich sehe ich meine weit aufgerissenen Augen und blasse Hautfarbe auf dem Monitor. Es ist ein grässliches Bild, nichts, was ich je einen anderen sehen lassen würde, doch Phil markiert es, klappert einen Moment lang auf der Tastatur herum und klickt dann ein weiteres Mal aufs Bild.

„So." Er schwenkt herum und beugt sich zu mir, die Ellenbogen auf die Knie gestützt. „Ich habe gerade eine Kopie des Bildes an meinen Computer geschickt. Das nächste Mal, wenn du mir eine Nachricht sendest, erscheint dein Gesicht neben dem Textkästchen – dann ist es fast so, als würde ich wirklich mit dir reden."

„Es wäre ja auch kein Problem, zwanzig Schritte zu laufen und rüberzukommen", knurre ich, doch obwohl mir bei dem Gedanken graut, dass er von nun an ständig dieses schreckliche Bild sehen wird, bin ich eher überrascht, dass er es überhaupt sehen *will*.

Er lehnt sich vor, um aufzustehen, aber ich packe ihn am Arm. „Ehrlich gesagt bin ich froh, dass du hier bist", beginne ich und ziehe einen gelben Block unter den Büchern auf dem Schreibtisch hervor. „Ich habe da ein paar Sachen, die ich kurz mit dir besprechen wollte."

„Wirklich?", fragte er interessiert. „Was denn?"

„Zunächst einmal habe ich das hier." Ich ziehe eine Kopie der E-Mail von *Unisa* heraus und reiche sie ihm. „Ich wurde zum Fernstudium zugelassen. Ich mache es wirklich!"

Er nimmt den Brief mit einem Lächeln entgegen, das mich mehr wärmt als die matte Sonne am Himmel. „Wow. Das ist großartig, Rosie. Echt toll."

Ich verschränke meine Hände ineinander und beuge mich in seine Richtung, meine Wangen erhitzt. „Siehst du, zwischen was ich alles wählen kann? Ich habe mich noch nicht entschieden, auf welches Gebiet ich mich konzentrieren will – es gibt so viele Möglichkeiten. Aber ich habe drei Jahre, um den Stoff für meine Abschlussarbeit zu recherchieren."

Sein Lächeln vergeht. „Der Fachbereich Englisch", liest er, „an der ... *University of South Africa?*"

Er sieht verblüfft aus, doch ich beruhige ihn schnell. „Die Kurse sind anerkannt. Ich habe das nachgeprüft. Und wenn mir das Studium Spaß bringt und ich meinen Master gemacht habe, kann ich auch noch eine Doktorarbeit schreiben."

Das Blatt rutscht aus seiner Hand und segelt zu Boden. „Du hättest dich auch an der New Yorker Uni anmelden können", sagt er, wobei seine Stimme merkwürdig leer klingt.

Ich zucke die Achseln. „Ich habe bei *Google* gesucht. Sie ist dort nicht aufgelistet."

„Wie viel Mühe hast du dir denn beim Suchen gegeben? Hier in der Umgebung gibt es Dutzende von Universitäten. Du hättest dich doch bei jeder beliebigen von ihnen bewerben können."

Ich verschränke meine Arme. „Warum muss ich denn mit einer Universität in der Nähe von New York arbeiten? Mir hat dieses Kursprogramm gefallen, ich kann alles online machen und ich mag die Studienoptionen …"

„Dir gefällt das" – seine Stimme klingt gereizt –, „weil sich die Universität auf der anderen Seite der Welt befindet!"

In meinem Kopf dreht sich alles. „Ist doch völlig egal, wo sie ist! Du erzählst mir doch immer, dass die Welt schrumpft, weil das Internet uns alle zusammenbringt …"

„Dir gefällt das, weil nicht die geringste Notwendigkeit besteht, dass du die Wohnung verlassen und zu einer Vorlesung, einer Tagung oder weiß Gott was gehen musst. Wenn du dich bei einer amerikanischen Universität beworben hättest, wäre es durchaus möglich, dass dich jemand eines Tages bittet, deinen Elfenbeinturm zu verlassen."

„Das stimmt nicht!"

„Doch, das stimmt sehr wohl! Ich habe dich beobachtet, Aurora, und mir ist aufgefallen, dass du eine echte Fachfrau darin bist, dir die Leute vom Leib zu halten. Du renovierst diese riesengroße, alte Wohnung, damit du eine Ausrede hast, dich weiter hier einzuigeln. Du willst einen weiteren Abschluss machen, damit du dir keinen Job suchen musst. Du belegst Kurse an einer Fernuni in *Südafrika*, damit du nicht zu Vorlesungen gehen musst. Du wirst wahrscheinlich das mittelalterliche Frauenbild oder irgend so ein obskures Thema als Hauptfach nehmen, weil dich so ein Abschluss für nichts weiter als noch mehr Verkopftheit ausrüstet."

Seine Worte stapeln sich in meinem Kopf, klopfen gegen eine Tür, die ich nicht aufzumachen vermag. „Ich weiß nicht, warum du dich so aufregst", sage ich. „Das hier ist mein Zuhause. Warum sollte ich weggehen? Ich will einen Abschluss und ich studiere gern. Ich habe es nicht nötig zu arbeiten, also warum die Eile?"

„Hast du schon mal was von Verdrängung gehört?“, entgegnet er und zieht seine Brauen über den runden Brillenrändern hoch. „Vermeidungstaktiken? Ausreden? All das ist es, was du hier machst.“

Ich starre ihn an und zögere in dem Schweigen, das uns umschließt. „Bist du jetzt fertig?“, meine ich schließlich mit zittriger Stimme.

„Oh, Rosie.“ Er ergreift meine Hände und hält sie fest, und er kommt mir mit seinem Gesicht sehr nah. „Ich will dir nicht wehtun, aber es ist höchste Zeit, dass du die Augen aufmachst und die Dinge so siehst, wie sie sind. Du machst kleine Schritte, ja, aber wenn du dein Leben wirklich ändern willst, musst du anfangen, dir über einige Sprünge Gedanken zu machen.“

„Ich schlage mich doch recht wacker, in Anbetracht ...“

„Du bist ganz gut vorangekommen, Kleine, aber du hast immer noch eine lange Strecke vor dir. Ich respektiere Clara und weiß zu schätzen, was sie alles für dich macht, aber sie tut dir damit keinen Gefallen. Sie unterstützt das Ganze nur noch ...“

Ich versuche meine Hände freizubekommen. „Clara ist fast wie eine Mutter für mich!“

„Das ist es ja.“ Er öffnet seine Hände und lässt mich los. „Ich weiß nicht, was deine Mutter an Clara gebunden hat, aber sie tut dir keinen Gefallen damit, dass sie dir dein Einsiedlerdasein ermöglicht. Sie behandelt dich wie ein Kind, und ich fürchte, bis sie damit aufhört, wirst du auch nie etwas anderes sein.“

Mein Mund öffnet sich, aber es kommen keine Worte heraus. Ich möchte wütend sein, aber Phils Augen sehen sanft und besorgt aus ... und irgendwo tief in meinem Innern weiß ich, dass er recht hat. Ich schätze, mir hat es immer gefallen, dass Clara mich verhätschelt hat. Nachdem ich so viel in die

Pflege meiner Mutter gesteckt habe, war es schön, mal jemanden zu haben, der sich um *mich* kümmert. Doch Mutter ist nicht mehr da und ich brauche keine Krankenschwester mehr.

Ich brauche einen Freund … einen, der mich nicht verwöhnt. Einen, der mir einen Tritt gibt, auch wenn es wehtut.

Einen wie Phil.

Ich neige den Kopf und weiche seinem Blick aus. Stille breitet sich um uns, nur unterbrochen von dem Hintergrundgemurmel des Küchenfernsehers. Wir sind zu schnell zu weit gekommen. Selbst wenn wir letztendlich doch nur Freunde bleiben, droht mich diese Intensität zu ersticken.

„Wenn du dann jetzt damit fertig bist, mich auszuschimpfen", bringe ich schließlich heraus, „gibt es da noch eine andere Sache, die ich dir zeigen wollte."

Kalte Luft umgibt meine Hände und etwas in mir vermisst die Wärme seiner Berührung.

Doch ich habe erfolgreich das Thema gewechselt.

Mit einem fragenden Gesichtsausdruck lehnt er sich auf dem Computerstuhl zurück und verschränkt die Arme. „Was?"

Ich nehme den Block von meinem Schoß und zeige auf die erste, von Hand beschriebene Seite. „Ich habe angefangen, einen Brief zu schreiben, aber bevor ich ihn abschicke, muss jemand anders ihn mal durchgehen. Clara würde das nicht verstehen, also bist du nominiert."

Ein interessiertes Flackern tritt in seine Augen. „Solange du nicht an die Hausverwaltung schreibst und dich über meine lauten Partys beschwerst …"

„Ich habe meinem Vater geschrieben – oder *versucht* zu schreiben."

Phil sieht verblüfft aus. „Braves Mädchen. Das ist ein Sprung. Also – was hat dich dazu gebracht, es zu wagen?"

„Ich kriege diese mittelalterliche Geschichte nicht aus dem Kopf – du weißt schon, der Vater und seine Tochter. Wenn also die entfernte Möglichkeit besteht, dass mein Vater den Wunsch hat, von mir zu hören, sollte ich vielleicht schreiben."

„Aurora." Er klingt jetzt fast vorwurfsvoll. „Ich wette meinen letzten Dollar darauf, dass er von dir hören möchte. Welcher Vater würde das nicht wollen?"

„Ein Vater, der seit fünfunddreißig Jahren nicht angerufen oder geschrieben hat", erinnere ich ihn. „Ein Vater, der seine Familie wegen einer anderen im Stich gelassen hat."

„Du hast mir gesagt, er hat einen Treuhandfonds für dich eingerichtet."

„Einen Fonds mit Auflagen. Aber deswegen schreibe ich nicht. Ich brauche sein Geld nicht; ich will es gar nicht. Ich will bloß wissen, ob er mich auch so hasst, wie er meine Mutter gehasst hat."

Phil verzieht bei dem Wort „hassen" das Gesicht. „Ich glaube, du hast dir zu viele von Claras Geschichten angehört. Vergiss, was sie gesagt hat. Denk doch mal daran, wie dein Vater für dich vorgesorgt hat. Dir muss doch klar sein, dass er dich nicht hasst. Mal abgesehen davon, dass er dich gar nicht kennt."

Er verschränkt seine Arme wieder und wartet darauf, dass ich vorlese. Ich lege den Block auf meine Knie, doch bevor ich mehr als „Sehr geehrter Mr Norquest" sagen kann, füllen sich meine Augen mit Tränen und lassen die Worte auf der Seite verschwimmen.

Ich schaue auf und blinzle die Nässe weg. „Vielleicht mache ich mir auch was vor. Vielleicht tue ich das hier nur, weil Mutter tot ist und ich mich wie ein Waisenkind fühle ..."

„Oder sie hat deinen Vater so wenig ausstehen können, dass du erst jetzt die Freiheit hast, Dinge zu erfahren, die jedes

Kind wissen sollte.“ Eine steile Falte erscheint zwischen Phils Brauen. „Bei allem Respekt deiner Mutter gegenüber denke ich, jedes Kind hat das Recht, seinen Vater zu lieben. Deine Mutter lag falsch, als sie dir diese Möglichkeit verwehrt hat.“

Ich schüttle den Kopf. „Sie wollte nicht, dass ich verletzt werde. Sie hat mir erzählt, dass er eine andere Frau geheiratet und eine neue Familie gegründet hat. Er hat Söhne, sagte sie, und kein Mann könne eine Tochter je so lieben, wie er seine Söhne liebt.“

Phil prustet leicht. „Was für ein Unsinn.“

„Mutter sah das so. Und alle anderen scheinen es auch zu denken – na ja, außer Andrew Noble. Der Vater in seinem Buch hat seine Tochter definitiv geliebt. Aber er hatte auch keine Söhne, die mit ihr konkurriert hätten.“

Phil stützt die Ellenbogen erneut auf seine Knie, dann deutet er mit dem Kopf auf meinen Block. „Willst du den Brief noch vorlesen?“

Mühsam bringe ich mich dazu, mich auf die mit Bleistift beschriebene Seite zu konzentrieren.

„‚Sehr geehrter Mr Norquest‘ – findest du das zu formell? Ich dachte daran, ‚Lieber Vater‘ zu schreiben, aber das klang merkwürdig. Immerhin hat er sich nie wie mein Vater benommen.“ Mein Hals schnürt sich zu, als ich Phil durch die erneut aufsteigenden Tränen anschaue. „Wie soll ich das bloß anstellen? Ich weiß ja noch nicht mal, wie ich ihn ansprechen soll!“

„Das wird schon klappen. Du wirst die richtigen Worte finden.“ Phil streckt eine Hand aus und drückt mein jeansbedecktes Knie. Seine Berührung ist so wohltuend, dass mir noch mehr Tränen in die Augen schießen.

Von meiner eigenen Schwäche empört, lasse ich den Block zu Boden fallen, während ich mich zurücklehne und mich Phils tröstlicher Hand entziehe. „Vergiss es. Ich kann das nicht.“

„Du hast einen Anfang gemacht, Aurora. Das ist doch was."

„Einen Anfang von *was*? Ich weiß noch nicht mal, was ich überhaupt sagen will. ‚Hallo, ich bin deine Tochter, und ich dachte, ich schicke dir mal ein paar Zeilen, um Hallo zu sagen.' Wie soll er denn darauf reagieren?"

„Wie wünscht du dir denn, dass er reagiert?"

Die Frage trifft mich ins Mark und einen Moment lang spüre ich nichts außer einer tiefen Sehnsucht.

Was wünsche ich mir? Ich wünsche mir ... Liebe. Ich wünsche mir keine Versprechen, keinen Ruhm und kein Geld. Ich wünsche mir die Zusicherung, dass mein Vater mich so liebt wie der unerschütterliche Vater in Andrew Nobles Roman.

Einem Märchen.

Ich lasse den Kopf hängen. „Du hältst mich wahrscheinlich für blöd."

„Im Gegenteil, ich halte deine Gefühle für ziemlich normal."

„Es ist keine gute Idee." Ich wische mir die Wangen mit dem Handrücken ab, dann drehe ich mich um und schaue die Kamera auf meinem Schreibtisch an. „Also – ich nehme sie einfach und drücke da drauf, wenn ich ein Bild machen will?"

Phil deutet auf mein neues Spielzeug. „Nimm die Kamera von der Ablage, mach ein Dutzend Bilder, stell sie wieder auf die Ablage. Die Verbindung kommt automatisch zustande – das ist fast idiotensicher."

Ich zwinge mich zu einem Lachen. „Bestimmt finde ich einen Weg, es zu vermasseln. Trotzdem danke, Phil. Ich weiß das zu schätzen."

„Keine Ursache."

Er legt meinen Themenwechsel ganz richtig als Abschiedsgruß aus, steht auf und drückt meine Schulter, um sich dann auf den Weg in seine Wohnung zu machen. Ich folge ihm und frage mich, ob ich es in der letzten halben Stunde fertiggebracht habe, die zarte, im Entstehen begriffene Knospe von etwas Kostbarem kaputt zu machen.

„Bis später dann“, sagt er an der Tür. „Ich muss jetzt wirklich zurück an die Arbeit.“

„Okay“, antworte ich und lege dabei einen falsch-fröhlichen Ton in meine Stimme. Und als ich die Tür schließe und den Riegel vorschiebe, befürchte ich, dass ich den Keim getötet habe, der zwischen uns emporkam.

Der erste Mann, der mich je Rosie genannt hat, wird mich vielleicht nie wieder so nennen.

Kapitel 24

Westbury Arms, Wohnung 15b

M*issmut,* hat irgendein Weiser mal geschrieben, *ist die Amme der Gewalt.* Weshalb ich wahrscheinlich auch gerade das starke Verlangen unterdrücke, Aurora zu erdrosseln.

Mannomann, was soll ich nur machen? Letzte Woche hat mein Pastor gesagt, Liebe sei die bewusste Entscheidung, sich jemand anderen kostbar werden zu lassen. Nun, ich habe beschlossen, dass Aurora mir kostbar werden *könnte* – ich liebe die Frau, die sich ganz vorsichtig zu zeigen beginnt –, und gleichzeitig bin ich ständig frustriert wegen ihres langsamen Tempos und weil sie an ungesunden Gewohnheiten festhält. Wie kann es mit ihr aufwärtsgehen, wenn sie keine Entscheidungen trifft, die zur Heilung ihrer Wunden beitragen?

Und dann sagt sie mir immer wieder, sie gehe kleine Schritte. Ich kann nicht abstreiten, dass sie das tatsächlich tut. Sie arbeitet an der Wohnung, sie hat sich an einer Fernuniversität eingeschrieben (gut, das gilt nur halb), und sie hat gelernt, wie man mit einem Computer umgeht. Sie ist nach oben aufs Dach und nach unten in die Eingangshalle gegangen.

Ich gehe in meine Wohnung und bleibe einen Moment lang auf dem Flur stehen, die Hände in den Hosentaschen zusammengeballt. Ich sollte mich wieder an die Arbeit machen, aber Aurora hat meinen Kopf blockiert.

Was hat diese Frau nur an sich, das mich zum Wahnsinn treibt? Ich habe sie gern. Ich glaube, sie hat mich auch gern. Sie ist intelligent, kultiviert und belesen, wodurch sie automatisch über 98 Prozent der Frauen steht, denen ich sonst so begegne.

Und sie braucht mich. Nicht bloß als Computerfreak, sondern als Freund. Im Gegensatz zu all den anderen Frauen, die mich nur einladen, damit ich einen Fehler in ihrem Betriebssystem behebe, braucht Aurora mich, um ihr auf den holprigen Strecken des Lebens Beistand zu leisten.

Es ist wunderbar, wenn man gebraucht wird. Ich gehe in die Küche und hole eine Limo aus dem Kühlschrank, dann drücke ich die Dosenöffnung auf und nehme einen Schluck. Während meine Augen zu den breiten Fenstern an der Wand schweifen, kommt in mir die Frage auf, ob es vielleicht auch Bedürftigkeit war, was Clara und Mary Elisabeth aneinandergebunden hat. Nach dem wenigen zu urteilen, was ich über sie weiß, hatte Auroras Mutter definitiv eine starke Persönlichkeit. Clara muss sich mit der zweiten Geige begnügt haben.

Vielleicht bin ich deswegen so gern mit Aurora zusammen. Ich habe mein ganzes Leben lang die zweite Geige gespielt: Wasserträger für die Footballspieler an der Highschool, Nachhilfelehrer für meine Mitbewohner im College. Selbst heute bin ich nur ein Teilzeitangesteller an der New Yorker Uni, und den *Westbury*-Vorstand habe ich nicht von mir überzeugt, weil ich so erfolgreich bin, sondern weil ich *ruhig* bin.

Aurora dagegen respektiert mich. Bei ihr kann ich meinem Dasein als zweite Geige vielleicht entrinnen.

Spontan greife ich zum Telefon und hämmere die Nummer meiner Eltern in den Apparat. Mama geht nach dem zweiten Klingeln ran. „Hallo?“

„Hallo, Mama.“ Ich trage das Telefon ins Wohnzimmer und lasse mich in einem Vinylsessel nieder. „Wie läuft’s bei euch?“

„Phil? Was ist los, mein Sohn?"

Meine Güte, die Frau kann meine Stimmung anhand von sechs Worten feststellen! „Mir geht's gut. Ich wollte mich nur mal melden. Wir haben uns schon länger nicht unterhalten."

Sie ist ein paar Sekunden lang still, und ich kann beinahe hören, wie sich eine Sorgenfalte in der Mitte ihrer Stirn bildet. „Bist du krank?", fragt sie schließlich.

„Nein, ich fühle mich bestens."

„Oh, nein. Du hast deinen Job verloren!"

„Ich kann meinen Job gar nicht verlieren. Ich bin selbstständig, weißt du noch? Und ich habe genug zu tun. Die Universität braucht auch ihre Teilzeitbeschäftigten. Das spart Geld."

„Und mit der Wohnung ist alles in Ordnung?"

„Die Wohnung ist großartig, Mama. Braucht noch ein bisschen Arbeit, aber ich habe ja Zeit. Papa und du, ihr solltet mal herkommen und es euch anschauen. Ich habe jetzt sogar ein Gästezimmer, musst du wissen."

Wie gewöhnlich tut sie meine Einladung mit einem Lachen ab. „Ach, dein Vater und ich, wir wären in New York City so hilflos wie ein Kätzchen auf einem Baum. Wir sehen dich ja wieder, wenn du das nächste Mal nach Hause kommst."

Ich seufze. „Na gut."

„Was hast du auf dem Herzen, Sohn?"

Ich schaue auf den *Central Park* hinaus und suche nach Worten. „Ich habe eine Frau kennengelernt, Mama."

„Ach ja?" Ihre Stimme wird eine Oktave höher. „Ist sie nett?"

„Na klar. Und sie ist gescheit. Auch hübsch, aber nicht auf die aufgetakelte Art."

„Hast du sie in der Kirche kennengelernt?"

„Sie ist meine Nachbarin. Wohnt sogar direkt nebenan."

Stille in der Leitung. Meine Mutter wartet darauf, dass

ich noch mehr sage, aber ich weiß nicht so recht, ob ich das möchte.

„Mama, als du anfingst, mit Papa auszugehen, war das einfach? Ich will sagen, hat sich alles ganz von selbst ergeben oder habt ihr eine Zeit gebraucht, um herauszufinden, ob ihr zusammenpasst?“

Sie lacht, und der warme Klang macht mich froh, dass ich sie angerufen habe. „Ach, Sohn, nichts ergibt sich einfach ganz von selbst. Dein Vater und ich sind einige Monate miteinander ausgegangen und er hat mir nie etwas über seine Gefühle gesagt. Also habe ich ihn eines Abends festgenagelt und ihn direkt gefragt, wo unsere Beziehung seiner Meinung nach hinführen sollte. Ich bin fast gestorben, als er sagte, er wisse es nicht.“

„Das hat er gesagt?“

„Jawohl, das hat er. Ich dachte, er würde erwidern, dass er in mich verliebt sei, aber in Wirklichkeit wusste er nicht so recht, was er empfand. Also hatte ich die Wahl: Ich konnte ihm mehr Zeit lassen oder ich konnte mich nach jemand anderem umsehen. Doch dein Vater ... na ja, er war es wert zu warten. Ich entschied mich also durchzuhalten und ich hab's nie bereut.“

Ich zitiere einen Vers von einer Dekofliese, die über Mutters Küchenspüle hängt. „*Die Liebe ist langmütig und freundlich.*“

„Ganz recht. Wenn es um Herzensangelegenheiten geht, kann man Leute nicht hetzen.“ Sie zögert einen Moment, dann fragt sie: „Liebst du diese Frau?“

„Ich weiß nicht genau, Mama. Wahrscheinlich könnte ich ... wenn sie mich lassen würde.“

„Na dann ... ich werde für dich beten. Ich werde Gott bitten, deinen Weg zu erleuchten, damit du weißt, was du tun sollst.“

„Danke, Mama. Ich weiß das zu schätzen."

Ich erkundige mich noch nach Papa, dann verabschiede ich mich von ihr. Und während ich so nachdenklich im Sessel sitze, erinnere ich mich an die restlichen Worte auf der Fliese:

Die Liebe ist langmütig und freundlich.
Die Liebe gibt nie auf oder verliert den Glauben.
Die Liebe bleibt immer voller Hoffnung und überdauert jedes Übel.

Wenn Gott möchte, dass ich Aurora liebe, dann sollte ich mich wohl besser gut anschnallen.

Kapitel 25

Westbury Arms, Wohnung 15a

Ich kauere in einem Kinderkörper hinter dem Sofa, die Knie auf den Teppich gedrückt, meine Hände warm an meinen kühlen Wangen. Vor mir steht der größte Weihnachtsbaum, den ich je gesehen habe, und er glitzert wie ein grünes Wunder in unserem Wohnzimmer.

Am Baum schimmern mehrfarbige Lichter und edle Glaskugeln. Clara schlägt vor, dass wir als Girlanden Popcorn auf einen Faden ziehen, doch Mutter sagt, wir dürfen nichts verwenden, das nach Hausgemachtem aussieht; der Baum müsse für ihr Bridge-Spiel heute Abend durch und durch geschmackvoll sein.

Ohne dass man es mir gesagt hätte, weiß ich, dass es nicht erlaubt ist, den Baum anzufassen. So bleibe ich hinter dem Sofa versteckt und atme den Duft von Tanne und Weihnachten ein. Ich hebe meinen Kopf lange genug, um zu sehen, wie Mutter ein verirrtes Stück Lametta ans richtige Plätzchen zupft und dann Clara am Arm nimmt und ins Esszimmer führt.

Ich knie mich hin und lege die Arme auf die Sofalehne. Einen Augenblick lang ist der Baum magisch, geheimnisvoll und ganz mein.

Ein leises Klopfen unterbricht meine Gedankengänge. Weder Mutter noch Clara noch Charley gehen hin, also stehe ich auf und laufe zur Tür. Das Guckloch ist weit über meinem Kopf, aber ich ergreife die Armlehne der Bank und zerre sie zur Tür, dann hüpfe ich darauf, um einen Blick auf unseren unerwarteten Besucher zu werfen.

Der Mann im Guckloch ist Booker, der Portier, und er späht hinter einem riesigen Pappkarton hervor. Ich mag Booker. Er hat immer ein nettes Wort für mich übrig. Ich klettere herunter und ziehe die Bank aus dem Weg.

„Hallo, kleines Fräulein", sagt er, als ich die Tür öffne. „Könntest du die Tür bitte ein bisschen weiter aufmachen, damit ich das hier reinschieben kann?"

Erstaunt bleibe ich stehen. „Was ist *das* denn?"

„Tja, wie soll ich das denn wissen? Aber ich kann dir eines sagen: Dieser Karton hat den Briefmarken zufolge einen gewaltig langen Weg hinter sich. Jemand überm großen Teich hält große Stücke auf dich, Aurora."

Ich bin von einem Gefühl gespannter Aufregung überwältigt und lasse Booker hinein, von dem Geheimnis zu sehr in Ehrfurcht versetzt, um mir darüber Gedanken zu machen, dass ich das ohne Mutters Erlaubnis tue. Er wuchtet den Riesenkarton über die Türschwelle und schiebt ihn in den Flur, dann verzieht sich sein dunkles Gesicht zu einem Lächeln.

„Siehst du hier?" Ein schwarzer Finger klopft auf ein rot umrandetes Adressetikett. „Dieses Paket ist extra für dich aus London gekommen. Das ist dein Name hier."

Meine Gefühle schlagen begeisterte Wellen. Ich weiß, dass ich bald Geschenke von Mutter und Tante Clara und Onkel Charley bekommen werde; von der anderen Seite des Ozeans hat mir jedoch noch nie jemand etwas geschickt.

„Ist euer Weihnachtsbaum da drin?" Booker späht ins Wohnzimmer. „Ich sollte das hier wahrscheinlich direkt da unter dem großen Zweig mit den funkelnden Goldkugeln abstellen."

Er hebt den Karton auf und tut so, als wanke er unter dessen Gewicht, und ich muss einfach klatschen, als Booker breitbeinig zum Baum schreitet …

„Was in aller Welt tun Sie da?"

Booker fährt zusammen, als Mutter aus dem Esszimmer tritt. Ihr Blick ist genauso scharf wie ihre Stimme.

Ich ziehe mich erschrocken an die Wand zurück, um den Portier für sich selbst eintreten zu lassen. Mit würdevollem Ernst lässt Booker den Karton auf den Boden gleiten, dann klopft er mit seinen Fingerspitzen darauf. „Entschuldigen Sie, Mrs Norquest, aber dieses Paket ist für das junge Fräulein gekommen."

„Sie sind nicht befugt, Pakete ohne mein Einverständnis hier nach oben zu bringen – besonders nicht Pakete von diesem Teufel. Ich dachte, ich hätte das deutlich gemacht."

Ich weiß nicht viel über Teufel, aber ich kann sehen, dass Mutter sehr aufgebracht ist. Sie wischt ihre Hand mit besonderer Heftigkeit an ihrer Schürze ab, dann schaut sie mich an. Wut blitzt in ihren Augen auf, und sie beruhigt sich erst, als Clara herbeieilt und ihren Ärmel berührt.

„Es ist doch nichts Schlimmes passiert, Mary Elisabeth", sagt Clara und schenkt mir ein Lächeln. „Bitte Booker einfach, das Paket wieder mitzunehmen."

Mutter lässt ihre Schürze los und glättet sie dann über ihrem schwarzen Kleid. „Meinetwegen. Bringen Sie diesen verfluchten Karton weg, Booker. Wir wollen ihn nicht."

Der Portier sieht mich flüchtig und verwirrt an und versucht zu lächeln. „Ja, Madam. Aber wo möchten Sie denn, dass ich ihn hinbringe?"

Als Mutter nur entnervt zur Decke aufschaut, schreitet Clara ein: „Sie können ihn in meine Wohnung bringen, Booker. Wir kümmern uns dann darum."

Ich verstehe nicht, womit Booker und ich das Missfallen

meiner Mutter erregt haben, aber immerhin scheint Clara nicht aus der Fassung zu sein. Sie glättet den Ärmel von Bookers roter Uniform und lächelt. „Sicherlich war das ein Versehen“, meint sie und zwinkert ihm zu. „Es ist ja noch gar nicht Zeit für den Weihnachtsmann.“

Der Portier blickt mich an und sein Gesicht hellt sich auf. „Ja, Madam, da haben Sie recht. Ich bringe ihn gerne hinüber in Ihre Wohnung.“

„Vielen Dank, Booker. Sie können sicher sein, dass ich zu Weihnachten an Sie denken werde.“

Wie ein braver Soldat hebt Booker den Karton auf und folgt Clara durchs Foyer. Da Mutter ins Esszimmer verschwunden ist, folge ich ihnen bis zur Tür und sehe mit an, wie Clara Booker zu ihrer Wohnung führt, wo sie mit ihren Schlüsseln herumfummelt, während Booker sein Gewicht unter dem sperrigen Karton aufs andere Bein verlagert.

„Dann ist es also ein Geschenk vom Papa des kleinen Mädchens?“, fragt er. „Vielleicht eine dieser feinen englischen Puppen?“

Clara dreht den Schlüssel im Schloss und stößt die Tür auf. „Es ist mir ganz gleich, was es ist, aber wenn es aus London kommt, ist es in der Wohnung dort nicht willkommen. Ich dachte, Sie wären mit der Situation vertraut.“

„Ja, Madam, das bin ich, aber ich dachte, die Zeit hätte die Dinge vielleicht geändert. Besonders zu Weihnachten.“

Clara seufzt. „Nichts hat sich geändert, Booker.“

Booker murmelt eine Antwort, aber aus der Entfernung kann ich ihn nicht verstehen.

Als ich die Tür schließe, hallt das Geräusch des Einklinkens laut in meinen Ohren. Ich wende mich um, drücke mein Rückgrat gegen das Holz und frage mich, warum der Teufel mir ein Paket sendet. Vielleicht war es nicht der Teufel, sondern die Böse Hexe des Westens aus dem *Zauberer von Oz*.

Ich stehe noch da und denke an Dorothy und die Vogelscheuche, als meine Mutter ins Foyer tritt. Ihre immer noch zornig zusammengekniffenen Augen bohren sich in meine, und plötzlich rutsche ich kraftlos das Holz hinunter, während die Knochen unter meiner Haut sich in Wackelpudding verwandeln. Die Falken auf der Foyertapete schwirren vor meinen Augen herum, dunkel und gefährlich und mit spitzen Krallen, und als ich meinen Blick zu der Leiste zwischen Wand und Decke hebe, stoßen die Raubvögel von der Tapete auf mich herunter, drücken schwer auf meine Arme und Beine und bedecken Augen, Ohren und Mund, bis ich weder atmen noch schreien kann.

❖

Ich setze mich in der Dunkelheit auf, meine verschwitzten Hände greifen in das Bettlaken. Ich bin in meinem Schlafzimmer und ich habe wieder einen Albtraum gehabt.

Nur ein Traum. Das Foyer wird in bester Ordnung sein, die Falkentapete immer noch dort, wo sie hingehört. Und Booker, den Portier, habe ich seit Tagen nicht gesehen. Da ist es eher unwahrscheinlich, dass er mir in der letzten halben Stunde einen Besuch abgestattet hat.

Im schwachen Schimmer des Nachtlichts im Badezimmer sehe ich mein Büro, meinen mit Büchern beladenen Nachttisch. Die Erkenntnis trifft mich wie ein Schlag.

Drei Meter entfernt, in einem schwachen Lichtrechteck, steht der Karton aus meinem Traum, samt internationalen Briefmarken und einem rot umrandeten Adressetikett. Vor dem dunklen Hintergrund stechen die Winkel und spitzen Kanten hervor, mit Ausnahme der Oberkante, die sich bewegt … weil sich die Oberseite des Kartons mit einem leichten Beben hebt und senkt wie das Atmen eines Lebewesens.

Ein eiskalter Schrecken steckt mir in der Kehle, wodurch es mir unmöglich ist zu schlucken. Ich starre den Karton an und durchforste meine Kindheitserinnerungen, versuche mich krampfhaft zu entsinnen, ob ich Bookers Karton jemals wiedersah. Haben Clara und Charley mir das Geschenk meines Vaters überbracht oder haben sie es weggeworfen?

Die Frage hängt in der Luft. Der Karton wartet auf eine Antwort, sein Deckel hebt und senkt sich in einem gleichmäßigen Rhythmus, doch ich kann mich noch immer nicht bewegen. Die Worte meiner Mutter haben den diabolischen Behälter mit Kraft erfüllt, und in diesem Moment bin ich überzeugt, dass er von jenseits der Höllenpforten gekommen ist.

„Ich weiß nicht, was geschehen ist", flüstere ich mit erstickter Stimme, „und ich werde nicht aufstehen, also kannst du die ganze Nacht lang warten, wenn du willst."

Die Luft um mich herum ist schwer, kalt und still, erfüllt mit einer lautlosen Feindseligkeit, die meiner Angst noch Unmut hinzufügt. Warum verschwindet das Ding nicht einfach?

Als habe das Wesen im Inneren meine Gedanken gelesen, hebt sich der Deckel in schnellerem Rhythmus und drückt gegen das Packband, mit dem die Kanten zusammengeklebt sind. Ich höre das leise Knirschen von zerreißendem Plastik; ich sehe, wie der Deckel einsinkt, so als schnappe das Ding darin nach Luft, um Kräfte zu sammeln. Dann dehnt sich der Deckel wieder nach oben, bis das Klebeband an einer Ecke wegreißt. Nun trennt mich von dem Dämon im Inneren nur noch ein schmales Stück Klebeband auf der Kartonöffnung.

Ein weiteres Einatmen, ein weiteres „Pffff", und die feindselige Macht arbeitet hart daran, das noch verbleibende Klebeband zu zerreißen. Wieder vernehme ich ein Reißgeräusch. Als einer der Kartondeckel nach oben klappt, ziehen sich Schauer an meiner Wirbelsäule entlang wie Schneematsch, der die Fensterscheibe hinuntergleitet.

Meine Ohren füllen sich mit dem grässlichen Klang der Stimme meiner Mutter, so wie sie war, bevor sie in den geistlosen Nebel trat, in dem ich nicht existierte: „Auroraaaaa …“

Ich presse den Kopf in mein Kissen und schreie.

Kapitel 26

Westbury Arms, Wohnung 15b

Wie von einer unsichtbaren Hand aus dem Schlaf gerüttelt, schrecke ich hoch. Einen Augenblick lang schwirrt mir der Kopf, dann wird mir bewusst, dass jemand schreit – jemand in der Nähe.

Aurora!

Ich werfe mir meinen Bademantel über und renne los. Einen Moment später hämmere ich an die Tür meiner Nachbarin, mein Blut mit Adrenalin erfüllt. „Aurora? Kannst du aufmachen?"

Ich weiß nicht genau, wie lange ich warte, doch als die Tür endlich aufgeht, bin ich froh, dass ich da bin. Auroras Augen sind rot und verschwollen; ihre Hand auf dem Türknauf zittert.

„Was ist los?" Ich mustere ihr Gesicht, das über ihrem Flanellmantel besonders bleich erscheint.

Sie antwortet mit einem Schluchzen. „Ein Albtraum – sogar zwei. Realer als alles, was ich bis jetzt geträumt habe."

Ich ergreife ihre kalte Hand und reibe sie zwischen meinen Handflächen. Ihre Finger fühlen sich an wie Marmor. „Lass uns ins Wohnzimmer gehen. Wir setzen uns hin und dann kannst mir davon erzählen."

Sie bewegt sich wie eine Schlafwandlerin. Ich ziehe eine

Decke von der Armlehne eines Sessels und hülle ihre Schultern darin ein.

„Angenehm so?"

Sie nickt.

„Warm genug?"

„Ja."

„Gut." Ich setze mich neben sie und nehme ihre Hand. „Erzähl mir davon."

Sie blickt auf unsere ineinandergreifenden Finger, als hätte sie noch nie so etwas gesehen. „Der erste Traum war nicht so wild – zunächst. Ich habe geträumt, dass der alte Booker mir zu Weihnachten ein Paket gebracht hat. Ich bin mir sicher, dass es ein Geschenk von meinem Vater war. Aber Mutter sagte, es sei vom Teufel, und sie ließ es von Clara wegbringen."

„War das wirklich ein Traum – oder könnte es eine Erinnerung gewesen sein?"

„Weiß ich nicht." Ihre heisere Stimme schlägt einen Ton an, der irgendwo zwischen Ungläubigkeit und Flehen liegt. „Ich glaube ... vielleicht ist es wirklich passiert. Oder vielleicht *möchte* ich, dass es wirklich passiert ist. Ich weiß nicht. Mein Vater hat mir nie irgendetwas zu Weihnachten geschickt, da möchte ich vielleicht glauben, er hätte es getan."

„Oder vielleicht hat er es getan ... und du hast es nie erhalten."

Ich fühle, wie ein Schauder sie durchzieht, doch sie antwortet nicht.

„Was ist mit dem anderen Traum? Dem schlimmeren?"

Die Muskeln ihres Unterarms versteifen sich unter meiner Hand. „Der Karton kam zurück."

„Welcher Karton?"

„Der Karton vom ersten Traum, das Paket von meinem Vater ... oder dem Teufel." Ihr Gesicht ist verzerrt vor Angst.

„Ich weiß, dass ich das Erste geträumt habe, weil ich da ein Kind war, aber dann kam der Karton zurück. Dieses Mal war ich wach, saß auf meinem Bett, schaute auf meine Möbel und trotzdem sah ich den Karton! Er stand im Türeingang, bewegte sich und atmete, so als ob etwas im Inneren versuchte rauszukommen. Eine ganze Weile lang habe ich zugesehen, wie es sich freikämpfte, doch als es durch das Klebeband stieß und gerade im Begriff war herauskommen ... na ja, da habe ich geschrien."

„Und dann bist du aufgewacht?"

Ihre dunklen Augen suchen meine. „Tja, nehme ich jedenfalls an. Aber als ich meine Augen wieder aufmachte, saß ich immer noch an derselben Stelle. Alles war genau gleich, nur der Karton war verschwunden und du hämmertest an die Tür." Sie verzieht ihr Gesicht und kneift die Augen zusammen, um einen plötzlichen Tränenschwall zurückzuhalten.

„Schhh." Ich lege meinen Arm um ihre Schultern und ziehe sie an meine Seite. Sie schmiegt sich an mich. Ihren Kopf lässt sie an meine Brust sinken, während ich ihren Arm streichle. Lange Zeit weint sie, dann versiegen ihre Tränen, aber ihren zitternden Atemzügen entnehme ich, dass sie immer noch schreckliche Angst hat.

Als sich ihre Atemzüge zu einem regelmäßigeren Tempo verlangsamen, beuge ich mich zu ihr herunter. „Aurora", sage ich, „ich weiß, dass Clara das schon vorgeschlagen hat, aber hast du mal in Betracht gezogen, einen Therapeuten aufzusuchen? In diesen letzten Wochen hast du viel durchgemacht. Ein Fachmann kann dir vielleicht helfen, diese ganzen verwirrenden Gefühle besser einzuordnen."

Sie hebt ihren Kopf von meiner Schulter und gibt ein hohles Lachen von sich. „Jetzt glaubst *du* also, ich solle zu einem Seelenklempner gehen?"

„Vielleicht ist das eine ganz gute Idee."

Sie runzelt die Stirn. „Ich habe solche Albträume schon mal gehabt – als ich dreizehn war, unmittelbar nach Onkel Charleys Tod. Als ich anfing, Träume in Träumen zu haben, brachte Mutter mich zu einem Psychologen, Dr. Morgan. Ein ganzes Jahr lang hatten wir jede Woche einen Termin."

„Also ... hat er dir doch anscheinend geholfen."

Sie zuckt die Achseln. „Vielleicht hat er das; vielleicht ist es auch von selbst besser geworden. Inzwischen denke ich, diese Träume waren meine Methode, mit Onkel Charleys Tod zurechtzukommen ... genau wie ich jetzt gerade mit Mutters Tod zurechtkommen muss. Diese Träume sind schrecklich, aber ich brauche keinen Dr. Morgan, um zu erfahren, dass ich in letzter Zeit viel Stress hatte."

Ich nicke wortlos. Aurora hat wahrscheinlich für mehr als bloß Trauerarbeit therapeutische Hilfe nötig, aber wenn sie deshalb aus der Wohnung müsste, wird sie nie einen Termin machen. Ich drücke ihre Hand. „Was wäre, wenn ich mitkomme?"

Ihre Augen weiten sich. „Das kann ich nicht von dir verlangen."

„Warum nicht? Manchmal brauche ich eine Pause von der Arbeit. Ich mache gerne lange Spaziergänge in der Stadt. Frische Luft tut gut."

„Es tut mir leid, dir das sagen zu müssen, aber die Luft in dieser Stadt kann man nicht gerade als frisch bezeichnen. Du verpestest dir wahrscheinlich deine Lungen mehr damit als jeder Kettenraucher."

„Sie mag nicht frisch sein, aber wir haben nun mal keine andere Luft. Wenn du irgendwann mal mit mir nach unten kommst, können wir vielleicht rüber zum Park gehen ..."

„Ich kann durchaus frische Luft schnappen, wenn mir danach ist." Sie hebt das Kinn. „Ich kann nach oben aufs Dach gehen."

Ich kratze mich am Kopf. „Stimmt … aber da oben hörst du Stimmen."

Etwas lodert in ihren Augen auf. „Ich bin nicht verrückt, falls es das ist, was du damit sagen willst."

„Ich habe nicht gesagt, dass du …"

„Und ich habe die Stimme nicht mehr gehört, seit ich diese Schlaftabletten nicht mehr nehme."

„Das ist gut." Ich lächle, weil sie jetzt nicht mehr ängstlich, sondern ärgerlich ist. „So – willst du jetzt über deinen Traum sprechen? Vielleicht können wir ihn analysieren."

„Ich bin noch nie hinter die Bedeutung von meinen Träumen gekommen. Der erste Traum könnte eine Erinnerung sein, aber spielt das eine Rolle? Ich habe jedes Jahr zu Weihnachten eine Menge Geschenke bekommen, von Mutter und Charley und Clara. Ich war ja nicht gerade unterprivilegiert."

Ich nicke. „Vielleicht hast du sogar Geschenke von deinem Vater bekommen, falls Charley und Clara die Pakete nicht weggeworfen haben. Was ist, wenn sie dir die Geschenke gegeben und behauptet haben, sie kämen von ihnen?"

Aurora blickt mich mit offenem Mund an. „Denkst du, eine Frau wie Clara würde so etwas tatsächlich tun?"

„Warum nicht?"

„Das scheint so … billig. Ein Geschenk nicht anzunehmen ist eine Sache. Aber es ist etwas völlig anderes, wenn man behauptet, dass das Geschenk eines anderen von einem selbst kommt."

„Aber auf das Geschenk kommt es doch eigentlich gar nicht an. Wichtig ist zu wissen, dass dein Vater an dich gedacht hat. Wenn dein Gehirn Erinnerungen und nicht Träume heraufbeschwört, dann können wir vielleicht davon ausgehen, dass er sehr oft an dich gedacht hat, doch deine Mutter hat verhindert, dass du seine Geschenke bekommst."

Sie runzelt die Stirn. „Mal angenommen, du hast recht

und mein Vater hat mir öfters Pakete geschickt. Warum sollte mir der Karton, der im zweiten Traum aufgetaucht ist, dann solche Angst einjagen?"

„Vielleicht ... fürchtest du dich am allermeisten vor der Wahrheit. Deine Mutter und Clara haben immer gesagt, dass sich dein Vater nicht um dich schert. Vielleicht versucht dein Unterbewusstsein ja gerade, die Dinge ins richtige Licht zu rücken."

„Das ergibt überhaupt keinen Sinn."

„Vielleicht ergibt es doch jede Menge Sinn. Deine Mutter war eine sehr dominante Frau, die all deine Zeit und Aufmerksamkeit forderte, besonders in ihren letzten Jahren. Jetzt, wo sie nicht mehr da ist, kannst du dir endlich über Dinge Gedanken machen, die du dein ganzes Leben lang verdrängt hast."

Sie neigt ihren Kopf und blickt mich unter ihren Wimpern hervor an. „Was macht dich zu einem Experten in diesen Dingen?"

Ich schaffe es zu lachen. „Einführung in die Psychologie. Pflicht für alle Studenten mit Hauptfach Wirtschaft."

„Vielleicht hast du recht, aber was macht das schon aus? Was geschehen ist, ist geschehen. Ich kann die Vergangenheit nicht rückgängig machen."

„Aber du kannst die Zukunft ändern. Vorhin hast du davon gesprochen, deinem Vater zu schreiben. Vielleicht solltest du das wirklich tun."

„Ja, ich schätze, ich könnte den Brief zu Ende bringen. Es kann zwar eine Woche dauern, bis ich mir im Klaren darüber bin, was ich ihm überhaupt sagen will, und dann dauert es noch eine Woche, bis er in England ist ..."

„Vergiss die amerikanische Post. Das dauert viel zu lange."

„Warum soll ich mich denn so beeilen?"

„Weil wir beide unbedingt mal wieder nachts durchschlafen müssen. Ich bin mir ziemlich sicher, dass man deinen Vater in wenigen Stunden erreichen kann, nicht in Tagen."

Sie runzelt erneut die Stirn. „Ich nehme an, dass du da an den Computer denkst, aber ich verstehe es trotzdem nicht."

„E-Mail ist eine wunderbare Sache, Rosie." Ich erhebe mich und halte ihr meine Hand hin. „Wetten, dass ich Theodor Norquests E-Mail-Adresse innerhalb von fünf Minuten finde?"

„Meinst du das im Ernst?"

„Absolut. Sollte ich seine Adresse nicht finden, können wir auf jeden Fall bei seinem Verlag nachhaken, und die werden die E-Mail an ihn weiterleiten. Warum solltest du eine Woche warten, wenn du innerhalb von Stunden eine Antwort haben kannst?"

Sie senkt den Blick, ihre langen Wimpern verdecken ihre Augen. „Denkst du wirklich, ich soll das machen?"

„Nur das Telefon ist schneller. Dein Anwalt hat bestimmt seine Nummer ..."

„Nein, darauf bin ich momentan noch nicht vorbereitet. Ich würde gar nicht wissen, was ich sagen soll."

„Dann schreib eine E-Mail und schick sie an seinen Verlag mit der Bitte, sie an ihn weiterzuleiten. Heutzutage hat fast jeder E-Mail."

„Ich bis vor Kurzem nicht."

„Dann sollte man dir gratulieren, weil du wahrscheinlich die letzte Person in der *Upper West Side* warst, die sich dem Internet verweigert hatte. Sollte dein Vater allerdings zufällig auch zu den Verweigerern gehören, kann sein Verleger den Brief ja ausdrucken und ihm faxen. Die Botschaft wird er auf jeden Fall erhalten. Besonders, wenn du dazu schreibst, dass du seine längst verloren geglaubte Tochter bist."

Als sie meinen Blick erwidert, sind ihre Augen so weit und leer wie Spiegel. „Zeig mir, was ich tun muss."

Wenige Minuten später habe ich an ihrem Computer Platz genommen und bin zur Homepage von *Bleak House* gegangen, des Verlags, in dem 65 Theodor-Norquest-Romane erschienen sind. Ich klicke auf einen Link und lächle, als ein E-Mail-Formular erscheint. „Hier haben wir's ja schon", sage ich und tippe auf den Bildschirm. Aurora sitzt neben mir, ihren halb fertigen Brief auf dem Schoß. „Du kannst entweder deinem Vater direkt eine Nachricht schicken oder den Verlag bitten, ihn zu kontaktieren. So oder so wird deine Botschaft auf dem richtigen Weg sein."

Sie schaut den Bildschirm stirnrunzelnd an, dann berührt sie ihn mit ihrer Fingerspitze. „Moment mal – was ist das?"

Ich beuge mich näher heran, um die winzigen Buchstaben zu entziffern. „Äh ... ein Link, um sich für die Newsletter des Verlags anzumelden. Ist wahrscheinlich dazu da, um die Leser wissen zu lassen, wann der nächste Roman von Theodor Norquest auf den Markt kommt."

„Dann klick das doch bitte an."

Ich tue es. Es erscheint ein Abonnementkästchen, und Auroras Gesicht entspannt sich, während sie ihre Hand auf meine Rückenlehne legt. „Melde mich da an. Fürs Erste reicht mir das."

„Aber Theodor Norquest wird sich diese Liste wahrscheinlich nie anschauen. So was ist eher Sache des –"

„Kleine Schritte, Phil. Ich kann nur kleine Schritte machen, weißt du noch?"

Ich schaue sie an, dann seufze ich und tippe ihre E-Mail-Adresse ins Anmeldeformular. Mit einem Klick verschwindet das Formular. Theodor Norquests widerwillige Tochter ist nun eine von Tausenden Lesern, die seinen Newsletter bekommen.

Trotzdem, sie ist ein Stück vorangekommen. Hat einen kleinen Schritt unternommen. Das muss man ihr lassen.

„Möglicherweise wirst du jetzt monatelang nichts hören." Ich drehe mich zu ihr um. „Ich habe so ein Gefühl, dass sie nur dann einen Newsletter rausschicken, wenn eine neue Veröffentlichung ansteht. Wie oft ist das – zweimal im Jahr?"

Sie streckt sich. Unausgesprochener Schmerz brennt lebhaft in ihren Augen. „Während ich warte, fällt mir vielleicht ein besserer Weg ein, wie ich die ganze Sache anfangen soll."

Ich bücke mich, um ihren Block aufzuheben. „Dann brauchst du wohl das hier."

„Nehme ich an, ja." Sie nimmt den Block, dann gähnt sie übertrieben und schlägt sich auf den Mund. „Oh! Verzeihung."

Ich befolge ihren Wink und stehe auf. „Es ist spät – und wir brauchen beide etwas Schlaf." Ich gehe ins Foyer, wobei ich mir ihrer leisen Schritte hinter mir bewusst bin.

Als ich die Tür öffne, ergreift sie meinen Arm. „Phil?"

„Ja?"

„Danke, dass du vorbeigeschaut hast. Ich weiß nicht, was ich getan hätte, wenn du nicht gekommen wärst."

Während ich zurück in meine Wohnung gehe, erinnere ich mich an die hämmernd laute Musik der *Bangles* und wie ich beinahe versucht war, mein Bett in ein anderes Zimmer zu verfrachten.

Nun kann ich mir gar nicht mehr vorstellen, woanders zu schlafen. Mein Leben ist nun mit dem von Aurora verwoben, einer Frau, die alle Eigenschaften besitzt, die mir wichtig sind – und die einen gewaltigen Berg in kleinen Schritten zu erklimmen hat.

Die Liebe ist langmütig ...

Kapitel 27

Westbury Arms, Wohnung 15a

Ich stehe gerade unschlüssig in meinem Schlafzimmer, als es an der Tür läutet. Es muss sich bei meinem morgendlichen Besucher um Clara handeln. Phil würde wohl kaum so früh vorbeikommen, nachdem er um zwei Uhr morgens noch psychologische Diagnosen von sich gegeben hat. Ich schlafe selbst noch halb, weil mich das Hämmern hinter meinen Augäpfeln von meinem Kaffee abgehalten hat.

Ich torkele zur Tür und bitte Clara hinein, dann lasse ich sie im Flur stehen, während ich mich in die Küche schleppe.

„Aurora Rose!", ruft sie, Entsetzen in ihrer Stimme. „Du siehst aus, als hätte eine Katze in deinen Haaren übernachtet! Was ist passiert?"

„Ich hatte eine schlechte Nacht."

Ich greife nach dem Deckel der Kaffeekanne und stoße dabei aus Versehen gegen ein Glas, das klirrend über die Theke rutscht, bevor es in die Spüle fällt. Ich mache mich auf ein Klirren gefasst, doch das Glas zerbricht nicht.

Aus der Bibliothek höre ich das Klimpern benutzter Gläser und das Rascheln einer leeren Chipstüte. Clara räumt hinter mir her, eine alte Angewohnheit, die sie immer noch nicht abgelegt hat. Nun, auch gut – zumindest hat sie so etwas zu tun. Bevor ich mich einem Verhör aussetze, brauche ich Koffein.

Für Kaffee werde ich aber wohl nicht genug Zeit haben, also öffne ich den Kühlschrank und greife zu einer Dose Cola. Ich lege den Kopf in den Nacken und schütte das süße Zeug in mich hinein wie ein halb verdursteter Wüstenwanderer.

Die Kohlensäure kitzelt mich in der Nase und beweist, dass immerhin ein Teil meines Körpers wach ist. „Möchtest du Kaffee, Clara?", rufe ich den Flur hinunter, aber sie antwortet nicht. Dann schmollt sie also. Sie wandert wahrscheinlich herum und überprüft meine hausfraulichen Qualitäten. Zweifellos wird sie enttäuscht sein, dass ich Mutters hohen Standard nicht aufrechterhalte. Ich bin mir sicher, dass ich eine zusammengeknüllte Serviette auf dem Sofa in der Bibliothek liegen gelassen habe, und ich kann mich nicht entsinnen, wann ich das letzte Mal die Badewanne geschrubbt habe. Im Computerzimmer herrscht ein heilloses Durcheinander aus verstreuten Prospekten und einer leeren Dose Cola auf der Fensterbank.

Clara wird sich gleich zu mir gesellen, ihren Arm um mich legen und den Vorschlag machen, dass ich mal wieder Mildred oder jemand anderen anrufen sollte, der mir im Haushalt helfen kann.

Vielleicht hat Phil recht und Clara behandelt mich tatsächlich wie ein Kind.

„Ich setze Kaffee auf", rufe ich. Während ich Wasser in die Kanne laufen lasse und es dann in die Maschine gieße, bin ich mir der Stille bewusst, die wie ein kalter Wind durch den Flur weht.

Ich verschränke die Arme und lehne mich gegen die Theke, während die Kaffeemaschine zu glucksen beginnt. Wenn Clara schmollt, nun ... dann soll sie doch schmollen. Ich bin zu müde, um mir ihre Kommentare über den Zustand der Wohnung gefallen zu lassen, und ich bin nicht in der Stimmung, mal wieder zu hören, dass meine Mutter die vollkommene Frau schlechthin gewesen ist. Ich liebe Clara, ich habe meine Mutter geliebt, aber wenn an meinen Träumen auch nur ein Hauch von Wahrheit ist, dann sind die beiden mir und meinem Vater gegenüber ungerecht gewesen.

Als der Kaffee durchgelaufen ist, schalte ich die Maschine aus und nehme zwei Tassen aus dem Schrank. Zusammen mit der Kaffeemaschine kühlt auch meine Gereiztheit ab. Vielleicht ärgert sich Clara gar nicht über mich. Vielleicht wurde sie von einer Erinnerung abgelenkt … oder vielleicht hat sie die Romane von Theodor Norquest auf dem Nachttisch gefunden.

Die hatte ich ganz vergessen.

Eilig gieße ich Kaffee in die Tassen und gebe jeweils einen gehäuften Teelöffel Zucker hinzu. Als ich Claras Kaffee mit einem Spritzer Sahne gefärbt habe, bin ich auf alles gefasst.

Von der Stille zunehmend beunruhigt, nehme ich die Tassen in die Hand und gehe den Flur entlang, wobei ich im Vorbeigehen in die Zimmer spähe. Ich finde Clara auf dem Sofa in der Bibliothek sitzend. Die Überreste eines Sandwichs liegen auf einem Teller neben zwei leeren Saftgläsern.

Zunächst bin ich erleichert. Sie hat die Norquest-Romane nicht gefunden, sie ärgert sich nur über das Durcheinander.

Doch irgendwie glaube ich nicht, dass meine Schlampigkeit ihr Gesicht zur Farbe alten Zeitungspapiers erblassen lassen kann. Sie starrt nicht auf das Durcheinander, sondern auf meinen gelben Block … auf die Seite, auf der ich den Brief an meinen Vater begonnen habe.

Bei meinem Anblick lässt sie den Block fallen und faltet ihre Hände. Sie schaut nicht zu mir auf. Wortlos setze ich ihre Tasse auf dem Couchtisch ab, dann lasse ich mich auf dem Sofa nieder und wappne mich für den Sturm.

Ich erwarte Geschrei und Tränen. Stattdessen erhalte ich ein gebrochenes Flüstern.

„Ich kann nicht glauben“, sagt sie mit zitternder Stimme, „dass dir auch nur in den Sinn gekommen ist, diesem *Monster* zu schreiben.“

Ich möchte ihr entgegnen, dass sie nicht in meinen Sachen herumschnüffeln sollte, weil ich eine erwachsene Frau bin, die sich um sich selbst kümmern kann. Doch der Gedanke verblasst, als ich den Schmerz in ihrem Gesicht sehe. Ich habe ihr mein Leben geöffnet, da kann ich es ihr wohl schlecht übel nehmen, wenn sie auch in die Ritzen und Spalten schaut.

„Er ist mein Vater, Clara.“ Ich denke an Phils Bemerkung, aber ich versuche es auf sanfte Art. „Eine erwachsene Frau sollte ihrem Vater einen Brief schreiben können.“

Clara hebt das Kinn und schaut zum Fenster. „Es gibt Dinge, die ich dir über Theodor Norquest nie erzählt habe. Dinge, über die ich nie nachdenken wollte, geschweige denn reden. Dinge, die ich lieber unausgesprochen gelassen hätte.“

Etwas in mir bröckelt, als ich ihr leidendes Gesicht sehe.

„Theodor Norquest ist der leibhaftige Satan“, fährt sie fort und schaut mir endlich in die Augen. „Hast du dich je gefragt, *warum* deine Eltern sich scheiden lassen haben?“

Sie beugt sich zu mir, ihr Gesicht voller Sorge, und ich kann nicht antworten. Jahrelang habe ich mit der Scheidung meiner Eltern gelebt; sie war eine längst vergangene Geschichte. Auch wenn Mutter mir nie etwas erklärt hat, sind Gerüchte von der „London-Frau“ meines Vaters doch ab und zu durch unsere Tür gerieselt. Sie haben sich verfestigt und sind in meinem Kopf zur Tatsache geworden, doch etwas in Claras Augen sagt mir, dass ich nicht die ganze Wahrheit kenne.

„Mir ist zu Ohren gekommen, dass er ihr untreu war“, erwidere ich. „Ich dachte, das wäre der Grund gewesen.“

Sie schließt die Augen und holt widerwillig Atem. „Da gehörte noch einiges mehr zu der Geschichte. Natürlich wurde das alles in einen Mantel des Schweigens gehüllt. Niemand außerhalb der Familie bekam mit, was vor sich ging, aber Charley und ich, wir wussten alles – die Wände hier im 15. Stock sind dünn. Deine Mutter wollte nie, dass du etwas über die Misshandlungen, all die *schrecklichen* Dinge erfährst, die er ihr angetan hat. Mary Elisabeth hatte gute Gründe, ihn fortzujagen, Aurora. Es hat lange gedauert, bis sie den Mut dazu fand, doch dann endlich tat sie es."

In meinem Kopf dreht es sich vor Bestürzung. „Er hat sie *misshandelt*? Und was meinst du damit, dass sie ihn weggejagt hat? Ich dachte, er hätte sie verlassen, als er erfuhr, dass sie mit mir schwanger war."

Tante Clara kneift sich ins Nasenbein. „Eine Frau ist bereit, vieles zu erzählen, um ihre Lieben zu schützen. Sie wollte nicht, dass du ihr Vorwürfe machst, weil sie deinen Vater weggeschickt hat. Du musst ihr nachsehen, dass sie es mit der Wahrheit nicht so genau genommen hat. Aber du bist nun wirklich alt genug, um es zu hören, Aurora, und du sollst wissen, dass Theodor Norquest ein grausamer, eifersüchtiger, verbitterter Mann gewesen ist. Während der Jahre, in denen sie verheiratet waren, hat er deine Mutter auf übelste Weise misshandelt."

„Das glaube ich nicht." Die Worte sind aus meinem Mund heraus, ehe ich sie zurückhalten kann. Ich weiß nicht, warum ich ihn verteidige, habe ich doch nie etwas Schmeichelhaftes über ihn gehört, aber ich kann mir wirklich nicht vorstellen, dass meine Mutter verbalen oder körperlichen Missbrauch auch nur eine Minute lang geduldet hätte.

Sie hebt eine silberne Braue. „Du solltest es aber glauben. Du weißt doch, was man über Schriftsteller sagt: alles launische, temperamentvolle Menschen, die zum Alkohol und zu Phasen mürrischer Schweigsamkeit neigen. Dein Vater hat dem Klischee vollkommen entsprochen. Wenn sich seine Bücher nicht gut genug verkauften oder er eine Auseinandersetzung mit seinem Lektor hatte, ließ er seinen Frust an deiner Mutter aus. Natürlich war sie entsetzt darüber. Stell dir vor, sie, eine *Wentworth*, muss etwas ertragen, das eigentlich eher in der Unterklasse üblich ist! Sie hat seine Wutausbrüche so lange ertragen, wie sie konnte, aber als sie merkte, dass sie schwanger war, hat sie ihre Freunde um sich geschart und ihn hinausgeworfen. Sie wollte nicht, dass du auch noch unter ihm zu leiden hast."

Clara blickt in Richtung Fenster, ihr Gesicht voll konzentriert. „Ich werde den Tag nie vergessen. Dein Vater war auf einer Geschäftsreise in London, und da hat Mary Elisabeth mich und Charley gerufen, damit wir ihr helfen. Wir haben seine Sachen zusammengepackt. Booker hat alles nach unten gekarrt. Als Ted dann nach Hause kam, fand er seine Kleidung und sonstigen Besitztümer in der Eingangshalle vor. Wir hatten schreckliche Angst, dass er eine Szene machen würde, aber er hat seine Sachen genommen und ist nach London gegangen. Später fanden wir heraus, dass er dort eine Freundin hatte."

Clara lehnt sich zurück. „Der Rest der Geschichte ist ja allgemein bekannt. Er hat gegen die Scheidung keinen Einspruch erhoben, er hat seine englische Geliebte geheiratet und mit ihr Kinder bekommen. Mary Elisabeth hat er nie wiedergesehen."

Mir fehlen die Worte. Ich gehe gedanklich noch einmal Claras Geschichte durch, vergleiche sie mit den bruchstückhaften Informationen, die ich über die Jahre gesammelt habe. Meine Mutter hat meinen Vater auf jeden Fall verachtet – so weit klingt die Geschichte glaubhaft –, aber ich habe nie gehört, dass ihn jemand als gewalttätig oder alkoholsüchtig beschrieben hätte. Und sie waren 15 Jahre lang verheiratet. Wie konnte eine Frau, die so war wie meine Mutter, so etwas derart lange dulden?

Aber vielleicht war sie aus diesem Grund so stark, als ich auf der Bildfläche erschien. Vielleicht haben diese schwierigen Jahre ihren eisernen Willen geformt und ihr Rückgrat gestählt.

Auf der anderen Seite sind die Bücher meines Vaters im Grunde wunderbare Geschichten über Liebe und Sehnsucht und Familie und den Sieg des Guten über das Böse. Obwohl sie an surrealen Schauplätzen spielen, wo rätselhafte Gesetzmäßigkeiten gelten, ist doch jeder Roman, den ich gelesen habe, von Themen wie Mitleid und Treue durchzogen. Ein roter Faden der Liebe zieht sich durch jede Geschichte, jede Seite.

Wie kann ein so inspirierender Schriftsteller ein schrecklicher Mensch sein?

Widerwillig erwidere ich Claras Blick. „Das ist schwer zu glauben."

„Es ist die Wahrheit."

Diese vier Worte treffen mich in den tiefsten Tiefen meiner Seele. Ich möchte nicht wahrhaben, dass Theodor Norquest ein Teufel ist, weil die Hälfte meines Wesens von ihm stammt.

Bitte, Gott, lass ihn nicht böse sein.

Ich schließe die Augen und stelle mir die Szene vor, die vor so langer Zeit in der Eingangshalle stattgefunden hat: wie mein Vater nach Hause kam und überrascht in der Eingangshalle stehen blieb, weil er dort seine Kartons und Koffer in einer Ecke aufgestapelt sah. Booker stand sicher händeringend in der Nähe, nervös und hilflos. Der arme Mann. Wie sollte er bloß erklären, was meine Mutter getan hatte?

Die Vorstellung von Booker bleibt vor meinem inneren Auge stehen – zunächst schwach, dann jedoch so deutlich wie ein Foto, das in der Entwicklerflüssigkeit hervortritt. Damals arbeitete er noch ganztags, also hat er wahrscheinlich meinem Vater geholfen, seine Sachen aus dem Gebäude zu schaffen … und letzte Nacht ist er in meinem Traum vorgekommen.

„Clara, hat mein Vater mir je Weihnachtsgeschenke geschickt?"

Ihre Wimpern flattern. „Was für eine absurde Vorstellung! Wie kommst du denn darauf?"

„Ich meine mich zu erinnern, dass Pakete angekommen sind … aus England. Ich glaube, Booker hat sie hinauf in die Wohnung gebracht."

Clara gibt ein hartes Lachen von sich. „Charley und ich haben öfters Geschenke von *Harrods* aus London bestellt. Sicher erinnerst du dich daran."

„Warum habt ihr Sachen aus London bestellt, wo wir doch *Macys* und *Bloomingdale* hier in New York haben?"

Natürlich hat sie eine Antwort parat. „Liebling, *jeder* kauft bei *Macys* und *Bloomingdale* ein. Charley und ich wollten, dass unsere Geschenke etwas Besonderes sind."

Ich schaue weg und seufze, während meine Hoffnungen wie die bunten Glasstückchen in einem Kaleidoskop aneinanderstoßen. Ich habe mich nach einem Vater gesehnt, der meine Liebe ersehnt und verdient. Seit ich von dem Treuhandfonds erfahren habe, habe ich gehofft, dass Mutter im Irrtum war, dass mich mein Vater irgendwie und aus irgendeinem Grund doch geliebt hat.

Wenn er jedoch ein Mann ist, der meine Mutter misshandelt und verachtet hat, dann kann er bestimmt auch nichts als Verachtung für mich übrighaben. Sollte ich mich mit ihm in Verbindung setzen, würde er sich wahrscheinlich weigern, mich als seine Tochter anzuerkennen. Die Klausel in dem Treuhandfonds ist nur ein Trick: Sollte ich ihn besuchen, würde er die Gelegenheit nutzen, um mich offiziell zu demütigen. Bestimmt hat er nicht vor, mir irgendetwas zu geben.

Ich bin für ihn nicht mehr als ein zerquetschtes Insekt unter seinem Schuh, ein lästiges Überbleibsel aus einem Leben, das er schon lange hinter sich gelassen hat.

Vielleicht hat Clara recht; er hat den Fonds nur eingerichtet, um das bisschen zu retten, was von seinem Ruf übrig geblieben ist.

Ich greife hinüber und drücke Tante Claras Hand. „Es tut mir leid, Tante, dass du das alles ausgraben musstest. Ich verstehe, warum du darüber nicht sprechen wolltest."

„Aurora." Ihr Blick wird weicher, als sie meinen Namen ausspricht. „In vielem bist du so naiv. Deine Mutter und ich wollten nie, dass du von den Schattenseiten deines Vaters erfährst."

„Das ist schon in Ordnung, Clara. Ich bin eine erwachsene Frau, ich kann damit umgehen."

„Ich werde mich bemühen, daran zu denken." Sie lächelt mich an, doch die Linie ihres Mundes und ihre Augen lassen den heiteren Ausdruck vermissen, der ihr sonst eigen ist.

Ich schiebe die Tasse Kaffee in ihre Richtung. „Ich hab dir das hier gemacht."

„Danke, Liebes." Sie nimmt die Tasse, dann lächelt sie mich über den Tassenrand hinweg an. „Ich bin froh, dass die Wahrheit endlich ans Licht gekommen ist. Ich habe dieses hässliche Geheimnis schon viel zu lange mit mir herumgeschleppt."

❖

Nachdem Clara gegangen ist, sammle ich unsere Tassen, den Müll und die leeren Saftgläser ein und trage alles in die Küche. Als ich das schmutzige Geschirr in die Spüle gestellt habe, marschiere ich zurück in die Bibliothek und lasse die Kissen auf das Sofa fallen, wobei mir der Block, der noch auf dem Tisch liegt, ins Auge fällt. Ohne zu überlegen, reiße ich den Brief an meinen Vater vom Block und zerfetze ihn in kleine Stückchen. Während die Fetzen wie Schneeflocken zu Boden rieseln, nehme ich mir fest vor, die Wohnung von oben bis unten sauber zu machen. Ich werde scheuern und ordnen und schrubben und Staub wischen.

Wenn ich das geschafft habe, werde ich Mutters Zimmer in Angriff nehmen. Ich werde die Krankenkasse anrufen, von der ich das Bett zur Verfügung gestellt bekommen habe. Sie können es wieder abholen. Ich werde Kartons mit medizinischen Sachen und Kleidung füllen; ich werde alles für George auf den Korridor stellen. Ich werde den alten Lehnstuhl ausmustern und den Frisiertisch mit Spiegel einem Antiquitätenladen geben. Ich werde die alte Tapete abreißen und den Zustand des darunterliegenden Putzes überprüfen. Ich werde den Raum schonungslos in Angriff nehmen, und wenn er leer ist, werde ich eine neue Bestimmung für ihn finden.

Denn solange ich mit Projekten beschäftigt bin, habe ich keine Zeit, mich nach einem Vater zu sehnen, der sich nie auch nur einen Deut um mich geschert hat.

Ich bücke mich, um einen Stapel Bücher zurechtzurücken, der am hinteren Ende des Sofas steht; dann halte ich inne. Plötzlich bin ich davon überzeugt, dass mir allein schon die Berührung eines Norquest-Buches die Haut verbrennen wird. Ich nehme ein Kissen vom Sofa und bedecke den Bücherstapel.

Wieder zurück in der Küche, räume ich das schmutzige Geschirr in die Spülmaschine. Meine Gedanken schweifen zurück zu Claras Geschichte, und ich habe immer noch so meine Probleme damit, mir meine Mutter als Opfer von Misshandlungen vorzustellen. Ich habe sie besser gekannt als irgendjemand sonst und ich habe sie immer nur stolz und stark erlebt. Sie hatte so viel innere Kraft ... aber vielleicht hat diese Charaktereigenschaft meinen Vater auch überhaupt erst angezogen. Es ist durchaus möglich, dass er eine starke Frau wollte, die er sich unterwerfen konnte, eine stolze Frau, die er demütigen konnte.

Innerlich gebe ich mir selbst einen strengen Verweis. Was Erinnerungen an die Ehejahre meiner Eltern betrifft, muss ich Clara glauben. Als ich älter wurde, war Mutter bereits frei. Sie hatte die Vergangenheit hinter sich gelassen. Ich habe genug misshandelte Frauen im Fernsehen gesehen, um zu wissen, dass es enormen Mut erfordert, sich vom Täter zu trennen. Die meisten Frauen sind so im Kreislauf der Misshandlung gefangen, dass sie von ihren eigenen Unsicherheiten gebunden sind. Misshandelte Frauen, die der Lüge ihrer Unwürdigkeit Glauben schenken, entwickeln oft selbstzerstörerische Tendenzen.

Mary Elisabeth Wentworth Norquest hat dagegen diesen Dämon zu einer Zeit besiegt, als misshandelte Frauen noch ein wohlgehütetes Geheimnis der Gesellschaft waren. Ich kann verstehen, warum sie den wirklichen Grund ihrer Scheidung geheim halten wollte … und warum Tante Clara den Schutzengel spielte und mich von der Wahrheit abschirmte.

Ich schüttele den Kopf. Es fällt mir immer noch schwer zu glauben, dass der Mann auf dem Autorenfoto grausam und gewalttätig sein soll. Trotz seiner furchterregenden Geschichten sieht er irgendwie aus wie der Weihnachtsmann. Aber was weiß ich schon von Männern? Die paar, die ich kenne und denen ich vertraue, kann ich an einer Hand abzählen: Onkel Charley, Mr Williams, der alte Booker, George, der Hausmeister, und … Phil Cannon.

Der Gedanke an meinen Nachbarn zaubert ein Lächeln auf meine Lippen. Ich weiß nicht, was er für mich empfindet, aber letzte Nacht ist er mir zu Hilfe geeilt wie der sprichwörtliche Ritter in strahlender Rüstung. Männer tun so etwas nicht, wenn sie nicht *irgendwelche* Gefühle haben.

Ich bin dankbar dafür, dass Phil mich noch nicht aufgegeben hat, und stelle die letzten benutzten Gläser in den Geschirrspüler. Dann gehe ich ins Computerzimmer. Der Rechner surrt leise, also gebe ich der Maus einen Schubs, um sie aufzuwecken und nach E-Mails zu schauen. Noch keine da. Nach unserer langen Nacht schläft Phil vielleicht noch.

Ich ordne meinen Berg an Computerhandbüchern, als mein Blick auf das Buch *Ich kenne ihre Tränen* fällt. Dieses Buch hat mich zutiefst berührt, doch warum? Hat es mich so ergriffen, weil mir eine überirdische Stimme den Titel eingeflüstert hat … oder hat mich mein Unterbewusstsein darauf gebracht, weil ich irgendwie wusste, dass es mich berühren würde?

Die mystische Ader meines Vaters muss ihre Spuren bei mir hinterlassen haben. Diese Gedankengänge würde ich bestimmt nicht haben, wenn ich nicht seine Romane gelesen hätte.

Von diesem Gedanken gefesselt, setze ich mich hin und gehe mental alles durch, was ich in den vergangenen Wochen im Fernsehen gesehen habe. Oprah Winfrey hat den Titel noch nie in ihrer Sendung vorgestellt, da bin ich mir sicher. Auch wurde er nicht in irgendwelchen anderen Sendungen genannt. Mein Gehirn könnte den Titel natürlich auch schon vor längerer Zeit aufgeschnappt und abgespeichert haben, aber das Buch ist so alt – warum sollte es in den letzten Jahren irgendwo erwähnt worden sein?

Ich öffne den Umschlag und lasse meine Hand über die Titelseite gleiten, wobei ich mich eines Lächelns einfach nicht erwehren kann. Ich habe diese Geschichte verschlungen, aber am meisten habe ich die Charaktere darin geliebt. Und ich brauche keinen Philip, um mir den Grund dafür zu erklären.

Ich schlage die letzte Seite auf und lese das Ende noch einmal:

Und Lord John, der auf der Suche nach seinem Herzenskind von einem Ende seines Herrschaftsgebietes zum anderen gereist war, stieg aus dem Sattel und zog das verängstigte Mädchen in seinen Arm.

Lange Zeit sprach keiner von beiden. Ihre Herzen verschmolzen zu einem erfüllten Rhythmus.

Schließlich hob er den Kopf, um das Gesicht seiner Tochter anschauen zu können. „Seit dem Tag, an dem ich hörte, dass du geboren werden solltest", sagte er und strich über ihre dunklen Haare, „habe ich mich nach dir gesehnt. Ich habe ununterbrochen nach dir gesucht. Das Blut meines Boten wurde für dich vergossen, und ich hätte alle meine Schätze dafür hingegeben, um dein Herz zu gewinnen."

„Papa", flüsterte sie und das Wort klang wunderbar, „ich bin so froh, dass ich nach Hause gekommen bin."

Und während der Wind an den Burgmauern rüttelte und die Dämonen protestierend brüllten, überquerten der Vater und seine Tochter die Zugbrücke und gingen in die Burg hinein, um sich gegenseitig mit ihrem Leben vertraut zu machen, das sie getrennt voneinander verbracht hatten. Bevor die Schatten der Nacht kamen, hatten beide das Versprechen abgelegt, sich nie mehr zu trennen, bis sie vor dem Thron des ewigen Gottes derjenigen stehen würden, die den Himmel als ihre wahre Heimat ansehen.

Man sagt, wann immer ein Bürger jenes Königreichs wissen wollte, was Liebe ist, musste er nur auf den Herrn der Burg blicken, der mit seinen Gesetzen, seinen Taten und sogar den Absichten seines Herzens die Liebe verkörperte.

Denn er hatte sein Kind vollkommen geliebt und bereitwillig alles geopfert, um seine Tochter nach Hause zu bringen.

Ich schließe das Buch und wünsche mir einen Moment lang, dass sich meine Mutter zu Andrew Noble hingezogen gefühlt hätte statt zu dem Horrorautor Theodor Norquest. Dieser

Wunsch zieht einen anderen Gedanken nach sich: Hat Andrew Noble noch irgendetwas anderes geschrieben?

Ich bewege die Maus, wodurch der schlafende Bildschirm zum Leben erwacht. Eine Berührung der Tastatur bringt mich zu *Google*. Ein Klappern der Tasten, und schon füllt sich das Suchkästchen mit dem Namen Andrew Noble.

Ich atme tief durch, als eine kurze Liste auf dem Bildschirm erscheint. Mindestens ein Dutzend Links beziehen sich auf Rezensionen zu *Ich kenne ihre Tränen*, auch finde ich mehrere Seiten, auf denen hauptsächlich weibliche Leser den Roman als ihr Lieblingsbuch angegeben haben. Nachdem ich eine Zeit lang gesucht habe, komme ich zu dem Schluss, dass Andrew Noble eine Eintagsfliege gewesen sein muss. Weder bei *Amazon* noch bei *Barnes & Noble* sind andere Titel unter seinem Namen aufgeführt.

Wie konnte er nach nur einem Buch aufhören?

Ich versuche es mit *www.andrewnoble.com* und erhalte eine Fehlermeldung; *www.ichkenneihretraenen.com* bringt auch keine Resultate.

Phil hat mir jedoch beigebracht, nach Hintertüren im World Wide Web zu schauen. Ich sehe auf der Copyrightseite nach: Der Roman wurde von der *Waterman-Dale GmbH* veröffentlicht, also gebe ich den Namen dieses Verlags in einer Suchmaschine ein. Innerhalb von Minuten habe ich die Homepage gefunden und bin über die Größe des Konzerns erstaunt. Zur Verlagsgruppe *Waterman-Dale* gehören fast ein Dutzend kleinerer Verlage: *Little Fox Press* veröffentlicht Kinderbücher, *Best Foods* bringt Kochbücher heraus, *Waterman Faith* spezialisiert sich auf geistliche Titel, *Dale and Stock* vertreibt Lehrbücher, *Waterdale* Bildbände, und *Bleak House* konzentriert sich auf Horror.

Als ich den Verlag meines Vaters wiedererkenne, zieht sich mein Herz zusammen. Wie können diese Leute so viele

Norquest-Romane veröffentlichen und nur einen von Andrew Noble? Mein Vater ist ein großartiger Schriftsteller, aber Andrew Noble ist mindestens ebenso gut. Wenn sich das Buch nicht gut genug verkauft hat, hätten sie es eben besser vermarkten müssen; sie hätten der Welt mitteilen sollen, dass sie sich ein literarisches *Genie* geangelt haben!

Ich beiße mir auf die Unterlippe. Ich möchte jemandem wegen Andrew Noble schreiben, aber ich habe keine Ahnung, an wen ich meinen Brief schicken soll. Schließlich entscheide ich mich für den Chef der Öffentlichkeitsarbeit von *Waterman-Dale.* Phil sagt, E-Mails könne man leicht weiterleiten. Schön, dann sollen sie den Brief einfach an den weiterleiten, der für Beschwerden zuständig ist, denn sie haben einen riesengroßen Fehler gemacht. Andrew Noble sollte weiter Bücher schreiben. Wenn er noch lebt, sollten sie sein Talent fördern.

Ich mache mich daran, den ersten Fanbrief meines Lebens zu tippen:

Sehr geehrte Damen und Herren,

ich habe gerade das Buch „Ich kenne ihre Tränen" gelesen, das 1987 von Ihnen veröffentlicht wurde. Ich weiß, dass das Buch vergriffen ist, aber ich habe es erst vor Kurzem entdeckt.

Ich lese viel – rund zehn Bücher pro Woche –, und auch wenn ich keine Literaturkritikerin bin, habe ich doch ein Verständnis von dem, was Erzählkunst ausmacht. „Ich kenne ihre Tränen" ist ein wunderbares Buch, eine Geschichte, die mich zutiefst berührt hat. Ich würde zu gern noch weitere Bücher von dem Autor Andrew Noble lesen, doch ich kann keine weiteren Titel unter seinem Namen finden.

Gern würde ich auch mehr über Mr Noble erfahren. Ist er noch am Leben? Ist er noch schriftstellerisch tätig? Hat Ihr Unternehmen alles getan, was in seiner Macht steht, um sein Talent zu fördern?

Ich würde es zu schade finden, wenn „Ich kenne ihre Tränen" Nobles erstes und letztes Buch wäre.

Ich bin dankbar für jede Information, die Sie mir zukommen lassen können.

Mit freundlichen Grüßen
Aurora Rose Norquest

AuroraRose@manhattan.rr.com

Ich schaue mir die E-Mail an und frage mich, ob ich meinen Nachnamen streichen soll. Norquest ist kein sehr verbreiteter Name und mein Vater ist in Verlagskreisen natürlich sehr bekannt. Aber über mich wird wohl niemand Bescheid wissen. Außerdem – ich kann Mutter fast sprechen hören – wäre es unhöflich, einen Brief ohne ordentliche Signatur zu schreiben, auch wenn es nur eine E-Mail ist.

Ich überprüfe den Text auf Rechtschreibfehler, dann klicke ich auf „Senden".

Danach rolle ich mich auf meinem Stuhl zusammen und schlinge die Arme um meine Knie. Hoffentlich ist Andrew Noble gesund und munter und ein wunderbarer Mensch. Mir würde es nicht einmal etwas ausmachen zu erfahren, dass er über 80 und kahlköpfig ist und 25 Enkel hat.

Ich muss an jemanden glauben.

Kapitel 28

Westbury Arms, Wohnung 15b

Froh darüber, dass ich nicht mit einem Arm voll zu korrigierender Wirtschaftsaufsätze in die *Thanksgiving*-Ferien gehe, steige ich aus dem Fahrstuhl, wende mich meiner Tür zu – und stolpere fast über Aurora. Sie sitzt auf dem Boden neben dem Müllschlucker, und der angespannte Ausdruck in ihrem Gesicht sagt mir, dass sie aus dringlicheren Gründen hierhergekommen ist.

„Schön, dass du wieder da bist", sagt sie einfach.

„Hey." Ich verlagere meine Einkaufstüte in die linke Hand, dann stecke ich den Schlüssel ins Schloss. „Tut mir leid, dass ich nicht da war, aber ich hatte nach dem Unterricht noch ein paar Sachen zu erledigen." Ich lächle sie an und drücke die Tür auf. „Du solltest nachher mal mit nach draußen gehen. Ist wirklich ein herrlicher Tag."

Ich bin nicht überrascht, dass sie nicht darauf anspringt.

„Ich hatte gehofft, wir könnten miteinander reden", meint sie und drückt sich vom Boden hoch. „Aber wenn du arbeiten musst, kann ich auch später wiederkommen."

„Inzwischen solltest du doch wissen, dass ich meine Arbeit immer liebend gern aufschiebe." Ich trete über die Türschwelle und halte die Tür für sie auf. „Immer hereinspaziert. Willst du was zu trinken?"

Sie folgt mir, wobei sie sich fröstelnd die Arme reibt. „Limo, falls du welche hast."

„Klar doch." Ich gehe ihr voran und stelle die Tüte auf der Küchentheke ab. Als ich sicher bin, dass sie mir gefolgt ist, deute ich auf die Barhocker und mache mich daran, die Einkäufe wegzuräumen.

„Ein paar Straßen von hier entfernt habe ich so einen kleinen Laden gefunden. Zu Fuß ist das schon eine ganz schöne Strecke, aber die haben so ziemlich alles, was man an Lebensmitteln braucht." Ich werfe zwei große Orangen in das Gemüsefach des Kühlschranks, dann suche ich zwischen Tupperdosen und Fertiggerichten nach etwas zu trinken. „Hmm … ist Cola light auch in Ordnung?"

Sie nickt, während sie sich auf einen der Barhocker rutschen lässt.

„Willst du ein Glas?"

„Die Dose geht schon, wenn sie kalt ist."

Ich reiche ihr die Dose, dann hole ich einen Beutel Äpfel aus meiner Tüte und lasse sie ins Gemüsefach purzeln. Aurora hat irgendetwas auf dem Herzen, irgendetwas Wichtiges. Ich befolge einen Ratschlag meiner Mutter und warte darauf, dass sie von sich aus anfängt zu reden.

Es herrscht eine Abwesenheit von Geräuschen, die fast greifbar ist. Aurora ist zwar nicht der extrovertierteste Mensch der Welt, aber ich habe noch nie erlebt, dass ihr völlig die Worte fehlen.

Ich schließe den Kühlschrank und lehne mich an die Kücheninsel. Aurora mustert ihre Coladose. In ihren Augen liegt ein Ausdruck unaussprechlicher Ferne.

„Was ist los, Rosie?"

Ein Schatten legt sich auf ihr Gesicht. „Clara hat mich heute Morgen besucht."

„Und wie geht es Mrs B.?"

„Es ging ihr schon besser. Sie hat mich erwischt, als ich gerade aus dem Bett gekrochen war. Während ich Kaffee aufsetzte, hat sie sich darangemacht, die Wohnung aufzuräumen."

„Schlampigkeit ist kein Verbrechen."

„Nein … aber Undankbarkeit schon."

„Das musst du mir näher erklären."

Ein Lächeln geistert über ihre Lippen. „Sie hat den Brief gefunden, den ich versucht hatte zu schreiben – an meinen Vater. Ich muss ihn in der Bibliothek liegen gelassen haben, und als ich sie damit fand, war sie kreidebleich. Dann hat sie mir die Leviten gelesen und mir erzählt, warum sich meine Eltern scheiden lassen haben."

Das Zimmer schwillt unter der Stille an, während ich versuche, die Bedeutung dieser Nachricht zu erfassen. „Moment mal, verstehe ich das richtig? Dir hat bisher nie jemand erzählt, warum deine Eltern sich getrennt haben?"

Sie wischt sich über die Augen und umklammert die Coladose mit beiden Händen. „Ich wusste, er hatte eine Freundin in England … und ich wusste, er ist abgehauen, nachdem er herausgefunden hat, dass Mutter mit mir schwanger war. Mutter hat immer gesagt, mein Vater sei der Teufel. Das war nicht gerade das, was man als Kind über seinen Erzeuger hören möchte. Und danach konnte ich irgendwie nicht mehr nach Einzelheiten fragen. Ich wollte ihr nicht wehtun … und ich wollte sie auch nicht verärgern."

Ich gehe um die Kücheninsel herum und setze mich auf den Hocker, der neben dem steht, auf dem Aurora gerade sitzt. Ich möchte sie nicht stören, als sie angestrengt nach Worten sucht.

„Heute Morgen hat Clara gesagt" – ihre Stimme bricht, doch sie zwingt sich weiterzusprechen –, „dass mein Vater gewalttätig war … und meine Mutter in der Zeit, als sie zusammengelebt haben, furchtbar gelitten hat. Der Bekanntenkreis meiner Mutter ... na ja, sie hat sich unter ziemlich elitären Leuten bewegt, wenn du verstehst, was ich meine. Mutter kam aus gutem Hause. Ich schätze, sie hatte eine ganze Reihe von jungen Männern zur Auswahl, aber sie hat meinen Vater genommen. Als dann all ihre Träume zu Staub zerfielen ... das muss schon schwer gewesen sein. Und mit einem Mann zu leben, der sie misshandelte, muss ein Albtraum gewesen sein. Clara sagte, dass Mutter schließlich den Mut fasste, ihn rauszuschmeißen, als sie herausfand, dass sie schwanger war."

Ich kratze mich am Kinn, während ich sie ansehe. Offensichtlich hat diese Nachricht Aurora erschüttert, aber warum packt Clara die schmutzige Wäsche der Familie gerade jetzt aus? Aurora hat Fortschritte gemacht, hat ernsthaft angefangen, sich ein eigenes Leben aufzubauen. Wie soll ihr da diese Nachricht helfen?

„Aurora", sage ich in sanftem Ton, „warum hat Clara dir das gerade heute erzählt?"

Sie blinzelt. „Ich ... ich weiß nicht. Weil sie den Brief entdeckt hat, schätze ich. Du hättest ihr Gesicht sehen sollen; sie war schrecklich aufgebracht."

„Erscheint dir der Zeitpunkt nicht ein wenig merkwürdig? Ich meine, nach dem zu urteilen, was du mir erzählt hast, hatten weder Clara noch deine Mutter je etwas Gutes über deinen Vater zu sagen. Warum wollte sie ihn dann heute in einem noch schlimmeren Licht dastehen lassen?"

Verwirrung und Verärgerung kämpfen in ihren Augen miteinander. „Was willst du damit sagen?"

„Du solltest mit deinem Leben weitermachen und die Vergangenheit hinter dir lassen. Genau wie ich hast du ungefähr die Hälfte deines Lebens hinter dir. Jetzt sollten wir uns mit der Vergangenheit versöhnen, damit wir Kurs auf die Zukunft nehmen können."

„Wie kann ich mich mit der Vergangenheit versöhnen,

wenn ich sie nicht kenne – und sie mich immer wieder heimsucht?" Ihre Stimme, die eben noch so leer klang, sprudelt plötzlich vor unterdrückter Wut. „Du weißt nicht, was ich durchmache, Phil. Du hast nicht jede Nacht Albträume. Ich lese die Bücher meines Vaters, ich verliebe mich in seine Geschichten und seine Genialität, und dann finde ich heraus, dass er wirklich so ein Mistkerl war, wie mir immer alle gesagt haben!"

„Was genau hat dir Clara denn erzählt?" Ich bin mir bewusst, dass ich mich auf sensibles Terrain wage, aber irgendetwas stachelt mich an. „Hat er deine Mutter geschlagen? Sie schlecht behandelt? Sie beschimpft, war er ein Trinker, war er ihr untreu ..."

„Ja." Aurora greift das Wort auf. „Heute Morgen hat Clara gesagt, dass er ein Trinker war."

Ich schlage mit der flachen Hand auf den Tisch. „Alles klar. Er war also Alkoholiker? Hatte er im Suff regelmäßig Wutausbrüche? Findest du es nicht ein bisschen komisch, dass du von all dem bis jetzt nie etwas gehört hast?"

Die Farbe ist aus Auroras Gesicht gewichen. „Ich ... sie wollte mich natürlich schützen."

„Aber du bist eine erwachsene Frau! Es muss doch irgendwann vor dem heutigen Tag einen Punkt gegeben haben, an dem Clara dich für alt genug gehalten hat, die Wahrheit zu erfahren."

Aurora starrt mich mit brennenden, vorwurfsvollen Augen an. „Warum verteidigst du ihn?"

„Warum greifst du ihn *an*? Ich verstehe dich nicht, Rosie – du willst dem Mann begegnen, du willst unbedingt mit ihm reden und doch scheust du vor jeder Gelegenheit zurück. Du schreibst ihm keinen Brief, du mailst seinem Verleger nicht, du willst nicht hingehen, obwohl die Büros von *Bleak House* hier in Manhattan sind ..."

Sie steht so abrupt auf, dass der Hocker nach hinten über den Fliesenboden rutscht. „Du bist gemein! Und du verstehst mich überhaupt nicht!"

Am liebsten möchte ich zurückschreien, Worte wie Waffen kreuzen, *irgendetwas* tun, um sie aus ihrer Gleichgültigkeit zu schütteln, aber ich kann keiner Frau wehtun, die derart hilflos ist. Ich kann keine Frau verletzen, die ich lieben möchte.

Ich atme tief durch und so kann ich den hochkochenden Frust gerade noch beherrschen. „Bitte, Rosie, denk darüber nach. Männer, die ihre Frauen verprügeln, sind vorhersehbar – selbst wenn sie Alkoholiker sind. Sie folgen bestimmten Mustern. Und trotzdem ist Theodor Norquest mit seiner jetzigen Frau nach allem, was man hört, seit dreißig Jahren oder so glücklich verheiratet. Nicht einmal der Hauch eines Skandals wurde je bekannt. Seine Söhne und seine Frau haben nur Positives über ihn zu sagen und sein Verleger hält ihn für das Größte seit der Erfindung der Bratkartoffel."

„Du würdest ihn auch großartig finden, wenn er deinem Unternehmen Millionenumsätze bringen würde."

„Viele Verlage haben Bestsellerautoren, aber nicht alle jubeln über sie. Es ist nun mal so, dass Leute Meinungsverschiedenheiten haben, manchmal recht hitzige, und ja, die Welt ist voll von Ungerechtigkeit und Schmerz. Aber Leute behelfen sich. Sie finden Wege, wie sie miteinander auskommen können. Sie setzen ihre Bequemlichkeit und Sicherheit aufs Spiel, und weißt du, warum? Weil Herausforderungen Menschen wachsen lassen. Manchmal gewinnen wir, und manchmal lernen wir, indem wir verlieren. Aber von all dem hast du ja nicht die geringste Ahnung, weil du dich in dieser uralten Wohnung weggesperrt hast ..."

„Hör auf!" Sie schlägt sich die Hände über die Ohren und dreht sich weg. Ihr ganzer Körper zittert.

Ich merke, wie sich ein kalter Klumpen Reue in meiner Brust festsetzt. Ich bin zu weit gegangen. Ich habe zu viel gesagt und sie wird es weder vergessen noch mir verzeihen. Nach diesem Vorfall wird sie sich vielleicht nie wieder in meine Wohnung wagen.

„Rosie.“ Meine Stimme ist rau. „Bitte, lass uns darüber reden.“

Ich strecke eine Hand nach ihr aus, doch bei der Berührung meiner Finger zuckt sie zusammen, als hätte ich sie gekniffen.

„Ich muss jetzt gehen.“

Eilig versperre ich ihr den Weg. „Komm, bitte. Es tut mir leid, ich wollte nicht so über dich herziehen.“

„Lass mich gehen.“

Ich zögere, dann trete ich zur Seite und hebe meine Hände in einer hilflosen Geste. Mit zielbewusstem Schritt bewegt sie sich den Flur entlang, doch als sie die Tür erreicht, weiß ich, dass ich sie so nicht gehen lassen kann.

„Bitte denk darüber nach.“ Ich verlängere meine Schritte, um sie einzuholen. „Vergiss mal deine Gefühle und betrachte die Situation objektiv. Du lässt deine gesamte Zukunft von der Aussage einer einzigen Frau bestimmen. Bist du dir sicher, dass Clara diese Macht verdient hat?“

Aurora hält vor der Tür inne, mit dem Rücken zu mir. „Sie ist alles, was ich noch habe.“ Sie dreht den Kopf, bis ich ihr Profil sehen kann. „Sie ist meine Familie.“

„Sie ist mit dir nicht näher verwandt, als ich es bin, Aurora, und ich glaube, sie erweist dir einen Bärendienst. In den letzten Wochen bist du so weit gekommen, du hast solche Fortschritte gemacht! Lass dich von Clara nicht davon abhalten, nach etwas zu suchen, das dich glücklich machen könnte. Du hast das Recht und die Pflicht, deinen Vater kennenzulernen und selbst zu sehen, was für ein Mann er ist. Du hast es verdient, deine eigene Zukunft zu entdecken. Lass dich durch Claras Ängste nicht aus deinem eigenen Leben aussperren."

Sie schließt die Augen. Einen Moment lang denke ich, dass meine Worte wirklich angekommen sind, doch dann beißt sie die Zähne zusammen und reißt die Tür auf. Bevor ich sie aufhalten kann, geht sie schnellen Schrittes den Korridor entlang.

Ich stehe im Eingang und höre, wie ihre Tür zuknallt, gefolgt vom deutlichen Schnappen der einrastenden Riegel.

Aurora Norquest ist sicher weggeschlossen.

Wieder einmal.

Kapitel 29

Westbury Arms, Wohnung 15a

Von widersprüchlichen Gefühlen hin und her gerissen, renne ich in mein Schlafzimmer und krieche unter die Bettdecke. In der stickigen Dunkelheit meiner Zufluchtsstätte weine ich aus reiner Frustration. Wie kommt Phil darauf, dass er Clara besser kennt als ich? Wie kann er es wagen, mir solche Dinge zu sagen? Er hat schließlich nicht sein gesamtes Leben in diesem Gebäude verbracht. Er hat nie unter lähmender Panik gelitten.

Was weiß er schon von meinem Leben, von meinen Kämpfen? Der Gedanke, aus St. Louis nach New York zu ziehen – ganz allein! –, hat ihm offenbar keine Schwierigkeiten bereitet. Er hat auch nicht gezögert, von Brooklyn nach Manhattan umzuziehen, und er hat die Wohnung im *Westbury Arms* genommen, ohne auch nur eine Menschenseele hier zu kennen.

Ich kann mir solchen Mut nicht mal *erträumen*! Ich würde sterben, wenn ich anderswo hinziehen müsste. Und Clara würde ebenfalls einen Anfall bekommen bei dem Gedanken, dass ich irgendwo an einem fremden Ort bin …

Etwas macht in meinem Kopf *Klick*. Clara wäre *tatsächlich* vollkommen aufgebracht, wenn ich aus dem *Westbury Arms* wegziehen würde. Das weiß ich so sicher, wie ich weiß, dass die Sonne morgen aufgehen wird. Aber warum würde ihr das eigentlich so viel ausmachen? Sie ist ja in keiner Hinsicht von mir abhängig, tut sie doch viel mehr für mich als ich für sie.

Nein, sie würde protestieren, weil ich die Tochter bin, die sie nie hatte ... aber freuen sich normale Mütter nicht darüber, wenn ihre Kinder flügge werden und das Nest verlassen?

Warum also würde es Clara unglücklich machen, wenn ich ginge?

Eine von Phils Bemerkungen dringt an die Oberfläche meines Bewusstseins: *Ich weiß nicht, was deine Mutter an Clara gebunden hat.*

Ich ziehe mir die schwere Daunendecke vom Kopf.

Was *hat* diese beiden Frauen miteinander verbunden? Freundschaft, ganz klar. Vielleicht auch Liebe. Clara liebt mich, aber Liebe sollte eigentlich nicht einengend sein. Ich habe genug Bücher gelesen, um zu wissen, dass wahre Liebe den anderen freisetzt. Wenn mich Clara wie eine Mutter lieben würde, würde sie wollen, dass ich meine Ängste überwinde; sie würde mich ermutigen, meine kleinen Schritte zu gehen. Doch tatsächlich hat sie bisher gegen jeden meiner Befreiungsschritte etwas einzuwenden gehabt.

Der Gedanke ist ein Treuebruch, aber er kommt mir wahr vor. Ich sehe Claras Widerstand auch in anderen Bereichen: Sie mag Phil gern, aber nur bis zu einem bestimmten Punkt. Als ich mich ihm anvertraut habe, fing sie an, mich vor ihm zu warnen und von ihm fernzuhalten.

Warum könnte Clara wollen, dass meine Vergangenheit mich weiter gefangen hält? Die Frage nagt an mir. Aus den Tiefen meines Unterbewusstseins kämpft sich ein neuer Gedanke nach oben, aber er will sich einfach nicht klar zeigen.

Ich starre an die Decke, wo sich die Schatten von Westen nach Osten verschoben haben. Die Mittagszeit ist gekommen und gegangen, doch ich habe keinen Hunger.

Ich rolle mich auf der Seite zusammen und schließe die Augen, wobei ich versuche, nicht an mein Streitgespräch mit Phil zu denken. Wenn er hier wäre, würde er mir zustimmen, dass Clara ungewöhnlich stark an mir hängt … ob er den Grund dafür wohl erklären könnte? Er hat kein Problem damit, mir zu sagen, dass ich ihre Motive hinterfragen sollte. Aber er ist nicht mit ihr aufgewachsen; er weiß nicht, wie oft sie mich vor dem Verrücktwerden bewahrt hat. Als Mutter schon krank, aber noch mobil war, hat Clara sie manchmal zu sich in die Wohnung genommen, damit ich etwas Zeit für mich hatte. Clara hat mir meine Post gebracht, Besorgungen für mich erledigt und sich um hundert Kleinigkeiten gekümmert, an die ich nicht einmal denken möchte.

Sie weiß genau wie ich, dass meine Ängste irrational sind, aber sie akzeptiert meine Begrenzungen. Sie liebt mich und unterstützt mich, weil ich die Tochter meiner Mutter bin und Clara sie verehrt hat.

Wie kann ich die Motive dieser Frau anzweifeln?

Und doch: Sollte ich tatsächlich meine Ängste besiegen und meine Grenzen erweitern, weiß ich, dass ihr das missfallen würde. Warum? Bin ich schon so lange von ihr abhängig, dass der Gedanke an meine Unabhängigkeit ihr Selbstverständnis bedroht? Sicher nicht. Clara erfreut sich eines regen gesellschaftlichen Lebens. Sie ist nicht auf mich angewiesen.

Sie ist wegen nichts auf mich angewiesen … außer in finanzieller Hinsicht.

Ich öffne ruckartig die Augen, als sich eine bestürzende Erkenntnis herauskristallisiert: Jetzt, wo Mutter fort ist, bin ich Claras einzige Finanzquelle. Dank Mutters jährlicher Zahlung kann Clara ihre Rechnungen begleichen und ihren Lebensstil aufrechterhalten. Sie muss sich keine Sorgen machen, dass ich meine neue Macht benutzen werde, um ihr den

Geldhahn zuzudrehen, aber sie *könnte* so etwas befürchten, wenn ich wegzöge … oder wenn jemand anderer für mich wichtiger wäre als sie.

Diese Erkenntnis kommt von einem Ort jenseits von Logik und Vernunft und ich bringe die zynische innere Stimme rasch zum Schweigen. Clara würde nie etwas tun, das mir schaden könnte. Sie ist absolut treu, vertrauenswürdig und liebevoll. Sie möchte das Beste für mich; deshalb hat sie mich auch all diese Jahre beschützt.

Und deshalb möchte sie nicht, dass ich mich verändere. Sie möchte mich nicht leiden sehen, das ist alles. Sie weiß, wie schnell ich in Panik gerate, wenn ich in Situationen hineinstolpere, die außerhalb meiner Kontrolle liegen. Sie hat gesehen, wie ich hyperventiliere; sie weiß, wie ich nach einer Panikattacke zittere und mich dem Tod nahe fühle.

Wer würde sich so etwas für jemanden wünschen, den man liebt? Niemand. Deshalb beschützt sie mich davor. Ganz einfach.

❖

Ich weiß nicht genau, wie ich es schaffe, trotz der vielen Gedanken, die mir durch den Kopf gehen, zu schlafen, aber irgendwie verliere ich den Bezug zur Wirklichkeit und falle in einen leichten Halbschlaf. Als ich den Kopf wieder hebe, ist es nach 14:00 Uhr. Ich habe mehr als eine Stunde geschlafen.

Ich setze mich auf. Jetzt muss ich versuchen, mich an eine Welt anzupassen, die sich seit heute Morgen auf seltsame Weise verändert hat. Es ist kaum zu glauben, dass mir der Gedanke in den Sinn gekommen ist, Clara könne sich aus rein finanziellen Gründen mit mir abgeben, doch der alberne Gedanke hat einen tiefen Eindruck bei mir hinterlassen.

Allerdings bin ich müde, und wenn ein Körper müde ist, funktioniert das Gehirn nicht so, wie es sollte. Ich werde auf eine Tasse Tee zu Clara hinübergehen und zehn Minuten Gespräch werden die Dinge wieder geraderücken. Wenn sich die Welt dann wieder in ihrer gewohnten Bahn dreht, werde ich nach Hause kommen und fertig putzen. Wenn ich zügig arbeite, habe ich vielleicht sogar noch Zeit, mit Mutters Zimmer anzufangen.

Mit einem tiefen Seufzen setze ich die Füße auf den Boden und klopfe auf die Taschen meiner Strickjacke, um sicherzugehen, dass ich immer noch den Schlüssel bei mir habe. Dann schlüpfe ich kurz ins Badezimmer, um nachzuprüfen, ob meine Wimperntusche auch nicht verwischt ist. Ich übe ein Lächeln im Spiegel.

Ich bin keine strahlende Schönheit, aber mein Gesicht hat auch nichts an sich, wodurch Claras Misstrauen erregt werden könnte.

Nachdem ich die Klingel neben Claras Wohnung gedrückt habe, blicke ich zu Phils Zuhause hinüber – seine Tür ist geschlossen und weist nicht einmal einen Streifen Licht unter der Türschwelle auf. Entweder ist er außer Haus oder er arbeitet in seinem Büro im hinteren Teil der Wohnung.

Clara hat sich immer noch nicht gerührt, also hebe ich meine Hand, um zu klopfen. Als meine Knöchel die Tür berühren, bewegt diese sich.

Ein Gefühl des Unbehagens beschleicht mich. Clara lässt nie die Tür offen; sie verrammelt immer sämtliche Schlösser und Zusatzriegel. Wir machen darüber Witze; sie ist genauso paranoid wie ich, was persönliche Sicherheit betrifft.

„Clara?“

Ich drücke mit den Fingerspitzen gegen die Tür. Sie schwingt mühelos auf und offenbart den engen langen Flur, in dem Fotos und Gemälde die Wände zieren.

„Clara?“ Auf dem Tisch im Foyer brennt ein Licht, aber eine merkwürdige Stille liegt auf der Wohnung. „Clara, bist du zu Hause?“

Eine faustgroße Kälte lässt sich in meinem Bauch nieder, so als hätte ich einen Eisklumpen verschluckt. Ich habe mich in Claras Wohnung noch nie bedroht gefühlt, doch nun schlägt mein Herz so heftig, dass ich jedes einzelne Klopfen spüre.

Irgendetwas stimmt hier nicht. Ich sollte zurück in meine Wohnung rennen, die Tür verriegeln und Hilfe rufen, doch was, wenn dazu keine Zeit ist? Vielleicht braucht Clara mich; vielleicht keucht sie gerade jetzt meinen Namen.

Ich schnappe nach Luft und taumle durch den Flur. Ich werfe einen kurzen Blick in den ersten Durchgang auf der linken Seite. Keine Clara. Flüchtig schaue ich ins Wohnzimmer auf der rechten Seite. Clara ist nicht da. Erneut nach Luft ringend, eile ich zur Küche und befürchte schon, dass ich sie dort am Boden liegend finden werde, doch Clara ist weder in der Küche noch in der Speisekammer noch in dem anliegenden Abstellraum.

Ich bleibe in der Tür stehen und spähe ins Esszimmer, in der Hoffnung, sie ohne ihr Hörgerät am Tisch sitzend vorzufinden, aber das Einzige, was in dem Raum auffällt, ist der riesige Blumenstrauß, den sie sich jeden Montagmorgen selbst zukommen lässt. Ich atme tief durch. Der Flur knickt im rechten Winkel ab, vier weitere Zimmer und zwei Bäder liegen auf diesem zweiten Gang. Ich sollte mich entspannen. Clara ist eine ältere Frau, da kann es sein, dass sie einfach vergessen hat, die Eingangstür abzuschließen. Ich werde sie wahrscheinlich bei einem Nickerchen oder in der Badewanne stören. Ihr wird es peinlich sein, dass ich einfach so hereinspazieren konnte, aber schon morgen werden wir über das Ganze lachen.

„Tante Clara?“, rufe ich mit meiner fröhlichsten Stimme. „Ich bin's. Ich will dich nicht erschrecken, aber du hast die Eingangstür aufgelassen.“

Das erste Zimmer, ein Gästezimmer, ist leer. Das zweite war Charleys Schlafzimmer. Die Tür knarrt, als ich den Knauf drehe, aber die Tagesdecke ist glatt und unberührt.

Und Claras Zimmer …

Ich spähe durch die Tür und atme auf, als ich sehe, dass das Bett leer ist. Gerade will ich kehrtmachen – in der Annahme, Clara sei aus dem Haus gegangen und habe vergessen abzuschließen –, da lässt mich ein seltsamer Anblick Schlimmes befürchten.

Ein Schuh auf der anderen Seite des Bettes ist nicht am rechten Platz. Ich gehe zwei Schritte, bevor ich merke, dass der Schuh an Claras Fuß steckt. Sie sitzt auf dem Teppich, das Telefon in den Händen, und murmelt vor sich hin.

Mir wird klar, dass etwas nicht stimmt, als sie bei meinem Näherkommen nicht aufblickt. Ihr Haar, das sonst immer ordentlich frisiert ist, hängt lose auf ihre Schultern hinunter; ihr Jackett ist aufgeknöpft. Sie sitzt in der würdelosesten Haltung da, in der ich sie je gesehen habe: ein Bein auf dem Boden ausgestreckt, das andere untergeschlagen.

Ich kann mir nicht vorstellen, was passiert sein könnte, aber ich knie mich auf den Teppich und nehme ihre Hände in meine. „Tante Clara? Stimmt etwas nicht mit dem Telefon?“

Sie schaut auf. Ihre Augen weiten sich einen Moment lang, dann verengen sie sich. „*Du* bist es“, sagt sie ohne eine Spur von Freundlichkeit. Sie befreit ihre Hände mit einem Ruck aus meinem Griff. „Warum störst du mich ständig?“

Ich bekomme Gänsehaut. Etwas ist passiert: Sie hatte einen Schlaganfall, einen Nervenzusammenbruch, *irgendetwas*. Ich muss ihr das Telefon nehmen; ich muss den Notarzt rufen.

„Tante", flüstere ich, wobei ich einen Tonfall annehme, den ich bei einem verwirrten Kind benutzen würde, „dürfte ich das Telefon haben?"

Als ich ihr die Hand entgegenstrecke, drückt sie das Telefon an ihre Brust, weshalb ich ihren Arm ergreife. Bei meiner Berührung steigt aus ihrem tiefsten Inneren ein angewidertes Schaudern auf, das ich deutlich spüren kann.

„Du warst es nie wert", zischt sie mich an. Dabei spiegeln ihre Augen den Zorn in ihrem Inneren wider. „Mary Elisabeth war eine Göttin. Du bist ein charakterloser Schatten von *ihm*."

„Clara, ich brauche das Telefon." Ich versuche, mich auf die Aufgabe zu konzentrieren, aber ihre Worte tun mir in der Seele weh. „Du bist offenbar ziemlich durcheinander, also lass mich das Telefon haben, dann kann ich jemanden anrufen ..."

„Ich will deine Hilfe nicht." Wie ein trotziges Kind dreht sie ihren Oberkörper weg und hält das Telefon außerhalb meiner Reichweite. „Ich wollte nie irgendwas von dir annehmen, aber Mary Elisabeth musste ja unbedingt dafür Sorge tragen, dass du das Sagen hast. Ich habe sie dafür gehasst. Aber ich konnte sie nie so sehr hassen, wie ich *ihn* gehasst habe."

„Clara, bitte." Ihre Worte prasseln wie Steine auf mich ein, aber ich darf mich von ihnen nicht verletzen lassen. Sie ist vollkommen verwirrt.

Einen Augenblick lang ziehe ich in Betracht, aufzustehen und den Anruf von einem anderen Zimmer aus zu tätigen, aber solange sie den Hörer nicht aufgelegt hat, funktionieren die anderen Telefone auch nicht.

„Mary Elisabeth hat alles bekommen, was sie wollte." Sie lacht bitter. „Eine Zeit lang wollte sie sogar meinen Mann, und weißt du was? Mir war das gleichgültig. Wir haben sie alle verehrt, und ich wusste, dass sie Charley nicht lange behalten würde, weil er sie schnell gelangweilt hat. Sie hätte die Sonne und den Mond haben können, wenn sie das gewollt hätte. Sie war die Crème de la Crème … aber dein Vater konnte sie nie so nehmen, wie sie war. Er wollte Treue; er wollte, dass sie nur ihn liebte. Ha! Als wenn eine *Göttin* jemals mit nur einem Verehrer glücklich sein könnte."

„Clara." Ich versuche, mit Nachdruck zu sprechen, aber meine Stimme bricht, und ich widerstehe nur mit Mühe dem Drang, mir die Ohren zuzuhalten. Ich weiß nicht, ob sie mir die Wahrheit sagt oder ob sie einfach durchgedreht ist, aber ihre Worte und die blitzenden Blicke aus ihren blauen Augen sind beängstigender als alles, was ich je erlebt habe.

„Clara, gib mir jetzt das Telefon." Ich strecke meine Hand aus, doch als ich nach dem Hörer greife, zieht sie ihn weg. Ich beuge mich nach vorn, will ihn ihr entreißen, aber sie verliert das Gleichgewicht und knallt mit dem Hinterkopf an die Kante des Nachttisches, bevor sie zu Boden sackt.

„Clara?" Ich halte das Telefon in der Hand, aber ich kann an nichts anderes denken als an die regungslose Gestalt vor mir. „Clara, wach auf!"

Ein Adrenalinschub lässt mich erbeben. Einen Moment lang bin ich hilflos – hin und her gerissen, ob ich das Telefon für einen Hilferuf nutzen oder Wiederbelebungsversuche machen soll –, da höre ich ein leises Röcheln. In der Hoffnung, dass dies ein Atemversuch ist, kauere ich mich neben sie und halte mein Ohr an ihren Mund.

„Tante Clara, kannst du mich hören?"

Aus dem Geräusch wird ein Keuchen, doch als ich den Kopf hebe, um nach einer Bewegung von ihr zu schauen, sehe ich, wie eine Flut von Kakerlaken aus ihrem Mund strömt …

Ein Brechreiz steigt in mir hoch, den ich nur mit Mühe unterdrücken kann. Jedes Neuron in meinem Gehirn ist in Alarmbereitschaft und will mich dazu bringen zurückzuspringen, aber die nun schon bekannte Lähmung hat meine

Glieder ergriffen. Ich bin auf Händen und Knien wie versteinert, Panik hat mein Herz zu einem Klumpen erstarren lassen, und als die Kakerlaken wie eine summende Armee auf mich vorrücken, höre ich jemanden schreien. Doch dann wird mir bewusst, dass es *meine* Schreie sind, die alles um mich herum in sich zerfallen lassen, *meine* Ängste, die nun schlussendlich mein Verderben sind, und jetzt gibt es niemanden mehr, der mir noch helfen kann.

Ohne mich umzudrehen, weiß ich plötzlich, dass ich nicht allein im Zimmer bin. Jemand anders ist bei mir, eine ziegenartige, widerwärtige Gegenwart, und sie hat Clara getötet. Sie wird auch mich töten, wird mich mit ihrem Gift und Hass und ihren Falschheiten umbringen.

„Auroraaaaaa …“

Das Monster flüstert in mein Ohr, und dieses Mal weiß ich, dass es kein Entrinnen gibt.

Kapitel 30

Westbury Arms, Wohnung 15b

Ich hebe den Kopf, als ein Schreckensschrei durch die Wand dringt, dann schaue ich instinktiv zum Fenster, das immer noch von der Nachmittagssonne gewärmt ist. Könnte Aurora *jetzt* Albträume haben? Unwahrscheinlich. Aber wenn es das nicht ist, dann muss sie in ernsthaften Schwierigkeiten stecken.

Ich stehe hastig vom Schreibtisch auf. Einen Moment später hämmere ich an ihre Tür. Dann drücke ich meine Handflächen gegen das Holz, während ich auf eine Reaktion lausche. Das Schreien hat aufgehört, aber niemand brüllt derart, wenn nicht etwas ganz gewaltig schiefgegangen ist.

Ich warte in der gespenstischen Stille und bin gerade im Begriff, noch einmal zu klopfen, da höre ich das Geräusch vom Zurückschieben der Riegel.

Aurora öffnet die Tür. Ihr Gesicht ist kreidebleich, und ihre Hände zittern, als sie ihr Haar hinter die Ohren steckt. „Tut mir leid", sagt sie mit dünner Stimme. „Ich bin eingeschlafen und habe geträumt. Aber das hast du wohl schon geahnt."

Aufatmend stütze ich mich am Türrahmen ab. „Aurora", sage ich, von den Adrenalinstößen gereizt, die mich durchströmen. „Das reicht jetzt. Was wird dich endlich davon überzeugen, dass du nicht einfach so weitermachen kannst?"

Ein Ausdruck des Elends verfinstert ihr Gesicht. Sie

zittert. „Ich weiß es nicht.“ Sie schwankt sichtlich. Als ich nach ihr greife, um sie zu stützen, entflieht ein Schluchzen ihren Lippen.

Ich ziehe sie in meine Arme, während sie weint. „Ist schon in Ordnung. Du wirst das schaffen, Aurora. Du musst dir nur etwas Hilfe holen.“

Sie klammert sich an mich; ich kann ihren unregelmäßigen Atem an meinem Hals spüren. „Dieser Traum war schlimmer als die anderen – er war *zu* real. Ich bin zu Clara gegangen, aber sie war tot. Und da war noch was im Zimmer, so eine Art Monster …“

„Ein Monster?“ Ich hebe den Kopf, um sie anzulächeln. „Und du hast ganz sicher nichts Scharfes zu Mittag gehabt?“

„Es war real, wirklich.“ Sie blickt mich durch tränenverhangene Wimpern an. „Es war, als ob mir jemand irgendwas sagen wollte.“

Ich bemühe mich, meine eigenen Gefühle zu beherrschen. Jedes Mal, wenn sie Hilfe braucht, komme ich angerannt, aber sie hält mich auf Distanz. Was soll ich ihr anbieten: Trost oder Konfrontation? Schwer zu sagen, was sie braucht, besonders da sie meinen Rat nicht wirklich möchte. Trotzdem, Clara hat Aurora immer nur verhätschelt, und irgendjemand muss dieser Frau endlich helfen, sich der Wirklichkeit zu stellen.

„Was könnte dir denn dieser Jemand sagen wollen?“

„Weiß ich nicht.“ Neue Tränen treten in ihre Augen. „Jemandem, den ich kenne, wird irgendetwas Schreckliches zustoßen … vielleicht mir oder Clara. Oder es ist schon passiert. Wir müssen bei Clara vorbeischauen.“

Ich löse ihre Arme von meinem Nacken, dann halte ich einen Finger hoch. „Warte hier.“

Ich lasse Aurora im Eingang stehen, gehe über den Korridor und klopfe an Mrs Bellinghams Tür. Niemand antwortet. Nachdem ich die Klingel gedrückt und eine Weile gewartet habe, drehe ich mich um und zucke die Achseln. „Keiner da. Sie muss wohl ausgegangen sein."

„Ich glaube, sie ist da drin." Auroras Stirn legt sich in Sorgenfalten. „Vielleicht ist sie krank oder verletzt. Bitte versuch's noch mal."

„Ich hab es doch schon zweimal versucht", beharre ich. „Vielleicht macht sie ein Nickerchen. Aber wenn du einen Schlüssel hast ..."

„Hatte ich früher mal, aber sie hat irgendwann das Schloss ausgewechselt und mir davon keinen Schlüssel machen lassen. George hat aber einen, also könntest du *bitte* den Hausmeister holen?" Aurora klammert sich an den Türrahmen, die Knöchel weiß vor Anspannung. „Clara steckt in Schwierigkeiten. Ich weiß es einfach."

Etwas – entweder der flehentliche Blick in ihren Augen oder das Beben in ihrer Stimme – treibt mich zum Fahrstuhl.

❖

Thomas, der Nachmittagsportier, weiß nicht, wo der Hausmeister ist, aber mithilfe seines Walkie-Talkies macht er George Baltross ausfindig.

„Er ist im fünften Stock, wo er sich um ein Rohrleck kümmert", teilt mir der Portier mit. „Ich kann ihn bitten, zu Ihnen raufzukommen, wenn er fertig ist."

„Wie lange dauert das ungefähr?"

Der junge Mann zuckt die Achseln. „Weiß nicht, vielleicht eine Stunde, vielleicht auch länger. George ist nicht gerade der Schnellste."

Das Bild von Auroras weißen Knöcheln huscht an meinem inneren Auge vorbei. „Die Sache ist, Thomas, dass wir einen Notfall haben, glaube ich. Kann George nicht jetzt nach oben kommen und sich später um das Rohr kümmern?"

Thomas nimmt das Walkie-Talkie zur Hand und murmelt etwas hinein. Ich stütze meine Ellenbogen auf dem Tresen ab, während der Apparat rauscht, dann krächzt Georges Stimme durch den Lautsprecher: „Was für einen Notfall haben die denn da oben?"

Thomas hebt eine Braue. „Wo liegt das Problem?"

„Wir denken, Mrs Bellingham könnte in Schwierigkeiten stecken – es sei denn, Sie haben gesehen, dass sie das Gebäude verlassen hat."

Der Portier überlegt, dann schüttelt er den Kopf. „In meiner Schicht ist sie nicht hier unten vorbeigekommen."

„Dann brauchen wir Mr Baltross so schnell wie möglich."

Thomas drückt den Knopf am Sprechgerät. „George, wir glauben, dass es ein Problem in Mrs Bellinghams Wohnung gibt. Kannst du jetzt gleich da hochgehen?"

Als George mit einer Flut von Flüchen antwortet, dreht Thomas diskret die Lautstärke herunter. „Er ist gleich oben."

Ich nehme den Fahrstuhl, um zusammen mit Aurora zu warten. Fünf Minuten später gesellt sich der Hausmeister zu uns.

Während George auf uns zuschlendert, werfe ich einen Blick auf Aurora. Ihre Augen sind dunkel vor Angst, aber sie schafft es, beim Anblick des Hausmeisters zu lächeln.

Der Mann grummelt vor sich hin, als er die Schlüsselsammlung an seinem Ring durchgeht, dann versucht er, meinen Blick auf sich zu ziehen. „Was ist denn das Problem?"

„Mrs Bellingham geht nicht an die Tür."

„Vielleicht hat sie gerade keine Lust auf Besucher."

„Sie geht auch nicht ans Telefon", fügt Aurora hinzu. „Und das ist untypisch für sie."

„Vielleicht ist ihr Hörgerät kaputt."

Ich verschränke die Arme vor der Brust. „Bitte machen Sie einfach die Tür auf."

George zögert und klopft mit einem Schlüssel auf seine Handfläche. „Sie übernehmen die Verantwortung, falls sie sich beschwert?"

Meine Frustration erreicht ihren Höhepunkt. „Lassen Sie es mich so sagen, George: Entweder machen Sie die Tür auf oder ich löse den Feueralarm aus. Möchten Sie den Anwohnern dann erklären müssen, warum sie das Gebäude verlassen sollten?"

Der Hausmeister steckt den Schlüssel ins Schloss, doch erst, nachdem er mich zornig angestarrt hat. „Ich mach das nur ihretwegen." George deutet mit seinem Kinn auf Aurora. „Sie steht der alten Dame sehr nah, das weiß ich."

Er dreht den Schlüssel um und schwenkt dann die Tür auf. „Ich hoffe um Ihretwillen, dass Sie recht haben. Und gehen Sie besser vorsichtig rein. Wenn sie denkt, dass Sie hier einbrechen, kriegen Sie noch 'ne Kugel in den Kopf."

„Sie besitzt keine Schusswaffe", sagt Aurora.

Ich trete durch die Tür, doch mit der Gewandtheit einer Katze schlängelt sich Aurora an mir vorbei, eilt den langen Flur entlang und schaut flüchtig in die Zimmereingänge.

„Oh, nein!", ruft sie mit heiserer Stimme. „Clara?"

Als ich um die Ecke komme, stoße ich auf Aurora, die neben Clara kniet. Die alte Dame liegt auf dem Fußboden, eine Hand unter ihrer Wange, die andere umklammert ein schnurloses Telefon.

Auroras Hautfarbe ist zu Pergamentweiß verblichen, doch sie nimmt die Hand der alten Frau auf und drückt zwei Finger an das dünne Handgelenk. „Ruf den Notarzt." Sie schaut zu mir, nicht zu George. „Bitte."

Während ich das Telefon nehme und die Nummer wähle, kommt George herein, flucht leise und wischt sich mit der Hand übers Gesicht. „Ich hasse es, wenn so was passiert." Er schaut mich nur eine Sekunde lang an, dann bricht er den

Blickkontakt ab. „Die alten Leutchen fallen manchmal einfach so um, wissen Sie."

Ich bin im Begriff zu fragen, warum George nicht schneller reagiert hat, aber in dem Moment nimmt jemand auf der anderen Seite der Leitung ab. Während ich dem Notrufmitarbeiter die nötigen Informationen gebe, bricht Aurora in Tränen aus.

❖

Aurora, George und ich stehen mit hängenden Köpfen in Claras Küche und kommen uns überflüssig vor, während zwei Rettungssanitäter die fahrbare Krankentrage aus der Wohnung rollen. Ein dritter Sanitäter bleibt zurück. Er steht mit traurigem Blick und hängenden Schultern da – kein gutes Zeichen. „Ich bin nicht qualifiziert, eine offizielle Diagnose zu stellen, aber ich habe den Verdacht, dass es sich um einen Schlaganfall handelt", sagt er. „Es sieht nicht gut aus, aber vielleicht kommt sie durch." Sein Blick huscht von Aurora zu mir. „Ich weiß nicht, wer sich um die Formalitäten für ihre Aufnahme kümmert …"

„Das Krankenhaus kann mich kontaktieren." Auroras Stimme krächzt in der schweren Stille. „Ich bin zwar nicht mit ihr verwandt, aber sie hat keine lebenden Angehörigen mehr."

Der Rettungssanitäter nickt. „Dann müssten Sie am besten gleich mit uns kommen …"

„Ich kann nicht", flüstert sie, ihre Mundwinkel vor Angst angespannt.

„Wenn es gerade nicht so gut passt, können Sie auch später kommen."

Aurora schaut mich an, ihre Augen ein einziges Flehen. Sie kann es ohne Panikattacke in die Eingangshalle schaffen, aber bis zum Krankenhaus? Ich widerstehe dem Drang, für sie einzuspringen. Wenn ich das tue, bin ich genauso wie Clara: Ich biete ihr einen Rahmen, in dem sie sich ihren Ängsten nie stellen muss.

Ich nehme ihre Hand in meine. „Ich gehe mit dir."

Sie schließt die Augen, und ich spüre, wie ein Beben sie durchfährt. Sie ist fast da, fast bereit, den bis jetzt größten Schritt zu wagen …

„Ich werde Dr. Helgrin anrufen." Aurora öffnet die Augen. „Es wäre sicher das Beste, wenn er bei Ihnen im Krankenhaus vorbeikommt."

Tiefe Enttäuschung macht sich in mir breit. Ich lasse ihre Hand los und trete zurück, um sie nicht noch zusätzlich zu belasten.

„In Ordnung." Der Rettungssanitäter nickt kurz, dann folgt er der Krankentrage in den Fahrstuhl.

Als er gegangen ist, lässt Aurora sich auf einen Stuhl an Claras Küchentisch sinken. „Was soll ich denn jetzt machen?"

Ich blicke zu George, der immer noch in der Tür steht, die Augen weit aufgerissen vor Neugier. „Danke, George."

Ich hebe die Hand und bedeute dem Hausmeister, dass er gehen kann, aber er schaut sich noch einmal in der Wohnung um, dann deutet er mit dem Daumen zur Tür. „Falls es danach aussieht, dass sie nicht zurückkommt, lassen Sie mich das wissen, ja?"

Ich werfe dem unsensiblen Hausmeister einen eisigen Blick zu. „Es ist zu früh, um über so etwas zu diskutieren, George. Wir hoffen, dass Mrs Bellingham sich wieder vollkommen erholt."

„Es ist meine Schuld." Aurora drückt die Fingerspitzen an ihre Schläfen. „Sie hat sich so furchtbar aufgeregt, als sie heute Morgen bei mir war."

Ich lasse meine Hand unter ihren Arm gleiten und helfe

ihr sanft auf die Beine. „Komm, Rosie, ich bringe dich zurück in deine Wohnung."

George klimpert mit seinen Schlüsseln. „Soll ich abschließen?"

„Ja, bitte", rufe ich über meine Schulter. „Das wäre nett."

Kapitel 31
Westbury Arms, Wohnung 15a

Phil geleitet mich mit überraschender Behutsamkeit in meine Wohnung zurück. Ich suche in der Küche nach dem Telefonbuch, dann rufe ich Dr. Helgrins Praxis an, um ihn über Claras Zustand zu unterrichten.

Nachdem ich der Arzthelferin alles gesagt habe, was ich weiß, lege ich auf und taumele zum Sofa im Wohnzimmer. Ich setze mich hin, dann lasse ich den Kopf sinken. Ich fühle mich halb tot. Eigentlich könnte ich genauso gut tot *sein*, denn der glühende Felsen aus Schuld in meiner Magengrube will einfach nicht weggehen. Clara war bisher immer bei bester Gesundheit, aber heute Morgen habe ich sie schrecklich beunruhigt. Mein Unterbewusstsein muss das Ausmaß des Schadens erkannt haben, den ich angerichtet hatte. Deswegen habe ich geträumt, dass sie starb … und jetzt passiert es vielleicht tatsächlich. Der Rettungssanitäter wollte uns ja keine großen Hoffnungen auf ihr Überleben machen … und da sie im Krankenhaus ist, werde ich ihr in ihren letzten Tagen nicht beistehen können.

Phil ist in der Küche verschwunden, aber mir ist es auch ausgesprochen gleichgültig, wohin er gegangen ist. Er hätte es mir eben wirklich leichter machen können. Er hätte anbieten können, mit den Sanitätern ins Krankenhaus zu fahren.

Und wenn er es nur Clara zuliebe getan hätte. Wenn er irgendwelche echten Gefühle für mich hat, hätte er aktiv werden und sich um eine Situation kümmern sollen, mit der ich nicht zurechtkam. Aber er hat sich geweigert, weil er findet, dass ich etwas sein soll, das ich nun mal nicht bin. Er will eine Frau, die vor nichts Angst hat.

Er will nicht mich.

Jetzt, wo ich darüber nachdenke, liegt es auf der Hand: Ich bin so nicht und werde auch nie die Art von Frau sein, die er braucht. Diese Sache, die da zwischen uns entsteht, sollte aufhören, bevor sie außer Kontrolle gerät. Momentan sind wir gute Freunde. Vielleicht können wir ein paar Schritte zurückgehen. Er kann sich auf seine Arbeit konzentrieren und ich gehe zurück ins Bett.

Und bleibe dort.

Ich mache meine Augen zu, als Schritte auf dem Holzboden im Wohnzimmer hallen. Phil kommt herein, eine dampfende Tasse in der Hand.

„Hier", sagt er nicht unfreundlich. „Ich dachte, du könntest etwas Tee gebrauchen."

Ich will in meinem Elend baden und wende mich ab.

„Komm schon, Rosie. Das wird dir guttun."

„Nenn mich nicht so."

„Warum nicht? Es passt zu dir."

„Nein, tut es nicht. Ich dachte, es könnte zu mir passen, aber ich habe mich geirrt."

Er drückt die Tasse in meine kalte Hand. „Trink."

„Ich will nicht."

„Trink den Tee oder ich halte dir den Kopf und zwinge dich." Er lächelt, aber ein gewisser Ausdruck in seinen Augen sagt mir, dass ich ihn lieber nicht auf die Probe stellen sollte.

Ich ergreife die Tasse und nehme einen Schluck, aber der

Mangotee, den ich normalerweise gern mag, schmeckt nun wie Galle.

„Gut?“

„Super“, lüge ich. „Danke.“

Ich stelle die Tasse auf dem Couchtisch ab und will aufstehen, doch er legt mir die Hände auf die Schultern und drückt mich aufs Sofa. „Wo willst du hin?“

„Wenn du es unbedingt wissen willst“ – ich hebe mein Kinn –, „ich wollte dich zur Tür bringen.“

„Und dann?“

„Dann gehe ich zurück ins Bett. Ich bin total erledigt. Ich habe letzte Nacht nicht genug Schlaf bekommen und kann momentan anscheinend nicht klar denken.“

„Du gehst nicht ins Bett, weil du müde bist, Aurora. Du willst ins Bett gehen, weil du zu viel Angst davor hast, irgendwo anders hinzugehen.“

Ich starre ihn an. Mein Kopf wimmelt von Worten. „Du … du kennst mich nicht so gut, wie du denkst.“

„Ich kenne dich besser, als du glaubst. Ich weiß, dass du dich im Moment am liebsten in deinem Zimmer verkriechen und für immer dableiben und deine hart erkämpften Siege aufgeben würdest. Aber weißt du was? Das kannst du nicht. Denn wenn du das machst, läufst du vor deinem *Leben* davon.“

„Ich laufe nicht davon. Ich bin nur müde.“

„Du behauptest, dass dir Clara nicht gleichgültig ist. Aber wenn sie dich braucht, was machst du dann? Du gehst ins Bett!“

„Sie würde das verstehen“, entgegne ich. „Sie weiß, dass ich nicht ins Krankenhaus kommen kann.“

„Und was ist, wenn *du* mal ins Krankenhaus musst, Aurora? Denn das wird zwangsläufig irgendwann mal passieren. Wenn du jetzt kehrtmachst, wirst du dich bald so weit in dein Schneckenhaus verkriechen, dass du nichts mehr selbst auf die Reihe bekommst. Also wird irgendjemand anders alles für dich machen müssen …"

Ich drücke mir die Hände auf die Ohren, möchte nichts mehr hören. Doch er fährt fort, will einfach nicht mit dem Reden aufhören …

„Das ist doch alles Unsinn", unterbreche ich ihn schließlich. „Alle sagen, dass das Leben weitergeht, nachdem jemand gestorben ist. Die Zeit heilt alle Wunden und so weiter. Aber das stimmt nicht. Es hält einfach an und du fragst dich, wie du 24 Stunden von jedem Tag in der Woche füllen sollst."

Ein Schatten zieht über sein Gesicht, und als er erneut spricht, sind seine Stimme und seine Augen sanft. „Du solltest eigentlich *leben*, Aurora. Du solltest hinaus in die Welt gehen und lernen, dein von Gott gegebenes, einzigartiges Leben zu feiern. Du solltest deine Nächsten lieben, hier im Haus und in der Stadt."

„Ich habe Clara geliebt – und das hat dazu geführt, dass sie einen Schlaganfall erlitten hat."

Ein Muskel zuckt an seinem Kiefer. „Ist dir schon mal aufgefallen, dass ich mich auch um dich bemühe? Und du … du machst mich noch wahnsinnig!"

Meine Unterlippe zittert, als ich seinem Blick begegne. „Was gibt dir das Recht, mir Ratschläge zu erteilen? Du bist doch auch nicht besser als ich. Du versteckst dich hinter dem Wort *Wirtschaftswissenschaftler*, als würde das entschuldigen, dass du kein gesellschaftliches Leben hast, keine Frau und keine Familie …"

Er schließt die Augen – ein stilles Zeichen, dass ich die Grenze überschritten habe. „Vielleicht verstecke ich mich wirklich manchmal", pflichtet er mir schließlich bei und sein schmales Gesicht sieht traurig aus, „weil ich nicht so recht in die Welt da draußen zu passen scheine. Aber zumindest wehre ich mich nicht mit Händen und Füßen gegen die Liebe."

Ich warte darauf, dass er das näher erklärt, doch er tut es nicht. Er schaut mich lediglich an, die Augen feucht, dann hebt er die Hände in der universellen Geste des Aufgebens. „Okay, geh ins Bett, Aurora. Schließ dich in deinem Zimmer ein, kriech unter die Decke, dreh deinen CD-Spieler voll auf. Aber weißt du was? Deine Welt wird auf diese Weise immer kleiner werden. Eines Tages wirst du es nicht mehr schaffen, aus dem Bett zu kommen. Deine Ängste werden jeden Zentimeter dieser Wohnung auffressen, bis du es nicht mehr schaffst, auch nur deine Füße auf den Boden zu setzen. Dann wird einem der Portiers auffallen, dass sich deine Post unten stapelt, und man wird George holen, um in deine Wohnung einzubrechen und dich wegzubringen. Dann brauchst du nie wieder das Bett zu verlassen, wenn du nicht möchtest. Du kannst den Rest deines Lebens unter der Decke einer netten, sauberen Anstalt verbringen."

Meine Kraft kehrt zurück, als mein Herz mir Angst und Entrüstung durch die Adern pumpt. Meine Empörung reicht bis in den Himmel, ich bin wütend genug, um meine Hand zu heben und mit den Fingernägeln sein Gesicht zu zerkratzen ...

Er fängt meine Hand mitten im Flug ab. „Du bist eine hübsche, reizvolle Frau", sagt er mit brüchiger Stimme. „Du liegst mir wirklich am Herzen. Als wir uns zuerst begegnet sind, dachte ich, es wäre nett, dich ab und zu mal zum Lächeln zu bringen, aber inzwischen will ich mehr erreichen ... für dich und für uns. Es gibt Leute, die gute Lust hätten, dich zu lieben, Rosie, aber du gibst uns keine Chance."

„Es gibt kein *uns*", sage ich und weiche seinem Blick aus. „Ich bin von vielen Leuten geliebt worden. Meine Mutter hat mich geliebt; Clara hat mich geliebt; Onkel Charley hat mich geliebt. Das war genug für mich."

„Du weißt gar nicht, was Liebe ist, selbst wenn sie dich in

den Hintern beißen würde! Clara hat dich nicht geliebt. Aus irgendeinem mir schleierhaften Grund hat sie dir *gedient*."

„Du weißt ja nicht, wovon du redest!"

„Doch, ich denke schon. Und ich glaube, du verschließt die Augen vor der Wahrheit, und zwar ziemlich fest."

„Jetzt fängst du schon wieder mit deiner Psychologie für Anfänger an. Ich will davon nichts hören."

Sein Gesicht läuft rot an. „Ich kann mich nicht mehr an sehr viel aus dem Psychologiekurs erinnern, aber eines weiß ich noch: Wut und Angst sind wechselwirksame Emotionen. Wenn die eine in voller Blüte ist, nährt sich die andere an der Wurzel. Du hast schreckliche Angst, Aurora – ein Hinweis darauf, dass unter deinen Ängsten irgendeine schäumende Wut begraben ist. Vielleicht solltest du herausfinden, womit diese Wut zusammenhängt."

Während ich noch mit krächzender Stimme alles abstreite, brennt mir bittere Galle in der Kehle. Was weiß dieser Typ schon über mein Leben? Er weiß nichts, gar nichts! Er war nicht da, als Mutter krank war. Er weiß nicht, dass es eine Ehre war, sie zu pflegen, keine Last. Ich bin auf niemanden wütend, nicht auf Mutter, nicht auf Clara, nicht auf Charley und nicht einmal auf meinen Vater ...

Wie ein Pfeil aus heiterem Himmel trifft mich die Erkenntnis, dass Mutter in mir einen unbeugsamen Hass auf Vater geschürt hat. Ich wurde in diesen Hass hineingeboren; ich habe ihn mit der Muttermilch aufgesogen; ich bin unter seiner schweren Hand aufgewachsen. Wenn das, was ich in meinen Träumen gesehen habe, wahr ist, dann wurde der Stoff, aus dem ich gemacht bin, aus Fäden des Zorns gewoben und gesponnen ...

Zu erschöpft, um zu sprechen, hebe ich meine Hand. „Bitte lass mich allein."

Ich kann seinen Blick auf mir fühlen. „Bist du okay?"

Ich öffne die Augen, drehe mich Richtung Schlafzimmer um und mache einen Schritt. „Bitte mach die Tür fest zu."

Er zögert – ich höre, wie er kurz hinter mir Atem holt –, dann klickt die Tür. Ohne mir die Mühe zu machen, die Riegel vorzuschieben, gehe ich bis zum Kücheneingang, dann halte ich an, eine Hand am Türrahmen, die andere auf meinem Knie, während ich mich hinunterbeuge, um dem Schwindelgefühl in meinem Kopf entgegenzuwirken.

Wie schaffen andere Menschen das nur? Wie können sie ihre Aufgaben verrichten, als würde sie nichts auf der Welt beunruhigen? Ich weiß, dass auch andere Leute Probleme haben – davon sehe ich jeden Tag Beweise im Fernsehen –, aber normale Menschen müssen entweder ein Rückgrat aus Eisen oder ein Herz aus Stein haben.

Ich habe keines von beiden.

❖

Mit einer Hand an der Wand schaffe ich es den Flur entlang, dann stolpere ich in mein Zimmer. Der Fernseher auf meiner Kommode ist an, aber ihn auszuschalten würde mehr Kraft erfordern, als ich habe.

Ich krieche unter die Decke – obwohl ich immer noch meine Pantoffeln trage –, ziehe sie mir über den Kopf und verschließe Augen und Ohren vor der Welt. Während ich dort liege und meine Gedanken zu aufgewühlt sind, als dass ich schlafen könnte, höre ich Phils Stimme. Abwechselnd klagt sie mich an und fordert mich heraus. Er mag recht haben, was meine Ängste betrifft: Sie *könnten* mich immer mehr einsperren. Ich habe das Gefühl, dass mein Rückgrat aus Gelatine gemacht ist statt aus Knochen und Knorpeln. Clara ist immer meine Stütze gewesen, doch was tue ich, wenn sie stirbt?

Sie ist nicht mehr die Jüngste. Wenn ich sie heute nicht

verliere, dann vielleicht nächsten Monat. Und dann habe ich niemanden mehr – Phil hat ja sehr deutlich gemacht, dass er nichts für mich tun wird.

Meine Gedanken drehen und wenden sich wie ziellose Stücke Treibgut, als ein Name in mein Bewusstsein dringt. „...Theodor Norquest", sagt eine Frau im Fernsehen, „ist einer der bekanntesten Autoren der Welt und bekannt dafür, dass er seine Privatsphäre sehr schützt. Die Literaturwelt war am gestrigen Tag entsetzt zu hören, dass Mr Norquest mit einer schweren Lungenentzündung in ein Londoner Krankenhaus eingeliefert wurde. Unsere Gedanken sind bei seiner Familie."

Ich ziehe mir die Daunendecke vom Gesicht und starre den Fernseher an. Eine gut angezogene Frau mit einem milden Lächeln sitzt in einem Ohrensessel vor einem Kamin. Auf einer Staffelei hinter ihr steht ein Porträt meines Vaters.

„Anlässlich dieser Meldung", fährt sie fort, „zeigen wir eine Wiederholung eines Interviews, das wir im vergangenen Jahr in Frankreich aufgenommen haben, wo Norquest ein Sommerhaus besitzt. Wir sind sicher, dass Ihnen diese offene Unterhaltung mit einem faszinierenden, schillernden Charakter gefallen wird."

Elektrisiert setze ich mich aufrecht hin. Der Vorspann kommt mir nicht bekannt vor, aber das ausdrucksstarke Gesicht, das in die Kamera blickt, lässt mich erschaudern. Der Mann, der allem Anschein nach mein Vater ist, lächelt gutmütig und deutet dann auf den vor ihm liegenden Pfad. „Wollen wir ein Stück spazieren gehen?"

Der Interviewer, der außer Sicht bleibt, erklärt sich einverstanden, und die Kamera folgt meinem Vater durch einen Weinberg. Mit ruhiger, wohlmodulierter Stimme redet er über Weinbau und Gärtnern, dann zeigt er auf einen Tisch mit Stühlen im Schatten eines ausladenden Baumes.

Kurze Zeit später bringt die Kamera sein markantes Gesicht näher in den Blickpunkt. Ich lehne mich vor und schlinge die Arme um die Knie, während der unsichtbare Interviewer beiläufig eine Frage stellt: „Die Öffentlichkeit kennt ja seit Langem Ihre Faszination für Gruselgeschichten – Sie haben mehr Horrorromane veröffentlicht als irgendein anderer lebender Autor. Warum fühlen Sie sich zu diesem Genre so hingezogen?"

Mein Vater blickt auf seine Hände, dann reibt er unbewusst mit dem einen Daumen an dem anderen. „Ich halte es für wichtig, dass wir uns unserer eigenen Vergänglichkeit bewusst sind", sagt er und blickt in die Kamera. „Wir Menschen vergessen so häufig, wie beschränkt unser Körper und unser Verstand sind. Meine Geschichten sind nicht dazu gedacht, Leute das Fürchten zu lehren – vielmehr sollen sie uns näher an das Unerklärliche und Übernatürliche heranführen. An Gott, wenn man so möchte."

Der Interviewer lacht. „An Gott? Ihre Bücher scheinen nicht gerade religiös zu sein."

„*Religiös* ist der falsche Begriff. Ich möchte Möglichkeiten erforschen, die über unsere begrenzte Welt hinausgehen, Orte, die es nicht geben kann, und Dinge, die innerhalb der Natur- und Wissenschaftsgesetze nicht passieren könnten. Gott steht über all dem, und obwohl wir ihn nie ganz verstehen werden, glaube ich doch, dass es ihm gefällt, wenn wir unseren Geist so stark fordern, wie wir können."

„Glauben Sie, dass Gott uns zu Tode erschrecken will?"

„Zu Tode?" Er blinzelt, dann strahlt er den Interviewer mit einem humorvollen Lächeln an. „Nein – eher vielleicht zum Leben. Dinge, die wir nicht verstehen, machen uns Angst, und niemand kann Gott auch nur im Entferntesten verstehen. Viele Aspekte an ihm sind furchterregend. Heiligkeit ist, genau wie das Böse, Angst einflößend. Wäre da nicht seine

Liebe, würden wir Angst vor ihm haben und nie wagen, uns ihm zu nähern."

Stille fällt wie Schneeflocken herab. Obwohl ich den Interviewer nicht sehen kann, merke ich, dass ihn die Unterhaltung etwas verwirrt. Aber wie alle guten Reporter hat er eine Liste mit Fragen und geht nun zur nächsten über.

„Haben Sie je mit einem anderen Genre geliebäugelt?"

Norquest schaut weg und lacht, dann reibt er die Hände aneinander. „Es mag Sie überraschen zu hören" – er senkt das Kinn in seine Handfläche –, „ dass ich einmal mit etwas anderem gespielt habe, mit etwas ganz anderem."

„Und das war?"

Weiße Zähne blitzen in seinem Bart auf. „Ein historischer Roman – eine richtige Romanze sogar, allerdings nicht im herkömmlichen Sinn. Aber er handelte definitiv von der Liebe. Der allerreinsten Form der Liebe."

Der Interviewer lacht. „Welcher Vogel hat Ihnen das denn ins Ohr gezwitschert – einen Roman zu schreiben, der so weit von Ihrem gewohnten Stil entfernt ist? Einfach aus Jux?"

„Das war alles andere als ein Jux. Es war ... nun, ich habe sozusagen einfach ein Netz ins Blaue ausgeworfen. Ich habe es in der Hoffnung hinausgeschickt, dass es voll zurückkommt."

„Und ist das geschehen?"

Mein Vater schaut in die Kamera, dann senkt er den Blick. „Noch nicht."

„Sie sind 70 Jahre alt und haben sagenhafte Erfolge gefeiert. Werden Sie je in den Ruhestand treten oder planen Sie gerade schon wieder den nächsten Roman?"

„Ich verliere nie den Glauben an das, was ich tue." Norquests Lächeln zeigt einen Anflug von Traurigkeit, als er wieder in die Kamera blickt. „Solange ich atme, werde ich nie aufhören zu hoffen."

Der Bildschirm wird schwarz; das Bild eines neuen

Sportwagens ersetzt das Gesicht meines Vaters. Ich sinke in die Kissen zurück und starre die Decke an, während meine Sinne versuchen, die Bilder und Worte zu speichern, die ich gerade in mir aufgenommen habe.

Ich habe gerade die Stimme meines Vaters gehört, allerdings war es nicht das erste Mal. Ich kenne diese Stimme bereits, weil ich sie schon vorher gehört habe – einmal in einem Traum und zweimal auf dem Dach. Ich habe keine Erklärung dafür, aber vielleicht ist es so, wie er gesagt hat: Es gibt Dinge, die jenseits unseres Fassungsvermögens liegen.

Ich nehme seinen Wollschal vom Kopfteil des Bettes, wo ich ihn vor einigen Tagen hingehängt hatte. Ich führe ihn an mein Gesicht und spüre die Weichheit an meiner Wange. Es ist merkwürdig: Ich habe Fotos von ihm gesehen und seine Kleidung in der Hand gehalten, aber bis eben habe ich nie gesehen, wie seine Augen in den Winkeln feine Falten bekommen, wenn er lächelt, oder die Art und Weise, wie er seine Hände aneinanderreibt, wenn er nachdenkt. Ich bin ihm gerade zum ersten Mal wirklich begegnet, und doch scheint er mir so vertraut ...

Vielleicht kommt das vom Lesen seiner Bücher. Ich habe gehört, dass die Persönlichkeit eines Romanautors durch seine Geschichten hindurchscheint. Wenn das stimmt, kenne ich ihn möglicherweise besser, als ich denke.

Trotzdem wusste ich nicht, dass er sich so viele Gedanken über Gott macht. Diese Offenbarung überrascht mich. Mutter hat nie ein Wort über Gott verloren. Clara ist immer schon zur Kirche gegangen, aber in ihrem Leben scheint Gott trotzdem keine große Rolle zu spielen. Phil redet mehr über Gott als meine anderen Bekannten.

Ich verschränke die Arme über meinen Knien und stütze mein Kinn darauf ab.

Diese Fixierung meines Vaters auf Gott erinnert mich an

Al Hirschfeld, den Cartoonisten der *New York Times*. In fast allen seinen Zeichnungen hat er den Namen seiner Tochter versteckt. Das war nie offensichtlich, aber wenn man wusste, wonach man suchen musste, konnte man ihn irgendwo in einer Schraffierung oder im Hintergrund finden. Als Kind habe ich jedes Wochenende über der entsprechenden Seite der *Times* gehangen und den Hirschfeld-Cartoon nach dem Namen NINA abgesucht.

Jetzt, wo ich weiß, wonach ich suchen muss, glaube ich, dass ich Gott zwischen den Zeilen eines Norquest-Romans finden könnte. Die sympathischen Charaktere meines Vaters haben immer ihre Fehler; sie haben wenig Chancen auf Erfolg, bis sie übernatürliche Hilfe bekommen.

Ist das die Art und Weise, wie er mit Angst umgeht?

Ich atme tief durch und spüre einen Stich der Erinnerung, ein paar Sätze, die ich irgendwo gelesen habe: „*Verzweiflung hat mich nach London getrieben*“, hat er in irgendeinem Interview gesagt. Und dort habe er dann zum Glauben gefunden.

Warum sollte ein Mann verzweifelt sein, der zu seiner Geliebten zieht? Diese Bemerkung passt nicht mit dem zusammen, was Clara mir erzählt hat, aber sie passt sehr wohl zu dem Mann, den ich eben im Fernsehen gesehen habe.

Ich schiebe den Gedanken beiseite. Warum sollte das eine Rolle spielen? Theodor Norquest ist im Krankenhaus und ernsthaft krank. Eine Lungenentzündung ist meines Wissens nicht unbedingt lebensbedrohlich, aber er ist schon über 70 Jahre alt.

Ich schließe die Augen und, während im Hintergrund eine Werbesendung plärrt, vergegenwärtige mir noch einmal das Lächeln meines Vaters. Unterhalb des Fensters rumpelt die Heizung und füllt den Raum mit Wärme.

Ich döse ein.

❖

Ganz sicher träume ich, denn sonst würde ich mich wohl kaum auf dem flachen Land befinden. Ich blicke hinter mich und erkenne das Schloss von Aragon, genau so, wie Andrew Noble es beschrieben hat.

Ich habe mich in mein geliebtes Buch hineingeträumt.

Ich atme tief durch und entspanne mich bis in die Zehenspitzen. Hier bin ich sicher, denn das ist das Herrschaftsgebiet von Lord John. Als ich das letzte Mal in das Buch geschaut habe, waren er und seine Tochter wieder vereint und lebten glücklich zusammen.

Ich atme die frische, kühle Luft ein und gehe auf das Schloss zu. Dabei staune ich über das sattgrüne Gras, das leise unter meinen Pantoffeln raschelt. Ich muss grinsen, als ich auf meine Füße blicke: Ich habe die Kuscheltierpantoffeln an, die Phil so albern findet. Was wird der Schlossherr wohl von denen halten?

Ich steige auf einen kleinen Hügel und blicke über die Ebene zum Schloss. Da sind sie ja: Lord John sitzt auf seinem Pferd und seine Tochter steht im Gras neben ihm. Der Vater trägt seine Kriegsrüstung, seine Tochter ihr graues Kleid. Mein Herz überschlägt sich. Sind sie gerade im Begriff, die letzte Szene des Buches zu durchleben? Vielleicht bin ich in ein Paralleluniversum getreten, in dem die Charaktere die Geschichte des Buches in einer sich endlos wiederholenden Schleife leben?

Sie sind noch etwa 50 Meter von mir entfernt, als Lord John vom Pferd steigt und sich seiner Tochter nähert. In der Hoffnung, seine Worte an sie mitzubekommen, beschleunige ich meine Schritte. Ich sehe, wie er die Arme öffnet; ich sehe, wie seine Tochter zu ihm kommt. Er umarmt sie, seine Hand streicht über ihr dunkles Haar, und ich weiß, dass er gleich den Satz aussprechen wird, der mein Herz schier zerrissen hat …

„Wartet!“ Ich hebe mein Kleid an (seltsam, dass ich eine mittelalterliche Robe zu den Hundepantoffeln trage) und renne los, um die Distanz zwischen uns zu schließen.

Lord John hält seine Tochter im Arm und sieht mich mit gutmütiger Belustigung an. Als ich außer Atem und schwitzend bei ihnen ankomme, blickt er mir in die Augen und lächelt. *„Seit dem Tag, an dem ich hörte, dass du geboren werden solltest*“, sagt er mit strahlenden Augen, *„habe ich mich nach dir gesehnt. Ich habe ununterbrochen nach dir gesucht. Das Blut meines Boten wurde für dich vergossen, und ich hätte alle meine Schätze dafür hingegeben, um dein Herz zu gewinnen.*“

Wie auch schon beim Lesen des Buches durchdringen mich die Worte bis ins Mark. Mit einer Hand an der Brust schaue ich zu der Tochter und bin auf ihre Erwiderung gefasst.

Doch das Mädchen ist verschwunden. Lord John und ich sind die beiden einzigen Menschen unter der goldenen Wärme der Sonne. Er wartet ... auf mich.

Irgendwie bin ich seine Tochter geworden. Die Erkenntnis verunsichert mich. Ich kann mich nicht daran erinnern, was ich jetzt zu sagen habe.

Aber Lord John hat ein Talent fürs Improvisieren. „Ich habe dich schon immer geliebt“, sagt er, ohne zu zögern. „Ich habe alles versucht, um dich auf mich aufmerksam zu machen und zu mir zu ziehen.“

Ich lasse meine schwere Robe los und drücke mir die Hand an die Seite, in der ich ein Stechen verspüre. Ich bin atemlos und verwirrt und von der Wende der Ereignisse verblüfft.

Ich blinzle hinauf zu Lord John. „Meinen Sie *mich*?“

Ich weiß, was jetzt im Buch kommt: Er soll mich an die Hand nehmen und ins Schloss führen, während der Wind pfeift und die Dämonen aufbegehrend heulen, aber ich habe Angst, mich ohne ein direktes Stichwort zu bewegen. Automatisch dreht sich Lord John um, seine ausgestreckte Hand hat meine nicht ergriffen, und geht aufs Tor des Schlosses zu. Ich versuche, mich zu beeilen und ihn einzuholen, doch meine Füße stecken im Treibsand fest. Verzweifelt kämpfe ich gegen den Sand an, aber ich kann mich nicht bewegen. Ich rufe Lord John nach, aber bei dem pfeifenden Wind und den heulenden Dämonen kann er mich nicht hören. Derselbe Wind oder vielleicht einer der Dämonen, ich kann es nicht sagen, drückt mit unsichtbaren Händen meine Schultern herunter, schiebt mich tiefer in den Sand. Ich wehre mich und schlage auf unsichtbare Feinde ein, doch sie sind unerbittlich und stark …

In einem grauen Nebel wache ich auf. Blinzelnd versuche ich, etwas zu erkennen, und kurz darauf meine ich, den schwachen Umriss schattenhafter Wände zu sehen. Falls ich nicht stundenlang geschlafen habe und die Wohnung inzwischen in Dunkelheit gehüllt ist, bin ich in einen weiteren Traum geraten. Der Gedanke erleichtert mich, denn die ölige Schwärze um mich herum ist so stark, dass ich sie regelrecht schmecken kann.

„Wie spät *ist* es denn?“ Meine Stimme klingt schwach und zaghaft in meinen eigenen Ohren, doch scheinbar ist sie kräftig genug, um jemanden aufzuschrecken. Irgendwo in der Dunkelheit trappelt etwas über den Boden. Ich bin nicht allein.

Ich starre in die Dunkelheit und spüre das Blut in meinen Adern rauschen. Einen kurzen Augenblick lang ist die Dunkelheit still. In der gegenüberliegenden Ecke trifft ein rotes Augenpaar meinen Blick. Der Anblick lässt mein Herz stillstehen, beschwört jeden Schrecken hinauf, den ich je gekannt habe. Also schließe ich die Augen und richte meine Gedanken auf den unsichtbaren Vater, der zu mir gesprochen hat.

„Wenn du mich wirklich liebst, wenn du nach mir Ausschau hältst, dann bring mich weg von diesem Ort …“

Kristallklares Licht fegt in einer blendenden Welle über mich hinweg, so gewaltig, dass sie mich aus der Dunkelheit herausträgt. Ich rudere mit den Armen gegen das unsichere Gefühl des Fallens an, dann öffne ich die Augen und finde mich in meinem Bett wieder, die Pantoffeln immer noch an den Füßen.

Nach einem Moment sprachlosen Erstaunens lache ich. Warum habe ich nicht schon vorher so nach ihm gerufen?

Er ist da und er liebt mich. Das ist so sicher wie der Puls, der in meiner Brust hämmert. Die Geschehnisse der letzten paar Tage reihen sich wie Puzzlestücke aneinander ...

Meine Träume haben mir ja schon alles gezeigt! Mein Vater und ich sind nicht dazu bestimmt, voneinander getrennt zu sein. Die Initialen auf den fliegenden Puzzleteilen stehen für Theodor Norquest und Andrew Noble. Er ist ein und dieselbe Person. *Ich kenne ihre Tränen* wurde für *mich* geschrieben.

Mein Vater hat mir einen Treuhandfonds eingerichtet, weil er wollte, dass ich ihn kennenlerne. Er hat einen mittelalterlichen Roman geschrieben, weil er gehofft hat, dass ich diesen irgendwann lese. Die Geschichte hat mich so berührt, weil es *meine* Geschichte ist. Ich bin die verlorene Tochter. Er ist der Vater. Und meine Mutter ... hat mich angelogen. Und aus Geldgier, Liebe oder Rachsucht hat sich Clara ihrem Schwindel angeschlossen.

Ich drücke die Hand auf meine Brust, als mein Herz vor lauter Gefühlen ganz weit wird. Euphorie und Trauer ringen in meinem Inneren miteinander um meine Aufmerksamkeit.

Zum ersten Mal seit Jahren entschließe ich mich, der Freude die Oberhand zu geben.

Kapitel 32

Westbury Arms, Wohnung 15a

Meine Knie knacken, als ich mich hinknie, um meine Sammlung von Norquest-Romanen aus meinem Nachtschränkchen hervorzuziehen.

Wie konnte ich bloß so blind sein? Die Bücher meines Vaters – zumindest die, die ich gelesen habe – weben dieselbe Geschichte in immer neue Stoffe. In *Leben, um zu sterben* versucht der Wissenschaftler, der in die Zukunft reist, zu seiner Tochter zu gelangen, die er nie gekannt hat. In *Zerstörte Erinnerungen* kämpft eine blinde Mutter darum, ihren an Gedächtnisschwund leidenden Sohn zu finden, der von ihrem rachsüchtigen Exliebhaber gekidnappt wurde. *Pizuttis Plan* ist die Geschichte einer jungen Frau, die in einem virtuellen Labor gefangen ist, in dem unsere Realität nur ein Netz aus computergenerierten Lügen ist.

Ich öffne *Solstoys Silben* und starre auf die Widmung:

Für A. N.
Wenn ein Hirte 100 Lämmer hat und eines von ihnen verloren geht, was tut er dann? Lässt er nicht die 99 anderen allein und geht in die Berge, um nach dem verlorenen zu suchen? Und wenn er es gefunden hat, freut er sich dann nicht mehr über dieses als über die 99, die sich nicht verirrt haben?

Dieses Buch habe ich ebenfalls gelesen. Es ist die Geschichte eines irischen Bauern, dessen geldgierige Frau seine Schafherde unbedingt genetisch manipulieren will. Ich habe diese Widmung gesehen, aber nicht auf die Initialen geachtet. Und das Gerede über Schafe und Hirten, dachte ich, stehe irgendwie in Verbindung mit der Geschichte.

Jetzt verstehe ich: Mein Vater hat eine Familie in Europa, aber ich bin das hundertste Lamm! Ich bin die Unerreichbare; ich bin A. N. Ich bin das fehlende Stück in jedem Roman von Theodor Norquest!

Und ich bin zu spät dran. Mein Vater ist ernstlich erkrankt, vielleicht stirbt er. Doch wie soll ich nach Europa kommen, wenn ich nicht einmal auf die andere Straßenseite gehen kann, ohne innerlich tausend Tode zu sterben?

Meine Euphorie verebbt, als ich den Blick zum Fenster hebe, wo sich die Dämmerung auf die *Upper West Side* senkt. Am Horizont gehen Wohnungslichter an. Mit der herannahenden Dunkelheit schließen sich Hunderte von Menschen wie ich an sicheren Orten ein, um die kommende Nacht abzuwarten.

Meine Mutter besaß Schönheit, Kraft und Mut für zehn, doch nun erkenne ich, dass keine dieser Eigenschaften ihr Glück oder Frieden gebracht hat. Sie hat von jedem Loyalität und Dienstbereitschaft gefordert, einschließlich mir und Clara, aber ich bin mir nicht sicher, dass sie je zufrieden gewesen ist. Nicht einmal das beträchtliche Wentworth-Vermögen konnte ihren Hunger nach Macht stillen. Wenn sie keine echte Freude fand ... wie kann ich, ihr „falscher Schatten", je darauf hoffen?

Mit angehaltenem Atem stehe ich vollkommen still da und lausche meinem eigenen Herzschlag, der sich anfühlt wie ein verzweifeltes Hämmern. Das Leben tut zu weh. Ich kapituliere; ich bin fertig. Wenn mein Vater wirklich bald stirbt, werden wir vielleicht im nächsten Leben vereint sein – falls es so etwas gibt. Er ist tiefgläubig. Vielleicht wird uns sein Glaube zusammenführen.

Irgendwie finde ich die Kraft, um zur Tür zu stolpern … und zur Treppe.

Mein innerer Schmerz hüllt mich ein wie ein Netz. Zitternd halte ich den Kragen meines Pullis am Hals zusammen und überquere das Hausdach. Die umliegenden Gebäude ragen über mir empor, ihre Dächer sind mit den ersten grauen Fetzen der Dämmerung umrandet. Der Vollmond hat sich in den östlichen Himmel geschoben und strahlt mit den Lichtern aus den Wohnungsfenstern um die Wette.

Ich habe mich schon häufiger schrecklich gefühlt, doch dieses Mal ist der Tod mehr als nur eine entfernte Möglichkeit; jetzt winkt mich der Sensenmann zu sich und verheißt mir endlich Frieden. Seine Lippen bewegen sich geräuschlos, aber ich kann sein Krächzen im Wind hören: *Komm zu mir. Finde Ruhe.*

Ich bin fast bereit, seine Einladung anzunehmen. Es gibt noch vieles, das ich nicht verstehe: Ich weiß nicht, warum meine Mutter mich meinen Vater hassen gelehrt hat. Ich verstehe nicht, warum Clara selbst nach Mutters Tod noch ihre Sklavin geblieben ist. Ich glaube, ich hätte Theodor Norquest gern kennengelernt. Wäre ich als jemand geboren worden, der mehr Stärke besitzt, hätte ich meine Wohnung verlassen, ein Taxi zum Flughafen rufen und ein Ticket nach London kaufen können. Vielleicht hätten wir eine Beziehung zueinander aufbauen können.

Allerdings hat jemand einmal gesagt, das Tragische am Leben sei die Diskrepanz zwischen der Person, die man ist, und der Person, die man sein sollte. Ich hatte mir mein Leben auch anders vorgestellt. Ich wusste nicht, dass ich mich mit Mutters Krankheit und meiner eigenen Agoraphobie würde herumschlagen müssen. Doch manchmal gerät das Leben außer Kontrolle, und wenn das geschieht, kann Widerstand zwecklos sein.

Schnellen Schrittes bewege ich mich über das Dach meiner eigenen Wohnung, dann mache ich an der südwestlichen Ecke einen Bogen und gehe zu Claras Erkerfenster. Als ich an der vertrauten Stelle angekommen bin, stelle ich mich aufs Geländer und halte es mit beiden Händen fest. Das kalte Metall sendet einen Schauer über meine Wirbelsäule. Der Wind pfeift, er heult wie die Dämonen vor der Burg von Aragon, doch jetzt weiß ich, dass Lord John nicht darauf wartet, mich mit nach Hause zu nehmen. Zumindest nicht in diesem Leben. Vielleicht im nächsten. Oder vielleicht überhaupt nicht.

Ich hebe meine Augen auf zum Himmel, der von einem herrlichen Sonnenuntergang bunt gefärbt ist. Gegen dieses Zusammenspiel lebendigen Lichts sehen die Ecken der umliegenden Gebäude wie kantige Stücke eines Puzzles aus. Hier und da funkeln Lichter in den dunklen Tiefen und bald wird man mich hier oben nicht mehr sehen können ... Vielleicht sollte ich bis zum Sonnenuntergang warten, bevor ich mich an die unangenehme Aufgabe mache, über dieses Geländer zu klettern und mich nach unten auf die Straße fallen zu lassen.

Die Dunkelheit wäre ein Segen für jeden, der möglicherweise zuschaut. Ich wäre nur ungern der Grund für die zukünftigen Albträume irgendeines unschuldigen Kindes.

Mein Herz schlägt gleichmäßig; mein Verstand ist ruhig und klar. Irgendwie bekomme ich sogar ein schwaches Lachen aus mir heraus. Es ist fast witzig: Bei jeder Panikattacke habe ich mich so gefühlt, als würde ich sterben, und es war furchtbar. Jetzt, wo ich den festen Vorsatz habe, mir das Leben zu nehmen, werde ich von einer merkwürdigen Ruhe übermannt.

Mein Blick streift über das Gebäude auf der anderen Straßenseite, dann hebt er sich zum Penthouse. Die Frau mit den goldenen Haaren steht an der Glastür, die auf ihre Terrasse führt, ihre Arme sind vor der Brust verschränkt, ihre Lippen aufeinandergepresst. Woran denkt sie gerade? Graut es ihr vor der nächsten Verabredung, zieht sie einen Berufswechsel in Erwägung, oder versucht sie, sich zu entscheiden, ob sie sich die Haare färben soll?

Der Anflug eines Lächelns schleicht sich auf mein Gesicht. Diese Frau weiß nicht, dass es mich überhaupt gibt, dass die Isolation uns verbunden hat – dennoch lässt ihr Anblick mich nicht kalt. Auf einmal bin ich dankbar, dass sie sich entschieden hat, stehen zu bleiben und aus ihrem Fenster zu schauen. Ich brauche den Anblick meiner Dachgenossin, um Abschied zu nehmen. Der Gedanke an ihre Traurigkeit schenkt mir den Mut, auf das Geländer zu steigen und einen Augenblick lang sitzen zu bleiben.

Ich halte auf der Metallstange das Gleichgewicht und mustere meine Nachbarin. Gerade präge ich mir ihre Haarfarbe ein, da hebt sie den Blick. Als unsere Blicke sich treffen, läuft mir ein Prickeln die Wirbelsäule hinauf. Einen Moment lang bleibt ihr Ausdruck unverändert, dann flackert Erschrecken über ihr Gesicht wie ein Blitz während eines Sommergewitters.

Unsere Blicke heften sich aufeinander. Ich verharre, halb erwartend, dass sie den Blickkontakt abbrechen und zum Telefon rennen wird, doch sie schaut nicht weg. Ihre Lippen lösen sich voneinander; ihre Augen werden größer.

Ich beobachte sie und frage mich, ob sie mich ermuntern wird, zu springen und meinen Teil an unserem gemeinsamen

Schmerz zu beenden, als eine inzwischen vertraute Stimme hinter mir sagt: *„Du wurdest für mehr geschaffen als das."*

Für den unwahrscheinlichen Fall, dass sich mein Vater auf dem Hausdach materialisiert hat, drehe ich meinen Kopf leicht. „Das verstehe ich nicht."

Rede mit Samuel.

Mehr überrascht als verängstigt drehe ich mich um, um hinter mich zu sehen. Aufmerksam blicke ich über das Hausdach: Ich bin immer noch allein, teile das Rechteck nur mit einem rostigen Stuhl, einigen brüchigen Töpfen und einem Taubenpaar.

Die Tür, die ich nicht mit dem Stützbalken verriegelt hatte, öffnet sich.

„Hallo?" Diese Stimme klingt weniger autoritär als die meines Vaters, dafür definitiv besorgt. „Aurora, bist du hier oben?"

Eine Gestalt dringt in mein Blickfeld ein; nach einem kurzen Blinzeln erkenne ich Phil. Ich sehe, wie er sich anspannt, als er mich auf dem Geländer entdeckt. Bevor ich ihm etwas zurufen kann, sprintet er auf mich zu.

Sein Anblick und die Dringlichkeit in der Stimme meines Vaters lassen eine Welle der Sehnsucht durch meine Adern wogen und plötzlich möchte ich dem Ruf des Todes nicht mehr Folge leisten. Ich möchte nicht mehr verschwinden, ich möchte nicht in ewige Vergessenheit geraten.

Ich drehe mich ganz um, und da zieht Phil mich mit einem festen Griff von der Kante weg.

„Rosie, bist du *verrückt?*"

Ich habe ihn nie anders als behutsam erlebt. Nun schlagen seine fieberhaften Bemühungen mein Handgelenk gegen die Wand und ich zucke zusammen. „Was soll das?", rufe ich mit lauter Stimme, um den Wind zu übertönen.

„Das sollte ich wohl lieber *dich* fragen!"

In seinen Armen bin ich sicher, doch er blickt wütend auf mich herunter. „Aurora, sag mir auf der Stelle: Muss ich dich einliefern lassen?“

„Ich wüsste nicht, warum.“

„Aber was hast du dir dabei *gedacht?*“

Ein Teil meines Gehirns – ein Teil, der nicht mit körperlichem Schmerz oder Suizidgedanken beschäftigt ist – mutmaßt, dass die Wahrheit in diesem Augenblick nicht sehr nützlich wäre. „Ich habe ... eine Bekannte beobachtet.“ Ich deute hinüber zum Penthouse auf der anderen Straßenseite.

Phils Augen sehen skeptisch aus, doch er dreht sich um und schaut hinüber. Ich folge seinem Blick, die Frau hat aber inzwischen ihre Terrasse verlassen und ist in den Tiefen ihres Glasturms verschwunden. Entweder ist sie zum Telefon gegangen, um die Polizei zu alarmieren ... oder sie hat einfach abgeschaltet, ein bei New Yorkern weit verbreitetes Phänomen.

Phils Blick bohrt sich regelrecht in mich hinein. „Ich mache keine Witze, Aurora. Ich möchte ehrliche Antworten.“

Ich neige den Kopf, während seine Worte durch meine Verwirrung dringen. „Woher wusstest du, dass ich hier oben bin?“

„Du hast deine Wohnungstür aufgelassen und warst nicht im Flur. Wo solltest du denn sonst hingegangen sein?“

Ich zucke die Achseln.

„Mit wem bist du hier oben?“

„Mit niemandem.“

„Nimm mich nicht auf den Arm, Rosie. Ich habe ihn doch reden gehört.“

Ein Gefühl der Unwirklichkeit legt sich auf mich. „Du hast jemanden *gehört?*“

„Als ich die Treppe hochkam, habe ich die Stimme eines Mannes gehört.“

„Hast du verstanden, was er gesagt hat?"

Sein Mundwinkel zuckt irritiert. „Jetzt hör auf, Aurora. Was war hier los? Hast du den Typen die Feuerleiter runtergeschickt oder was?"

„Hier gibt's keine Feuerleiter … und ich mache keinen Quatsch. Aber es ist wichtig, Phil: Was hast du gehört?"

Einen Moment lang starrt er mich an, dann schließt er die Augen und schüttelt leicht den Kopf. „Irgendwas mit ‚Samuel'. An mehr kann ich mich nicht erinnern."

Ich drücke meine Hand gegen seine Brust, während die Welt um mich herum unscharf wird.

❖

„Ist der Kaffee in Ordnung?"

„Ja, ganz prima."

„Gut." Phil lässt sich auf die Tischkante vor dem Sofa nieder, auf dem ich mich in eine Decke gekuschelt habe, die Tasse in meinen eisigen Fingern. Das duftende Gebräu schafft es auch nicht, das Frösteln zu beenden, das mir tief in den Knochen sitzt.

„Jetzt mal schön eins nach dem anderen." Phil hebt seine eigene dampfende Tasse. „Du sagst, du hättest im Fernsehen irgendwas über deinen Vater gehört."

„Ein Interview mit ihm. Er sagte, dass er auch mal ein völlig anderes Buch geschrieben hat, einen historischen Roman. Und ich habe ihn gelesen. Es geht darin um ihn und mich – er hat das Buch für mich geschrieben, da bin ich ganz sicher!"

Phil schlürft an seinem Kaffee, dann nickt er. „Okay, ich kann mir vorstellen, dass dein Vater dich durch ein Buch zu erreichen versucht – immerhin ist er Schriftsteller, es ist nun mal sein Beruf. Aber du musst zugeben: Es ist eine ziemlich weit hergeholte Vermutung."

„Deshalb ergibt es ja auch keinen Sinn. Wenn er wirklich mit mir Kontakt aufnehmen wollte, warum hat er dann nicht einfach angerufen oder geschrieben?"

Lange Zeit antwortet Phil nicht. „Und jetzt ist er im Krankenhaus?"

Ich nicke, als unerwartete Tränen meinen Blick trüben. „Das hat die Nachrichtensprecherin gesagt. Es hörte sich ziemlich ernst an. Deshalb haben sie auch die Aufnahmen von dem Interview gezeigt. Fast schon wie ein Nachruf."

„Und danach bist du dann aufs Dach gegangen … warum?"

Ich schlucke und spüre, wie meine Wangen erröten. „Weil mir nicht viele Möglichkeiten blieben. Mein Vater hat versucht, mich zu erreichen. Ich glaube, du hattest recht. Ich glaube, Mutter und Clara haben mich zeit meines Lebens angelogen, aber was kann ich denn jetzt noch machen? Er liegt im Sterben. Er kann nicht zu mir kommen, und ich kann nicht zu ihm, also habe ich … aufgegeben."

Er schaut mich an, sein Blick ist ganz sanft. „Du *weißt*, dass Selbstmord keine Lösung ist, oder?"

„Ich … ich weiß nicht, was ich weiß. Ich weiß nur, dass ich so nicht weitermachen kann. Ich hatte gehofft, ein neues Leben anzufangen, aber wie soll ich das jetzt anstellen? Clara ist weg, und plötzlich schien mir alles zu groß, zu schwer …"

Die Luft zwischen uns vibriert; die Stille ist plötzlich ganz schwer. Als ich zu Phil blicke, ist sein schmales Gesicht von bodenloser Traurigkeit erfüllt, und als er spricht, ist seine Stimme rau. „Vielleicht nicht", sagt er. „Vielleicht gibt es Hoffnung."

„Du meinst … Samuel?"

Einer von Phils Mundwinkeln hebt sich, und in dem Moment geht mir auf, dass ich ihm nicht die Antwort gegeben habe, die er sich gewünscht hat. Er wollte hören, dass ich in *ihm* einen Grund zu leben sehe. Doch momentan kann ich keine Beziehung auch nur in Erwägung ziehen. Wenn ich mein eigenes Leben nicht auf die Reihe kriege, wie kann ich da jemand anderen hineinlassen?

Unfähig, seinem verletzten Blick standzuhalten, schaue ich zu Boden.

„Das wäre eine Möglichkeit", sagt er und geht gewandt über die Schmerzen hinweg, die ich ihm gerade zugefügt habe. „Vielleicht findest du bei diesem Samuel all die Antworten."

„Das ist verrückt." Ich bin derart von Schuldgefühlen geplagt, dass ich kaum meinen Kopf heben kann. „Außerdem dachte ich, wir wären übereingekommen, dass ich mir die Sachen nur eingebildet habe."

„Aber ich habe die Stimme ja auch gehört."

„Vielleicht hat der Wind eine Stimme aus dem Radio oder Fernseher hierhergetragen. Bei diesen hohen Gebäuden weiß man nie, was wohin weht."

Er dreht die Tasse in seiner Hand, dann schaut er mich an. „Kennst du die Geschichte des Propheten Samuel?"

Ich verziehe das Gesicht. „War das so ein Nostradamus?"

Phil lacht. „Nein, Samuel war ein Prophet Israels. Als er noch ein Kind war, weckte ihn nachts eine Stimme auf; jemand rief seinen Namen. Er dachte, es sei Eli, der alte Priester, der als sein Mentor fungierte, aber als er zu Elis Bett kam, sagte der alte Mann, dass er ihn nicht gerufen hatte."

Obwohl mir alle Nackenhaare zu Berge stehen, unterbreche ich nicht.

„Samuel wurde noch zweimal von der Stimme aufgeweckt, und beide Male beteuerte Eli, dass er ihn nicht gerufen habe. Beim dritten Mal erkannte Eli etwas: Für Stimmen in der Nacht muss es keine vernünftige Erklärung geben. Auch wenn wir nicht alles begreifen können, was

Gott betrifft, können wir doch Dinge *er*greifen, die außerhalb der Naturgesetze liegen. Also sagte Eli Samuel, wenn die Stimme ihn noch einmal rufen würde, sollte er sagen: ‚Ja, dein Knecht hört.'"

Kalte Panik sprießt irgendwo zwischen meinen Schulterblättern hervor und schießt meine Wirbelsäule hinunter.

„Das, denke ich, ist der springende Punkt." Phil begegnet meinem Blick. „Jemand hat zu dir gesprochen, Aurora. Bist du bereit, ihm zuzuhören?"

Die Frage hängt zwischen uns und es gibt darauf so viele mögliche Antworten. „Es ist mein Vater", sage ich ihm. „Ich habe ihn im Fernsehen gehört. Es war dieselbe Stimme, da bin ich ganz sicher."

Phil kratzt sich am Kinn. „Dein Vater hat zweifellos viele Talente, aber ich glaube nicht, dass er transatlantische Bauchrednerei beherrscht."

„Wer war es dann?"

„Vielleicht ... Gott?"

„Du glaubst, *Gott* hat zu mir gesprochen? Wozu das denn?"

Phil legt den Kopf schief und lächelt. „Ich glaube, er möchte zu jedem sprechen. Bei den meisten Menschen neigt er jedoch zu etwas konventionelleren Kommunikationsmethoden."

Ich streiche mir nervös durch die Haare. „Ich kapiere das nicht. Warum sollte Gott – der Gebieter des Universums, richtig? – sich auch nur einen Deut um mich scheren?"

„Gott liebt jeden Menschen, Aurora; er hat uns alle erschaffen. Und ich habe gehört, dass Leute oft dazu neigen, Gott genauso zu sehen, wie sie ihre Väter erlebt haben. Du kennst deinen Vater nicht und hast nie viel auf ihn gegeben – und so ähnlich siehst du wohl auch Gott."

„Doch, ich habe etwas auf meinen Vater gegeben." Meine Gedanken schweifen zurück zu den Nächten, in denen ich allein in meinem Bett lag und spielte, dass ich auf dem Arm meines Papas lange Spaziergänge machte. „Im Geheimen."

„Aha." Phil zuckt die Achseln. „Doch nun weichen deine Ansichten über deinen Vater auf ... und genauso deine Ansichten über Gott. Oder vielleicht hat Gott alles so in die Wege geleitet, weil er weiß, dass deine Sicht über ihn und über deinen Vater miteinander vermischt sind ..."

„Das reicht jetzt, Herr Seelenklempner", entgegne ich scharf. „Was du sagst, ergibt überhaupt keinen Sinn."

„Wirklich nicht?" Phil verschränkt seine Arme und grinst. „Was hat die Stimme denn heute Abend gesagt?"

„Sie hat mir gesagt, dass ich mit Samuel reden soll. Ich kenne nicht mal einen Samuel!"

Wir werden durch ein Läuten an der Tür unterbrochen. Ich werfe einen Blick auf die Uhr – Viertel nach sieben –, dann schaue ich Phil achselzuckend an. „Ich erwarte niemanden."

„Ich gehe hin."

Während er zur Tür geht, beginnt mein Herz voller Angst zu hämmern. Was ist, wenn die Frau aus dem Penthouse die Polizei angerufen hat? Ein Knoten bildet sich in meinem Hals und macht es schwer, zu atmen und zu schlucken ...

Ich stehe auf und spähe um die Ecke. Der Mann an der Tür trägt eine Uniform, aber sie ist rot, nicht blau.

„Clarence." Seufzend gehe ich zur Tür, wo der Nachtportier mit dem Arm voller Post steht.

„Entschuldigen Sie die Störung, Miss Norquest." Er lächelt mich verlegen an. „Aber Mrs Bellingham hat heute Ihre Post nicht abgeholt, da dachte ich, bringe ich sie am besten mal hoch."

Überrascht von dem Stapel auf seinem Arm, trete ich einen Schritt vor. „Tut mir leid, ich habe überhaupt nicht an die Post gedacht."

Phil lehnt sich an den Türrahmen und mustert den Mann, dann streckt er seine Hand aus. „Ich glaube nicht, dass wir uns schon begegnet sind. Ich bin Phil Cannon aus 15 b."

Der Mann grinst. „Schön, dann herzlich willkommen, Mr Cannon. Ich komme um sieben, da dauert es meistens einige Zeit, bis ich neue Anwohner kennenlerne."

„Besonders solche, die nicht viel ausgehen." Phils Grimasse ist ein Eingeständnis seines glanzlosen Nachtlebens. „Hat Ihnen schon mal jemand gesagt, dass Sie dem Portier, der morgens arbeitet, ungeheuer ähnlich sehen?"

Ein Grinsen macht sich auf Clarences' Gesichtszügen breit. „Ja, Sir. Und das ist auch ganz natürlich, weil er nämlich mein Vater ist."

„Ach, wirklich?"

„Ja, Sir. Er macht diesen Job seit 1957 und ich bin 1981 an Bord gekommen. Ich glaube fast, aus meiner Familie hat schon immer jemand im *Westbury Arms* gearbeitet."

Phil starrt den Portier einen Moment lang an, dann drückt er einen Finger an seine Lippen. „Clarence, Sie kennen nicht zufällig jemanden in diesem Haus, der Samuel heißt, oder?"

Clarence nickt. „Doch, Sir. Das ist der Vorname meines Vaters. Samuel Booker."

Phil wirft mir einen vielsagenden Blick zu, dann schmunzelt er den Portier an. „Ist er morgen da?"

„Ja, Sir. Seine Schicht ist von sechs bis eins – Altersteilzeit, wissen Sie? Mein Sohn Thomas ist von eins bis sieben am Schalter, dann bin ich mit der Nachtschicht dran."

„Wunderbar. Könnten Sie Samuel bitte eine Nachricht hinterlassen, dass Miss Norquest sich gern morgen mit ihm treffen würde? Um eins vielleicht, wenn er Feierabend hat?"

Phil sagt das ohne einen einzigen Blick in meine Richtung, aber ich will ihn ohnehin nicht aufhalten. Plötzlich scheint es unheimlich wichtig, dass ich mit Samuel Booker rede.

Clarence nickt. „Ich werde es ihm ausrichten, Sir."

„Danke schön." Phil nimmt die Post vom Portier entgegen, dann stapelt er den Berg auf den Tisch im Foyer, während ich die Tür schließe.

Ich kann nicht fassen, dass ich so viel Post habe: Broschüren und Prospekte und mindestens drei Briefumschläge, die von Kreditkartenunternehmen zu stammen scheinen. „Was um alles in der Welt …?"

Phil wirft mir einen neugierigen Blick zu. „Mehr als sonst?"

„Viel mehr. Meist bekomme ich nur ein paar Prospekte. Alle Rechnungen und so gehen an meinen Buchhalter."

„Ich glaube ehrlich gesagt" – Phil steckt die Hände in die Hosentaschen –, „dass Clara deine Post abgefangen hat."

Ich starre ihn an, während mir die Bedeutung seiner Worte langsam klar wird.

„Du hast dich doch gefragt, warum dein Vater nie geschrieben hat", sagt er.

Ich kann es kaum fassen. „Du denkst, Clara hat seine Briefe aussortiert?"

„Möglich", meint er. „Aber ich denke, Samuel Booker wird dir morgen alles erklären können."

Kapitel 33

Westbury Arms, Wohnung 15a

Nach langem und tiefem Schlaf wache ich auf. Als ich gestern Nacht in meinen Schlafanzug geschlüpft bin, befürchtete ich, dass die Geschehnisse des Abends meine Träume durchziehen würden, doch eine schützende Decke hat alles zugedeckt.

Meine morgendliche Routine mache ich ganz automatisch, dann schlürfe ich einen Kaffee in der Küche, während ich mir die Nachrichten anhöre. Um 8:10 Uhr tut ein Nachrichtensprecher kund, dass Theodor Norquest immer noch mit einer Lungenentzündung im Krankenhaus liegt; nach Auskunft der Ärzte sei sein Zustand bedenklich.

Mein Toastbrot schmeckt plötzlich trocken und fade.

Nachdem ich das Brot in den Abfall geworfen habe, rufe ich das Krankenhaus an, um mich nach Claras Befinden zu erkundigen. Die Sekretärin bestätigt, dass sie eine Patientin unter diesem Namen haben, doch als ich um Auskunft bitte, wird mir gesagt, dass es dem Krankenhaus aufgrund der Datenschutzgesetze verboten sei, genauere Details am Telefon offenzulegen.

„Aber ich bin quasi mit ihr verwandt. Außer mir hat sie keine Angehörigen."

„Sofern Sie sie hier nicht eingeliefert haben, ist es uns

nicht gestattet, ihren Fall mit Ihnen zu besprechen. Tut mir leid." Die Frau bedankt sich für meinen Anruf, dann legt sie auf.

Ich lasse mich auf einen Stuhl am Küchentisch sinken und kann es immer noch kaum fassen, dass es Clara so plötzlich erwischt hat. Sie sah blendend aus und war so aktiv, wie es einer Frau ihres Alters nur möglich ist.

Obwohl sich ein Teil von mir weinend fragt, warum Clara mich all diese Jahre hinters Licht geführt hat, haben wir doch eine gemeinsame Vergangenheit. Und sie braucht Hilfe. Wer außer mir könnte ihr diese geben?

Ich greife zu meinem Adressbuch, als mir die Antwort in den Sinn kommt. Bert Shields war auch Claras Anwalt, also hat er bestimmt ihr Testament und vielleicht sogar Handlungsvollmacht. Wenn die vom Krankenhaus mir keine Auskunft erteilen wollen, werden sie doch sicher mit Claras gesetzlichem Vertreter sprechen.

Der Anwalt ist noch nicht im Büro. Nachdem ich mit der Sekretärin von Mr Shields gesprochen habe, lege ich den Hörer auf, zufrieden, dass ich fürs Erste getan habe, was ich kann. Ich hoffe, Clara hat keine Schmerzen.

Meine Gedanken schweifen zu meinem Vater, der vielleicht gerade verzweifelt nach Luft ringt und nur der Tochter zuliebe ausharrt, die er nie gesehen hat.

Ich sitze still da. Es kommt mir so vor, als würden kräftige Hände langsam den letzten Tropfen Leben aus meinem Herzen wringen. Wie viele Verluste kann ein Mensch ertragen?

Bevor ich den Gedanken weiterverfolgen kann, klingelt das Telefon. „Miss Aurora?"

Ich erkenne die raue Stimme. „Booker?"

„Ja. Mein Sohn hat gesagt, Sie wollten mich sehen?"

„Wenn es Ihnen passt. Könnten Sie nach der Arbeit hochkommen?"

„Ja, Madam." Ein Augenblick der Stille, dann: „Habe ich Sie durch irgendetwas verärgert, Miss Aurora?"

„Nein, ganz und gar nicht, Booker, keine Sorge. Ich wollte mit Ihnen über meinen Vater sprechen. Da Sie ihn kannten ..."

„Preiset den Herrn!"

„Wie bitte?"

„Das sind wunderbare Nachrichten, Miss Aurora, einfach wunderbar. Ich will gleich meine Frau anrufen, dann kann sie die Sachen rüberbringen."

„Was für Sachen?"

„Entschuldigen Sie, Miss Aurora, ich muss los. Passen Sie auf sich auf. Wir sehen uns dann heute Nachmittag."

Die Leitung ist stumm und ich bleibe auf mehr Fragen sitzen als zuvor.

Ich verbringe eine Stunde damit, den Küchenboden zu wischen, dann ertappe ich mich dabei, wie ich Mutters Zimmer mustere. Ich kann genauso gut jetzt damit anfangen, es aufzuräumen.

Eine Stunde später sind alle Vorkehrungen getroffen. Das Krankenhausbett wird noch vor dem Wochenende abgeholt. Außerdem wird morgen jemand vom Antiquitätenladen kommen, um jedes von mir unerwünschte Möbelstück mitzunehmen.

Meine Hand liegt immer noch auf dem Telefon, als es erneut klingelt. Bert Shields ist am Apparat, seine Stimme mit angemessenem Ernst versehen. „Ich musste ins Krankenhaus gehen und entsprechende Papiere vorlegen, um meine Vollmacht zu bestätigen", berichtet er mir, „aber das ist inzwischen alles erledigt."

„Wie geht's ihr?"

Er zögert. „Es sieht nicht gut aus. Sie hatte einen Schlaganfall und liegt im Koma. Die Ärzte sagen, dass sie eine Woche oder einen Monat lang in diesem Zustand bleiben könnte, aber aufwachen wird sie wahrscheinlich nicht wieder. Ich habe hier einen Brief mit ihren Wünschen, was ihre Beerdigung betrifft ... Soll ich alles Nötige für den Fall der Fälle vorbereiten?"

Ich schlucke. „Ja, bitte."

„Clara war eine kluge Frau. Sie wird sich um alles gekümmert haben, da brauchen Sie sich keine Sorgen zu machen." Er räuspert sich. „Es muss bestimmt schwer für Sie sein, Clara so kurz nach Ihrer Mutter zu verlieren."

„Mir geht's eigentlich ganz gut." Ich zwinge die Worte über meine Lippen. „Ehrlich gesagt empfinde ich gar nicht viel."

„Die Zeit heilt ja bekanntlich alle Wunden", erwidert Shields. „Sie werden das sicher selbst erleben ..."

„Wussten Sie", unterbreche ich ihn, „dass mein Vater mit einer Lungenentzündung im Krankenhaus liegt?"

„Nein ... das tut mir leid. Davon hatte ich nichts gehört."

„Er ist in London."

„Ja ... und das ist ziemlich weit weg, nicht wahr?"

Ich warte in der Hoffnung, dass er noch mehr sagt, doch er bleibt still.

„Kennen Sie meinen Vater, Mr Shields? Ich meine, näher als nur in Ihrer Eigenschaft als sein Anwalt?"

„Ich kenne ihn gut."

„Würden Sie zu ihm gehen, wenn Sie an meiner Stelle wären?"

Der Anwalt ist ein bedächtiger Mann, doch er zögert nicht: „Ich würde keinen Moment länger warten, Aurora. Sollten Sie sich entschließen, zu ihm zu fliegen, würde ich mich sogar um Ihren Reisepass kümmern. Ich könnte dafür sorgen, dass Sie ihn innerhalb von zwei Wochen bekommen."

Ich danke ihm und lege den Hörer auf, dann erhebe ich mich und gehe in der Küche hin und her. Es kann doch nicht so schwer sein, die Wohnung zu verlassen! Gestern Abend war ich bereit, vom Dach zu springen; die Wohnung zu verlassen muss einfacher sein. Gestern Abend habe ich dem Tod mit kühlem Blick in die Augen geschaut, warum kann ich nicht mit derselben Entschlossenheit an Bord einer 747 steigen?

❖

Phil trifft kurz vor eins ein. Zwar habe ich ihn eigentlich nicht eingeladen, bei diesem Treffen mit Booker dabei zu sein, aber ich bin froh, ihn zu sehen. „Komm rein", begrüße ich ihn und führe ihn ins Wohnzimmer. „Hast du schon etwas gegessen?"

„Habe mir einen Happen in der Uni geschnappt und bin dann gleich herübergekommen. Das wollte ich auf keinen Fall verpassen."

Ich stemme eine Hand an die Hüfte und bin von seinem Interesse gleichzeitig genervt und angetan. „Vielleicht weiß Booker ja auch gar nichts. Möglicherweise kommt er her und sagt uns, dass Vater genau das Monster gewesen ist, als das Clara ihn beschrieben hat."

„Vielleicht." Phils Augen leuchten. „Aber vielleicht auch nicht. Auf jeden Fall will ich unbedingt hören, was er zu sagen hat."

Er setzt sich aufs Sofa, schlägt die Beine übereinander und grinst mich an. „Hast du irgendwas zu futtern, während wir warten? Das Sandwich hat nicht ganz gereicht."

Mit einem gutmütigen Stöhnen mache ich mich auf zur Küche und öffne die Schränke. Irgendetwas zum Knabbern müsste doch noch da sein … Gerade probiere ich einige ältliche Käsekräcker, da läutet es an der Tür.

„Phil?"

„Ich geh schon."

Ich höre das Gemurmel von Stimmen, gefolgt von dem Dröhnen männlichen Lachens. Samuel Booker, ganz offensichtlich. Und vielleicht hat er Hunger und Durst. Während die Männer noch an der Tür stehen, schütte ich die Käsekräcker in eine Schüssel und hole drei Gläser aus dem Schrank. Ich habe nichts zu trinken da, also muss Leitungswasser genügen ...

Aus irgendeinem Grund zittern meine Hände, als ich die Gläser mit Wasser fülle.

Nachdem ich die Schüssel und die Gläser auf ein Tablett gestellt habe, steuere ich das Wohnzimmer an. Da ich mich darauf konzentriere, die Getränke nicht zu verschütten, bin ich bereits im Zimmer, bevor ich aufblicke und sehe, was Samuel gebracht hat ...

Kartons. Über ein Dutzend. Sie sind unterschiedlich groß, und die meisten sind noch zugeklebt, aber jemand hat auf jeden von ihnen meinen Namen geschrieben, zusammen mit einer Datierung: 1975–77 steht auf einem Karton. Der nächste ist mit 1980–82 beschriftet.

Ich stelle das Tablett auf den Couchtisch, dann sinke ich in den nächstgelegenen Sessel. „Was ist das?"

„Ihre Pakete." Ein Lächeln blitzt kurz unter dem gut getrimmten Schnurrbart des Portiers auf. „Ich hab sie aufgehoben – von dem Tag an, an dem Ihre Mutter gesagt hat, dass ich Ihnen nichts hinaufbringen soll. Sie hat mir mitgeteilt, dass ich alles zurückschicken solle, aber das konnte ich nicht – besonders nicht, als Mr Norquest mich gebeten hat, sie für Sie aufzubewahren. Er sagte, vielleicht würden Sie eines Tages danach fragen."

Wellen der freudigen Erregung breiten sich von der Mitte meines Bauches aus. Sie kribbeln an meiner Kopfhaut und prickeln in meinen Zehen. „Das – all das – ist von meinem Vater?"

„Jawohl. Das meiste sind Briefe, aber Geschenke sind auch dabei – zu Ihrem Geburtstag und zu Weihnachten. Ich glaube, einige davon sind Spielsachen – wirklich schade, dass die Ihnen jetzt nicht mehr viel nützen. Aber zumindest wissen Sie nun, dass er die ganze Zeit an Sie gedacht hat."

Ich greife nach dem Karton, der am nächsten steht, und reiße den Streifen Packband ab. Die Oberseite des Kartons ist mit einer dünnen Staubschicht bedeckt, aber das ist mir egal. Ich klappe die Deckel auf, dann tauche ich mit meinen Händen hinein und ziehe Briefe heraus – mehr als zwei Dutzend, alle in derselben charakteristischen Handschrift beschriftet.

Ich schaue zu Phil. „Mein Vater hat mir geschrieben."

Booker kichert. „Ja, Miss, so regelmäßig wie ein Uhrwerk."

„Er hat mich nicht vergessen."

„Nein."

Ich schaue in das breit grinsende Gesicht des Portiers. „Warum haben Sie mir nie etwas davon gesagt?"

Er verzieht das Gesicht, als habe ich ihn geschlagen. „Nehmen Sie mir das nicht übel, Miss Aurora. Ich war hin und her gerissen, wissen Sie? Ihre Mama hat mir gesagt, ich solle keinen einzigen Brief oder Karton an der Rezeption vorbeilassen. Und Ihr Papa sagte mir, ich solle ein Auge auf Sie haben. Er hat mich regelmäßig angerufen und sich erkundigt, wie es Ihnen geht und ob Sie glücklich sind."

Ich schnappe nach Luft. „Er hat *angerufen*?"

„Er hat mich an der Rezeption angerufen, Miss. Ich denke nicht, dass er je hier in der Wohnung angerufen hat. Er wollte nicht, dass Ihre Mama ihn in Ihrer Hörweite verflucht. Er sagte, sie habe schon genug Schaden angerichtet."

„*Sie* hat den Schaden angerichtet? Ich wusste, dass sie nicht miteinander sprachen, aber nach allem, was ich gehört habe, war *er* die Ursache ihrer Eheprobleme. Er hatte doch eine Freundin in London."

„Oh, Miss Aurora." Der Portier schließt die Augen und sein Gesicht legt sich in tiefe Falten. „Mr Norquest hatte befürchtet, dass sie Ihnen so was erzählen würde. Die Wahrheit ist: Solange ich Ihren Vater kenne, war er immer ein Gentleman. Seine englische Frau hat er erst lange nach der Scheidung kennengelernt. Er ist allerdings immer viel gereist, als er mit Ihrer Mama verheiratet war, und sie mochte nicht alleingelassen werden. Ich sollte wahrscheinlich nicht schlecht über die Toten reden – ich bin ja auch nur ein Portier und so –, aber wenn Ihr Vater auf Reisen war, hat Ihre Mama hier alle möglichen Herren empfangen.

Auf jeden Fall kam Mr Norquest eines Abends aus London nach Hause und fand sie mit ... nun, jetzt tratsche ich wirklich, aber ich meine es nicht böse, und ich weiß, dass es stimmt. Also, er fand sie mit einem anderen Mann im Bett und sie bat Ihren Vater zu gehen. Er ging dann auch tatsächlich – er kam nach unten, um bei mir zu sitzen –, und als der andere Kerl fort war, ging er nach oben und sagte Ihrer Mutter, dass sie treu sein müsse. Er hat nicht viel verlangt, aber eine Ehe fordert nun mal Treue, und Ihre Mama wollte das nicht. Er ging dann für die Nacht in ein Hotel, und als er am nächsten Morgen zurückkam, fand er all seine Sachen in Kartons in der Eingangshalle vor."

Ich höre wortlos zu. Verstehen sickert durch meine Fassungslosigkeit. Nach dem zu urteilen, was ich über Mutter weiß, ist es leichter, an ihre Untreue zu glauben als an einen Missbrauch durch meinen Vater. Sie war immer süchtig nach Bewunderung. Deshalb liebte sie Clara, die bereitwillig die zweite Geige spielte.

„Also ... hat mein Vater sie daraufhin verlassen?"

„Das hat er. Und später erfuhr er, dass Sie unterwegs

waren. Er kam zurück ins *Westbury*, um das Sorgerecht einzufordern, aber dieser Anwalt, Mr Shields, hat ihn abgefangen und ihm gesagt, dass das Gericht einer Mutter nie das Baby wegnehmen würde. Er versuchte, Sie zu sehen, als der Scheidungsprozess durch war, aber Mrs Norquest ließ das nicht zu. Er hatte Angst, dass eine hässliche Gerichtsverhandlung Ihnen schaden könnte. Da hat er sich gedacht, dass Sie nur aus eigenem Entschluss zu ihm kommen können. Also sagte Mr Norquest, er wolle alles in seiner Macht Stehende tun, um Ihnen den Weg zu bereiten ... er hatte ja schon den Verdacht, dass Ihre Mama versuchen würde, Sie daran zu hindern. Und das" – Booker deutet auf die Kartons um uns herum – „ist es, worum es hier geht."

Unfähig zu antworten, rutsche ich vom Sessel auf den Teppich. Auf meinen Knien öffne ich den zweiten Karton und finde noch mehr Briefe vor. Der dritte Karton offenbart das Gleiche, ein immenser Schatz, Dutzende von Bestätigungen der einen Sache, auf die es ankommt:

Mein Vater liebt mich.

Mit zitternden Fingern ziehe ich einen beliebigen Brief aus dem Stapel und reiße ihn auf. Die Botschaft, datiert vom 14. Oktober 1995, ist mit einer kräftigen, schrägen Handschrift geschrieben:

Mein Liebling,

auch heute hoffe und bete ich, dass es dir gut geht. Gestern im Park ertappte ich mich dabei, wie ich eine junge Frau in ungefähr deinem Alter beobachtete. Sie hatte zwei kleine Kinder, aber Booker sagt mir, dass du noch keine Familie hast.

Deine Hingabe deiner Mutter gegenüber ist bewundernswert, Aurora Rose. Auch wenn ich nie die Gelegenheit hatte, dich zu sehen, habe ich durch Booker doch das Gefühl, dass ich deine Persönlichkeit kenne und dich erkennen würde, wenn ich dir irgendwo begegnen würde. Und obwohl mir die Distanz zwischen uns das Herz zerreißt – und wegen der Unwahrheiten, die uns zweifellos voneinander trennen –, fühle ich mich dir nah. Auch wenn ich meine anderen Kinder innig liebe, ist meine Liebe für dich über die Jahre tiefer und entschlossener geworden. Nie gebe ich die Hoffnung auf, sie trägt mich und nötigt mich zum Schreiben, im Vertrauen darauf, dass du meine Worte lesen und erkennen wirst, wie sehr du mir fehlst.

Dein dich liebender Vater
Ted

Es ist nur ein einziger Brief von Hunderten, aber er reicht schon aus. Durch tränenverschleierte Augen schaue ich auf und begegne Phils Blick. „Hilf mir." Meine Stimme ist ein krächzendes Flüstern. „Hilf mir, nach London zu kommen."

Ein Leuchten steigt in seinem Gesicht auf. „Ich werde die Reservierungen vornehmen. Wir werden tun, was immer nötig ist, Rosie. Wir werden dich da hinbekommen."

Samuel Booker schlägt sich auf sein Bein. „Ha! Meine Frau wird froh sein, dass wir die Kartons aufbewahrt haben, dass Mr Norquest nicht vergeblich sein Vertrauen in uns gesetzt hat."

„Nein", schaffe ich zu flüstern, „das hat er nicht. Danke, Booker, dass Sie diesen Tag ermöglicht haben."

Er grinst wie ein Pfadfinder, der gerade eine gute Tat vollbracht hat, und Phil hilft mir auf die Füße. „Du bringst Mr Booker zur Tür", flüstert er mir ins Ohr, „und ich gehe online, um Flüge herauszusuchen."

Im Foyer umarme ich den alten Mann, wobei ich den Geruch seines Wollmantels und die leichte Spur von Aftershave einatme. Ich versuche, mich zu beherrschen, aber mein Kinn zittert, und meine Augen füllen sich mit Tränen.

„Danke", sage ich. „Sie haben mich sehr glücklich gemacht."

„Ihr Papa hat die eigentliche Arbeit geleistet, Miss Aurora." Er klopft mir auf die Schulter. „Nun sausen Sie aber mal schnell rüber nach London und sagen ihm das. Er wartet schon so lange auf Sie."

Ich löse mich aus der Umarmung und schaue dem alten Mann in die Augen. Sie sind dunkelbraun und schauen sanft und in ihnen sehe ich keine Ungewissheit. Die Zukunft mag Ängste bereithalten, denen ich mich stellen muss, aber in diesem Moment kann ich an nichts anderes denken als an meinen Vater, der ein halbes Leben lang versucht hat, mich zu erreichen.

Wenn Verzweiflung mich aus dieser Wohnung aufs Dach getrieben hat, dann kann so viel Liebe mich bestimmt bis nach London tragen.

Ich stelle mich auf die Zehenspitzen und küsse Samuel Bookers bärtige Wange, dann schließe ich die Tür und eile zu Phil.

Wir haben einige riesengroße „kleine" Schritte vor uns.

Kapitel 34
London

Ich sitze neben Phil auf der Rückbank eines Londoner Taxis. Mein Herz rast genauso chaotisch wie der Verkehr und Phil muss sich meiner Nervosität bewusst sein. Er drückt mir die Hand, dann lehnt er sich herüber und gibt mir ein Kuss auf die Wange. „Du siehst toll aus", sagt er, und auch wenn ich nicht so recht weiß, ob ich ihm glauben soll, bin ich froh, dass er das denkt.

Unser Flugzeug ist vor über einer Stunde in Heathrow gelandet. Ich bin etwas geschafft von der Zeitumstellung und dem Jetlag, doch mein Blut ist voller Adrenalin.

Heute werde ich meinen Vater kennenlernen.

Von Gefühlen überwältigt, vergrabe ich mein Gesicht an der weichen Schulter von Phils Wolljacke. Ich spüre, wie er sich bewegt, dann neigt sich sein Kopf zu meinem.

Dieses ganze Abenteuer hindurch ist er an meiner Seite gewesen, und ich weiß nicht, was ich ohne ihn getan hätte. Als ich gestern Nachmittag an Bord des Flugzeugs von *British Airways* stieg, habe ich mich an ihn und an ein Röhrchen Valium geklammert. Dank Phils beruhigendem Einfluss habe ich aber keine Tablette gebraucht.

Es war nicht einfach, meine Angst, das Haus zu verlassen, zu besiegen, aber mit Phils Hilfe habe ich erkannt, dass ich sie bereits zu überwinden begonnen hatte, als ich mich hinunter in die Eingangshalle und hinauf aufs Dach gewagt hatte. In den zwei Wochen, die es dauerte, bis mein Reisepass ankam, begleitete Phil mich zu mehreren Treffen mit einem Psychiater und zu einer Selbsthilfegruppe für Agoraphobiker. Das erste Mal, als ich zu dem Treffen der Gruppe kam, war es für mich, als wäre ich auf eine Horde lang verloren geglaubter Verwandter gestoßen. Sie sprachen meine Sprache; sie verstanden meine Ängste auf eine Weise, wie es niemand sonst konnte.

Als Belohnung dafür, dass ich diese Riesenschritte machte, ist Phil mit mir losgezogen, um Koffer und Klamotten zu kaufen. Jeder Streifzug brachte uns etwas weiter weg vom *Westbury Arms,* und jeder Fortschritt machte mich mutiger.

An einem Nachmittag fuhren wir mit der U-Bahn ins Krankenhaus, um Clara zu besuchen. Ich saß eine Stunde lang an ihrem Bett, hielt ihre Hand und nahm still Abschied. Merkwürdigerweise konnte ich nicht böse auf sie sein, obwohl sie mich so hinters Licht geführt hatte. Die Lügen hatten ihren Ursprung bei meiner Mutter gehabt.

Wenig später klammerte ich mich an Phils Arm, als dieser mich dann zu Claras Beerdigung begleitete. Sie war gestorben, ohne noch einmal das Bewusstsein wiedererlangt zu haben, und ich weinte um sie.

Clara gehört nun meiner Vergangenheit an und ich habe meine Albträume mit ihr beerdigt. Ich bin bereit für den nächsten Schritt.

Ich war angespannt, als wir an Bord des Flugzeuges gingen, und vollkommen flatterig, als wir in London landeten, doch Phil hat uns durch jeden Teil unserer Reise geschleust. Er und Bert Shields haben sich um Einzelheiten gekümmert, an die ich in meiner Zerstreutheit nicht gedacht hatte, einschließlich der Reisepässe, Flugtickets und einer Nachricht an die Familie meines Vaters, dass wir kommen würden.

Zunächst hatten wir geplant, in einem Hotel unterzukommen, doch Hilly Norquest, die Frau meines Vaters, bestand darauf, dass wir bei ihnen wohnen.

„Alle Kinder sind zu Hause", sagte sie Bert Shields, „und für zwei weitere ist immer Platz. Sagen Sie Aurora und ihrem Freund, dass sie sich mindestens 14 Tage Zeit nehmen sollen."

Also nahm Phil sich Urlaub von der Uni – mit der Behauptung, er habe das sowieso dringend nötig –, und wir buchten einfache Flüge, da wir ja nicht wussten, wie lange wir in London bleiben würden.

Ich habe mich aufs Schlimmste gefasst gemacht. In zwei Monaten sind zwei Menschen, die mein Leben bestimmt haben, gestorben; eventuell verliere ich bald auch noch meinen Vater. Aber ich tue alles, was in meiner Macht steht, um ihn zu erreichen, bevor es zu spät ist.

Ich hebe den Kopf und schaue aus dem Fenster des altmodischen Taxis. Wir fahren auf der linken Straßenseite, der Fahrer sitzt auf der rechten Seite des Autos, und diese umgekehrte Lage erscheint in einem Land, das auf der anderen Seite des Ozeans liegt, völlig normal. Ich schließe die Augen, als wir durch einen Kreisel rasen, dann lehne ich mich zurück und versuche, mich zu entspannen.

Im Flugzeug habe ich eine bemerkenswerte Lektion gelernt: Als ich noch ans Haus gefesselt war, habe ich mich am meisten vor dem Gefühl gefürchtet, bei einer Panikattacke die Kontrolle zu verlieren. Doch während des Fluges bin ich nicht in Panik geraten, weil ich mich mehr als je zuvor als Herrin meines Lebens gefühlt habe. Zum ersten Mal seit Jahren habe ich eine Entscheidung getroffen, die nicht von meiner Mutter beeinflusst war, und die Zuversicht, die mir das gab, hat mich bis in ein fremdes Land getragen.

Das Taxi hält vor dem *London Bridge Hospital* an. Phil bezahlt den Fahrer, während ich aussteige und hinauf in den

Morgenhimmel blinzle. Kurz darauf stellt der Fahrer unser Gepäck auf den Bürgersteig. Ich hänge mir eines der kleineren Gepäckstücke über die Schulter, dann folge ich Phil zum Informationsschalter.

Er hält einen Augenblick inne, um das Gepäck abzustellen, und ich überrasche mich selbst damit, dass ich auf die Frau am Schalter zugehe.

„Hallo", sage ich zu ihr, etwas eingeschüchtert von ihren streng frisierten, hochtoupierten Haaren, auf denen ihre Haube thront.

„Wir würden gerne zu Theodor Norquest."

„Sie und alle anderen", erwidert sie und verschränkt ihre Finger ineinander. „Mr Norquest braucht seine Ruhe."

„Ich gehöre zur Familie", antworte ich. „Hilly Norquest erwartet uns."

Ich habe das Zauberwort gesprochen. Die Mitarbeiterin schreibt eine Nummer auf einen Zettel, dann zeigt sie auf einen Fahrstuhl am Ende des Flurs. „Nehmen Sie den Fahrstuhl einen Stock nach oben, dann biegen Sie rechts ab. Sie werden die anderen wahrscheinlich im Familienzimmer finden."

Ich nehme den Zettel und wende mich Phil zu, um nach seiner Hand zu greifen, doch er hat sich gebückt, um unser Gepäck aufzuheben. Also gehe ich mit einem plötzlichen Gefühl der Einsamkeit den Flur entlang zum Fahrstuhl. Phil folgt mir dichtauf.

Mein Herz hämmert nun wieder an meine Rippen, doch dieses Mal sind meine Ängste in der Realität verwurzelt, nicht in der Fantasie. Was ist, wenn Hilly Norquest mich kühl anschaut, meine Mutter in meinem Gesicht entdeckt und mich abweist? Was ist, wenn ihre Söhne mir mein plötzliches Erscheinen übelnehmen? Was ist, wenn wir zu spät kommen?

Ich trete in den Fahrstuhl und halte die Tür auf, während Phil mit unserem Gepäck hineinwankt. Andere Leute steigen in den Aufzug: eine junge Frau mit einem rötlichen Haarknoten hält die Hand eines kleinen Jungen. Den beiden folgt eine ältere Dame mit einem Ausdruck des Schreckens auf ihrem Gesicht.

Ich weiß, wie sie sich fühlt.

Niemand spricht, während der Fahrstuhl nach oben fährt. Ein Signal ertönt, als die Kabine anhält, und der Klang lässt mein Herz einen Schlag aussetzen. Als sich keiner der anderen Besucher bewegt, steige ich aus und wende mich gleich nach rechts, sicher in dem Wissen, dass Phil hinter mir sein wird.

Auf dem Zettel in meiner Hand steht, dass mein Vater auf Zimmer 267 liegt. Vor dem besagten Raum sitzt eine Frau auf einem Stuhl, die alles andere als eine *Femme fatale* ist. Diese Frau sieht eher aus wie eine freundliche 60-jährige Hausfrau, die gern viel Zeit in der Küche verbringt.

Ich nähere mich ihr langsam, dann bleibe ich stehen. „Hilly Norquest?"

Die Frau, die weich und pummelig ist und rosige Wangen hat, steht auf und breitet ihre Arme aus. Mein Magen dreht sich vor Aufregung, doch sie küsst mich auf beide Wangen, dann tritt sie zurück, um mir die Hände zu drücken. „Aurora! Wir sind so froh, dass du gekommen bist!" Sie schaut an mir vorbei und begrüßt Phil mit einem Lächeln. „Du bist bestimmt Philip."

„Phil", entgegnet er und tritt vor, um ihr die Hand zu schütteln. „Phil Cannon."

Sie ignoriert seine ausgestreckte Hand und umarmt ihn. Ich frage mich, ob sie uns mit höflichen Fragen über unsere Reise bombardieren wird, aber sie scheint meine innere Unruhe zu spüren. Ihre haselnussbraunen Augen schauen in meine Richtung und sie fragt: „Bist du so weit?"

Ich antworte mit einem bebenden Flüstern. „Ja."

Hilly Norquest nimmt mich an der Hand und führt mich ins Zimmer meines Vaters. Der Mann, den ich auf Fotos und im Fernsehen gesehen habe, liegt an Kissen gelehnt im Krankenhausbett. Sein Haar ist gekämmt, seine Augen sind geschlossen und ein Buch ruht mit dem Rücken nach oben auf seinem Schoß.

Irgendwie schaffe ich es, trotz des Kloßes in meinem Hals eine Frage herauszupressen. „Geht es ihm besser?"

Hillys Lächeln leuchtet in dem trüben Licht des Zimmers auf. „Viel besser. Als er hörte, dass du kommst, war die Talsohle durchschritten."

Gerade will ich vorschlagen, dass wir ihn lieber nicht wecken sollten, da hat Hilly bereits eine Hand auf seine Schulter gelegt.

„Teddy?", flüstert sie. „Ein weiteres Kind von dir ist da."

Mein Vater öffnet die Augen ... und die dunklen Tiefen leuchten vor Liebe und grenzenloser Freude auf.

„Aurora!"

Hilly tritt zurück, während er die Arme hebt. Vorsichtig gehe ich um die Kabel und Schläuche herum, dann sinke ich in seine Umarmung und lasse meine Tränen für mich sprechen.

Wir beide sind Menschen, die Worte lieben, aber in diesem Augenblick sind keine Worte nötig. Trotzdem muss ich etwas bekennen. „Es tut mir leid", flüstere ich, als ich endlich meine Stimme wiederfinde. „Es tut mir so leid, dass ich den Lügen geglaubt habe."

Seine große Hand senkt sich auf meinen Kopf. „Ich habe dich immer geliebt." Seine Stimme, so warm und vertraut, lässt mich erzittern. „Willkommen in der Familie."

Ich fühle mich wie ein Kind, das jahrelang in der Dunkelheit umhergestolpert ist und mit einem Mal eine Lampe findet. Ich fühle mich froh und vollständig, aber am allermeisten fühle ich mich ... frei.

Epilog

Es ist der erste Weihnachtstag, und ich zwicke mich immer wieder, um sicherzugehen, dass dies nicht die Mutter aller Tagträume ist. Ich sitze im Esszimmer meines Vaters in seinem Londoner Haus, habe eine Papierkrone auf dem Kopf und lächle wie die Grinsekatze aus *Alice im Wunderland,* während ich meinen Blick über den langen Tisch schweifen lasse.

Phil sitzt neben mir. Ab und zu greift er nach meiner Hand. Innerhalb der vergangenen beiden Wochen sind wir uns viel nähergekommen; die Luftveränderung hat unserer Beziehung gutgetan. Jetzt, wo ich meine Vergangenheit zurückgewonnen habe, fühle ich mich in der Lage, mich auf die Zukunft einzulassen.

Neben Phil sitzt der älteste meiner vier Brüder, John, der dem Lord John aus meinem Traum verblüffend ähnlich sieht. Wenn ich es mir genau überlege, sieht das Haus meines Vaters fast so aus wie das Schloss von Aragon. Na gut, vielleicht ohne die Türmchen, den Burggraben und das Tor.

Meine anderen Brüder – Andrew, Louis und Edmond – sitzen ebenfalls mit am Tisch. Wie Phil ist Edmond ein Computerfreak, und die beiden haben Stunden damit verbracht, über Bits und Bytes und die Zukunft drahtloser Kommunikation zu diskutieren. Ihre Unterhaltungen klingen für mich zwar wie böhmische Dörfer, aber sie scheinen sich prächtig zu amüsieren.

Die größte Überraschung meiner Reise sitzt mir gegenüber: Alice, meine 20-jährige Schwester. Genau wie ich hat sie von Vater die dunklen Augen und die Liebe zur Literatur geerbt. Ihr Zimmer, eines von vielen in diesem verschachtelten alten Haus, ist genauso mit Büchern vollgestopft wie meine Wohnung.

Theodor Norquest sieht aus wie der leibhaftige Weihnachtsmann und sitzt gegenüber von Hilly am anderen Ende des Tisches. Meine Geschwister nennen ihn *Papa*, also tue ich das jetzt auch.

In Anbetracht der Kälte hat Alice eine karierte Decke um Papas Schultern gelegt, aber er trägt stolz sein neues Flanellhemd von *Eddie Bauer* (ein Geschenk von Phil) und die Hundepantoffeln (ein Geschenk von mir). Während wir uns über die Überbleibsel des Truthahns hinweg anlächeln, stellt Hilly einen dampfenden Plumpudding auf den Tisch.

„Pass auf die Münzen auf", warnt John mich. „Wir möchten doch nicht, dass du dir an einem Penny einen Zahn abbrichst."

Ich nicke und bin vollkommen zufrieden damit, in dieser glücklichen Benommenheit zu verweilen. Seit meiner Ankunft hat mich meine neue Familie ständig vor kulturellen Unterschieden gewarnt, doch niemals habe ich mich irgendwo so willkommen gefühlt.

Nun hebt mein Vater die Tasse mit dem dampfenden Glühwein. „Auf unsere Familie." Er schaut sich mit einem stolzen Lächeln um. „Und auf die Liebe."

Einstimmig tun meine Brüder und meine Schwester es ihm nach. Ich hebe mein Getränk und begegne Phils Blick, als meine Tasse gegen die seine stößt.

Ich bin mir nicht sicher, was die Zukunft bringt. Alice

spricht davon, ein Refugium für Schriftsteller in Frankreich aufzumachen, und sie sagt, sie hätte liebend gern eine Partnerin dafür. Ich habe die Idee in Betracht gezogen, aber ich muss immer wieder daran denken, wie kurz ich davor stand, mein Leben zu beenden, bevor es richtig begann. Ohne meinen Vater und Phil wäre ich nicht hier.

Ohne diese beide Helden kann ich mir das nächste Kapitel meines Lebens nicht vorstellen.

Ich hebe meine Tasse erneut und nehme einen tiefen Schluck von dem Glühwein. Gestern Abend haben Papa und ich zusammen am Kamin gesessen. Wir sagten nicht viel, sondern genossen einfach das Zusammensein. Doch unter meinem Glücksgefühl spürte ich auch die beginnenden Regungen eines tiefen Zorns. Wie konnte Mutter mich von all dieser Freude ausschließen? Warum hat sie mir den Schmerz der Trennung aufgezwungen?

Im Licht des flackernden Feuers schienen Papas Augen in die tiefsten Tiefen meiner Seele zu blicken. „Ich weiß um den Schmerz, den sie dir gebracht hat“, flüsterte er, „doch um völlig von der Vergangenheit frei zu werden, musst du ihr vergeben.“

Hass, sagte Papa weiterhin, sei nicht leicht zu befriedigen. Er wächst und verschlingt jeden, mit dem er in Berührung kommt, es sei denn, er wird von der Liebe gestillt. Wenn ich Mutter weiter grollte, würde ich die Reichweite ihres Hasses verlängern. Wenn ich je von Furcht und Zorn befreit werden wollte, sagte Papa, dann müsse ich loslassen und vergeben.

Einen Moment lang konnte ich nur ungläubig schnauben. Doch nachdem ich eine Nacht über seinen Ratschlag geschlafen habe, glaube ich, dass ich es nun verstehe. Ich möchte frei sein.

Während der süße Glühwein mich im Inneren erwärmt, schweifen meine Gedanken zurück zum *Westbury Arms* und dem Blick vom Dach auf diese andere Frau, die durch Umstände und Einsamkeit gefangen ist.

Wird die Penthouse-Prinzessin dieses Weihnachtsfest allein verbringen? Irgendwie bezweifle ich, dass ihre Klienten an einem Tag vorbeischauen, der für die Familie reserviert ist. Und selbst wenn sie es tun, dann haben sie doch keine Liebe zu bieten. Diese Männer sind Mutter sehr ähnlich: Sie bieten auf der Suche nach ihrem eigenen Vergnügen gefälschte Gefühle und Lügen.

Sie ist genauso eine Gefangene, wie ich es war – vielleicht mehr von ihren Entscheidungen als von ihren Ängsten. Aber wenn ich ausbrechen und mich nach meinem Vater ausstrecken kann, dann kann sie das auch.

Die Welt ist voller Frauen wie mir und meiner Bekannten in dem Glashaus. Und obwohl ich keine Ahnung habe, wie ich ihnen helfen soll, habe ich Papa, Hilly, vier Brüder und eine Schwester, die mich in die richtige Richtung weisen können. Ich habe einen Treuhandfonds, mit dem ich alle möglichen Unternehmungen finanzieren kann.

Und ich habe Phil, der mir geholfen hat zu entdecken, wer ich sein kann. Als ich ihn anlächle, lehnt er sich zu mir herüber.

„Weißt du", sagt er, und sein warmer Atem kitzelt mich am Ohr, „jetzt, wo du mobil bist, müssen wir dir unbedingt einen Laptop besorgen."

Herrlich erfrischend!

Ausgewählte Roman-Bestseller

Karen Kingsbury:
Tausend Morgen mit dir
Roman.

Taschenbuch · 288 Seiten
ISBN 978-3-86591-683-9

Angela E. Hunt:
Tag des Erwachens
Roman.

Taschenbuch · 384 Seiten
ISBN 978-3-86591-679-2

Frank E. Peretti:
Die Finsternis dieser Welt
Roman.

Taschenbuch · 448 Seiten
ISBN 978-3-86591-682-2